I0642540

La Religion,

Poëme de L. Racine.

Paris.

M. DCCC. XXV.

Y

LA

RELIGION,

POËME.

Se trouve aussi

Chez Béchet, l'aîné, quai des Augustins, N° 57;
Belin-Leprieur, quai des Augustins, N° 55;
Brunot-Labbe, quai des Augustins, N° 33;
P. Corneille, rue de la Feuillade, N° 4;
Lance, rue Croix-des-Petits-Champs, N° 50;
Pelicier, place du Palais-Royal;
A la Librairie du Commerce, chez Renard, rue St-Anne, N° 71;
A Rouen, chez Émile Periaux, Éditeur, rue Percière, N° 26.

LA RELIGION,

POËME

DE Louis RACINE,

MIS A LA PORTÉE D'UN PLUS GRAND NOMBRE DE LECTEURS, ET ENRICHI, A LA SUITE DE CHAQUE CHANT, D'UN APPENDICE CONSISTANT EN DIVERS MORCEAUX CHOISIS DE PROSE OU DE POÉSIE;

PAR M. FONTANIER,

AUTEUR DES ÉTUDES SUR RACINE, ET DU COMMENTAIRE CLASSIQUE DE LA HENRIADE.

PARIS,

GALERIE DE BOSSANGE PÈRE,

LIBRAIRE DE S. A. R. MGR LE DUC D'ORLÉANS.

———

M. DCCC. XXV.

A SA GRANDEUR

Marie-Joseph DE LA TOURRETTE,

ÉVÊQUE DE VALENCE.

Monseigneur,

Votre Grandeur a donc jugé que mon travail sur le Poëme de la Religion *pouvait servir à rendre ce Poëme et plus utile et plus agréable, et elle veut bien non-seulement l'agréer en hommage de ma tendre vénération et de ma profonde reconnaissance, mais même permettre qu'il paraisse sous ses auspices! Combien ne suis-je pas flatté, Monseigneur, et d'un tel suffrage, et d'une telle faveur, et de quel heureux succès ne me semblent-ils pas l'augure certain! Le double ouvrage n'en sera pas seulement accueilli du Public avec plus de confiance, il en aura, et c'est surtout ce que je considère, plus d'efficacité pour le bien moral qu'il est destiné à produire. Ah! que ne peut, Monseigneur, que ne peut, avec le nom du Fénélon de la Drôme, y entrer le charme de toutes*

ces vertus si douces, si aimables, si vraiment évan-
géliques, de son auguste personne! Il serait, ce charme
divin, bien plus puissant encore sur les cœurs et sur
les esprits que l'éloquence la plus sublime et que la
poésie la plus enchanteresse.

Je suis avec le plus profond respect,

MONSEIGNEUR,

DE VOTRE GRANDEUR,

Le très-humble et très-
obéissant serviteur,

FONTANIER.

AVERTISSEMENT.

S'il est dans notre littérature un livre que tout
le monde dût lire, relire, savoir par cœur, c'est
sans contredit le Poëme de *la Religion* par Louis
Racine; poëme si propre à confondre l'impie,
à convaincre l'incrédule, à raffermir ou à consoler le fidèle, et qui, malgré tout ce qu'il peut
laisser à désirer du côté de l'exécution, n'en est
pas moins dans son genre le plus beau monument qui ait été jusqu'ici consacré en aucune
langue au Christianisme. Mais ce Poëme, aussi
fortement pensé que fortement conçu, n'est par
lui-même, en général, bien accessible qu'aux
esprits les plus exercés,[1] et les notes savantes qu'y

---

[1] C'est sans doute avec raison que le Poëme de *la
Religion* est au rang des livres classiques. Mais est-ce
bien pour les classes de *Quatrième* qu'il devrait être
indiqué? M. Taillefer, dans ses excellentes vues
d'amélioration pour l'instruction publique, le croirait
bien plutôt fait pour les hautes classes, et je ne puis
qu'être de son avis sur ce point, comme sur beaucoup d'autres. « Il est, dit très-bien M. Taillefer,
» peu d'ouvrages plus propres à ouvrir l'esprit des
» jeunes gens sur une foule de questions qui bientôt

a jointes l'Auteur, notes pour la plupart fort abstraites ou toutes hérissées de passages latins, sont loin d'en rendre l'intelligence beaucoup plus facile. D'ailleurs on est forcé de convenir que, presque partout grave, austère comme son sujet, et même un peu triste, il n'a qu'assez rarement ces grâces et ce charme qui font de la poésie un langage enchanteur. J'ai donc cru servir utilement et les Lettres et la Religion, en tâchant : d'abord, de le mettre à la portée, sinon de tous les lecteurs, du moins d'un beaucoup plus grand nombre; ensuite, de lui donner assez d'agrément et assez d'intérêt pour le faire lire avec plus de plaisir et avec plus de fruit.

Pour le premier de ces deux buts, deux moyens m'ont paru aussi simples que naturels : des *Argumens détaillés en tête des divers Chants*, et des *Notes explicatives au bas des pages.* Les *Argumens détaillés,* par des numéros répétés

» vont faire l'objet de leurs études en Philosophie ; il » en est peu qui soient mieux conçus pour apprendre » à penser. » Mais, par ces mêmes raisons, cet ouvrage ne serait-il pas encore mieux placé dans les classes de *Philosophie* que dans les classes de *Rhétorique?* Et quel mal que les classes de *Philosophie* eussent enfin, comme les autres, leurs livres de poésie?

dans le corps des Chants,[1] et par autant de titres
distincts et spécifiques que d'objets principaux,
ne feront pas seulement connaître tous ces divers objets, ils en montreront l'ordre, les rapports, la liaison, l'ensemble, et en offriront à
la vue comme un tableau qu'on pourra embrasser d'un coup-d'œil. Les *Notes explicatives*,
simples, courtes, précises, éclairciront à l'instant tout ce qui dans le texte peut ne pas briller
à tous les yeux d'une vive lumière, ou suppose
des connaissances qui peuvent n'être pas présentes à tous les esprits. Les littérateurs con-
sommés, les savans pourront ne pas les trouver
toutes nécessaires ; mais, si elles ne le sont pas
pour eux, elles le sont bien certainement pour
tout lecteur qui n'a pas un grand fonds d'instruction, ni une grande habitude de raisonner
ou d'analyser. Et ne seront-elles pas assez utiles
aux savans eux-mêmes, si elles leur rappellent
des souvenirs absens de leur mémoire, ou si

---

1 Si c'est surtout dans un poëme didactique que la
distinction des objets principaux peut être difficile,
c'est là aussi surtout qu'il peut convenir de la marquer par des numéros. Un tel usage est peut-être nouveau en Français ; mais il ne l'est point en Anglais :
on n'a qu'à voir, pour s'en convaincre, l'*Essai de
Pope sur l'Homme*, accompagné de la traduction de
M. De Fontanes.

elles leur épargnent, avec la perte d'un temps précieux, le soin de recherches souvent aussi pénibles que minutieuses?

Pour le second but, celui de rendre le Poëme plus agréable et plus intéressant, je n'ai rien vu de mieux que d'adapter à chaque Chant, par forme d'*Appendice*, un certain nombre de morceaux choisis de prose ou de poésie. Ces morceaux produiront entre les Chants ou à leur suite une heureuse variété, et tiendront lieu de ces fictions et de ces épisodes que l'on reproche au Poëte de s'être interdits avec trop de rigueur. Comme il fallait nécessairement qu'ils se rattachassent tous plus ou moins directement à quelque passage du Poëme, j'ai été quelquefois assez gêné dans mon choix pour en admettre qui n'ont rien de très-remarquable.[1] Le brillant et fécond Delille est le poëte qui m'en a fourni le plus, et

[1] Je me suis même vu réduit à en tirer deux de mon propre fonds, faute d'en avoir trouvé, soit dans nos prosateurs, soit dans nos poëtes, qui pussent bien convenir : ce sont, Chant II, celui du N° II sur l'*Immortalité de l'âme*; et, Chant VI, celui du N° XII sur les *Bienfaits de la Religion*. Je me flatte qu'on voudra bien, en faveur de ma bonne volonté et de mes bonnes intentions, les accueillir avec indulgence.

les siens même n'ont pas tous à-beaucoup-près
le même éclat ni le même intérêt. Mais ceux qui
en ont le moins passeront à la faveur de ceux
qui en ont le plus; ils serviront du moins, et
c'est quelque chose, à les faire mieux ressortir.

Voilà en quoi consiste mon travail sur le
Poëme de *la Religion*.[1] Il commence par une
Notice historique sur Louis Racine, et se termine par l'examen critique des jugemens portés
sur le Poëme par divers Écrivains ou Littérateurs
distingués. La *Notice historique* n'a pu sans doute
être faite que d'après celles qui avaient déjà paru
sur le même poëte; mais elle est pourtant plus
détaillée et plus étendue qu'aucune autre, et
peut-être aussi se fera-t-elle lire avec un peu
plus d'intérêt.

Mais les notes du Poëte, ces notes en général
si peu faites pour le commun des lecteurs, vont-
elles se retrouver dans cette édition? Quelques-
unes ont été conservées textuellement, et quelques autres ont été fondues dans les miennes;
mais la plupart ont dû nécessairement disparaître, parce qu'elles ne pouvaient ni servir au
double but que j'avais en vue, ni se concilier avec

---

[1] On sent bien que ce travail est un *Commentaire*,
quoiqu'il n'en porte pas le titre.

mon travail dans un même petit volume. Il m'a fallu, par ces mêmes raisons, et par d'autres qu'on pourra voir dans la *Notice historique*, sacrifier également le poëme de *la Grâce*. Et enfin le Poëme de *la Religion* n'a-t-il pas déjà paru plus d'une fois sans ce double accompagnement, et même sans aucun autre qui en tînt la place? Si, à mon tour, je me suis permis des retranchemens, du moins en ai-je rempli le vide par une assez ample et assez réelle compensation. C'est ce que ne manquera sûrement pas de considérer tout critique juste et impartial.

Au reste, je ne prétends pas, à Dieu ne plaise, que mon édition doive tenir lieu de toutes les autres, et en tenir lieu à tout le monde: elle n'est que pour ceux auxquels toutes les autres seraient insuffisantes ou peu utiles. Si, comme on en conviendra, ils ne forment pas le petit nombre, ils méritaient assez que je m'occupasse d'eux; et, si j'ai fait pour eux tout ce qu'il y avait de convenable à faire, qu'a-t-on de plus à me demander, ou quel reproche pourrais-je avoir encouru?

NOTICE

SUR LOUIS RACINE.

———

Le grand Racine avait eu de Catherine de Romanet, sa femme, plusieurs filles[1] et deux fils qui lui survécurent avec leur mère, beaucoup plus jeune que lui. Ce fut en 1699, la cinquante-neuvième année de son âge, et la vingt-deuxième ou la vingt-troisième de son mariage, qu'il leur fut enlevé par une mort précoce, mais prévue. L'aîné des deux fils, Jean-Baptiste, déjà hors de l'enfance et du collége, commençait à suivre la carrière diplomatique, et ses excellentes études, ses talens pour les affaires, pouvaient, surtout à l'aide de ses puissantes protections, le faire promptement arriver aux honneurs et à la fortune ; mais il ne tarda pas à renoncer à la Cour et au monde, pour se consacrer entièrement à l'étude et à la piété, dans la retraite et dans le célibat, sans toutefois entrer dans un monastère, à l'exemple de deux de ses sœurs.[2] Le plus jeune, Louis Racine, né seulement le 6 novembre

———

[1] Elles devaient être au nombre de cinq, puisque Louis Racine rapporte que son père laissa après lui sept enfans, et qu'il n'a jamais été question que de deux fils.

[2] Deux des filles du grand Racine avaient pris le voile dès avant sa mort. Une seule des trois qui restèrent dans le siècle se maria : elle a eu des enfans.

1692, n'avait encore que six ans. C'est lui qui-était
destiné à porter et à soutenir dans le monde le poids
du nom célèbre auquel son frère aîné semblait prendre
soin de se dérober.¹ Les Muses l'avaient comme reçu
en naissant,² elles avaient souri aux premiers jeux
de son enfance ; mais il n'eut pas le bonheur d'être
instruit à leur commerce et initié dans leurs mystères,
par celui qui avait été si long-temps leur plus heureux
favori : à peine même connut-il assez, pour en conserver
un léger souvenir, l'illustre auteur de ses jours, ce père
qui lui laissait un si grand héritage de gloire, et les
titres de la plus haute noblesse qu'il y ait eu parmi
nous dans l'empire des Lettres.

Cependant, si le grand Racine n'eut pas la consolation qu'il s'était promise dans ses chagrins de la
Cour et dans sa retraite, de présider lui-même à
toute l'éducation de son second fils, il lui fut du
moins accordé par le Ciel de la commencer et d'en
assurer d'avance le succès. Tout appliqué à former,
dès le berceau, le cœur du jeune enfant, ce fut lui
qui y jeta les premières semences de vertu. Pendant
même la longue maladie qui le conduisit au tombeau,

---

1 Jean-Baptiste Racine était homme de goût, de beaucoup
d'esprit, et très-savant dans l'antiquité. Mais sans autre ambition que de vivre et de mourir inconnu, comme le dit Laharpe,
il s'est contenté de s'instruire pour lui-même, sans rien mettre
au jour. Mort à l'âge de soixante-neuf ans.

2 On sent bien que les *Muses* ne sont pour les peuples chrétiens que les Belles-Lettres personnifiées par une fiction empruntée
de la Mythologie.

il ne discontinua point à son égard ces touchantes
fonctions paternelles : il se plaisait à l'avoir auprès de
son lit, lui faisait lire des livres de piété proportionnés
à sa faible intelligence , et tâchait de faire passer dans
son âme ces principes et ces sentimens de religion dont
il était lui-même si pénétré dans les dernières années de
sa vie. Enfin jusqu'où cet excellent père ne porta-t-il
pas la sollicitude et la prévoyance pour une éducation
qu'il avait tant à cœur ! Le docte et vertueux Rollin
était son ami : il le pria d'être un second père pour
son cher Louis , et de continuer, d'achever après lui ,
le grand ouvrage que la mort allait lui faire interrom-
pre. Sans doute que c'était de concert avec madame
Racine : il la connaissait trop bonne mère et trop
bonne épouse , pour n'être pas persuadé qu'elle rem-
plirait religieusement toutes ses intentions , et que ,
par elle encore , il régirait du fond de sa tombe toute
sa maison , tant elle serait fidèle à sa mémoire ! [1]

[1] Madame Racine était une femme d'un jugement excellent
et d'un bon conseil, mais uniquement occupée de son ménage
et du soin de son salut. Femme du plus grand de nos poëtes,
elle n'eut aucune idée de la poésie : et, ce qu'il y a d'extraordinaire, elle ne connut jamais ni par les représentations ni par la
lecture, les immortelles tragédies de son mari : ce ne fut que
par la conversation qu'elle en apprit les titres. Au reste, elle
n'était guère moins indifférente pour la fortune que pour les
lettres et la gloire littéraire. Un jour Racine, revenant de Ver-
sailles, la trouva qui l'attendait chez Boileau, à Auteuil. Il
courut à elle, et l'embrassant : « Félicitez-moi, lui dit-il, voici
» une bourse de mille louis que le Roi m'a donnée. » Au lieu de
le féliciter en effet, elle se mit aussitôt à lui faire ses plaintes

Le jeune Racine fut mis de bonne heure entre les
mains de Rollin, qui dirigeait alors, en qualité de
principal, le collége de Beauvais à Paris. Il eut
donc pour le premier de ses instituteurs celui qui,
par ses écrits, l'est devenu de toute la jeunesse française. Rollin avait pour collaborateur un très-savant
et très-digne ecclésiastique, l'abbé Mésengui, connu
par plusieurs ouvrages marquans sur la Religion : [1] le
fils de l'auteur d'*Athalie* eut l'avantage d'être aussi
formé par les instructions et par les exemples de ce
grand maître dans la science évangélique. Il est assez
prouvé par les fruits de ses études littéraires, qu'elles
furent bonnes, et même excellentes. Mais furent-
elles signalées par des succès éclatans, extraordinaires ? C'est ce qui n'est dit nulle part. Seulement on
sait que, dès-lors, Louis Racine commençait à

sur un de ses enfans qui, depuis deux jours, ne voulait point
étudier. « Une autre fois, nous en parlerons, reprit-il ; livrons-
» nous aujourd'hui à notre joie. » Elle lui représenta qu'il devait,
en arrivant, faire des réprimandes à cet enfant, et elle continuait ses
plaintes, lorsque Boileau, qui, dans son étonnement, se promenait à grand pas, perdit patience et s'écria : « Quelle insensibilité !
» Peut-on ne pas songer à une bourse de mille louis ! » Le louis
d'alors ne valait que douze francs : mais la somme était encore
assez belle.

1 Rollin, né à Paris en 1661, mort en 1741. Il est surtout
connu par son *Traité des Etudes*, son *Histoire ancienne*, et son
Histoire romaine.

Mésengui, né à Beauvais en 1677, mort à Paris en 1763. Le
plus connu de ses ouvrages est l'*Exposition de la doctrine chrétienne*, en 6 volumes.

avoir le goût des vers français ; qu'il s'exerçait quelquefois à en faire ; et que sa mère, qui craignait pour
lui le danger d'un tel exercice, mettait tous ses soins
à l'en détourner. Du moins ce goût n'avait-il altéré en
rien ces principes de morale et ces sentimens de piété
dont il avait été imbu et nourri dès ses premières
années. Il s'était même singulièrement fortifié dans
cette partie de son éducation, qui en était comme la
base, et il rentra dans sa famille avec des mœurs et
des habitudes faites pour résister à tous les orages des
passions et à toute la fougue de la jeunesse.

Des bancs du collége, Louis Racine passa sur ceux
de la Faculté de droit. On voulait qu'il fût avocat, il
le fut. Mais il aimait peu une profession dont son père
l'avait plus d'une fois sans doute fait rire dans ses
Plaideurs, et qui, au reste, était encore alors, comme
celle de Médecin, assez peu éloignée de son ancienne
barbarie. Fils de poëte, et lui-même tout animé du
feu poétique, c'était au Parnasse,[1] non au barreau,
qu'il brûlait de se signaler. Cependant comment lutter
contre sa mère, pour qui il avait une si tendre vénération ? Comment lutter contre Boileau, en qui il avait
à respecter, à honorer en fils l'ancien ami de son père,
le juge des talens, l'arbitre du goût en France ? Sa mère

---

1 Comme le *Parnasse*, fameuse montagne de la Phocide en
Grèce, était autrefois le séjour supposé d'Apollon et des Muses,
on a naturellement appliqué par métonymie le nom de *Parnasse*
à la Poësie : c'est dans le sens de *Poësie* qu'il est ici, comme
dans le premier vers de l'Art poétique de Boileau :

C'est en vain qu'au Parnasse un téméraire auteur.....

ne cessait de lui répéter que les vers ne menaient à rien ;
Boileau, de lui représenter qu'il avait plus besoin de
fortune que de gloire, et que d'ailleurs la gloire de
son père était un obstacle éternel à la sienne.[1] Pour
se dérober à toutes ces contrariétés, il ne consulta que
sa piété même : il prit l'habit ecclésiastique, et, cher-

---

[1] Voici l'anecdote qu'il raconte lui-même dans ses *Mémoires* :
« J'étais en philosophie au Collége de Beauvais, et j'avais fait
une pièce de douze vers français, pour déplorer la destinée d'un
chien qui avait servi de victime aux leçons d'anatomie qu'on
nous donnait. Ma mère, qui avait souvent entendu parler du
danger de la passion des vers, et qui la craignait pour moi,
après avoir porté cette pièce à Boileau, et lui avoir représenté
ce qu'il devait à la mémoire de son ami, m'ordonna de l'aller
voir. J'obéis, j'allai chez lui en tremblant, et j'entrai comme
un criminel. Il prit un air sévère ; et, après m'avoir dit que la
pièce qu'on lui avait montrée était trop peu de chose pour lui
faire connaître si j'avais quelque génie : « Il faut, ajouta-t-il,
» que vous soyez bien hardi pour oser faire des vers avec le nom
» que vous portez. Ce n'est pas que je regarde comme impossible
» que vous deveniez un jour capable d'en faire de bons ; mais je
» me méfie de tout ce qui est sans exemple : et, depuis que le
» monde est monde, on n'a point vu de grand poëte fils d'un
» grand poëte. Le cadet de Corneille n'était point tout-à-fait sans
» génie : il ne sera jamais cependant que le *très-petit Corneille*.
» Prenez bien garde qu'il ne vous en arrive autant. Pourrez-vous
» d'ailleurs vous dispenser de vous attacher à quelque occupation
» lucrative, et croyez-vous que celle des Lettres en soit une ?
» Vous êtes le fils d'un homme qui a été le plus grand poëte de
» son siècle, et d'un siècle où le prince et le ministre allaient
» au-devant du mérite pour le récompenser. Vous devez savoir
» mieux qu'un autre à quelle fortune conduisent les vers. »

chant une retraite douce et paisible , il entra comme
pensionnaire chez les pères de l'Oratoire, dans leur
maison de Notre-Dame-des-Vertus près Paris : bien
différent de tant d'autres poëtes qui , en pareille circonstance , n'ont pris conseil que de leurs passions ,
et se sont scandaleusement jetés hors de la maison
paternelle dans le monde, en secouant le joug de l'autorité la plus sacrée qu'il y ait parmi les hommes.

Là , enfin maître de lui-même , le jeune poëte se
livra tout à son aise au plaisir de rimer. Mais , s'il ne
fut pas en son pouvoir de surmonter son penchant
pour les vers, il eut du moins assez de force pour ne
pas aller où ce penchant voulait l'entraîner , et même
pour lui faire prendre une direction à-peu-près contraire. La gloire de son père l'appelait au théâtre , et
il lui semblait voir briller de loin les couronnes qui
l'y attendaient à son tour : il sut résister à des charmes
si puissans , et ne mit même pas le pied dans la carrière d'où son père s'était hâté de sortir, en déplorant,
pour ainsi dire , et les succès et les triomphes qu'il y
avait obtenus. Commençant comme ce père si illustre
avait fini , et oubliant ses premiers exemples pour ne
songer qu'aux derniers , ce fut à la Religion qu'il
consacra les prémices de sa muse.[1] Il ne craignit

---

1 Cependant il paraîtrait que ce ne fut pas seulement par
scrupule de religion que Louis Racine s'abstint d'entrer dans la
carrière du théâtre. « La gloire d'être poëte tragique, dit-il, m'a
» tenté. Je me sentais capable de faire comme un autre de ces
» pièces qui ne demandent pas un grand effort de génie, et qui
» cependant, à cause de leur nouveauté, rapportent à l'auteur

même pas de choisir pour son début un des sujets les
plus épineux et les plus austères , comme les plus
délicats , un sujet devant lequel eût reculé d'effroi
tout autre poëte moins hardi que lui , ou moins sûr
de ses forces. *La Grâce* , poëme en quatre chants ,
tel fut son coup d'essai , et le fruit de trois ans de
séjour à l'Oratoire.

Un grand amour de la Poésie et des Lettres ne va pas,
surtout dans ceux que tourmente le besoin de produire,
sans un certain amour de la gloire ; amour d'ailleurs
très-compatible avec la modestie , et qui même est une
vraie vertu , quand on en rapporte l'objet à celui qui
est le principe de toute science et de tout talent.
Louis Racine n'avait pas composé son poëme pour
lui seul, ni pour l'unique plaisir de versifier : il le com-
muniqua , le lut , aux uns pour leur demander des
avis , aux autres pour satisfaire leur curiosité , et sans
doute tant à ceux-ci qu'à ceux-là , pour tâcher de pres-
sentir l'opinion publique dans la leur. Ce fut pour lui
une occasion de sortir de la solitude, et de se répandre
un peu au-dehors. Il commença dès-lors à se réconcilier
avec le monde, qu'il n'avait vu jusque-là que d'un œil
farouche; il finit par y entrer tout-à-fait, et même par
quitter, comme autrefois son père, l'habit ecclésiastique , mais cependant sans renoncer au régime d'une

» beaucoup d'applaudissemens dans quelques représentations ,
» avec des émolumens : mais je n'en voulais faire que d'excel-
» lentes : mon ambition fut mon salut. Ayant toujours devant
» les yeux l'*OEdipe* de Sophocle , et *Athalie*, je n'eus jamais la
» hardiesse de commencer une scène. »

vie austère et chrétienne. Le fameux chancelier d'A-
guesseau était à cette époque en exil dans sa terre de
Fresnes : il appela auprès de lui le fils de son ancien
et illustre ami. Que pouvait-il arriver de plus heureux
au jeune poëte, que de se voir ainsi rapproché d'un
homme si éminent en dignités, en savoir, en mérite,
et l'un de ceux qui, parmi nous, ont eu le plus de
traits de ressemblance avec le prince des orateurs
romains ? Fresnes ne fut pas seulement pour lui un
séjour de délices par tous les agrémens et tous les
charmes d'une telle société : ce fut encore une école
de science, de goût et de vertu, où il put, sans
aucun de ces assujettissemens et de ces sacrifices si
pénibles pour un cœur simple et timide, mieux apprendre à connaître le grand monde et la Cour, que
s'il eût vécu au milieu de l'un et de l'autre. Il a regardé
comme les plus beaux jours de sa vie ceux qu'il passa
dans cette aimable retraite. Il ne la quitta point sans
regret lorsque, l'auguste magistrat étant enfin rappelé
de son exil, il eut à revenir avec lui à Paris.

Louis Racine, tout épris qu'il était du premier des
arts de l'esprit, n'avait point négligé les études solides, et, assez jeune encore, il était déjà savant dans
les langues et dans l'antiquité. L'Académie des
Belles-Lettres, qui, comme l'Académie française,
s'honorait d'avoir compté son père parmi ses membres, se montra empressée de lui ouvrir ses portes.
Il y fut admis dès 1719, lorsqu'il n'avait guère encore que 27 ans; et sans doute il ne dut pas cet
honneur à son poëme de *La Grâce*, qui ne fut mis

au jour qu'en 1720. Il semblait que l'Académie française allait aussi bientôt l'appeler dans son sein. On
put le croire, surtout après qu'eût paru ce poëme,
qui, tout faible qu'il était à bien des égards, annonçait
cependant un assez rare talent de versification, et valait
bien les titres littéraires de tant de membres de la compagnie à cette époque. Quel titre d'ailleurs ne devait-
ce pas être à ses yeux dans le poëte de la Grâce, que
celui d'hériter d'un nom qui la couvrait d'un éclat
immortel ? Il fut en effet question de Louis Racine
pour une place vacante. Un de ses grands protec-
teurs, M. de Valincour,[1] sollicitait des suffrages
en sa faveur ; il faisait lui-même, de son côté, dans
le même but, des démarches actives, ces démarches
dont l'usage impose la pénible obligation aux candi-
dats. Mais un homme puissant traversa son élection
et la fit manquer : qui donc ? le précepteur de Louis
XV, l'abbé de Fleury, ancien évêque de Fréjus,
qui depuis fut cardinal et ministre.

L'ancien évêque de Fréjus fit venir auprès de lui
l'aspirant au fauteuil académique. Il lui dit que c'était
par intérêt pour lui et pour sa famille qu'il s'oppo-
sait à ses désirs ; qu'il savait que sa fortune avait été

---

1 M. de Valincour, ancien ami du grand Racine, que Louis XIV
lui avait donné pour successeur, ainsi qu'à Boileau pour col-
lègue dans les fonctions d'historien de son règne : homme très-
estimable, mort en 1730, regretté de tous les gens de lettres,
dont il était l'ami, le conciliateur, et même, dans plus d'un
genre, le digne émule.

singulièrement réduite par le *système* ,[1] et qu'il voulait le mettre à même de la relever , en lui procurant des occupations moins stériles que celles de poëte et d'académicien ; qu'on allait faire de lui un inspecteur général des fermes du Roi , en attendant qu'on pût en faire un directeur. Les fermes , les finances , telle fut la carrière qu'eut à préférer à l'Académie française , celui qui aimait bien mieux Apollon que Plutus ,[2] et le Permesse que le Pactole.[3] Les parens et les amis du Poëte lui conseillèrent d'accepter les propositions du prélat. Il céda , et partit pour la Provence , où il était envoyé. Ce ne fut pas avec un très-grand plaisir ; mais il se flatta de l'espoir que son puissant protecteur ne le laisserait pas long-temps dans un emploi si peu conforme à son goût , et dans lequel il ne pouvait apporter, avec la probité la plus rigoureuse et le plus parfait désintéressement , que cette assiduité , cette exactitude et ce scrupule d'un

1 On a appelé du nom de *Système* , un déplorable système de finances que le fameux écossais *Jean Law* fit adopter en France par le Régent peu de temps après la mort de Louis XIV, et qui, par un papier-monnaie consistant en *billets de banque*, produisit dans les fortunes à-peu-près le même bouleversement général que les *assignats* pendant les années de la révolution où ils eurent un cours forcé.

2 *Apollon*, Dieu de la poésie et des beaux-arts, chez les Anciens, et *Plutus*, Dieu des richesses.

3/Le *Permesse*, petite rivière de la Béotie en Grèce, consacrée à Apollon et aux Muses : le *Pactole*, fleuve de Phrygie, dont les eaux, selon les poëtes, roulaient de l'or.

homme qui fait toujours de son devoir sa plus grande
affaire et son premier soin.

L'inspecteur général des fermes eut d'abord à se
rendre à Marseille, et il y résida quelque temps. De
Marseille, il passa successivement en la même qualité à Salins, à Moulins, à Lyon, à Soissons. Il se
maria à Lyon : ce fut en 1728. Sa femme, Marie
Presle, fille d'un secrétaire du Roi, lui apporta en
dot, avec de la fortune, ce qui valait encore mieux,
les qualités et les vertus d'une épouse accomplie.
Pendant son séjour à Soissons, où il demeura quinze
ans, il fut reçu à la Table de Marbre,[1] maître
particulier des Eaux-et-Forêts du duché de Valois ;
et ce nouvel emploi, réuni au premier, lui assura de
nouvelles ressources et pour le présent et pour l'a-
venir.

Cependant des occupations si étrangères aux Lettres
ne l'empêchèrent point de les cultiver. Il leur consacra
à-peu-près tous les momens que ne réclamaient point
les devoirs de ses emplois. Ce fut dans cet intervalle
qu'il composa son *Poëme de la Religion*, ses *Odes*,
ses *Epîtres*, ses *Réflexions sur la Poésie*, ses *Mémoires sur la vie* de son père. Il donna aussi une
édition des Lettres de J.-B. Rousseau, et il n'oublia

---

[1] On appelait autrefois *Table de marbre* certaines jurisdictions
ou cours spéciales, et, entre autres, celle des Eaux-et-Forêts,
parce qu'anciennement elles se tenaient près d'une grande *table
de marbre*, qui occupait la largeur de la salle du palais, et qui
servait aussi pour les festins royaux.

point le tribut qu'il devait à l'Académie des Belles-
Lettres, où, tant en considération de son mérite
personnel que par respect pour la mémoire de son
père, sa place lui était toujours conservée malgré sa
longue absence : il envoya à cette Académie divers
mémoires qu'on trouve dans ses recueils. Aussi sa réputation de poëte, de littérateur, de savant, s'accrut-
elle au point que toutes les Académies semblaient se
le disputer : il fut associé à plusieurs, et particulièrement à celles de Lyon, de Marseille, d'Angers,
de Toulouse.[1]

Il semblerait que le cardinal de Fleury, devenu
ministre, eût dû se souvenir du Poëte, et s'empresser
de remplir tout au moins les espérances avec lesquelles
il l'avait fait partir. Mais point du tout : il le laissa
toujours dans les fermes, et même sans l'y avancer
d'une manière avantageuse pour sa fortune.[2] Racine
n'eut donc pas à amasser des trésors pour lui-même, en
veillant à ceux de l'État ; il n'était pas d'ailleurs

---

1 Au reste, dans ce temps-là, elles étaient beaucoup plus rares
qu'elles ne l'ont été depuis.

2 De quelle *place refusée* à Louis Racine par le cardinal de
Fleury veut parler Voltaire, quand, dans son épitre à Boileau,
il dit de ce ministre :

> Pardon, si contre moi son ombre s'en irrite!
> Mais il fut, en secret, jaloux de tout mérite.
> Je l'ai vu *refuser*, poliment inhumain,
> *Une place à Racine*, à Crébillon du pain.

Ce n'est pas, à ce qu'il paraît, d'une place à l'Académie française, mais de quelque place plus ou moins importante dont le
ministre pouvait disposer.

homme à faire sortir l'or et l'argent de ces fécondes et productives spéculations du génie financier. Cependant, après vingt-quatre ans d'exercice, las d'attendre un mieux qui n'arrivait jamais, parvenu, soit par ses économies, soit par son mariage, à une certaine aisance, et assuré pour lui et pour sa famille d'une existence honorable, il ne songea plus qu'au repos d'une douce retraite, et qu'au bonheur d'une vie libre et indépendante. Il rentra dans la Capitale, et là, rendu à son Académie, à ses anciennes habitudes, désormais son seul maître, et n'ayant à consulter que son propre goût, il se livra tout entier à ses occupations chéries, à l'étude, à la piété, aux bonnes œuvres.

Cependant l'ambition de Louis Racine pour un fauteuil à l'Académie française, ambition au reste bien naturelle, bien légitime, vivait toujours au fond de son cœur. En 1750, il voulut tenter encore de postuler ; mais il craignit, non sans quelque raison peut-être, de se voir exclus par la Cour, sur le soupçon de Jansénisme, et il se retira pour ne plus se représenter de sa vie.[1] Il n'en continua pas moins d'aimer,

---

1 « Ses connaissances littéraires, dit Laharpe, le firent entrer
» à l'Académie des Belles-Lettres, et il le méritait. Son poëme
» de *La Religion* eût dû aussi lui ouvrir l'Académie française,
» dont plusieurs membres, même de ceux qui n'étaient que gens
» de lettres, étaient loin de le valoir, tels que Duresnel, Fonce-
» magne, Batteux, Hardion, etc. Il n'y fut point admis, soit
» que son extrême modestie l'empêchât de s'y présenter, soit qu'il
» fût écarté d'abord comme Janséniste, sous le règne de Fleury

de cultiver les Lettres avec ardeur. Le premier fruit de
ses nouvelles veilles fut un ouvrage en trois volumes
sur le Théâtre de son père, et sur l'Art dramatique : il
le publia en 1752. Quelque temps après il donna une
traduction en prose du *Paradis perdu* de Milton ,
dont il avait déjà précédemment traduit plusieurs
morceaux en vers.

Mais son ouvrage favori , c'était toujours son *Poëme
de la Religion.* Il s'occupait à le retoucher, lorsque l'évè-
nement le plus inattendu et le plus cruel vint troubler
son repos et empoisonner son bonheur. Son fils unique , jeune homme de la plus grande espérance, en
qui il se plaisait à voir l'héritier de son nom et l'honneur de ses vieux jours , périt sur la chaussée de
Cadix, dans l'inondation causée par l'affreux tremblement de terre qui , en 1755 , renversa Lisbonne. La
Religion seule put donner à ce père tendre et sensible
la force de supporter ce malheur. On sera aussi édifié
qu'attendri de la manière dont il le raconte lui-même :
c'est à la fin de la dernière note du Poëme dont il
donnait une nouvelle édition, celle de 1756.

» La bénédiction que Dieu a répandue sur cet ou-
» vrage, dans un siècle où l'impiété triomphe , m'avait
» engagé à y donner une nouvelle attention , pendant
» qu'on travaillait à cette édition , la dernière qui sera
» faite, selon les apparences , du vivant de l'auteur.
» J'ai dans mes vers et dans mes notes fait quelques

» et de l'évêque de Mirepoix, ensuite comme écrivain religieux
» sous le règne de la *Philosophie.* »

» additions ; et j'en aurais peut-être fait d'autres, si je
» n'avais pas été arraché à cette occupation, par une de
» ces afflictions dans lesquelles on ne peut être consolé
» que par la Religion. Heureux alors, non pas celui qui
» en parle en vers, mais celui dont le cœur en est rempli !
» Un fils m'était cher, non parce qu'il était unique, mais
» parce qu'il promettait beaucoup. Obligé de travailler à
» sa fortune, il s'était déterminé par un choix sagement
» médité, au commerce maritime, où les richesses qu'on
» peut gagner ne sont point, comme il me le disait, celles
» de l'*iniquité*. L'espérance qu'il ferait une fortune hon-
» nête, et en honnête homme, m'avait adouci la dou-
» leur de sa séparation, lorsqu'il partit pour Cadix,
» où, à peine arrivé, il vient de m'être enlevé par cet
» affreux tremblement de terre, dont on parlera long-
» temps ; et les circonstances qui l'ont fait périr, sont
» si cruelles, qu'elles contribuent à le faire regretter
» de tout le monde, dans sa patrie et en Espagne, où
» il s'était déjà fait estimer.¹ Dieu me l'avait donné,

1 Le poëte Lyrique Lebrun a consacré la mémoire de cet infortuné jeune homme, dans les dernières strophes de sa belle Ode
sur les causes physiques des tremblemens de terre. Lefranc de
Pompignan a déploré le malheur du père dans des stances touchantes, dont Laharpe cite les deux suivantes dans son *Lycée* :

Il n'est donc plus, et sa tendresse
Aux derniers jours de la vieillesse,
N'aidera point les faibles pas !
Ami, ses vertus ni les tiennes,
Ni ses mœurs douces et chrétiennes
N'ont pu le sauver du trépas.

Cet objet des vœux les plus tendres
N'ira point déposer tes cendres

» Dieu me l'a ôté. Oui, Dieu me l'a ôté, et même par
» un de ces coups imprévus qui rendent la mort terrible
» à tout âge, et surtout dans l'âge des passions. Ce-
» pendant la vertu de mon fils, la bonté de son cœur,
» la droiture de ses sentimens, la sagesse de ses mœurs,
» tout me fait espérer que Dieu l'a pris dans sa misé-
» ricorde; et que c'est moi qu'il a frappé par ce grand
» coup, afin que me trouvant seul, je ne sois plus qu'à
» lui, et que je passe le reste de mes jours à implorer
» pour moi cette miséricorde, que ne mérite point
» une vie si peu conforme aux grandes vérités que,
» dès ma jeunesse, j'ai eu la hardiesse d'annoncer
» dans ma poésie. Puisse l'affliction dans laquelle je
» passerai le reste de cette vie, m'être utile pour
» l'autre! Puisse cette Religion que j'ai chantée arrêter
» les larmes que la nature veut à tout moment me
» faire verser sur mon fils, et me faire verser les
» siennes sur moi-même! »

Depuis cette époque fatale, Louis Racine ne traîna
plus en effet qu'une vie triste et languissante, presque
toujours dans les pratiques de la piété, fuyant plus
que jamais le monde, et ne connaissant plus guère
qu'une seule affaire, celle de son salut éternel. L'é-
tude et les Lettres, qui jusque-là avaient fait le
charme de ses jours, eussent pu lui offrir encore
des consolations : il y renonça pour jamais, vendit

Sous ce marbre rongé des ans,
Où son aïeul et son modèle
Attend la dépouille mortelle
De l'héritier de ses talens.

même sa bibliothèque et une collection d'estampes
qu'il s'était plu à former , et ne conserva que les livres qui pouvaient entretenir en lui le goût de l'autre
vie , après laquelle il soupirait, quoiqu'il ne fût pas à-
beaucoup-près isolé sur la terre , et qu'il eût encore
sa femme et deux filles qui répondaient comme elle
à sa tendresse par un juste retour.[1] Il se permit toutefois , dans sa profonde et religieuse mélancolie , une
distraction assez douce , mais aussi bien innocente ,
la culture des fleurs , dans un jardin qu'il avait loué
au faubourg Saint-Denis. Là , il voulait bien recevoir
quelquefois ses anciens amis, et ne pas se refuser au
charme d'un moment qu'ils venaient , par leur présence et leur conversation , apporter à ses douleurs
solitaires. Ce fut dans cette humble retraite qu'il ac-
cueillit un jeune poëte, alors encore sans réputation ,
mais qui devait en avoir un jour une si grande ,
comme digne interprète de Virgile et de Milton dans
notre langue, et comme chantre harmonieux et brillant des *Jardins* , des *Champs* , de l'*Imagination* , et
de la *Nature :* ce poëte, Delille , allait lui soumettre
son premier ouvrage , cette célèbre Traduction des
Géorgiques qui peut-être encore aujourd'hui est son
plus beau titre de gloire. On ne pourra que voir avec

---

1 Elles lui survécurent toutes trois. Sa femme vécut même
assez pour désavouer un recueil de *Poésies diverses* que l'on s'avisa
de publier sous son nom plusieurs années après sa mort. Quant à
ses deux filles, il les laissa mariées, l'une avec M. de Neuville-
Saint-Heri, l'autre avec M. d'Hariague.

plaisir le récit de cette visite tel qu'on le lit dans la
Préface de *L'homme des Champs.*

« Je le trouvai, dit Delille, dans un cabinet, au
» fond du jardin, seul avec son chien, qu'il parais-
» sait aimer extrêmement. Il me répéta plusieurs fois
» combien mon entreprise lui paraissait audacieuse.
» Je lis avec une grande timidité, une trentaine de
» vers ; il m'arrête et me dit : *Non-seulement je ne*
» *vous détourne pas de votre projet, mais je vous*
» *exhorte à le poursuivre.* J'ai senti peu de plaisirs aussi
» vifs dans ma vie. Cette entrevue, cette retraite mo-
» deste, ce cabinet, où ma jeune imagination croyait
» voir rassemblés la piété tendre, la poésie chaste et
» religieuse, la philosophie sans faste, la paternité
» malheureuse mais résignée, enfin le reste vénérable
» d'une famille prête à s'éteindre faute d'héritiers,
» mais dont le nom ne mourra jamais, m'ont laissé
» une impression forte et durable. »

Louis Racine, tout miné qu'il était sans cesse par
le chagrin, survécut encore environ six ans à ce fils
si constamment et si amèrement pleuré. Enfin arriva
le jour, ce jour suprême, où il devait l'aller rejoindre
dans le sein de l'éternité : il mourut le 29 janvier
1763, âgé de 71 ans. Des atteintes d'apoplexie lui
avaient annoncé sa fin prochaine, et il s'y était, dès
long-temps, assez préparé en chrétien pour la voir
venir sans effroi. Ce fut surtout dans ces grands momens qu'il fit bien éclater tous les pieux sentimens
dont il était rempli. On eût dit que la Religion, à laquelle il avait consacré ses vers et ses jours, était-là,

la couronne à la main , pour recevoir , à son départ et porter comme en triomphe devant Dieu , cette âme chaste et pure , nourrie de tant de vertus , et toute embrasée de l'amour divin.

Telle fut en somme la vie de Louis Racine , en général assez uniforme , assez obscure même, et sans événemens , sans particularités un peu remarquables. Considérons-le maintenant un peu en lui-même et quant à sa personne. Sans doute qu'il n'eut pas les talens ni le génie de son père ; et à combien peu d'hommes , dans les divers âges , ont été donnés un tel génie et de tels talens ! Il s'en fallait même qu'il eût été aussi favorisé de la nature , quant aux avantages physiques , que l'auteur de ses jours : il n'avait ni ces mêmes formes aimables , ni ces mêmes grâces extérieures , et ce n'est pas sa physionomie que Louis XIV aurait pu citer aussi comme une des plus heureuses et des plus belles qu'il eût jamais vues. Il avait l'air froid , parlait peu , d'une manière même assez commune , et ne portait dans la société qu'un esprit distrait et préoccupé.¹ Mais , sous le

---

¹ C'est Le Beau lui-même, son panégyriste, qui raconte l'anecdote suivante. « La réputation de Racine s'était déjà répandue à
» Marseille avant qu'il y arrivât. Le goût des Belles-Lettres est
» commun dans cette grande ville, et le commerce de l'esprit n'y
» est pas moins animé que celui des richesses du Levant. Sur
» cette côte de la Méditerranée, les dames ont beaucoup d'agré-
» ment, de vivacité, de facilité de langage. Elles attendaient avec
» une extrême impatience le fils du grand Racine, grand poète
» lui-même. Dès le lendemain de son arrivée, elles se rendirent

rapport des qualités morales , il ne le cédait certainement ni à son père ni à d'autres : peu d'hommes ,
sous ce rapport, ont fait plus d'honneur à la Poésie ,
à l'humanité.

Bon époux , bon père , ami tendre et officieux ,
citoyen zélé , reconnaissant envers ses bienfaiteurs ,
n'aimant qu'à dire du bien ou qu'à en faire , soula-
geant les malheureux autant que le lui permettait sa
fortune, Louis Racine eut toutes les vertus de l'homme
et du chrétien. La candeur, la douceur , la bonté était
dans son caractère , la franchise dans son langage
comme dans son cœur , la simplicité dans ses procé-
dés , et , malgré toutes ses distractions , la politesse
dans ses manières. Jamais auteur n'eut moins de vanité , ne chercha moins à se faire valoir. Voici un
trait où ne brille pas moins sa modestie que sa piété
filiale : il se fit peindre , les œuvres de son père à la
main , et le regard fixé sur ce vers de *Phèdre* :

> Et moi fils inconnu d'un si glorieux père.

Oui , sans doute , le fils du grand Racine est , comme

» en bon nombre dans une maison où il devait passer la soirée.
» Elles se préparaient à une conversation vive, enjouée, étince-
» lante d'esprit : elles ne désespéraient pas même d'entendre quel-
» que beau morceau de poésie. Par malheur pour elles, M. Racine
» était distrait, accoutumé à s'entretenir lui-même, souvent seul
» au milieu d'une nombreuse compagnie : pendant deux heures
» de visite, il ne répondit jamais que *oui* et *non* , prenant même
» quelquefois l'un pour l'autre. Tout le cercle fut déconcerté ; on
» doutait que ce fût lui. De ce moment sa réputation tomba dans
» toute la Provence ; on le regarda comme un homme ordinaire ,
» et il ne s'en aperçut pas. »

poëte , très-inférieur à ce *père si glorieux* ; mais tant s'en faut cependant que , même comme tel , il soit *inconnu* et sans mérite. Que ceux-là ne voient en lui qu'un *versificateur* , qui s'obstinent à n'en voir qu'un dans Boileau lui-même : du moins conviendront-ils que c'est un versificateur comme il y en a peu , un des versificateurs les plus purs , les plus corrects , les plus élégans. Son style , il est vrai, manque souvent de feu et d'élévation ; mais il ne manque jamais de noblesse , et il est quelquefois d'une douceur et d'une harmonie où l'on croit reconnaître la Muse qui dicta les vers divins d'*Athalie* et d'*Esther*. Non , soit; Louis Racine n'a point ajouté à l'éclat du nom fameux dont il avait hérité ; mais il s'est montré digne de ce nom , et il l'a porté avec assez d'honneur. Que tous les fils de héros ne justifient-ils aussi bien leur noble origine, que le fils du plus grand de nos poëtes a justifié la sienne !

Nous avons indiqué par leur titre ou par leur objet les divers ouvrages de Louis Racine. Sans être marqués au coin du génie , sans même porter l'empreinte d'un talent du premier ordre , ils sont en général dignes d'être lus, dignes d'entrer dans la bibliothèque de tout ami des Lettres.[1] Mais le plus important de tous , celui qui est le premier titre de gloire de l'auteur , et qui le fera vivre à jamais, c'est sans contredit

---

[1] La meilleure édition et la plus complète qui en ait encore paru, est celle qu'a publiée à Paris, en 1808, M. Lenormant : elle est en 6 volumes in-8°.

le poëme de *La Religion*. Il se trouve, dans la plupart
des éditions, accompagné du poëme de *La Grâce*,
et sans doute que, par leur nature et leur objet, ces
deux poëmes sont faits pour aller ensemble. Mais le
poëme de *La Grâce* est, aux yeux des connaisseurs,
bien loin de valoir le premier sous le rapport littéraire,
quoique non sans mérite, même sous ce rapport :
d'ailleurs, il ne passe pas pour être de la même exactitude théologique, et il a même essuyé à cet égard
des reproches assez sévères.[1] Il est donc permis de
les séparer l'un de l'autre, et de présenter tout seul
celui des deux qui, au mérite d'une plus grande
perfection et d'une plus grande utilité, joint celui
d'une doctrine réputée plus pure et plus orthodoxe.

[1] Le poëme de *La Grâce* se trouve censuré dans le *Dictionnaire
des Livres Jansénistes*, et Voltaire lui-même l'a regardé comme
empreint de *jansénisme*, puisqu'il a adressé à l'auteur une pièce
de vers qui commence ainsi :

> Cher Racine, j'ai lu dans tes vers didactiques
> De ton *Jansénius* les dogmes fanatiques.

Il paraîtrait que telle a été aussi l'opinion de quelques évêques.
Louis Racine (c'est lui-même qui le raconte dans une lettre à
J.-B. Rousseau) était allé rendre visite à un archevêque : ce
prélat lui montra un exemplaire du poëme de *La Grâce* dont plusieurs endroits étaient marqués au crayon, et lui dit: « Ne croyez
» pas que ce soient les plus beaux endroits que j'ai ainsi crayonnés;
» ce sont vos hérésies. »

Ce n'est pas sans doute que le prélat regardât le Poëte comme
réellement *hérétique*. Il connaissait trop et sa bonne foi et sa piété
pour n'être pas persuadé que les *hérésies* de son livre, s'il y en
avait en effet, n'étaient pas dans son cœur.

C'est assez dire que le poëme de *La Religion* est le seul
dont nous croyions devoir nous occuper pour le moment.[1]

Nous n'entreprendrons point d'analyser ici ce poëme.
L'auteur lui-même en offre dans sa Préface une ana-
lyse d'après laquelle on pourra s'en faire une première
idée. Ce sera quand nous l'aurons vu et suivi chant
par chant dans tous ses détails, que nous pourrons
nous permettre de le juger, ou que du moins nous
pourrons hasarder quelques observations sur les jugemens qu'en ont déjà portés de plus grands maîtres
que nous. Qu'il nous suffise de dire, en attendant,
que, malgré ses imperfections, malgré tout ce qu'il
peut laisser à désirer, et du côté de l'invention, et
du côté de l'exécution, il est encore le meilleur qui
ait paru sur le même sujet, au moins dans le genre
didactique. Aussi est-il devenu en quelque sorte
commun à toutes les nations chrétiennes, et le retrou-
ve-t-on, même en vers, dans presque toutes les Langues
de l'Europe : il a été, par exemple, traduit tout au
moins une fois en vers anglais et en vers allemands ;
il l'a été deux fois en vers italiens, et plusieurs fois
en vers latins, notamment par Bréard[2] et par l'abbé

1 Non seulement le poëme de *La Religion* n'a pas essuyé les
mêmes censures que celui de *La Grâce*, il a même obtenu l'approbation d'un savant et vertueux pontife romain, le pape Benoît XIV:
c'est ce qu'on pourra voir par la lettre flatteuse que ce pape fit
écrire à l'auteur par son ministre, le cardinal Valenti.

2 La traduction de Bréard parut un vrai phénomène littéraire,
autant par la qualité de l'auteur que par le mérite de l'exécution.

Revers. Au reste, on doit peu s'étonner qu'il s'éloigne moins de la perfection que le poëme de *La Grâce* : il parut plus de vingt ans après celui-ci, et le Poëte était dans sa maturité, dans toute sa force, quand il le composa ; peut-être aussi le sujet était-il plus favorable à la Poésie, et offrait-il moins de difficultés à vaincre.

Bréard avait fait dans sa jeunesse d'assez bonnes études au collége de la ville du Mans, sa patrie ; mais n'ayant pu, faute d'un titre clérical, parvenir à l'état de prêtrise, comme il l'eût désiré, il s'était décidé à embrasser la profession de son père, qui était celle d'ouvrier en étamine ; et il exerçait obscurément son art mécanique depuis l'âge de vingt-quatre ans, lorsque, forcé, à soixante quatre ans, d'y renoncer par suite d'une paralysie, il revint aux Muses et se remit à faire des vers latins, pour charmer les momens de calme et de repos que lui laissait par intervalles sa maladie.

PRÉFACE

DU POËME DE LA RELIGION,

PAR L'AUTEUR LUI-MÊME.

———

La Raison, qui me démontre avec tant de clarté l'existence d'un Dieu, me répond si obscurément lorsque je l'interroge sur la nature de mon âme, et garde un silence si profond quand je lui demande la cause des contrariétés qui sont en moi, qu'elle-même me fait sentir la nécessité d'une révélation, et me force à la désirer. Je cherche parmi les différentes religions, celle dont cette révélation doit être le fondement. Par le premier de tous les livres,[1] que me donne le premier de tous les peuples,[2] et par la suite de l'histoire du monde, je trouve à la Religion Chrétienne tous les caractères de certitude que je souhaite. Plein d'admiration pour elle, je m'y soumettrais aussi-

———

[1] Cette partie de la *Bible* qu'on appelle l'*Ancien Testament.* Le mot *Bible*, dérivé du grec *Biblos*, signifie en général *Livre*; mais appliqué à l'*Ancien* et au *Nouveau Testament*, il veut dire à-peu-près, *Le Livre des Livres, Le Livre par excellence.*

[2] Le peuple Hébreu ou, comme on voudra, le peuple Juif, appelé *le peuple de Dieu*, comme ayant seul, entre tous les peuples de la terre, reçu ou conservé le dépôt sacré de la vraie Religion.

tôt, si je n'étais arrêté par l'obscurité de ses mystères et par la sévérité de sa morale. J'examine
la faiblesse de mon esprit, et je reconnais que
ma raison ne doit pas être ma seule lumière.
J'examine mon cœur, et je reconnais que la
morale chrétienne est conforme à ses besoins.
J'embrasse avec joie une Religion aussi aimable
que respectable.

Tel est le plan de cet ouvrage, que j'ai conduit
sur cette courte pensée de M. Pascal : « A ceux
» qui ont de la répugnance pour la Religion, il
» faut commencer par leur montrer qu'elle n'est
» pas contraire à la Raison ; ensuite qu'elle est
» vénérable ; après, la rendre aimable, faire
» souhaiter qu'elle soit vraie, montrer qu'elle est
» vraie, et enfin qu'elle est aimable. »

Cette pensée est l'abrégé de tout ce poëme,
dans lequel j'ai souvent fait usage des autres
pensées du même auteur, aussi-bien que des
sublimes réflexions de M. de Meaux¹ sur l'histoire
universelle. En suivant ces deux grands maîtres,
j'ai choisi les deux hommes qui ont écrit sur la

---

1 Bossuet, évêque de Meaux. Voltaire l'a appelé l'*Aigle de
Meaux*, comme Fénélon, le *Cygne de Cambrai*. et les deux
métaphores sont aussi vraies l'une que l'autre : quel orateur plus
sublime que Bossuet ! quel écrivain plus doux, plus harmonieux
que Fénélon !

Religion de la manière la plus convaincante, la plus noble et la plus digne d'elle.

Quoique chaque Chant contienne une matière différente, et fasse, pour ainsi dire, un poëme particulier, ils doivent tous cependant répondre au dessein général et être liés ensemble, de façon que le premier amène le second, celui-ci le troisième, et ainsi des autres.

CHANT 1ᵉʳ.

La vérité fondamentale de toutes les autres vérités, est l'existence d'un Dieu. Elle fait le sujet du premier Chant. J'en tire la preuve des merveilles de la nature et de l'harmonie de toutes ses parties, qui, concourant à la même fin, font voir l'unité du dessein de l'ouvrier. Je montrerai dans la suite que cette même unité de dessein règne aussi dans l'établissement de la Religion, parce que ces deux grands ouvrages[1] ont le même auteur. L'idée que nous avons d'un Dieu me fournit la seconde preuve. Cette idée est commune à tous les hommes, qui n'ont couru après les fausses divinités, que parce qu'ils cherchaient la véritable. Ainsi l'idolâtrie me fournit une nouvelle preuve. La dernière preuve est prise de notre conscience intérieure, et de la Loi naturelle,

---

1 L'ouvrage de la Nature et l'ouvrage de la Religion.

qui, avant toutes les autres lois, a toujours forcé les hommes à condamner l'injustice, et à admirer la vertu.

CHANT II.

La nécessité de se bien connaître soi-même, pour bien connaître Dieu, conduit au second Chant. J'imite le langage d'un homme qui, après avoir perdu ses premières années dans des études frivoles, veut faire la plus importante des études, qui est celle de soi-même. J'ouvre les yeux sur moi, et je suis étonné des contrariétés que j'y trouve. Que suis-je ? mon bonheur ne peut être ici-bas, puisque j'y dois rester si peu. Quand j'en sortirai, où irai-je ? Mon âme est-elle immortelle ? Ma raison m'en donne des assurances que je saisis avec joie; cependant, comme je crains que mon intérêt à croire une vérité si consolante ne m'en ait fait trop aisément recevoir les preuves, je veux m'instruire de ce que la Raison a dit aux plus fameux philosophes de l'antiquité. Je les vois tous divisés entre eux par des systèmes qui ne m'expliquent rien. Platon me contente plus que les autres; mais, quand je lui demande la cause de mes malheurs, il se tait. Ces philosophes ont connu notre misère, et tous en ont ignoré la cause. Le silence de la Raison m'alarme; mais lorsque je suis prêt à me désespérer, j'apprends que Dieu a parlé aux hommes. Quel est ce peuple dépositaire de sa parole? La Raison, qui m'a fait sentir la nécessité d'une révélation, m'anime à la chercher.

CHANT III.

Cette recherche est la matière du troisième Chant. Deux religions partagent presque toute la terre : la Chrétienne et la Mahométane. Mahomet, en avouant qu'il n'est venu qu'après Jésus-Christ, par cet aveu favorable aux Chrétiens, me renvoie à eux. Les Chétiens, pour me faire connaître l'antiquité de leur Religion, me renvoient aux Juifs, et les Juifs me renvoient à leurs livres sacrés. Le misérable état de ce peuple, et son obstination à attendre un Messie, sont des preuves vivantes du livre qu'il conserve avec tant de soin, puisqu'il contient une claire prédiction de ce double événement. Ce livre m'explique l'énigme que la Raison n'avait pu pénétrer. Ce livre m'apprend ensuite l'histoire de la naissance du monde, et celle du peuple favorisé de Dieu. Tandis que tous les autres s'égarent dans l'idolâtrie, l'idée pure d'un seul Être infini reste chez ce peuple, plus ignorant que les autres. Mais une protection visible le sauve du naufrage : [1]

1 Du *naufrage* de l'erreur et de l'idolâtrie.

Dieu le rappelle sans cesse à lui, ou par des miracles,[1] ou par des prophètes.[2] Je m'arrête à ces
prophètes. Surpris de leurs prédictions , ainsi
que des figures[3] aussi claires que les prophéties ,
je reconnais un Dieu toujours occupé de son
grand ouvrage, qui tantôt nous le fait annoncer
par des hommes qu'il inspire , et tantôt nous le
fait envisager de loin dans des images si ressem-
blantes.

CHANT IV.

La venue d'un libérateur, tant de fois prédit et
figuré, est le sujet du quatrième Chant. L'enchaînement des révolutions des empires avec l'établissement de la Religion Chrétienne en prouve la
divinité. Son histoire est celle du monde , parce
que Dieu , par l'unité de son dessein , rapporte
tous les événemens à son grand ouvrage. La réunion de presque tous les Empires à l'Empire

---

1 Les *miracles* sont des actes de la puissance divine contraires
aux lois connues de la Nature : telle, par exemple , la résurrection
d'un mort; telle aussi la subite guérison d'un malade.

2 Le *Prophète* est celui qui par inspiration divine prédit l'avenir. Racines du mot en grec : *pro*, auparavant, d'avance, et *phémi*,
dire, parler.

3 Les *figures* ou représentations , images, sont ici des choses
qui en signifient d'autres. Par exemple , Joseph et Salomon sont
des figures de Jésus-Christ ; L'Agneau paschal était une figure de
l'Eucharistie.

Romain, si favorable au progrès de l'Evangile, conduit à la paix générale de la terre sous Auguste. Cette paix prépare les Païens au renouvellement des siècles prédit par leurs oracles, et les Juifs à la venue de ce Messie prédit par leurs prophètes. Dans cette attente générale, Jésus-Christ paraît, prouve sa mission par ses miracles et par sa doctrine. Le châtiment des Juifs prouve leur crime. Les rapides progrès de la Religion, les martyrs, et leurs miracles, font tomber le paganisme en ruine; et il est entièrement aboli par les barbares que Dieu appelle du fond du Nord pour détruire Rome enivrée du sang chrétien, et former une Rome nouvelle, dont la grandeur, qu'elle conserve jusqu'aujourd'hui, sert encore de preuve à une Religion déjà prouvée par tant de faits. Mais quelque admirable qu'elle soit par son histoire, elle semble, par ses mystères[1] et par sa morale, révolter l'esprit et le cœur. Il me reste à parler à l'un et à l'autre.

1 Les *Mystères* d'une religion sont en général ce que cette religion a de plus caché; mais, dans la Religion Chrétienne, on appelle particulièrement *Mystère* tout ce qui est proposé pour être l'objet de la foi des fidèles: *Le Mystère de la Trinité; Le Mystère de l'Incarnation;* etc.

Chant v.

Je tâche dans ce cinquième Chant d'humilier cet esprit si fier. Les mystères, il est vrai, paraissent contredire la Raison ; mais la Raison ne doit pas être notre seule lumière : par elle seule nous ne sommes qu'ignorance : comment pourrions-nous lire dans le grand livre des secrets du Ciel, puisque nous ne lisons presque rien dans le livre de la Nature, qui semble ouvert à nos pieds ? Qu'avons-nous appris depuis que nous l'étudions ? Quelques faits, jamais les causes primitives. La Nature ne nous laisse jamais entrer dans son sanctuaire. Une histoire abrégée de nos progrès dans la physique en est la preuve. Le hasard, qui nous a procuré quelques découvertes, nous a peu-à-peu guéris de nos anciennes erreurs. La Raison a semblé établir son règne depuis Descartes et Newton ; mais tous deux, en nous montrant la grandeur de l'esprit humain, en ont aussi montré la faiblesse, puisqu'ils se sont égarés comme les autres, quand ils ont voulu passer les bornes que Dieu a prescrites à notre curiosité. L'homme peut-il seulement savoir la cause de la pesanteur ? Sait-il comment se fait la digestion ? Connaît-il la cause de la fièvre, et la vertu du quinquina ? Tout est voilé pour lui dans la nature ; mais il y met encore un nouveau voile, s'il éteint le flambeau de la Religion. Pourra-t-il m'expliquer pourquoi il n'est qu'ignorance? pourquoi la terre est pleine de désordres et d'imperfections? Ou Dieu n'a pas voulu rendre son ouvrage plus parfait, ou il ne l'a pu. Des deux côtés le Déiste[1] trouve un abîme, tandis que moi, pour qui la Foi lève un coin du voile, j'en vois assez pour n'être plus dans les ténèbres. La Religion, en m'apprenant les causes de tous les désordres et de nos malheurs, m'apprend à mettre ces malheurs à profit, et me montre que notre ignorance, peine du péché, doit nous engager à ne pas perdre un temps si court dans des recherches inutiles. Une Religion qui me répond plus clairement que la Philosophie, et qui se suit avec tant d'ordre, ne peut être une invention humaine. Je n'ai plus de doute, et ma Raison n'en trouve point la lumière contraire à la sienne; mais ces deux flambeaux se réunissent, et ne font qu'une clarté pour moi.

CHANT VI.

Après avoir combattu les Athées[2] dans le premier Chant, et les Déistes dans les quatre suivans,

---

1 Le *Déiste* est celui qui reconnaît un Dieu, mais qui ne reconnaît aucune religion révélée.

2 L'*Athée* est celui qui ne reconnaît point de Dieu. Ce mot d'origine grecque signifie, à la lettre, *sans Dieu* : de l'*a* privatif, sans, et de *Théos*, Dieu.

j'attaque dans le dernier ceux qui ne sont incrédules que par lâcheté. Leur opposition à croire
ne vient que de leur opposition à pratiquer : ils
feraient à la Religion le sacrifice de leurs lumières , si elle n'exigeait pas encore le sacrifice des
passions. Quand le cœur n'est point touché ,
l'esprit, qui en est toujours la dupe, cherche des
prétextes pour excuser sa révolte. C'est aussi le
cœur que j'attaque, en montrant la conformité
de la morale de la Raison avec celle de la Religion. La première a été connue des poëtes ,
même les plus voluptueux, mais elle n'a point
été pratiquée par les philosophes, même les plus
sévères; au lieu que la morale de la Religion a
changé l'univers, parce qu'elle est fondée sur
l'amour, qui rend tous les préceptes faciles. Cet
amour, qui a allumé la ferveur des premiers
siècles , va toujours en s'affaiblissant, ainsi qu'il
a été prédit. Quand il sera prêt à s'éteindre ,
Dieu viendra juger les hommes : et au dernier
jour du monde sera consommé le grand ouvrage
de la Religion , qui commença le premier jour
du monde.

Un sujet si vaste, si intéressant, et si riche, n'a
pas besoin, pour se soutenir , d'autres ornemens
que de ceux qu'il fournit de son propre fonds.
Je perdrais le respect que je dois à mon sujet ,

si je m'égarais en quelques fictions.[1] Dans tout
autre poëme didactique, elles pourraient trouver
place de temps en temps pour délasser de la
froideur des préceptes et des raisonnemens ;
mais elles n'en peuvent trouver dans celui-ci.
La Religion est si grave , que la fiction la plus
sage prend auprès d'elle un air de fable qui ne
peut s'allier avec la vérité.

C'est ce mélange monstrueux qu'on condamne
avec raison dans le poëme de Sannazar :[2] on se
rebute d'entendre les merveilles saintes dans la
bouche de Protée ,[3] le catalogue des Néréides[4]
qui environnent Jésus-Christ lorsqu'il marche
sur les eaux ; et l'on méprise les hommages que
lui rend Neptune,[5] lorsqu'à son aspect il baisse
son trident. Cependant ce poëme, qui coûta

---

[1] Les fictions poétiques sont des inventions fabuleuses imagi-
nées par les poëtes dans la vue d'égayer leur sujet.

[2] *Sannazar*, né à Naples en 1458, a fait un poëme latin, *De
partu virginis* (de l'enfantement de la vierge).

[3] *Protée*, dieu marin, fils de l'Océan et de Thétis, était, selon
la Fable, le gardien des troupeaux de Neptune. Il connaissait le
passé, le présent, l'avenir, et prenait toutes sortes de formes pour
épouvanter ceux qui voulaient le consulter.

[4] Les *Néréides* étaient des Nymphes de la mer, filles de Nérée,
qui les avait eues de Doris sa sœur. Elles étaient au nombre de
cinquante.

[5] *Neptune*, dieu de la mer, auquel la Fable donne pour sceptre
un *trident*, c'est-à-dire, une fourche à trois dents ou pointes

vingt ans de travail à l'auteur, lui attira des
brefs honorables de deux souverains pontifes,
dans l'un desquels Léon X remercie la Providence, qui a permis que l'Eglise trouvât un si
grand défenseur que Sannazar, dans un temps où
elle était attaquée par tant d'ennemis.[1]

Non qu'un pape si éclairé pût approuver l'abus
que le poëte avait fait des ornemens de la Fable,
ni penser que le Jourdain, parlant de Jésus-
Christ à ses nymphes,[2] pût convertir les hérétiques et les incrédules, mais parce qu'on a toujours
senti combien il était louable à un poëte de consacrer son travail à des sujets utiles, et surtout à
la gloire de la Religion.

J'avoue qu'en renonçant aux beautés brillantes
de la fiction, il faut peut-être renoncer aussi au
titre de poëte, et se contenter du rang de versificateur ; mais comme l'utilité des hommes doit
être le principal objet d'un écrivain sage, je serais
assez récompensé de mon travail, si ma versification contribuait à imprimer plus facilement dans

1 *Divinâ factum Providentiâ ut divina Sponsa tot impiis
oppugnatoribus laceratoribusque lacessita, talem tantumque
nacta sit propugnatorem.*

2 Les *Nymphes* étaient des divinités subalternes représentées
sous la figure de jeunes filles : celles des eaux s'appelaient *Naïades;*
celles des forêts, *Dryades* ; celles des montagnes, *Oréades* ; celles
des bocages et des prairies, *Napées.*

la mémoire des vérités qui intéressent tous les hommes. Quelquefois même la versification est gênée par la matière, qui ne permet pas qu'on se livre à toute son imagination, et dans laquelle on doit sacrifier, quand il le faut, les ornemens à la justesse du raisonnement.

Ce fut le seul amour de l'utilité publique, et non l'ambition de passer pour poëte, qui engagea le célèbre Grotius[1] à mettre d'abord en vers hollandais, quoique dans un style simple et à la portée du vulgaire, son excellent Traité de la Vérité de la Religion Chrétienne, qu'il donna depuis en prose latine, et qui a été traduit en tant de langues. Il voulut fournir à ses compatriotes, que le commerce conduit parmi tant de nations, et par conséquent parmi tant d'opinions, un ouvrage dont la lecture servît à les affermir dans la Foi, en même temps qu'elle les délasserait pendant ces momens d'oisiveté que laisse une longue navigation. Et lorsqu'il osa mettre en vers un sujet pareil, il s'attendit à cette indulgence qu'on doit avoir pour les auteurs, qui, suivant les paroles d'un Ancien, dans une entreprise dont la difficulté ne les a

---

1 *Grotius*, né à Delft, en Hollande, le 10 avril 1583 : l'un des plus grands hommes de son temps, et par son savoir et par son esprit.

point rebutés, ont préféré le désir d'être utiles à l'ambition de plaire.[1]

C'est encore à l'exemple de cet homme illustre que j'ai ajouté des notes, dont la plupart sont absolument nécessaires, ou pour développer les raisonnemens, ou pour autoriser les faits.[2] J'établis presque tous ces faits sur le témoignage des écrivains païens, parce que les aveux de nos ennemis sont des preuves pour nous. Si je cite quelquefois les poëtes et les philosophes profanes, c'est pour faire voir que, sur des vérités si importantes, les plus grands génies de l'antiquité ont pensé comme nous, parce que la Raison a tenu le même langage à tous ceux qui l'ont écoutée attentivement ; que, loin d'être contraire à la Religion, comme le croient ceux qui ne l'ont pas bien consultée, c'est elle au contraire qui nous en a fait sentir la nécessité ; qui nous y conduit comme par la main, et qui, entrant avec nous dans le temple, s'y prosterne et écoute en silence.

1 *Qui difficultatibus victis, utilitatem juvandi prætulerunt gratiæ placendi.* (Pline, Nat.)

2 Mais la plupart de ces mêmes notes ne peuvent guère être que pour les savans. Nous n'avons donc pas cru devoir les faire entrer dans cette édition.

POËME.

LA RELIGION,

POËME EN SIX CHANTS.

~~~~~~

CHANT PREMIER.

Dieu : son existence, et la Loi naturelle.

———

ARGUMENT.

I. *Sujet et motif du Poëme, dont l'hommage est offert au Roi et au Prince, héritier présomptif du trône :* La Raison conduisant l'homme à la Foi, et prouvant la Religion à l'incrédule pour le confondre, et au fidèle pour le raffermir dans sa croyance.

II. *Le Ciel et la Mer interrogés touchant leur auteur et leur maître.*

III. *La Terre proclamant elle-même à haute voix un Dieu créateur et conservateur.*

IV. *Dieu se révélant dans le merveilleux instinct des oiseaux.*

V. *Le sceau de Dieu empreint jusque sur l'insecte.*

VI. *L'homme, ce roi des êtres vivans, nécessairement l'ouvrage d'une intelligence suprême.*

1

VII. *L'ordre le plus admirable dans ce qu'il plaît à l'impie d'appeler un désordre.*

VIII. *L'idée d'un Être infini, c'est-à-dire d'un Dieu, commune à tous les hommes.*

IX. *Un Dieu prouvé par tous les cultes de la Terre, et par l'idolâtrie elle-même.*

X. *Le prétendu athéisme des sauvages ne prouvant rien contre le dogme universel de l'existence d'un Dieu.*

XI. *Un Dieu révélé par la Loi naturelle, et par l'idée du Juste et de l'Injuste, qui se retrouve jusque dans le sauvage lui-même.*

XII. *La Loi naturelle en nous avant toutes les lois, et nous forçant, jusque dans le sein du Vice, à respecter, à admirer la Vertu.*

XIII. *Hommage à la Vertu, souveraine des cœurs, toujours méconnue et toujours aimée.*

XIV. *Hommage à Dieu, qui, nous parlant sans cesse par tant de voix, est toujours si peu écouté.*

Les plus beaux morceaux de ce Chant paraissent être ceux des numéros II, III, IV et VI; ensuite ceux des numéros VII, IX et XI.

CHANT PREMIER.

———

1. La Raison dans mes vers conduit l'homme à la Foi. [1]
C'est elle qui, portant son flambeau devant moi,
M'encourage à chercher mon appui véritable,
M'apprend à le connaître, et me le rend aimable.

Faux sages, faux savans, indociles esprits,
Un moment, fiers mortels, suspendez vos mépris.
La Raison, dites-vous, doit être notre guide.
A tous mes pas aussi cette Raison préside.
Sous la divine loi que vous osez braver, [2]
C'est elle-même ici qui va me captiver,

[1] La *Raison* est cette faculté intellectuelle de l'homme par laquelle, s'élevant au-dessus de la bête, il discerne le bien du mal, et le vrai du faux. Le Poëte la personnifie en lui mettant un *flambeau* à la main, et en la faisant agir comme une personne.

La *Foi*, ici pour l'objet de la Foi, pour les dogmes que la Religion Chrétienne propose à croire comme révélés de Dieu, ou enfin pour cette Religion même. Dès qu'on en fait un *appui*, elle est érigée, sinon précisément en personne, du moins en être réel.

[2] La *Loi divine* consiste dans les préceptes positifs que Dieu a donnés aux hommes pour se conduire. On en distingue deux : l'*Ancienne*, celle de Moïse ; et la *Nouvelle*, celle de Jésus-Christ, qu'on appelle la *Loi de Grâce*.

Et parle à tous les cœurs, qu'elle invite à s'y rendre :
Vous donc qui la vantez, daignez du moins l'entendre.

Et vous qui du saint joug connaissez tout le prix,[1]
C'est encore pour vous que ces vers sont écrits.
Celui que la grandeur remplit de son ivresse,[2]
Relit avec plaisir ses titres de noblesse :
Ainsi le vrai Chrétien recueille avec ardeur
Les preuves de sa foi[3], titres de sa grandeur :
Doux trésor, qui d'une âme à ses biens attentive
Rend l'amour plus ardent, l'espérance plus vive![4]

1 Le *Saint Joug* est celui qu'impose la Loi divine : on l'appelle le *Joug du Seigneur.* Jésus-Christ dit dans son évangile que son *joug est doux.* Racine, dans les Chœurs d'*Athalie :*

> Que le Seigneur est bon! que *son joug* est aimable!

2 Joad à Joas dans *Athalie :*

> De l'absolu pouvoir vous ignorez l'*ivresse.*

3 De *sa foi*, c'est-à-dire, de sa croyance des vérités révélées. Cette croyance, quand elle est vive et ferme, constitue la première des trois grandes vertus qui ont Dieu pour objet, et que, par cette raison, on appelle *Théologales : Théologal*, formé de *Théologie*, et *Théologie*, des deux mots grecs, *Théos*, Dieu, et *logos*, discours.

4 L'*Amour*, pour la *Charité.* La *Charité* et l'*Espérance* sont, après la *Foi*, les deux autres vertus Théologales : par l'une, nous aimons Dieu comme notre souverain bien; par l'autre, nous espérons le posséder, et obtenir par les mérites de Notre Seigneur Jésus-Christ, les moyens nécessaires pour cette fin.

Et qui de nous, hélas ! n'a jamais chancelé ?
Le prophète lui-même est souvent ébranlé.¹
Il n'est point ici-bas de lumière sans ombres.
Dieu ne s'y montre à nous que sous des voiles sombres :
La colonne qui luit dans ce désert affreux
Tourne aussi quelquefois son côté ténébreux.²
Puissent mes heureux chants consoler le fidèle !
Et puissent-ils aussi confondre le rebelle !

 L'hommage t'en est dû, je te l'offre, ô grand Roi !³
L'objet de mes travaux les rend dignes de toi.
Quand de l'impiété poursuivant l'insolence,
De la Religion j'embrasse la défense,
Oserais-je tenter ces chemins non frayés,
Si tu n'étais l'appui de mes pas effrayés ?
Ton nom, Roi très-chrétien, fils aîné d'une mère
Qui t'inspire un respect si tendre et si sincère,⁴

1 Le *prophète*, c'est-à-dire David, par une sorte d'*anto
nomase*, pour tous les prophètes en général, ou plutôt, pour
tous ceux qui, par leur sainteté et leur perfection, approchent
le plus de Dieu et ont le plus de part à ses faveurs, tels que
les prophètes.

2 Dans ces deux vers, la lumière spirituelle de la foi représentée allégoriquement telle que la colonne miraculeuse qui guidait dans le désert la marche des Israélites, et qui, toute de
feu pendant la nuit, était pendant le jour une nuée assez épaisse
pour les défendre des ardeurs du Soleil.

3 Ce *Roi* était Louis XV, surnommé le *Bien-Aimé* : né
le 15 février 1710, il succéda à Louis XIV, son bisaïeul, le
1ᵉʳ septembre 1715 ; mort le 10 mai 1774.

4 Le Roi de France joint au titre de *Roi très-Chrétien*,
celui de *Fils aîné de l'Église*.

Ton nom seul me rassure, et, mieux que tous mes vers,
Confond les ennemis du maître que tu sers.

Et toi, de tous les cœurs la certaine espérance,
Et du bonheur public la seconde assurance,
Cher Prince, en qui le Ciel fait croître chaque jour
Les grâces et l'esprit, autant que notre amour; [1]
Dans le hardi projet de mon pénible ouvrage,
Daigne au moins d'un regard animer mon courage.
C'est ta foi que je chante; et ceux dont tu la tiens
En furent de tout temps les augustes soutiens.

11. Oui, c'est un Dieu caché, que le Dieu qu'il faut croire.
Mais tout caché qu'il est, pour révéler sa gloire,
Quels témoins éclatans devant moi rassemblés !
Répondez, Cieux et Mers; et vous, Terre, parlez. [2]
Quel bras peut vous suspendre, innombrables étoiles? [3]
Nuit brillante, dis-nous qui t'a donné tes voiles? [4]

1 Ce prince était le Dauphin, père de Louis XVI et de
Louis XVIII : né en 1729, et mort en 1765, environ neuf ans
avant Louis XV son père. Il faisait par ses lumières et par
ses vertus l'espoir de la France, lorsqu'il lui fut ainsi enlevé à
la fleur de son âge.

2 Dans cette éloquente interpellation au ciel, à la mer,
et à la terre, deux belles figures à remarquer : une *apostrophe*,
figure de style par tour de phrase; et une *prosopopée*, figure de
pensée par fiction.

3 Toutes les éditions portent *peut*; mais n'est-ce pas plutôt
put qu'il faudrait ? C'est à la naissance du monde que Dieu
a suspendu les étoiles : depuis lors il ne les *suspend* plus, mais
il les *tient suspendues*.

4 Les *voiles* de la nuit ne peuvent être que ses ténèbres.
On aimerait à voir les *voiles* d'une *nuit brillante* ornés de

O Cieux, que de grandeur, et quelle majesté !
J'y reconnais un maître à qui rien n'a coûté,
Et qui dans vos déserts a semé la lumière,
Ainsi que dans nos champs il sème la poussière.
Toi qu'annonce l'aurore, admirable flambleau,
Astre toujours le même, astre toujours nouveau,
Par quel ordre, ô Soleil, viens-tu du sein de l'onde
Nous rendre les rayons de ta clarté féconde ? [1]
Tous les jours je t'attends, tu reviens tous les jours :
Est-ce moi qui t'appelle, et qui règle ton cours ?

Et toi dont le courroux veut engloutir la terre,
Mer terrible, en ton lit quelle main te resserre ?
Pour forcer ta prison tu fais de vains efforts :
La rage de tes flots expire sur tes bords.
Fais sentir ta vengeance à ceux dont l'avarice
Sur ton perfide sein va chercher son supplice : [2]

diamans, comme dans ces vers de Delille, traduction du *Paradis perdu* :

> Le repos de la nuit, son cours silencieux,
> Ses innombrables feux, ses légions d'étoiles,
> *Et tous ces diamans dont elle orne ses voiles.*

1 Comme l'Océan qui environne la terre paraît, à la simple vue, s'étendre bien au-delà des bornes de l'horizon, les anciens poëtes ont feint que le Soleil, en se couchant, allait se reposer dans l'onde, et qu'il en sortait le matin pour recommencer sa carrière : c'est à quoi font allusion ces deux vers.

2 Ce ne peut pas être là une imprécation du Poëte contre les avides navigateurs qui vont, à travers les mers, tenter la fortune sur des bords lointains. Il n'a sans doute voulu que dire, par une sorte de métalepse : *Si tu fais sentir, Fais-tu sentir,* ou enfin *Lorsque tu fais sentir,* etc.

Hélas ! prêts à périr , t'adressent-ils leurs vœux ?
Ils regardent le Ciel , secours des malheureux.
La Nature qui parle en ce péril extrême ,
Leur fait lever les mains vers l'asile suprême :
Hommage que toujours rend un cœur effrayé
Au Dieu que jusqu'alors il avait oublié.

III. La voix de l'univers à ce Dieu me rappelle.
La Terre le public. « Est-ce moi , me dit-elle ,[1]
» Est-ce moi qui produis mes riches ornemens ?
» C'est celui dont la main posa mes fondemens.
» Si je sers tes besoins , c'est lui qui me l'ordonne :
» Les présens qu'il me fait , c'est à toi qu'il les donne.
» Je me pare des fleurs qui tombent de sa main :
» Il ne fait que l'ouvrir , et m'en remplit le sein.
» Pour consoler l'espoir du laboureur avide ,
» C'est lui qui dans l'Egypte , où je suis trop aride ,
» Veut qu'au moment prescrit, le Nil, loin de ses bords,
» Répandu sur ma plaine , y porte mes trésors.[2]

1 Nouvelle *prosopopée*, mais plus hardie que la précédente,
puisque c'est la terre elle-même, un être inanimé, qu'elle fait
parler. C'est, au lieu d'une *apostrophe*, une autre figure de
style par tour de phrase, **un** *dialogisme*, qui l'accompagne.

2 Ce sont les débordemens périodiques du Nil qui font
la fertilité de l'Égypte. Ces débordemens commencent tous les
ans vers le milieu de juin , et durent jusqu'au mois de septembre.
L'année est très-bonne, lorsque l'eau s'élève jusqu'à vingt-quatre
pieds : mais l'eau dépasse-t-elle cette hauteur , ou reste-t-elle
plus ou moins au-dessous, l'année est plus ou moins mauvaise.

» A de moindres objets tu peux le reconnoître :
» Contemple seulement l'arbre que je fais croître.[1]
» Mon suc dans la racine à peine répandu ,
» Du tronc qui le reçoit à la branche est rendu :
» La feuille le demande , et la branche fidèle ,
» Prodigue de son bien , le partage avec elle.
» De l'éclat de ses fruits justement enchanté ,
» Ne méprise jamais ces plantes sans beauté ,
» Troupe obscure et timide , humble et faible vulgaire :
» Si tu sais découvrir leur vertu salutaire ,
» Elles pourront servir à prolonger tes jours.
» Et ne t'afflige pas si les leurs sont si courts :
» Toute plante en naissant déjà renferme en elle
» D'enfans qui la suivront une race immortelle :
» Chacun de ces enfans dans ma fécondité
» Trouve un gage nouveau de sa postérité. »[2]

1 *Reconnoître* ne rime plus avec *croître*, parce qu'on le prononce à la fin comme *naître*, au lieu qu'on prononce toujours *croître* comme anciennement, en conservant à la diphthongue *oî* le son d'*oa*. Ce n'est que pour accorder les deux vers ensemble à la vue, que nous laissons ici à *reconnoître* son ancienne orthographe. On peut , par exception pour le cas présent, le prononcer conformément à cette orthographe , ou bien prononcer *craître*, comme faisaient sans doute autrefois ceux qui disaient je *crais* , pour je *crois*.

2 Comment cela ? Parce que cette fécondité lui garantit le développement successif de tous les germes qui sont en lui. Il faut remarquer toutes ces images charmantes qui donnent de la vie, une âme, des sentimens, à de simples végétaux, et les assimilent en quelque sorte, non-seulement à l'animal , mais à l'homme lui-même : c'est ce qu'on peut appeler de la vraie poésie.

Ainsi parle la Terre, et charmé de l'entendre,
Quand je vois par ces nœuds que je ne puis comprendre
Tant d'êtres différens l'un à l'autre enchaînés,
Vers une même fin constamment entraînés,
A l'ordre général conspirer tous ensemble,[1]
Je reconnais partout la main qui les rassemble;
Et d'un dessein si grand j'admire l'unité,
Non moins que la sagesse et la simplicité.

IV. Mais pour toi, que jamais ces miracles n'étonnent,
Stupide spectateur des biens qui t'environnent,
O toi qui follement fais ton Dieu du hasard,[2]
Viens me développer ce nid qu'avec tant d'art,[3]
Au même ordre toujours architecte fidèle,[4]

---

[1] *Conspirer*, là dans le simple sens de *contribuer*, de *concourir*. Dans ce sens, il peut, comme on voit, se prendre en bonne part; mais c'est nécessairement en mauvaise part qu'il se prend quand il est suivi de la préposition *contre*, ou qu'il est employé soit activement, soit absolument sans préposition.

[2] *Hasard*, *nécessité*, mots qui signifient la même chose, des effets sans cause; qui par conséquent ne signifient rien du tout, et sont également vides de sens.

[3] *Développer*, pour *expliquer*, comme dans ces vers de la *Henriade*, Chant 1er :

> Daignez développer ce changement extrême.

Il paraît aujourd'hui moins en usage dans ce sens-là que dans le sens de *débrouiller*.

[4] *Toujours fidèle au même ordre*, parce que toutes les hirondelles construisent leur nid de la même manière. *Ordre*, du reste, est là pour mode d'architecture. Comme toutes ces métaphores, *Architecte*, *ordre*, *maçonne*, *bâtiment*, *ciment*, sont bien assorties entre elles!

A l'aide de son bec maçonne l'hirondelle !
Comment, pour élever ce hardi bâtiment ,
A-t-elle en le broyant arrondi son ciment ?
Et pourquoi ces oiseaux si remplis de prudence
Ont-ils de leurs enfans su prévoir la naissance ?
Que de berceaux pour eux aux arbres suspendus !
Sur le plus doux coton que de lits étendus !
Le père vole au loin , cherchant dans la campagne
Des vivres qu'il rapporte à sa tendre compagne ;
Et la tranquille mère, attendant son secours ,
Echauffe dans son sein le fruit de leurs amours.
Des ennemis souvent ils repoussent la rage ,
Et dans de faibles corps s'allume un grand courage.[1]
Si chèrement aimés, leurs nourrissons un jour ,
Aux fils qui naîtront d'eux rendront le même amour.
Quand des nouveaux zéphirs l'haleine fortunée
Allumera pour eux le flambeau d'hyménée,[2]

[1] C'est ce que Virgile avait dit des abeilles, dans son quatrième livre des Géorgiques :

    Ingentes animos angusto in corpore versant.

Delille a emprunté ce vers à notre poëte, et il lui en fait hommage :

    Et dans un faible corps s'allume un grand courage.

[2] Les Païens appelaient *Hymen* ou *Hyménée*, la divinité qui présidait au mariage , et ils la représentaient avec un *flambeau* à la main : ces deux noms s'emploient souvent chez nous , surtout en style poétique, pour signifier *mariage*, *union conjugale*. On reconnaîtra une belle allégorie dans ce *flambeau d'Hyménée* allumé par *l'haleine des nouveaux Zéphirs* : les *nouveaux Zéphirs*, pour les Zéphirs d'un nouveau printemps.

Fidèlement unis par leurs tendres liens ,
Ils rempliront les airs de nouveaux citoyens :
Innombrable famille , où bientôt tant de frères
Ne reconnaîtront plus leurs aïeux ni leurs pères.
Ceux qui, de nos hivers redoutant le courroux ,
Vont se réfugier dans des climats plus doux ,
Ne laisseront jamais la saison rigoureuse
Surprendre parmi nous leur troupe paresseuse.¹
Dans un sage conseil par les chefs assemblé ,
Du départ général le grand jour est réglé ;
Il arrive : tout part ; le plus jeune peut-être
Demande , en regardant les lieux qui l'ont vu naître ,
Quand viendra ce printemps par qui tant d'exilés
Dans les champs paternels se verront rappelés ?²

   V. A nos yeux attentifs que le spectacle change :
Retournons sur la terre, où , jusque dans la fange ,
L'insecte nous appelle, et , certain de son prix,
Ose nous demander raison de nos mépris.
De secrètes beautés quel amas innombrable !
Plus l'auteur s'est caché , plus il est admirable.

---

1 Si *leur troupe* ne se laisse jamais surprendre, loin d'être *paresseuse* , n'est-elle pas au contraire très-diligente ? Oui, sans doute; mais elle serait *paresseuse* si elle se laissait surprendre , et ce n'est que relativement à ce cas que le Poëte la dit *paresseuse*. C'est comme s'il y avait : *Jamais ils ne laisseront la saison rigoureuse surprendre leur troupe devenue, trouvée paresseuse.*

2 Trait de sentiment fort touchant, et qui ne le cède point à tant de ce genre dont Virgile a semé ses immortelles *Géorgiques.*

Quoiqu'un fier éléphant, malgré l'énorme tour
Qui de son vaste dos me cache le contour,
S'avance sans ployer sous ce poids qu'il méprise ;[1]
Je ne t'admire pas avec moins de surprise,
Toi qui vis dans la boue, et traînes ta prison,
Toi que souvent ma haine écrase avec raison,
Toi-même, insecte impur, quand tu me développes
Les étonnans ressorts de tes longs télescopes,
Oui, toi, lorsqu'à mes yeux tu présentes les tiens,
Qu'élèvent par degrés leurs mobiles soutiens.[2]
C'est dans un faible objet, imperceptible ouvrage,
Que l'art de l'ouvrier me frappe davantage.[3]
Dans un champ de blés mûrs, tout un peuple prudent
Rassemble pour l'État un trésor abondant.
Fatigués du butin qu'ils traînent avec peine,
De faibles voyageurs arrivent sans haleine

1 L'Éléphant, le plus grand et le plus fort des quadru--
pèdes, porte des fardeaux énormes, et même des tours où peuvent
se placer plusieurs personnes. C'est avec une tour chargée de
combattans qu'on employait autrefois dans la guerre cette espèce
de colosse animé.

2 Ces derniers vers font voir assez clairement que l'insecte
dont-il s'agit est le limaçon. Les cornes du limaçon, ces cornes
qu'il étend et resserre à son gré, et au bout desquelles il a
ses yeux, sont ce que le Poëte appelle ses *télescopes :* les *télescopes*
sont des instrumens d'astronomie, des lunettes en forme de
tuyau avec un verre à chaque extrémité, et qui servent à grossir
ou à rapprocher les objets éloignés.

3 Ces deux vers-là n'étaient pas dans les premières éditions,
non plus que ceux qui se rapportent à l'Éléphant, et, dans
ces éditions, le limaçon ne venait qu'après les fourmis.

A leurs greniers publics , immenses souterrains ,
Où par eux en monceaux sont élevés ces grains
Dont le père commun de tous tant que nous sommes
Nourrit également les fourmis et les hommes. [1]
Et tous nourris par lui , nous passons sans retour ,
Tandis qu'une chenille est rappelée au jour ! [2]
De l'empire de l'air cet habitant volage ,
Qui porte à tant de fleurs son inconstant hommage ,
Et leur ravit un suc qui n'était pas pour lui ,
Chez ses frères rampans qu'il méprise aujourd'hui ,
Sur la terre autrefois traînant sa vie obscure ,
Semblait vouloir cacher sa honteuse figure.
Mais les temps sont changés , sa mort fut un sommeil :
On le vit plein de gloire à son brillant réveil ,
Laissant dans le tombeau sa dépouille grossière ,
Par un sublime essor voler vers la lumière. [3]

1 Quand même le Poëte n'eût pas nommé les fourmis ,
on les aurait certainement reconnues au tableau si vrai et si
fidèle qu'il vient de tracer de leurs mœurs , de leur activité et
de leur prévoyance : elles seules, parmi les insectes , sont ce
petit *peuple prudent* qui , formant *dans* les *champs* un *État* , une
république , travaille sans cesse pour les besoins communs , va
chercher , *traîne* , charrie péniblement des *grains* , et les entasse
dans des *souterrains* , *greniers publics* d'abondance.

2 Ces deux vers-là n'existaient pas dans les premières éditions ,
mais , entre les deux qui les précèdent et les deux qui les suivent,
venaient ceux du limaçon, dont le premier était ainsi :

     Toi-même, insecte impur, qui traînes ta prison.

3 A cette histoire en vers si brillans, on reconnaît le brillant papillon, autrefois hideuse et *rampante chenille* , et qui,

O ver , à qui je dois mes nobles vêtemens ,
De tes travaux si courts que les fruits sont charmans !
N'est-ce donc que pour noi que tu reçois la vie ?
Ton ouvrage achevé , ta carrière est finie.
Tu laisses de ton art des héritiers nombreux ,
Qui ne verront jamais leur père malheureux. [1]
Je te plains , et j'ai dû parler de tes merveilles ;
Mais ce n'est qu'à Virgile à chanter les abeilles. [2]

VI. Le roi pour qui sont faits tant de biens précieux,
L'homme élève un front noble , et regarde les cieux.
Ce front , vaste théâtre où l'âme se déploie ,
Est tantôt éclairé des rayons de la joie ,
Tantôt enveloppé du chagrin ténébreux.
L'Amitié tendre et vive y fait briller ses feux ,
Qu'en vain veut imiter dans son zèle perfide
La Trahison , que suit l'Envie au teint livide ;

dans la coque, son *tombeau*, a laissé sa *dépouille grossière*,
pour ressusciter *plein* de vie et *de gloire*, *en léger habitant de
l'air*. Ce *suc qu'il ravit aux fleurs* , objet de son *inconstant
hommage*, semblait bien plutôt destiné à l'abeille pour en composer le trésor de son miel.

1 Quand le ver à soie a achevé de filer , il se trouve enfermé
dans sa coque, qu'on appelle *cocon*, et sa *carrière est finie*,
ainsi que son *ouvrage*. Devenu papillon, il pond de petits œufs
en forme de grains, dont ensuite la seule chaleur nécessaire
pour les couver fait éclore d'autres vers à soie.

2 Virgile a, comme on sait, consacré aux abeilles le quatrième
livre de ses *Géorgiques* , qui, sous le rapport poétique, est peut-
être le plus beau de cet admirable poëme.

Un mot y fait rougir la timide Pudeur ;
Le Mépris y réside, ainsi que la Candeur,
Le modeste Respect, l'imprudente Colère,
La Crainte et la Pâleur, sa compagne ordinaire,
Qui dans tous les périls funestes à mes jours,
Plus prompte que ma voix, appelle du secours.[1]
A me servir aussi cette voix empressée,
Loin de moi, quand je veux, va porter ma pensée ;
Messagère de l'âme, interprète du cœur,
De la société je lui dois la douceur.
Quelle foule d'objets l'œil réunit ensemble !
Que de rayons épars ce cercle étroit rassemble ![2]
Tout s'y peint tour-à-tour. Le mobile tableau
Frappe un nerf qui l'élève et le porte au cerveau.[3]
D'innombrables filets, Ciel, quel tissu fragile !
Cependant ma mémoire en a fait son asile,

1 Ce tableau si plein d'éclat et de vie est bien celui de toutes les passions, de tous les sentimens divers de notre âme, dont le front est avec les yeux le miroir fidèle. Il se peut que la *pâleur, compagne de la crainte*, soit plus *prompte que la voix* à *appeler du secours* ; mais ce n'est sans doute qu'à la clarté du jour, et qu'autant qu'elle peut frapper les regards.

2 Ce *cercle* est celui de la prunelle qui est au milieu de l'œil, et par laquelle les rayons passent pour peindre les objets sur la rétine.

3 *Tout s'y peint tour-à-tour*, à mesure que de nouveaux objets, de nouvelles scènes viennent s'offrir à nos regards. Le *tableau* est *mobile*, et parce qu'il varie sans cesse, et parce que d'ailleurs, porté jusqu'au fond de l'œil par les rayons lumineux, il est élevé de là jusqu'au cerveau par le nerf optique, et passe enfin du cerveau dans l'âme.

Et tient dans un dépôt fidèle et précieux
Tout ce que m'ont appris mes oreilles, mes yeux :
Elle y peut à toute heure et remettre et reprendre,
M'y garder mes trésors, exacte à me les rendre.
Là, ces esprits subtils toujours prêts à partir,[1]
Attendent le signal qui les doit avertir.
Mon âme les envoie, et, ministres dociles,
Je les sens répandus dans mes membres agiles :
A peine ai-je parlé qu'ils sont accourus tous.
Invisibles sujets, quel chemin prenez-vous ?[2]
Mais qui donne à mon sang cette ardeur salutaire?
Sans mon ordre il nourrit ma chaleur nécessaire.
D'un mouvement égal il agite mon cœur ;
Dans ce centre fécond il forme sa liqueur ;
Il vient me réchauffer par sa rapide course ;
Plus tranquille et plus froid il remonte à sa source ;
Et toujours s'épuisant, se ranime toujours.
Les portes des canaux destinés à son cours
Ouvrent à son entrée une libre carrière,
Prêtes, s'il reculait, d'opposer leur barrière.[3]

---

1 Ces *esprits subtils* sont ce qu'on appelle *esprits animaux* ou
vitaux, espèce de fluide très-délié qui porte la vie et le sentiment
dans toutes les parties du corps.

2 Cette apostrophe subite ranime heureusement le discours qui
allait, s'il faut le dire, tomber en monotonie; et cet heureux
effet est accru par la vive interrogation qui suit à titre de
transition.

3 *Prêt de* se disait alors en poésie aussi bien que *prêt à*,
et peut-être devrait-on le permettre encore aux poëtes, qui
ont bien assez d'autres entraves. Du reste, si ce n'est pas

Ce sang pur s'est formé d'un grossier aliment ;
Changement que doit suivre un nouveau changement :
Il s'épaissit en chair ; dans mes chairs, qu'il arrose,
En ma propre substance il se métamorphose.[1]
Est-ce moi qui préside au maintien de ces lois ?
Et pour les établir ai-je donné ma voix ?
Je les connais à peine. Une attentive adresse
Tous les jours m'en découvre et l'ordre et la sagesse.
De cet ordre secret reconnaissons l'auteur.
Fut-il jamais des lois sans un législateur ?
Stupide Impiété, quand pourras-tu comprendre
Que l'œil est fait pour voir, l'oreille pour entendre ?
Ces oreilles, ces yeux, celui qui les a faits,
Est-il aveugle et sourd ? Que d'ouvrages parfaits,
Que de riches présens t'annoncent sa puissance ![2]

VII. « Où sont-ils ces objets de ma reconnaissance?[3]

prêtes de qu'il faudrait ici, ce n'est pas non plus *près de*,
mais *prêtes à*, parce que les portes y sont réellement mises
en action, et qu'on leur prête une âme.

1 Ces quatre derniers vers ne se trouvaient pas dans les
premières éditions.

2 Cette vive et énergique sortie contre l'impie, rappelle cette
strophe si éloquente de J. B. Rousseau, dans l'Ode qui a pour
titre : *La justice divine voit tout* :

> Quel charme vous séduit, quel démon vous conseille,
> Hommes imbéciles et fous ?
> Celui qui forma votre oreille
> Sera sans oreille pour vous !
> Celui qui fit vos yeux ne verra point vos crimes !....

C'est encore une heureuse addition faite après-coup au Poëme,
que ces six vers.

3 Le Poëte fait parler ici l'impie lui-même, et lui met dans

» Est-ce un coteau riant ? Est-ce un riche vallon ?
» Hâtons-nous d'admirer : le cruel Aquilon
» Va rassembler sur nous son terrible cortége ,
» Et la foudre , et la pluie , et la grêle , et la neige.[1]
» L'homme a perdu ses biens , la terre ses beautés.
» Et plus loin qu'offre-t-elle à nos yeux attristés ?
» Des antres , des volcans , et des mers inutiles ,
» Des abîmes sans fin , des montagnes stériles ,
» Des ronces , des rochers , des sables , des déserts.
» Ici de ces poisons elle infecte les airs ;
» Là rugit le lion , ou rampe la couleuvre.
» De ce Dieu si puissant voilà donc le chef-d'œuvre ! »[2]

Et tu crois, ô mortel , qu'à ton moindre soupçon ,
Aux pieds du tribunal qu'érige ta raison ,[3]

la bouche, pour les réfuter ensuite victorieusement, toutes les
plus fortes objections que peuvent fournir contre l'ordre de l'univers , et par conséquent contre la sagesse et la providence divine ,
quelques parties et quelques aspects du grand spectacle de la
Nature.

1 L'Aquilon est un vent froid et orageux du Nord, dont
les Anciens faisaient une espèce de divinité. Le Poëte, en le
personnifiant ici, n'en fait qu'un être allégorique ; mais cette
personnification n'en est pas moins ce qu'on peut appeler un
mythologisme.

2 On ne peut que reconnaître dans ce vers une ironie amère :
il tend certainement à faire penser tout le contraire de ce
qu'il dit.

3 S'établir juge, ou vouloir juger, c'est en quelque sorte
ériger un tribunal, se placer sur un tribunal. Or c'est prétendre
juger Dieu, c'est comme le citer devant soi, que de lui demander
le pourquoi de toutes choses.

Ton maître obéissant doit venir te répondre ?
Accusateur aveugle, un mot va te confondre.
Tu n'aperçois encor que le coin du tableau :
Le reste t'est caché sous un épais rideau,
Et tu prétends déjà juger de tout l'ouvrage ! [1]
A ton profit, ingrat, je vois une main sage
Qui ramène ces maux dont tu te plains toujours.[2]
Notre art, des poisons même emprunte du secours.[3]
« Mais pourquoi ces rochers, ces vents et ces orages ? »
Daigne apprendre de moi leurs secrets avantages,
Et ne consulte plus tes yeux, souvent trompeurs.[4]
    La mer, dont le soleil attire les vapeurs,
Par ces eaux qu'elle perd voit une mer nouvelle
Se former, s'élever et s'étendre sur elle.[5]

[1] Le Poëte compare celui qui veut juger de l'univers par quelques parties isolées, à peine aperçues et moins encore connues, à celui qui, ne voyant que le coin d'un tableau voilé d'un rideau épais, prétendrait juger de tout ce tableau comme s'il l'avait tout entier à découvert devant lui, et qu'il pût l'embrasser d'une seule vue. De cette comparaison, qui ne se fait que dans l'esprit et est ce qu'on appelle *tacite*, résulte une *métaphore*, et une *métaphore* assez étendue pour mériter le nom d'*Allégorisme*.

[2] C'est-à-dire, ces prétendus *maux*, ces maux qui, mieux vus, mieux connus, seraient regardés par toi comme de vrais biens.

[3] La Médecine fait entrer des poisons dans la composition de certains remèdes.

[4] *Trompeurs*, en ce qu'ils te font juger sur des apparences trompeuses.

[5] On voit assez, avant même d'arriver au vers qui suit, quelle est *cette mer nouvelle :* ce sont les vapeurs converties en nuages.

De nuages légers cet amas précieux ,
Que dispersent au loin les vents officieux ,
Tantôt, féconde pluie, arrose nos campagnes ,
Tantôt retombe en neige, et blanchit nos montagnes.
Sur ces rocs sourcilleux , de frimas couronnés ,
Réservoirs des trésors qui nous sont destinés ,[1]
Les flots de l'Océan , apportés goutte à goutte ,
Réunissent leur force et s'ouvrent une route.
Jusqu'au fond de leur sein lentement répandus ,
Dans leurs veines errans , à leurs pieds descendus ,
On les en voit enfin sortir à pas timides ,
D'abord faibles ruisseaux , bientôt fleuves rapides.
Des racines des monts qu'Annibal sut franchir ,[2]
Indolent Ferrarois , le Pô va t'enrichir.[3]

1 Ces *trésors* sont les eaux, qui, en fertilisant les campagnes ,
y font naître des richesses comparables à des *trésors*; ou ce
sont ces richesses mêmes considérées dans leurs premières sources.
Les poëtes disent les *trésors* d'un fleuve, d'une onde, parce
qu'ils rapportent à leur féconde irrigation les *trésors* des campagnes, ces *trésors* bien plus vrais que ceux qu'on appelle
proprement de ce nom.

2 Ces *monts qu'Annibal sut franchir* sont les *Alpes*, qui
séparent l'Italie de la France, et que les neiges dont elles sont
couvertes à leur sommet, ont fait ainsi appeler du latin *albus*,
qui veut dire *blanc*. *Annibal*, célèbre général carthaginois ,
l'un des plus grands capitaines de l'antiquité, et l'un des plus
redoutables ennemis de Rome, qu'il mit à deux doigts de sa
perte. Mort l'an 183 avant Jésus-Christ, à l'âge de soixante
quatre ans.

3 Ferrare, grande et belle ville d'Italie vers l'embouchure du
Pô, brilla autrefois par le commerce et les beaux-arts : elle
est aujourd'hui moins riche, moins peuplée et moins florissante.

Impétueux enfant de cette longue chaîne ,
Le Rhône suit vers nous le penchant qui l'entraîne;
Et son frère, emporté par un contraire choix ,
Sorti du même sein , va chercher d'autres lois.[1]
Mais enfin terminant leurs courses vagabondes ,
Leur antique séjour redemande leurs ondes :[2]
Ils les rendent aux mers ; le Soleil les reprend :
Sur les monts, dans les champs l'Aquilon nous les rend.
Telle est de l'univers la constante harmonie.
De son empire heureux la discorde est bannie :
Tout conspire pour nous , les montagnes, les mers ,
L'astre brillant du jour, les fiers tyrans des airs.[3]
Puisse le même accord régner parmi les hommes !
    VIII. Reconnaissons du moins celui par qui nous sommes,

[1] Le Pô, le Rhône et le Rhin ont leurs sources dans les
Alpes ; mais le Pô assez loin du Rhin et du Rhône, et ces
deux derniers si près l'un de l'autre qu'on peut les dire *frères*.
Tandis que le Rhône se dirige aussitôt vers la France , et la
traverse du Nord au Sud , en se précipitant vers la Méditerranée,
le Rhin courant du Sud au Nord entre la France et l'Allemagne, va, à travers la Hollande, se perdre dans l'Océan ;
le Pô de son côté , prend sa course à travers la partie septentrionale de l'Italie, pour aller se jeter dans la Mer Adriatique ,
autrement appelée Golfe de Venise.

[2] La mer, dont ils étaient sortis en vapeurs, pour s'épaissir
en nuages, et se résoudre ensuite en pluie, en grêle ou en
neige.

[3] C'est-à-dire les vents, qui ne sont que l'air même agité
et poussé dans telle ou telle direction, mais qui, se faisant
plus sentir que l'air calme et tranquille, ont pu être considérés
comme quelque chose non-seulement de différent, mais que
caractérisent l'impétuosité et la violence.

Celui qui fait tout vivre, et qui fait tout mouvoir.
S'il donne l'être à tout, l'a-t-il pu recevoir ?
Il précède les temps : qui dira sa naissance ?
Par lui l'homme, le ciel, la terre, tout commence,
Et lui seul infini n'a jamais commencé.

Quelle main, quel pinceau dans mon âme a tracé
D'un objet infini l'image incomparable ? [1]
Ce n'est point à mes sens que j'en suis redevable.
Mes yeux n'ont jamais vu que des objets bornés,
Impuissans, malheureux, à la mort destinés.
Moi-même je me place en ce rang déplorable,
Et ne puis me cacher mon malheur véritable ; [2]
Mais d'un Être infini je me suis souvenu
Dès le premier instant que je me suis connu. [3]
D'un maître souverain redoutant la puissance,
J'ai, malgré ma fierté, senti ma dépendance. [4]

1 *Infini*, c'est-à-dire, qui n'a ni commencement ni fin ;
qui est sans bornes et sans limites : tel est Dieu, et Dieu seul.

2 Le *malheur* d'être borné, impuissant, sujet à tous les maux,
et destiné à mourir.

3 Le Poëte veut sans doute dire que, l'idée de *l'infini* étant *innée*,
et par conséquent en nous dès avant le moment où nous la remarquons, nous ne faisons, en la remarquant, que nous en *souvenir*.
Or, selon lui, nous la remarquons quand nous commençons
à nous connaître, ou nous ne commençons à nous connaître que
quand nous la remarquons.

4 Un être *infini* ne peut qu'être *souverain*, puisque rien n'a
pu limiter sa puissance ; et s'il est *souverain*, l'être limité et
fini se voit forcé, quelque orgueil qu'il ait, de se reconnaître sous
son empire.

Qu'il est dur d'obéir et de s'humilier !
Notre orgueil cependant est contraint de plier :
Devant l'Être éternel tous les peuples s'abaissent ;
Toutes les nations en tremblant le confessent.[1]
Quelle force invisible a soumis l'univers !
L'homme a-t-il mis sa gloire à se forger des fers ?

IX. Oui, je trouve partout des respects unanimes ,
Des temples , des autels , des prêtres , des victimes :
Le Ciel reçut toujours nos vœux et notre encens.
Nous pouvons , je l'avoue , esclaves de nos sens,
De la Divinité défigurer l'image.
A des Dieux mugissans l'Égypte rend hommage ;[2]

1 Les mots *peuple* et *nation* ne sont pas toujours à-beaucoup-près synonymes : par exemple, il y a en Italie plusieurs
peuples qui ont chacun leur gouvernement particulier; il y a
même en France, sous un même gouvernement, plusieurs peuples
réunis , car chaque province, chaque canton, chaque ville a le
sien ; et cependant, soit en Italie, soit en France, il n'y a
qu'une seule *nation*. Mais ici on ne voit pas trop pourquoi
il y aurait à distinguer entre *nation* et *peuple*, et ces deux
mots peuvent probablement y être regardés comme synonymes.
Reste à savoir si, placés aussi près l'un de l'autre, ils ne font
pas une sorte de *redondance*.

2 Ces *Dieux mugissans* des Egyptiens étaient le bœuf et la
vache, dans lesquels ils adoraient Osiris et Isis son épouse, leurs
anciens souverains, à qui ils attribuaient en grande partie leur
civilisation, l'invention ou le perfectionnement des arts, et surtout de l'Agriculture. Mais le grand objet de leur vénération et
de leur culte, était un bœuf choisi entre tous les autres, et qu'ils
désignaient par le nom d'*Apis*, premier nom d'*Osiris*.

Mais dans ce bœuf impur qu'elle daigne honorer,
C'est un Dieu cependant qu'elle croit adorer.
L'esprit humain s'égare; et follement crédules,
Les peuples se sont fait des maîtres ridicules.
Ces maîtres toutefois par l'erreur encensés
Jamais impunément ne furent offensés :
On détesta Mézence ainsi que Salmonée,
Et l'horreur suit encor le nom de Capanée.¹
Un impie en tout temps fut un monstre odieux ;
Et quand, pour me guérir de la crainte des Dieux,
Épicure en secret médite son système,
Aux pieds de Jupiter je l'aperçois lui-même.²

1 Mézence, Salmonée et Capanée étaient, suivant les anciens
poëtes, trois grands contempteurs des Dieux.

Mézence, roi d'Étrurie, se plaisait à faire attacher des vivans
bouche à bouche sur des cadavres, et à les voir mourir dans
l'horreur de ces affreux embrassemens. Les Étruriens, las de sa
tyrannie, mirent le feu à son palais.

Salmonée, roi d'Élide, poussa le mépris des Dieux jusqu'à
vouloir faire lui-même le Dieu, s'il faut le dire, en poussant
sur un pont d'airain un chariot qui imitait le bruit du tonnerre,
et en lançant de là sur quelques malheureux des torches enflam-
mées : il fut, dit-on, frappé de la foudre en punition de son
crime.

Capanée, l'un des sept chefs Thébains, fut tué devant Thèbes
d'un coup de foudre, par Jupiter irrité du mépris qu'il affectait
pour les Dieux.

2 Épicure voulant détruire les préventions que l'on avait conçues contre sa doctrine, fit des livres de piété, fréquenta les
temples, et n'y parut jamais que dans la posture d'un suppliant.

Surpris de son aveu , je l'entends en effet
Reconnaître un pouvoir dont l'homme est le jouet ,
Un ennemi caché qui réduit en poussière
De toutes nos grandeurs la pompe la plus fière.[1]
Peuples , rois , vous mourez , et vous , villes , aussi.
Là gît Lacédémone , Athènes fut ici.[2]
Quels cadavres épars dans la Grèce déserte ![3]
Et que vois-je partout ! La terre n'est couverte
Que de palais détruits , de trônes renversés ,
Que de lauriers flétris , que de sceptres brisés.[4]

Dioclès , l'y apercevant un jour, s'écria : *Quel spectacle pour moi ! Je n'ai jamais mieux senti la grandeur de Jupiter que depuis que je vois Épicure à genoux.*

1 C'est-à-dire , les monumens les plus *pompeux* et les plus superbes de nos *grandeurs*, ceux qui paraîtraient le plus faits pour braver le temps et la destruction.

2 Lacédémone et Athènes , capitales de deux anciennes républiques de la Grèce très-célèbres dans l'Histoire. Lacédémone, autrement Sparte , a perdu jusqu'à son nom, pour faire place à une nouvelle ville , Misitra , qui est située à une lieue et. demie de ses ruines. Athènes semble n'avoir conservé son nom et quelques précieux débris , que pour attester aux nations l'inconcevable décadence de son ancienne splendeur.

3 Les *cadavres* de tant de superbes villes et de magnifiques monumens dont elle était autrefois couverte.

4 Les mots *trônes. lauriers* et *sceptres*, sont dans ces vers bien plutôt au figuré qu'au propre : *trônes* et *sceptres* , pour empires, pour royaumes, ou pour dignités suprêmes ; *lauriers*, pour gloire et honneur, et sans doute aussi pour monumens d'honneur et de gloire, pour trophées.

Où sont, fière Memphis, tes merveilles divines?[1]
Le temps a dévoré jusques à tes ruines.
Que de riches tombeaux élevés en tous lieux,
Superbes monumens qui portent jusqu'aux cieux
Du néant des humains l'orgueilleux témoignage !
A ce pouvoir si craint tout mortel rend hommage.
Aux pieds de son idole un barbare à genoux,
D'un être destructeur vient fléchir le courroux :
« Être altéré de sang, je vais te satisfaire :[2]
» Que cette autre victime apaise ta colère ;
» J'arrose ton autel du sang de cet agneau.
» N'en es-tu pas content ? Te faut-il un taureau ?
» Faut-il une hécatombe à ta haine implacable ?[3]
» Pour mieux me remplacer, te faut-il mon semblable ?
» Faut-il mon fils ? je viens l'égorger devant toi.
» De ce sang enivré, cruel, épargne-moi ».[4]

1 Memphis, capitale de l'ancienne Egypte, sur la gauche du
Nil, un peu au-dessus du Caire, qui est sur la droite. C'est
auprès de Memphis que se trouvaient ces antiques et fameuses
pyramides, encore aujourd'hui l'étonnement du monde.

2 Très-bel exemple d'*abruption*, c'est-à-dire de cette figure
de style par laquelle on rompt tout-à-coup et sans aucune formule
de liaison, le fil du discours, pour faire parler directement un
personnage qu'on met en scène.

3 *Hécatombe*, sacrifice de cent bœufs ou de plusieurs animaux
de différentes espèces : des deux mots grecs *Hécaton*, cent, et
bous, bœuf. Le nom d'*Hécatombe* se donne aussi par extension
à tout sacrifice somptueux.

4 C'est sans doute un très-beau morceau, et l'un des plus
beaux du Poëme, que cet hommage de l'idolâtre à son idole :
Il ne se trouvait point dans les premières éditions.

Ces épaisses forêts qui couvrent les contrées
Par un vaste océan des nôtres séparées ,[1]
Renferment, dira-t-on , de tranquilles mortels ,
Qui jamais à des dieux n'ont élevé d'autels.
Quand d'obscurs voyageurs racontent ces nouvelles ,
Croirai-je des témoins tant de fois infidèles ?
Supposons cependant tous leurs rapports certains :
Comment opposerais-je au reste des humains
Un stupide sauvage errant à l'aventure ,
A peine de nos traits conservant la figure ;
Un misérable peuple égaré dans les bois ,
Sans maîtres, sans États , sans villes et sans lois ?
Qu'à bon droit, libertins, vous êtes méprisables,
Lorsque dans ces forêts vous cherchez vos semblables ![2]

Ces hommes toutefois à ce point abrutis ,
Dans la nuit de leurs sens tristement engloutis ,[3]
Montrent quelques rayons d'une image divine ,
Restes défigurés d'une illustre origine.[4]

1 Ces *contrées* ne peuvent être, à ce qu'il paraît, que celles
de l'Amérique, où il y a encore en effet beaucoup de sauvages.

2 Quoi ! vous , si fiers de votre raison et de vos lumières ,
c'est pour modèles, pour maîtres, que vous prendriez de malheureux idiots qui ne semblent tenir à l'espèce humaine que par
la figure !

3 Le Sauvage est comme l'enfant dans lequel la raison n'est
point encore développée : il est tout sous l'empire des sens , et
d'épaisses ténèbres l'enveloppent de toutes parts.

4 C'est-à-dire, qui leur restent d'une illustre origine, tout
obscurcis et défigurés qu'ils sont. Peut-on bien dire les *rayons*

Il est une justice et des devoirs pour eux :
Du sang qui les unit ils connaissent les nœuds ;
Au plus barbare époux la tendre épouse est chère ;
Il chérit son enfant , il respecte son père.
La Nature sur nous ne perd point tous ses droits.

« Mais ces droits , que sont-ils ? D'imaginaires lois ,
» Quand d'un être vengeur j'ai secoué la crainte , [1]
» Ne peuvent sur mon âme établir leur contrainte.
» C'est pour moi que je vis , je ne dois rien qu'à moi.
» La vertu n'est qu'un nom , mon plaisir est ma loi. »

Ainsi parle l'impie, et lui-même est l'esclave
De la foi, de l'honneur, de la vertu qu'il brave :
Dans ses honteux plaisirs , s'il cherche à se cacher ,
Un éternel témoin les lui vient reprocher.
Son juge est dans son cœur : tribunal où réside
Le censeur de l'ingrat, du traître, du perfide. [2]
Par ses affreux complots nous a-t-il outragés ?
La peine suit de près, et nous sommes vengés.

d'une *image divine ?* Oui , sans doute, puisqu'une *image divine*
ne peut qu'être *lumineuse*, ne peut que briller, *rayonner*, je ne
dis pas dans le *sens physique*, mais dans le *sens moral*.

1 Mais c'est cette *crainte d'un être vengeur* qu'on ne peut pas
entièrement *secouer*, quelques efforts qu'on fasse pour s'aveugler
et pour s'étourdir.

2 Cet *éternel témoin*, ce *censeur* si sévère et si assidu, c'est
la conscience, cette lumière intérieure, ce sentiment intime par
lequel nous nous rendons témoignage à nous-mêmes du bien
et du mal que nous faisons.

De ses remords secrets triste et lente victime, [1]
Jamais un criminel ne s'absout de son crime.
Sous des lambris dorés, ce triste ambitieux
Vers le ciel sans pâlir n'ose lever les yeux.
Suspendu sur sa tête, un glaive redoutable
Rend fades tous les mets dont on couvre sa table. [2]
Le cruel repentir est le premier bourreau
Qui dans un sein coupable enfonce le couteau.
Des chagrins dévorans attachés sur Tibère,
La Cour de ses flatteurs veut en vain le distraire. [3]
Maître du monde entier, qui peut l'inquiéter ?
Quel juge sur la terre a-t-il à redouter ?
Cependant il se plaint, il gémit, et ses vices
Sont ses accusateurs, ses juges, ses supplices.

1 On appelle *remords* les reproches de la conscience, parce que nous en sommes en quelque sorte *mordus*, déchirés.

2 Allusion à l'histoire du lâche flatteur Damoclès, qui, admis à la table de Denys le tyran, son maître, et servi avec toute la magnificence d'un roi, ne voulut plus d'aucun mets ni d'un tel bonheur, quand il eut vu au-dessus de sa tête un glaive menaçant qui ne tenait au plafond que par un crin de cheval.

3 Tibère, empereur Romain, successeur immédiat d'Auguste, comme son fils adoptif et son gendre, était né l'an 42 avant Jésus-Christ. N'osant plus rester à Rome, où le sang de ses proches, de ses amis, et des citoyens, versé par ses ordres, élevait de toutes parts sa voix contre lui, et où il craignait que tant de victimes ne trouvassent enfin un vengeur, il s'était retiré dans la petite île de Caprée, située dans la Méditerranée, à sept ou huit lieues de Naples. Mort l'an 37 de Jésus-Christ, après vingt-trois ans d'un règne exécrable.

Toujours ivre de sang , et toujours altéré,
Enfin par ses forfaits au désespoir livré ,
Lui-même étale aux yeux du Sénat qu'il outrage
De son cœur déchiré la déplorable image.[1]
Il périt chaque jour consumé de regrets ,
Tyran plus malheureux que ses tristes sujets.

Ainsi de la Vertu les lois sont éternelles.
Les peuples ni les rois ne peuvent rien contre elles:
Les Dieux que révéra notre stupidité
N'obscurcirent jamais sa constante beauté ;
Et les Romains, enfans d'une impure déesse ,
En dépit de Vénus , admirèrent Lucrèce.[2]

[1] C'est ce qu'il fit dans plus d'une lettre au Sénat, mais
particulièrement dans celle par laquelle il accusa Séjan , et dans
celle par laquelle il excusa Messalinus. Le monstre y avoue
qu'*il se sent périr tous les jours misérablement ;* qu'*il ne goûte
aucun plaisir sans amertume ;* qu'*il tremble nuit et jour pour
sa vie ;* qu'*il retrouve jusque dans le sommeil les objets qui l'ont
affligé durant le jour.* C'est que, comme l'observe Tacite, ses
barbaries et ses débauches étaient devenues pour lui des supplices,
ses passions forcenées autant de bourreaux.

[2] Cette *impure déesse* était Vénus elle-même, déesse de
l'amour et de la volupté. Les Romains sont dits *enfans de Vénus,*
parce qu'ils lui rendaient un culte particulier, ou plutôt peut-
être parce que c'est de Vénus et d'Anchise que, suivant leur
croyance, avait reçu le jour Enée, prince Troyen, qu'ils regardaient comme le premier fondateur de leur empire.

Lucrèce, cette illustre héroïne de la foi conjugale chez les
Romains, ayant été violée par un fils de Tarquin le Superbe .
se donna la mort en présence de son mari et de sa famille
pour ne pas survivre à son déshonneur.

Je l'apporte en naissant , elle est écrite en moi
Cette loi qui m'instruit de tout ce que je doi
A mon père , à mon fils , à ma femme , à moi-même.
A toute heure je lis dans ce Code suprême
La loi qui me défend le vol , la trahison , [1]
Cette loi qui précède et Lycurgue et Solon. [2]
Avant même que Rome eût gravé douze Tables, [3]
Métius et Tarquin n'étaient pas moins coupables.[4]
Je veux perdre un rival. Qui me retient le bras ?
Je le veux , je le puis , et je n'achève pas.

1 La *loi* dont il s'agit là est une loi particulière comprise
dans la grande *Loi naturelle*, qui est une loi générale , une
sorte de *code* , le *code* de la Nature.

2 Lycurgue et Solon , deux célèbres législateurs de la Grèce,
dont le premier constitua, s'il faut le dire, Sparte , et le second ,
Athènes. Lycurgue donna ses lois vers l'an 884 avant Jésus-
Christ, et Solon vers l'an 594.

3 *Douze tables* ou planches de lois : elles furent gravées
vers l'an 302 de Rome, sous les décemvirs. On peut dire par
ellipse *les douze tables*, pour *les lois des douze tables*.

4 *Metius*, général Albain, combattant en qualité d'auxiliaire
avec les Romains contre les Véiens, quitta son poste dès le
premier choc, et se retira sur une éminence, résolu, si la victoire
se déclarait pour les Véiens, de se joindre à eux, ainsi qu'il
le leur avait promis secrètement. *Tullus*, son roi, outré de
cette perfidie, le fit attacher entre deux chariots, et tirer par quatre
chevaux, qui le mirent en pièces aux yeux de l'armée victorieuse.

Ce *Tarquin* est Tarquin le Superbe, ce célèbre tyran de
Rome, qui , après avoir ôté la vie à son beau-père *Servius-Tullius*,
pour assouvir sa soif de régner, rendit la royauté si odieuse
aux Romains , qu'ils le chassèrent de Rome lui et sa famille ,
et établirent la République.

Je crains plus de mon cœur le sanglant témoignage
Que la sévérité de tout l'aréopage.[1]
La Vertu, qui n'admet que de sages plaisirs ,
Semble d'un ton trop dur gourmander nos désirs ;
Mais quoique pour la suivre il coûte quelques larmes ,
Tout austère qu'elle est, nous admirons ses charmes.
Jaloux de ses appas , dont il est le témoin ,
Le Vice , son rival , la respecte de loin.
Sous ses nobles couleurs souvent il se déguise ,
Pour consoler du moins l'âme qu'il a surprise.

Adorable Vertu, que tes divins attraits
Dans un cœur qui te perd laissent de longs regrets !
De celui qui te hait ta vue est le supplice.
Parais : que le méchant te regarde , et frémisse.[2]
La Richesse , il est vrai, la Fortune te fuit ;
Mais la Paix t'accompagne, et la Gloire te suit ;
Et , perdant tout pour toi, l'heureux mortel qui t'aime ,
Sans biens , sans dignités , se suffit à lui-même.
Mais lorsque nous voulons sans toi nous contenter ,
Importune Vertu, pourquoi nous tourmenter ?
Pourquoi par des remords nous rendre misérables ?
Qui t'a donné ce droit de punir les coupables ?

---

[1] Le nom d'*Aréopage* désigne proprement un tribunal d'Athènes , placé dans un lieu consacré à Mars, et célèbre dans l'Antiquité par sa réputation de sagesse. Il désigne ici une assemblée respectable de juges, de magistrats.

[2] Sans doute pour dire : *Parais-tu , le méchant frémit à ta vue ;* ou bien : *Il suffit que tu paraisses aux yeux du méchant pour qu'il frémisse.* Mais comme c'est bien plus expressif et bien plus poétique !

Laisse-nous en repos , cesse de nous charmer ,
Et qu'il nous soit permis de ne te point aimer.[1]
Non , tu seras toujours par ta seule présence ,
Ou notre désespoir , ou notre récompense.[2]

Qui te pourra, grand Dieu ! méconnaître à ces traits ?
Tu nous parles sans cesse ; et les hommes distraits
N'écoutent point la voix qui frappe leurs oreilles.[3]
Tu fais briller partout tes dons et tes merveilles ;
Mais sur la terre , hélas ! admirant tes bienfaits ,
Nos regards jusqu'à toi ne remontent jamais :
Quelque maître nouveau sans cesse nous entraîne,[4]
Et d'objets en objets notre âme se promène ,

1 Un prosateur, un froid poëte aurait dit : *Tu ne peux nous laisser en repos , ni cesser de nous charmer, et nous , nous ne pouvons nous empêcher de t'aimer.*

2 Selon que nous nous sentirons criminels ou innocens. *Peine* serait plus opposé à *récompense* que *désespoir*, et *consolation* ou *joie* , plus opposé à *désespoir* que *récompense*. Mais cependant *récompense* et *désespoir* ne vont pas mal ensemble : c'est une sorte de prix, de *récompense*, que la *joie* , la *consolation* , la paix d'une conscience pure ; et d'ailleurs notre première *récompense* est dans la satisfaction d'avoir bien fait.

3 Cette *voix* qui se fait entendre de toutes les parties de l'univers, et qui retentit sans cesse des cieux à la terre, et de la terre aux cieux, célébrant un Dieu créateur et conservateur, et publiant sa grandeur , sa puissance et sa gloire : *Cœli enarrant gloriam dei* , etc.

4 Ces *maîtres nouveaux* auxquels nous cédons, et qui nous arrachent au seul *maître* véritable , ce sont nos passions et nos vices, ces premiers et cruels tyrans de nos cœurs.

Tandis que de toi seul nous restons séparés !
Quel crime, quelle erreur nous a donc égarés ?
Nos malheurs, ô mon Dieu, seraient-ils sans ressource ?
Sondons leur profondeur, remontons à leur source.
Que l'homme maintenant se présente à mes yeux :
Quand je l'aurai connu, je te connaîtrai mieux.

FIN DU CHANT PREMIER.

APPENDICE

DU CHANT PREMIER.

I. Page 6.

Répondez, Cieux et Mers; et vous, Terre, parlez....

C'est ici le cas de rappeler la belle ode de J.-B. Rousseau, tirée du psaume 18 : *Cœli enarrant gloriam Dei.*
Comme les cinq premières strophes nous élèvent à
Dieu par le spectacle de ses œuvres !

> Les Cieux instruisent la terre
> A révérer leur auteur.
> Tout ce que leur globe enserre [1]
> Célèbre un Dieu créateur.
> Quel plus sublime cantique
> Que ce concert magnifique
> De tous les célestes corps !
> Quelle grandeur infinie !
> Quelle divine harmonie
> Résulte de leurs accords !
>
> De sa puissance immortelle
> Tout parle, tout nous instruit.
> Le jour au jour la révèle,
> La nuit l'annonce à la nuit.
> Ce grand et superbe ouvrage
> N'est point pour l'homme un langage

---

[1] *Enserrer*, pour enfermer, enclore : il est, dit l'Académie, principalement
d'usage en poésie.

Obscur et mystérieux :
Son admirable structure
Est la voix de la Nature,
Qui se fait entendre aux yeux.

Dans une éclatante voûte
Il a placé de ses mains
Ce soleil qui dans sa route
Éclaire tous les humains.
Environné de lumière,
Cet astre ouvre sa carrière,
Comme un époux glorieux
Qui, dès l'aube matinale,
De sa couche nuptiale
Sort brillant et radieux.

L'univers à sa présence
Semble sortir du néant.
Il prend sa course, il s'avance
Comme un superbe géant :
Bientôt sa marche féconde
Embrasse le tour du monde
Dans le cercle qu'il décrit ;
Et, par sa chaleur puissante,
La Nature languissante
Se ranime et se nourrit.

O que tes œuvres sont belles !
Grand Dieu ! quels sont tes bienfaits !
Que ceux qui te sont fidèles
Sous ton joug trouvent d'attraits !
Ta crainte inspire la joie :
Elle assure notre voie ;
Elle nous rend triomphans :
Elle éclaire la jeunesse,
Et fait briller la sagesse
Dans les plus faibles enfans ....

II. Page 9.

Mon suc dans la racine à peine répandu.....

Delille, dans ses *Trois Règnes de la Nature*, décrit ainsi les phénomènes de la vie végétale, c'est-à-dire la circulation et les produits de la sève, qui est le sang des plantes : chant VI.

Tantôt ma voix chantait les vertus minérales :
Un nœud secret les joint aux races végétales.
L'arbuste, l'arbrisseau, les herbes et les fleurs,
Des élémens divers puissans combinateurs,
Sont le laboratoire où leur force agissante
Exerce incessamment leur action puissante,
Et de tous ces agens dans la plante introduits,
Forme l'éclat des fleurs et la saveur des fruits :
Admirable chimie, où l'air, la terre et l'onde,
Forment mille unions de leur guerre féconde !
Interrogez ces plants : des milliers de vaisseaux,
Qui, sur un même tronc s'assemblent en faisceaux,
D'un côté, dans la terre, en racines s'étendent,
De l'autre en longs rameaux dans les airs se répandent ;
Puis, divisés encor, vont, dans leurs frais boutons,
Du feuillage léger préparer les festons.
Dois-je vous dire encor ces minces vésicules
Qui ramassent la sève en d'étroites cellules ?
Et ces nombreux canaux où les sucs épaissis
En un solide bois par degrés sont durcis ?
Comment, pour pomper l'air, de l'active trachée
La spirale élastique en leur sein est cachée ?
Chaque plante en sa tige enferme ses vaisseaux ;
Que dis-je ? chaque part du tronc et des rameaux

Contient ce triple organe,[1] et de chaque partie
Un arbre tout entier peut recevoir la vie :
Tant le Ciel a voulu dans leur fécondité
Placer l'heureux espoir de leur postérité !
Pour embellir encor cette race future,
La greffe unit son art aux dons de la nature :
Art sublime, art fécond dont les secrets divers
Remontent au berceau de l'antique univers....

Mais dans la même espèce, et sur les mêmes tiges
Qui peut, sans s'étonner, voir tant d'autres prodiges ?
Le même suc, changeant de parfum, de saveur,
Forme le bois, le fruit, le feuillage et la fleur ;
Tapisse de duvet la pêche cotoneuse,
Arme de dards aigus la châtaigne épineuse,
Donne aux pois une écosse, une écaille à la noix,
De son mol épiderme environne le bois,
Revêt le tendre aubier d'une écorce plus dure ;
Là rougit la cerise, ici noircit la mûre ;
Donne aux fleurs leur émail, sa verdure au gazon
Tantôt est un remède, et tantôt un poison ;
Et plus étrange encor dans ses métamorphoses,
Il court infecter l'ail et parfumer les roses.

Qui produit ces effets ? Les différens tissus
Façonnent à leur gré les sucs qu'ils ont reçus,
Et, suivant les canaux que leur liqueur inonde,
Moulent différemment la sève vagabonde :
Tel le feu se jouant dans ses tubes divers
En javelots brûlans s'élance dans les airs,
En vase s'arrondit, ou se déploie en gerbe,
Roule en globe étoilé, monte en dragon superbe,

---

[1] C'est-à-dire, les petites cellules qui forment la base du tissu végétal ; les
canaux qui de là se rendent d'une extrémité de la plante à l'autre ; et enfin les fils
élastiques contournés en spirales dont sont composés la plupart de ces vaisseaux.

Se change en dôme, en voûte, en palais, en berceaux,
Et d'un seul élément compose cent tableaux.

III. Page 10.

Viens me développer ce nid qu'avec tant d'art....

L'industrieux instinct des oiseaux dans la construction de leurs nids, a fourni à Delille le sujet du tableau
suivant : *Les Trois Règnes de la Nature*, chant VII :

Ainsi qu'adroits chasseurs, architectes savans,
Contre leurs ennemis, les frimas et les vents,
Avec combien d'adresse instruits par la Nature,
Ils savent de leurs nids combiner la structure !
Chaque race choisit et la forme et le lieu :
L'une en ces long canaux où pétille le feu,[1]
Sous nos toits, sous nos murs, hospitaliers pour elle,
Construit de ses enfans la demeure nouvelle ;[2]
L'une au chêne orgueilleux, l'autre à l'humble arbrisseau,
De ses jeunes enfans confia le berceau ;
Là, des œufs maternels nouvellement éclose,
Sur le plus doux coton la famille repose,
Et la laine et le crin, assemblés avec art,
De leur tissu serré leur forment un rampart
Dont le tour régulier, l'exacte symétrie
Défirait le compas de la géométrie.
Par un soin prévoyant d'autres placent leurs nids
Au lieu le plus propice à nourrir leurs petits ;

[1] L'hirondelle de cheminée.

[2] L'hirondelle de fenêtre, le martinet.

Ici l'amour craintif les cache sous la terre ; [1]
Là, de leurs ennemis pour éviter la guerre,
Les suspend aux rameaux mollement balancés,
Et dans ce doux hamac les enfans sont bercés.[2]
Quelques-uns ont leur toit, leur auvent, leur issue
Qui de leurs ennemis ne peut être aperçue :
Chacun a son instinct inspiré par l'amour.
Voyez, de ses enfans préparant le séjour,
En architecte adroit, mais en père timide,
Cet oiseau leur construire une humble pyramide,
Mille fois préférable à celles de l'orgueil.[3]
Son air mystérieux d'abord étonne l'œil :
Introduit par la porte au sein du vestibule,
L'oiseau monte et descend dans une autre cellule,
Où cachés et bravant les piéges, les saisons,
Reposent mollement ses tendres nourrissons.
Ainsi nos toits, nos murs, les forêts, les charmilles,
Tout a ses constructeurs, ses berceaux, ses familles,
Tout aime, tout jouit, tout bâtit à son tour.
Protége, Dieu puissant, ces enfans de l'amour,
Le doux chardonneret, la fauvette fidèle,
Le folâtre pinçon, et surtout Philomèle ! 4

1 Le Troglodyte, le plus petit de nos oiseaux de France.

2 On appelle *hamac* une espèce de filet suspendu à deux points fixes, et dans lequel on met un lit.

3 Le plus remarquable de tous les nids d'oiseaux est celui d'une espèce de Troupiale d'Amérique. Il est suspendu par un long cordon tissu d'herbe ; sa forme est celle d'une bourse étroite en haut, élargie en bas ; l'entrée est par le côté ; mais, loin de consister dans un simple trou, c'est un canal, une sorte de cheminée renversée, dont l'orifice est vers le bas. L'oiseau qui vole y pénètre aisément ; mais les reptiles ou les quadrupèdes qui auraient grimpé le long des branches, ne peuvent y arriver.

4 C'est-à-dire le rossignol : les poëtes l'appellent *Philomèle*, du nom d'une fille de Pandion qui selon la Fable, fut métamorphosée en cette sorte d'oiseau.

IV. Page 12.

Quand viendra ce printems par qui tant d'exilés
Dans les champs paternels se verront rappelés.

Ce beau tableau pouvait-il se terminer plus heureusement que par ces deux vers! Combien ne sont-ils
pas touchans par le doux souvenir de la patrie, et
quel attendrissement ne produiront-ils pas dans tout
lecteur absent des lieux où il reçut le jour! Je ne puis
m'empêcher de citer les réflexions pleines de sentiment auxquelles ils servent de texte dans le *Génie du
Christianisme*, tome 1ᵉʳ :

« Nous avons vu quelques infortunés à qui ce der-
» nier trait faisait venir les larmes aux yeux. Il n'en
» est pas des exils que la Nature prescrit, comme de
» ceux qui sont commandés par les hommes. L'oiseau
» n'est banni un moment que pour son bonheur; il
» part avec ses voisins, avec son père et sa mère, avec
» ses sœurs et ses frères; il ne laisse rien après lui; il
» emporte tout son cœur. La solitude lui a préparé le
» vivre et le couvert; les bois ne sont point armés
» contre lui; il retourne enfin mourir aux bords
» qui l'ont vu naître : il y retrouve le fleuve, l'arbre,
» le nid, le soleil paternel. Mais le mortel chassé de
» ses foyers y rentre-t-il jamais? Hélas! l'homme ne
» peut dire, en naissant, quel coin de l'univers gar-
» dera ses cendres, ni de quel côté le souffle de l'ad-
» versité le portera. Encore si on le laissait mourir
» tranquille! Mais aussitôt qu'il est malheureux, tout
» le persécute : l'injustice particulière dont il est l'ob-

» jet, devient une injustice générale. Il ne trouve pas,
» ainsi que l'oiseau, l'hospitalité sur la route; il
» frappe, et l'on n'ouvre pas; il n'a, pour appuyer ses
» os fatigués, que la colonne du chemin public, ou
» que la borne de quelque héritage. Souvent même on
» lui dispute ce lieu de repos, qui, placé entre deux
» champs, semblait n'appartenir à personne; on le
» force à continuer sa route vers de nouveaux déserts:
» le ban qui l'a mis hors de son pays (1), semble l'avoir
» mis hors du monde. Il meurt, et il n'a personne
» pour l'ensevelir. Son corps gît délaissé sur un gra-
» bat, d'où le juge est obligé de le faire enlever, non
» comme le corps d'un homme, mais comme une im-
» mondice dangereuse aux vivans. Ah! plus heureux
» lorsqu'il expire dans quelque fossé au bord d'une
» grande route, et que la charité du Samaritain (2)
» jette en passant un peu de terre étrangère sur ce
» cadavre! N'espérons donc que dans le Ciel, et nous
» ne craindrons plus l'exil: il y a dans la Religion
» toute une patrie. »

1 Le *ban*, c'est-à-dire l'acte de bannissement, le décret d'exil.

2 Dans une de ces paraboles où Jésus-Christ donne ses belles
instructions sous le voile de l'allégorie, un malheureux Juif est
représenté dépouillé et laissé demi-mort par des voleurs, sur la
route de Jérusalem à Jéricho: un prêtre passe, le voit, et continue son chemin; après lui, un Lévite en fait de même; enfin
vient un *Samaritain*, qui, ému de compassion à sa vue, descend
de cheval, bande ses plaies, les nettoie avec du vin et de l'huile,
le met sur sa monture, le mène dans la plus prochaine hôtellerie,
et lui fait donner tous les secours nécessaires.

V. Page 13.

Toi, que souvent ma haine écrase avec raison....

Ce qui n'est pas moins étonnant que ces yeux du limaçon au bout de ses cornes, c'est la reproduction de ces cornes et de ces yeux, quand ils ont été coupés. Ce phénomène est le sujet des vers suivans de Delille : *Les Trois Règnes*, chant VIII :

> Vous parlerai-je encor de tant d'autres merveilles
> Dont cent fois le récit a frappé vos oreilles ?
> Ce reptile gluant qui traîne sa maison,
> Qu'avilit l'ignorant, qu'admire la raison,
> Et dont le double étui par degrés développe
> Ou renferme à son gré son double télescope :
> Qu'avec ces nerfs sans fin où tant d'art est caché,
> L'organe de ses yeux par le fer soit tranché ;
> Ces yeux, pour l'œil de l'homme, admirable spectacle,
> Dont les nôtres à peine égalent le miracle,
> Et que Dieu seul peut-être une fois put former,
> Coupés vingt fois, vingt fois ils vont se ranimer ;
> Et du fer mutilé, toujours prompts à renaître,
> Au bout de leur long tube on les voit reparaître.

VI. Page 15.

Le Roi, pour qui sont faits tant de biens précieux....

C'est Delille qui, dans ses *Trois Règnes*, Chant VIII, fait bien sentir la supériorité de l'homme sur les animaux :

> Ainsi sont réunis sur cette échelle immense
> Le degré qui finit et celui qui commence.
> L'homme seul est au faîte ; et quel être orgueilleux
> Oserait approcher du chef-d'œuvre des Cieux ?
> Dans les êtres vivans Dieu défend qu'aucun être
> Réunisse à lui seul tous les traits de son maître ;

Mais, sans lui ressembler, de son divin portrait
Des animaux choisis obtinrent quelque trait.
L'un imite sa voix, et l'autre sa figure;
L'éléphant, pour venger sa grossière structure,
De sa raison sublime obtint quelques rayons :
Là l'auteur du portrait a brisé ses crayons.
En vain nous étalant sa forme presque humaine,
Et sa large poitrine, et sa taille hautaine,
Et ses adroites mains, l'homme inculte des bois[1]
Sur nous des animaux revendique les droits ;
Entre l'être mortel et l'être impérissable,
Dieu lui-même a tracé la ligne ineffaçable.
Des fibres et des nerfs qu'importe le vain jeu ?
Aucun ne touche à l'homme, et l'homme touche à Dieu.
Oui, sur quelques vains droits que leur orgueil se fonde,
Tous sont nés les sujets du monarque du monde.
La Nature à chacun impose peu de soins ;
Ils ont peu de pensers, ayant peu de besoins :
Les faciles plaisirs, objets de leur envie,
L'impérieux désir de conserver leur vie,
Les mets inapprêtés qui forment leurs repas,
Leurs amours passagers, leurs chasses, leurs combats,
Là s'arrête l'instinct. Le moment le décide,
Son action est sûre, et son repos stupide;
Les objets désirés sont seuls intéressans;
Sa courte attention s'endort avec les sens ;
Il n'a point la pensée indépendante et pure
Qui sait pour elle-même admirer la nature,
Des êtres observer les mutuels rapports,
Interroger son âme, étudier son corps.
Pour lui meurent des faits les traces fugitives,
La vie est sans époque, et le temps sans archives,

[1] L'espèce de singe qui ressemble le plus à l'homme, et qu'on appelle Orang-Outan.

Le présent sans passé, l'instant sans avenir,
La volupté sans choix, l'amour sans souvenir.
Tels sont les animaux; mais tel n'est point leur maître.
Sujets, abaissez-vous, votre roi va paraître.
Lui seul de la raison suit le divin flambleau,
Sait distinguer le bon, sait admirer le beau;
Lui seul dans l'univers sait par un art suprême,
Se séparer de lui pour s'observer lui-même;
Aux spectacles pompeux dont ses yeux sont témoins
S'unit par ses pensers comme par ses besoins;
Par la réflexion accroît sa jouissance;
Il connaît sa faiblesse, et voilà sa puissance.
L'être que Dieu fit nu dut inventer les arts :
Il file ses habits, il bâtit des remparts;
Lui seul au vêtement sait unir la parure,
Joint les besoins du luxe à ceux de la nature,
L'exercice au loisir, le loisir aux travaux.
De ses nouveaux besoins sont nés des arts nouveaux;
Mais ces arts bienfaisans que l'instinct fit éclore
Dans leur obscur berceau semblaient languir encore :
Enfin avec des sons, et des signes divers,
Le langage parut, et changea l'univers,
Et de la brute à l'homme agrandit la distance.
Non que des animaux l'imparfaite éloquence
N'ait ses premiers accens et ses expressions,
Signes de ses besoins et de ses passions :
Même son ne rend pas leur joie et leur tristesse;
Ils ont leur cri de rage et leur cri de tendresse.
Combien d'accens divers du Coq, roi de nos cours,
Expriment les désirs, les haines, les amours !
Tantôt sollicitant la poule rigoureuse,
Il attendrit l'accent de sa voix langoureuse;
Tantôt, aigre et criard, parle en maître irrité,
Prend le ton caressant de la paternité,

Provoque à haute voix ses émules de gloire;
Il sonne son réveil, il chante sa victoire,
Et l'air répète au loin ses éclats triomphans.
La poule qui partage un ver à ses enfans,
N'a pas le même cri que la poule éperdue
Dont l'horrible faucon vient de frapper la vue.
Mais ces accens si sûrs, cette foule de tons
Qui dit tout par les mots, qui rend tout par les sons,
Des objets différens distingue la nuance,
Marque ici leur contraste, et là leur ressemblance,
Peint tantôt fortement, tantôt avec douceur,
Les mouvemens divers de l'esprit et du cœur,
Calme les passions, ou réveille leurs flammes,
Échange nos pensers, fait commercer nos âmes;
L'organe humain lui seul sait les articuler :
D'autres s'exprimeront, l'homme seul sait parler.
C'est peu : son art divin fixe le mot qui vole,
Fait vivre la pensée, et grave la parole;
Mille fois reproduite, elle vole en tous lieux,
Au défaut de l'oreille, elle instruit par les yeux:
De là des arts sacrés l'immortel héritage;
Un âge s'enrichit des pensers d'un autre âge,
Le temps instruit le temps; médiateurs heureux,
Les signes vont unir tous les peuples entre eux;
Par eux les nations s'entendent, se répondent,
En un trésor commun leurs trésors se confondent.¹
Ainsi naît la richesse et la variété;
Et tandis que l'instinct, à sa place arrêté,
Des cités du castor, du palais de l'abeille,
Jamais n'a su changer l'uniforme merveille,
L'homme sait varier les chefs-d'œuvre de l'art,

---

¹ Tout le monde reconnaîtra dans ces beaux vers les merveilleux effets de l'écriture et de l'imprimerie.

Mettre à profit l'étude, et même le hasard;
Sa main saisit du feu la semence féconde;
Le feu dompta le fer, le fer dompta le monde.
L'homme lit dans les cieux, il navigue dans l'air;
Il gouverne la foudre, il maîtrise la mer,
Emprisonne les vents, enchaîne la tempête,
Et, roi par la naissance, il l'est par la conquête.[1]

VII. Page 22.

Reconnaissons du moins celui par qui nous sommes...

Le poëte Lebrun donne une idée assez noble et assez juste de Dieu dans ce *fragment* d'un Poëme de *la Nature :*

De cet être infini l'infini te sépare.
Du char glacé de l'Ourse aux feux du Sirius,[2]
Il règne : il règne encore où les cieux ne sont plus.
Dans ce gouffre sacré quel mortel peut descendre ?
L'immensité l'adore, et ne peut le comprendre;
Et toi, songe de l'être, atome d'un instant,
Egaré dans les airs sur ce globe flottant,

---

1 Très-heureuse imitation des deux premiers vers de la *Henriade :*

Je chante ce héros qui régna sur la France,
Et par droit de conquête, et par droit de naissance.

2 On donne le nom d'*Ourse* à deux constellations de l'hémisphère boréal ou septentrional qui sont proches du pôle arctique, et dont l'une s'appelle *La grande Ourse,* l'autre *La petite Ourse,* dans laquelle se trouve l'*Étoile polaire.* On donne aussi le nom de *Chariot* à chacune de ces deux constellations : *Le grand Chariot, le petit Chariot.*

Sirius est la plus grande et la plus brillante étoile du ciel dans la constellation du *grand Chien* de l'hémisphère méridional.

Des mondes et des cieux spectateur invisible,
Ton orgueil pense atteindre à l'être inaccessible !
Tu prétends lui donner tes ridicules traits !
Tu veux, dans ton Dieu même, adorer tes portraits !
Ni l'aveugle hasard, ni l'aveugle matière
N'ont pu créer mon âme, essence de lumière.
Je pense : ma pensée atteste plus un Dieu
Que tout le firmament et ses globes de feu.
Voilé de sa splendeur, dans sa gloire profonde,
D'un regard éternel il enfante le monde.
Les siècles devant lui s'écoulent, et le Temps
N'oserait mesurer un seul de ses instans.
Ce qu'on nomme *Destin* n'est que sa loi suprême :
L'immortelle Nature est sa fille, est lui-même.
Il est ; tout est par lui : seul être illimité,
En lui tout est vertu, puissance, éternité.
Au-delà des soleils, au-delà de l'espace,
Il n'est rien qu'il ne voie, il n'est rien qu'il n'embrasse.
Il est seul du grand tout le principe et la fin,
Et la création respire dans son sein.[1]

VIII. Page 28.

Il est une justice et des devoirs pour eux.....

On aimera à voir comment J.-J. Rousseau prouve
que nous apportons avec nous en naissant l'idée et
l'amour de la justice :

« Rentrons en nous-mêmes, et examinons, tout inté-
» rêt personnel à part, à quoi nos penchans nous por-
» tent. Quel spectacle nous flatte le plus, celui des

---

1 *La Création*, pour les êtres créés ; comme quand on dit, *La Jeunesse*,
pour les jeunes gens ; *La Noblesse*, pour les nobles ; *La Bourgeoisie*, pour les
bourgeois ; *Le Commerce*, pour les commerçans : espèce de *synecdoque* d'abs-
traction.

» tourmens ou du bonheur d'autrui ? Qu'est-ce qui
» nous est le plus doux à faire, et nous laisse une im-
» pression plus agréable après l'avoir fait, d'un acte
» de bienfaisance ou d'un acte de méchanceté ? Pour
» qui vous intéressez-vous sur vos théâtres ? Est-ce aux
» forfaits que vous prenez plaisir ? Est-ce à leurs au-
» teurs punis que vous donnez des larmes ? Tout nous
» est indifférent, disent-ils, hors notre intérêt : et,
» tout au contraire, les douceurs de l'amitié, de l'hu-
» manité, nous consolent de nos peines ; et même,
» dans nos plaisirs, nous serions trop seuls, trop
» misérables, si nous n'avions avec qui les partager.
» S'il n'y a rien de moral dans le cœur de l'homme,
» d'où lui viennent donc ces transports d'admiration
» pour les actions héroïques, ces ravissemens d'amour
» pour les grandes âmes ? Cet enthousiasme de la vertu,
» quel rapport a-t-il avec notre intérêt privé ? Pourquoi
» voudrais-je être Caton qui déchire ses entrailles,
» plutôt que César triomphant ? ¹ Otez de nos cœurs

¹ Caton voulut mourir, plutôt que de tomber avec Rome sous
le joug de César. Après avoir passé une partie de la nuit à lire
le dialogue de Platon sur l'immortalité de l'âme, il se frappa de
son épée au-dessous de l'estomac ; mais la blessure n'étant pas
assez profonde pour le faire expirer sur l'heure, il tomba de son
lit, et fit tomber en même temps une table voisine. On accourut
à ce bruit, et on le trouva tout baigné dans son sang, une partie
des entrailles hors du ventre. Son médecin le fit remettre sur son
lit, et pansa sa plaie ; mais à peine avait-il un peu repris ses sens,
il repoussa le médecin avec violence, rouvrit sa blessure, arracha
ses entrailles, et rendit enfin le dernier soupir.

Oui, sans doute, j'aimerais mieux être Caton que César. Mais

» cet amour du beau, vous ôtez tous.le charme de la
» vie. Celui dont les viles passions ont étouffé dans
» son âme étroite ces sentimens délicieux, celui qui,
» à force de se concentrer au-dedans de lui, vient à
» bout de n'aimer que lui-même, n'a plus de trans-
» ports; son cœur glacé ne palpite plus de joie, un
» doux attendrissement n'humecte jamais ses yeux, il
» ne jouit plus de rien; le malheureux ne sent plus,
» ne vit plus; il est déjà mort.

   » Mais, quel que soit le nombre des méchans sur la
» terre, il est peu de ces âmes cadavéreuses devenues
» insensibles, hors leur intérêt, à tout ce qui est juste
» et bon. L'iniquité ne plaît qu'autant qu'on en
» profite : dans tout le reste on veut que l'innocent
» soit protégé. Voit-on dans une rue ou sur un chemin
» quelque acte de violence et d'injustice, à l'instant
» un mouvement de colère et d'indignation s'élève au
» fond du cœur, et nous porte à prendre la défense de
» l'opprimé : mais un devoir plus puissant nous retient,
» et les lois nous ôtent le droit de protéger l'inno-
» cence. Au contraire, si quelque acte de clémence
» ou de générosité frappe nos yeux, quelle admira-
» tion, quel amour il nous inspire ! Qui est-ce qui

ce n'est pas par sa mort, je l'avoue, que Caton brille le plus à
mes yeux : sa mort me paraît bien plutôt un acte de folie qu'un
acte de sagesse. S'il a prouvé, en mourant, une grande horreur
et pour la tyrannie et pour la servitude, n'a-t-il pas prouvé aussi
que son courage n'était ni au-dessus de l'une, ni au-dessus de
l'autre ? Il eût dû vivre pour montrer, s'il l'eût fallu, qu'un grand
homme, un vrai sage, sait être libre jusque dans les fers.

» ne se dit pas : J'en voudrais avoir fait autant? Il
» nous importe sûrement fort peu qu'un homme ait été
» méchant ou juste il y a deux mille ans; et cepen-
» dant le même intérêt nous affecte dans l'histoire an-
» cienne, que si tout cela s'était passé de nos jours.
» Que me font à moi les crimes de Catilina?[1] Ai-je
» peur d'être sa victime? Pourquoi donc ai-je de lui
» la même horreur que s'il était mon contemporain?
» Nous ne haïssons pas seulement les méchans parce
» qu'ils nous nuisent, mais parce qu'ils sont méchans.
» Non-seulement nous voulons être heureux, nous vou-
» lons aussi le bonheur d'autrui; et quand ce bonheur
» ne coûte rien au nôtre, il l'augmente.....

» Jetez les yeux sur toutes les nations du monde,
» parcourez toutes les histoires : parmi tant de cultes
» inhumains et bizarres, parmi cette prodigieuse di-
» versité de mœurs et de caractères, vous trouverez
» partout les mêmes idées de justice et d'honnêteté,
» partout les mêmes principes de morale, partout les
» mêmes notions du bien et du mal. L'ancien paga-
» nisme enfanta des dieux abominables, qu'on eût
» punis ici-bas comme des scélérats, et qui n'offraient
» pour tableau du bonheur suprême que des forfaits à
» commettre et des passions à contenter. Mais le vice
» armé d'une autorité sacrée, descendait en vain du
» séjour éternel, l'instinct moral le repoussait du cœur

---

1 Illustre scélérat qui, sous le consulat de Cicéron, tenta de
détruire Rome par le fer et le feu, mais dont Cicéron sut par sa
prudence et sa fermeté, déjouer l'infâme complot.

» des humains. En célébrant les débauches de Jupiter,
» on admirait la continence de Xénocrate ; [1] la chaste
» Lucrèce adorait l'impudique Vénus ; [2] l'intrépide
» Romain sacrifiait à la Peur ; il invoquait le Dieu
» qui mutila son père, [3] et mourait sans murmurer
» de la main du sien. La sainte voix de la Nature,
» plus forte que celle des dieux, se faisait respecter
» sur la terre, et semblait reléguer dans le ciel le
» crime avec les coupables. [4]

1 Xénocrate, l'un des plus célèbres philosophes de l'antiquité,
contemporain d'Aristote et d'Alexandre, avait pris un tel ascen-
dant sur ses passions, qu'il semblait avoir vaincu la nature : il
brilla surtout par sa chasteté. Le changement qu'il opéra dans les
mœurs de Polémon, jeune libertin, fit tant d'impression que,
quand il paraissait dans les rues, la jeunesse débauchée s'écartait
pour éviter sa rencontre.

2 Le Poëte a dit :

> Et les Romains, enfans d'une impure déesse,
> En dépit de Vénus, admirèrent Lucrèce.

3 Jupiter, qui, après avoir attaqué et vaincu son père Saturne,
le mit hors d'état d'avoir des enfans, et le précipita dans le Tartare.

4 Montesquieu fait cette observation dans son *Esprit des Lois*,
liv. xxiv, chap. 2 : « Il n'est pas vrai que, quand les Anciens
» élevaient des autels à quelque vice, cela signifiât qu'ils aimas-
» sent le vice : cela signifiait au contraire qu'ils le haïssaient.
» Quand les Lacédémoniens érigèrent une chapelle à la Peur,
» cela ne signifiait pas que cette nation belliqueuse lui demandât
» de s'emparer, dans les combats, du cœur des Lacédémoniens.
» Il y avait des divinités à qui on demandait de ne pas inspirer
» le crime, et d'autres à qui on demandait de le détourner. »

» Il est donc au fond des âmes un principe inné de
» justice et de vertu, sur lequel, malgré nos propres
» maximes, nous jugeons nos actions et celles d'au-
» trui comme bonnes ou mauvaises; et c'est à ce prin-
» cipe que je donne le nom de *conscience*.

» Mais à ce mot, j'entends s'élever de toutes parts
» la clameur des prétendus sages : erreurs de l'en-
» fance, préjugés de l'éducation! s'écrient-ils tous de
» concert. Il n'y a rien dans l'esprit humain que ce
» qui s'y introduit par l'expérience, et nous ne jugeons
» d'aucune chose que sur des idées acquises. Ils font
» plus : cet accord évident et universel de toutes les
» nations, ils l'osent rejeter; et, contre l'éclatante
» uniformité du jugement des hommes, ils vont cher-
» cher dans les ténèbres quelque exemple obscur et
» connu d'eux seuls; comme si tous les penchans de
» la nature étaient anéantis par la dépravation d'un
» peuple, et que, sitôt qu'il est des monstres, l'espèce
» ne fût plus rien! Mais que servent au sceptique
» Montaigne[1] les tourmens qu'il se donne pour déter-
» rer en un coin du monde une coutume opposée aux
» notions de la justice? Que lui sert de donner aux
» plus suspects voyageurs l'autorité qu'il refuse aux
» écrivains les plus célèbres? Quelques usages incer-
» tains et bizarres, fondés sur des causes locales qui
» nous sont inconnues, détruiront-ils l'induction gé-

---

[1] Il est question de Montaigne à la fin du second chant. *Sceptique*, en grec *skeptikos* (contemplateur), veut dire, Qui fait
profession de douter de tout, Qui examine tout, sans rien décider.

» nérale tirée du concours de tous les peuples, oppo-
» sés en tout le reste, et d'accord sur ce seul point?
» O Montaigne! toi qui te piques de franchise et de
» vérité, sois sincère et vrai, si un philosophe peut
» l'être, et dis-moi s'il est quelque pays sur la terre
» où ce soit un crime de garder sa foi, d'être clément,
» bienfaisant, généreux; où l'homme de bien soit mé-
» prisable, et le perfide honoré. »

IX. Page 28.

Son juge est dans son cœur : tribunal où réside
Le censeur de l'ingrat, du traître, du perfide.....

Citons ici l'auteur du *Génie du Christianisme:*

« Chaque homme a au milieu du cœur un tribunal
» où il commence par se juger soi-même, en atten-
» dant que l'arbitre souverain confirme la sentence.
» Si le vice n'est qu'une conséquence physique de
» notre organisation, d'où vient cette frayeur qui
» trouble les jours d'une prospérité coupable? Pour-
» quoi le remords est-il si terrible qu'on préfère de
» se soumettre à la pauvreté et à toute la rigueur de
» la vertu, plutôt que d'acquérir des biens illégitimes?
» Pourquoi y a-t-il une voix dans le sang, une parole
» dans la pierre? Le tigre déchire sa proie, et dort;
» l'homme devient homicide, et veille. Il cherche les
» lieux déserts, et cependant la solitude l'effraie; il se
» traîne autour des tombeaux, et cependant il a peur
» des tombeaux. Son regard est mobile et inquiet; il
» n'ose regarder le mur de la salle du festin, dans la

» crainte d'y lire des caractères funestes.[1] Ses sens
» semblent devenir meilleurs pour le tourmenter : il
» voit, au milieu de la nuit, des lueurs menaçantes;
» il est toujours environné de l'odeur du carnage; il
» découvre le goût du poison dans les mets qu'il a lui-
» même apprêtés; son oreille, d'une étrange subtilité,
» trouve le bruit où tout le monde trouve le silence;
» et, sous les vêtemens de son ami, quand il l'em-
» brasse, il croit sentir un poignard caché.

    » O conscience! ne serais-tu qu'un fantôme de l'ima-
» gination, ou que la peur du châtiment des hommes?
» Je m'interroge, je me fais cette question : Si tu pou-
» vais, par un seul désir tuer un homme à la Chine,
» et hériter de sa fortune en Europe, avec la convic-
» tion surnaturelle qu'on n'en saurait jamais rien,
» consentirais-tu à former ce désir? J'ai beau m'exagé-
» rer mon indigence; j'ai beau vouloir atténuer cet
» homicide, en supposant que, par mon souhait, le
» Chinois meure tout-à-coup sans douleur; qu'il n'a
» point d'héritier; que même, à sa mort, ses biens
» seront perdus pour l'État; j'ai beau me figurer cet
» étranger comme accablé de maladies et de chagrins;
» j'ai beau me dire que la mort est un bien pour lui;
» qu'il l'appelle lui-même; qu'il n'a plus qu'un instant
» à vivre : malgré mes vains subterfuges, j'entends au
» fond de mon cœur une voix qui crie si fortement

---

[1] Allusion à l'arrêt fatal que l'impie Balthasar vit tracer par une
main mystérieuse sur les murs de la salle où, dans une sacrilége
ivresse, il profanait avec ses nombreux convives les vases sacrés
du temple de Jérusalem.

» contré la pensée d'une telle supposition, que je ne
» puis douter un inst nt de la réalité de la conscience.»

Non, sans contredit, on n'en peut douter, et qui
ne s'écriera point avec Rousseau : « Conscience !
» conscience ! instinct divin, immortelle et céleste
» voix; guide assuré d'un être ignorant et borné, mais
» intelligent et libre; juge infaillible du bien et du
» mal, qui rends l'homme semblable à Dieu ! C'est toi
» qui fais l'excellence de sa nature et la moralité de ses
» actions; sans toi je ne sens rien en moi qui m'élève
» au-dessus des bêtes, que le triste privilége de m'é-
» garer d'erreurs en erreurs à l'aide d'un entendement
» sans règle et d'une raison sans principes. »

X. Page 31.

Qui, te pourra, grand Dieu ! méconnaître à ces traits ?...

Du moins ne le méconnaissons pas nous-mêmes :
voyons-le partout dans ses merveilles, dans ses bienfaits, et faisons plus encore que prêter partout l'oreille
à sa voix : unissons-nous à toutes les créatures pour
célébrer ses louanges; invitons-les à le saluer, à le
bénir, à le chanter avec nous, et répétons avec transport le bel hymne du matin que Delille, d'après Milton, met dans la bouche d'Adam et d'Eve : *Paradis
perdu*, liv. v :

Ah ! qui peut exprimer tes grandeurs immortelles,
Toi qui, bien au-dessus des sphères éternelles,
Si loin de nos regards, siéges au haut des cieux !
Dans ce monde sensible en vain brille à nos yeux
Quelque faible rayon de ta divine essence,
De ta bonté sans borne, ainsi que ta puissance :

C'est à vous d'en parler, vous anges de clartés,
Vous que Dieu voit toujours debout à ses côtés,
Qui, dans un jour sans nuit, l'environnez sans cesse
De cantiques d'amour et d'hymnes d'allégresse.
Cieux, terre, célébrez ce maître souverain,
Centre de l'univers, son principe et sa fin !
O toi, qui des clartés de la nuit lumineuse
Te montres la dernière et la plus radieuse,
Qui viens fermer leur marche, et placer ton retour
Entre la nuit mourante et le berceau du jour,[1]
Célèbre l'Éternel, dont la main fait éclore
Cette tendre lueur, prémices de l'aurore !
Et toi, l'âme à-la-fois et l'œil de l'univers,
Soit que ton char brillant sorte du sein des mers,
Soit que du haut des cieux tu domines le monde,
Soit que tes feux mourans redescendent dans l'onde,
Soleil ! toi qu'il empreint de sa vive splendeur,
Dans ta course éternelle atteste sa grandeur ;
Cours proclamer son nom du couchant à l'aurore,
De l'aurore au couchant cours l'annoncer encore !
Et toi, modeste sœur du grand astre du jour,[2]
Qui sembles le chercher, l'éviter tour-à-tour ;
Orbes étincelans, qui, sans changer de place,
Sur votre axe enflammé tournoyez dans l'espace ;[3]
Et vous, globes errans,[4] mondes harmonieux,
Qui poursuivez en chœur vos cercles radieux,

---

1 La brillante planète de Vénus, ou autrement l'*étoile du berger*, qu'on appelle *étoile du matin*, lorsqu'elle précède le lever du soleil, et *étoile du soir*, lorsqu'elle paraît après son coucher.

2 La Lune.

3 Les *étoiles fixes*, ainsi appelées parce qu'elles paraissent comme attachées au firmament, et toujours à la même distance les unes des autres : ce sont les seules vraies étoiles.

4 Les planètes qui nous paraissent plus petites que la Lune, comme Mars, Vénus, Jupiter, Saturne, etc. : on les appelle *Étoiles errantes*.

Célébrez le Très-Haut, votre source première,
Qui du sein de la nuit fit jaillir la lumière !
Contemporains du monde, élémens fraternels,[1]
Qui rajeunissez tout dans vos jeux éternels,
Dont le fécond mélange entretient ses ouvrages,
Ainsi que ses travaux, variez vos hommages !
Nébuleuses vapeurs, sombres exhalaisons,
Fils humides des lacs, des marais et des monts,[2]
Soit que vous abreuviez nos campagnes brûlantes,
Soit qu'au gré du Soleil vos couleurs éclatantes
D'or, de pourpre et d'azur embellissent le ciel,
Naissez, montez, tombez, et louez l'Éternel !
Célébrez l'Eternel, fiers Autans, doux Zéphire ![3]
Vous tous, à qui des airs il partagea l'empire,
O vents, remplissez-les du nom de votre roi !
Forêts, inclinez-vous ! Cèdre altier, courbe-toi !
Bénissez le Seigneur, fiers torrens, sources pures,
Et vous, des clairs ruisseaux mélodieux murmures !
Qu'il bénisse son nom, l'oiseau vif et joyeux
Qui, dès le point du jour, chante aux portes des cieux [4]
Chœurs des airs, répétez sa louange immortelle !
Qu'elle éclate en vos sons, et vole sur votre aile,
Vous tous qui voltigez, nagez, courez, rampez,[5]
Hôtes des bois, des champs, des sommets escarpés !
Ah ! quand tout s'associe à ce concert immense,
Soyez, soyez témoins si je reste en silence !
Oui, le soir, le matin, à chanter ses bienfaits
J'instruis les antres sourds et les rochers muets ;

1 L'eau, la terre, le feu, et l'air.
2 Les nuages.
3 On appelle *autan* le vent du midi : mais les *autans* et le *zéphir* peuvent
être ici pour tous les vents en général.
4 Apparemment l'alouette.
5 Par conséquent, les oiseaux, les poissons, les quadrupèdes, et les reptiles.

J'en parle aux champs, aux monts, à la forêt profonde!
Salut, Être divin, salut, maître du monde!
Conduis-nous, soutiens-nous; et si l'ange du mal
Nous tend durant la nuit quelque piége fatal,
Dissipe, Dieu puissant, tous ces fantômes sombres,
Comme je vois dans l'air s'évanouir les ombres.

FIN DE L'APPENDICE.

CHANT SECOND.

Noblesse et grandeur de l'homme, mais faiblesse et insuffisance de sa raison, et nécessité d'une révélation.

————

ARGUMENT.

I. *Frivolité des premières études de la jeunesse : l'étude de soi-même, la plus importante de toutes.*

II. *Trouble et étonnement à la vue de toutes les contradictions de la nature humaine, aussitôt qu'on jette un premier regard sur soi-même.*

III. *L'homme, non pas fait seulement pour la terre, où il s'en faut que tout soit bien, et qu'il puisse jamais trouver ce bonheur dont il porte dans son cœur le désir invincible.*

IV. *Espoir d'une autre vie et du vrai bonheur au-delà du tombeau.*

V. *Cet espoir combattu par l'impie : faux argumens d'Épicure, que son trop fameux disciple, Lucrèce, revêt du charme des vers.*

VI. *Lucrèce et Épicure réfutés par leur propre aveu, qu'il n'y a que vanité et que vide dans ces biens et dans ces plaisirs dont ils se font les orateurs.*

VII. *L'âme, distinguée du corps par sa nature, et immortelle comme pur esprit.*

VIII. *L'immortalité de l'âme prouvée encore par sa,
noble origine, par son invincible horreur du néant,
par son irrésistible désir de l'immortalité, enfin par la
nécessité d'un ordre de choses où Dieu, se montrant
rémunérateur et vengeur, fasse enfin éclater sa justice
envers la Vertu et envers le Crime.*

IX. *La nécessité des récompenses et des peines d'une
autre vie, prouvée par les fictions mêmes des Poëtes,
loin que ces fictions puissent y être opposées.*

X. *Doutes touchant ces grandes vérités : recours aux
lumières et à la sagesse des anciens philosophes.*

XI. *Tous les anciens philosophes divisés entre eux
par des systèmes qui n'expliquent rien, et tendent
bien plus en général à heurter la raison qu'à la satisfaire.*

XII. *Platon toutefois, nous mettant sur la voie de
la vérité ; mais là nous abandonnant à nous-mêmes,
et nous laissant dans la douleur.*

XIII. *Nécessité d'une révélation : où la trouver, et
comment la reconnaître ?*

Le morceau du numéro V est peut-être le plus beau de tout le
Chant sous le rapport poétique ; mais, sous le rapport philosophique, c'est l'un des plus faibles. Il ne doit aller qu'avec le morceau qui le précède, et qu'avec les trois qui le suivent immédiatement, tous aussi d'une grande beauté, et qui ne sont pas
moins pleins de raison et de vérité que de poésie.

CHANT SECOND.

I. De tes lois dès l'enfance heureusement instruit,
Et par la Foi, Seigneur, à la Raison conduit ,[1]
Permets que dans mes vers, sous une feinte image ,
J'ose pour un moment imiter le langage
D'un mortel qui vers toi , de troubles agité ,
S'avance , et pas à pas cherche ta vérité.

Quand je reçus la vie au milieu des alarmes ,
Et qu'aux cris maternels répondant par mes larmes ,
J'entrai dans l'univers , escorté de douleurs ,
J'y vins pour y marcher de malheurs en malheurs.
Je dois mes premiers jours à la femme étrangère
Qui me vendit son lait et son cœur mercenaire :[2]

1 Dès que le poëte a été *instruit*, *dès l'enfance*, dans les
vérités de la Religion , et qu'il est sans doute tout pénétré de
ces vérités, il a déjà la *Foi* pour guide, et ce n'est plus à la
Raison seule qu'il se laisse lui-même conduire : mais, comme
ce n'est que par la *Raison* seule qu'il peut conduire à la *Foi* ceux
qu'il veut lui soumettre, il faut bien nécessairement qu'il revienne
pour un moment de la *Foi* à la *Raison*, et qu'il se suppose, en
conséquence , encore étranger à la *Foi*.

2 On ne peut pas désigner plus poétiquement la nourrice
qui allaite à prix d'argent un enfant dont elle n'est pas la mère.
Il paraît que, du temps du poëte, les mères d'un certain rang

Réchauffé dans son sein, dans ses bras caressé,
Et long-temps insensible à son zèle empressé,
De mon retour enfin un souris fut le gage.[1]
De ma faible raison je fis l'apprentissage.[2]
Frappé du son des mots, attentif aux objets,
Je répétai les noms, je distinguai les traits.
Je connus, je nommai, je caressai mon père;
J'écoutai tristement les avis de ma mère.
Un châtiment soudain réveilla ma langueur.
Des maîtres ennuyeux je craignis la rigueur :
Des siècles reculés l'un me contait l'histoire;
L'autre, plus importun, gravait dans ma mémoire
D'un langage nouveau tous les barbares noms.[3]
Le temps forma mon goût : pour fruit de ces leçons,
D'Eschine j'admirai l'éloquente colère ; [4]

dans le monde daignaient assez rarement être elles-mêmes les nourrices de leurs enfans, comme si ce n'était pas là le premier vœu de la Nature, et le premier devoir de la maternité.

1 Ce n'est qu'au bout de quelques mois après sa naissance qu'un enfant commence à sourire, et à donner à sa nourrice cette marque de *retour*, c'est-à-dire de reconnaissance.

2 La raison ne se développe en nous que par degrés, et elle se forme par l'exercice des sens, par l'usage de la vie, par l'éducation et l'expérience : il est donc vrai de dire que nous *en faisons l'apprentissage.*

3 Sans doute le langage de la Grammaire, dont l'étude est si pénible et si rebutante pour les enfans, mais pourtant si nécessaire.

4 *Eschine*, célèbre orateur Athénien, assez digne rival de Démosthènes, à qui il disputa noblement la palme de l'élo-

Je sentis la douceur des mensonges d'Homère; [1]
De la triste Didon partageant les malheurs,
Son bûcher fut souvent arrosé de mes pleurs. [2]
Je méprisai l'enfance et ses jeux insipides.
Mais ces amusemens étaient-ils plus solides?
D'arides vérités quelquefois trop épris, [3]
J'espérais de Newton pénétrer les écrits. [4]

quence dans un discours célèbre sous le titre de *Discours de la Couronne.*

1 *Homère*, le père des poëtes, à qui la Grèce rendit les honneurs divins, et que sept villes se disputèrent d'avoir vu naître : auteur de l'*Iliade* et de l'*Odyssée*, deux poëmes grecs remplis des plus ingénieuses fictions, des plus doux *mensonges*, et qui ont fourni le sujet de mille autres poëmes. Il vivait, il y a près de trois mille ans, et tout le monde sait ces trois vers d'une fameuse Epitre à Voltaire dont tous les autres ne sont pas également dignes d'être retenus :

> Trois mille ans ont passé sur la tombe d'Homére,
> Et depuis trois mille ans Homére respecté
> Est jeune encor de gloire et d'immortalité.

2 C'est Virgile, comme on sait, qui, dans le quatrième livre de l'*Énéide*, a chanté la malheureuse passion de Didon pour Énée, et la fin déplorable dont elle fut suivie : Didon était reine de Carthage en Afrique. Boileau dit dans son *Art poétique* :

> Didon a beau gémir et m'étaler ses charmes,
> Je condamne sa faute en partageant ses larmes.

3 Il veut dire les vérités qui font l'objet des Mathématiques, de la Physique et de l'Astronomie.

4 Newton, célèbre philosophe Anglais dont on a dit, qu'il avait *découvert les lois de la Nature*, et *surpris les secrets du Créateur*. Né le jour de Noël 1642, et mort le 20 mars 1727.

Tantôt je poursuivais un stérile problème ; [1]
De Descartes tantôt renversant le système, [2]
D'autres mondes en l'air s'élevaient à mes frais :
Armide était moins prompte à bâtir un palais ; [3]
Et d'un souffle détruits, malgré leur renommée,
Tous les vieux tourbillons s'exhalaient en fumée.
Par mon anatomie un rayon divisé,
En sept rayons égaux était subtilisé ;
Et, voulant remonter à la couleur première,
J'osais à mon calcul soumettre la lumière.

Dans ces rêves flatteurs que j'ai perdu de jours !
Cherchant à tout savoir, et m'ignorant toujours,
Je n'avais point encor réfléchi sur moi-même. [4]
Me reprochant enfin ma négligence extrême,

1 Le *problème* est en mathématiques une question à résoudre,
ou une proposition à démontrer.

2 C'est le système de Descartes sur la formation du monde,
le système des *tourbillons*. Descartes, malgré ses erreurs et ses
absurdes rêveries, n'a pas moins fait d'honneur à la France
que Newton à l'Angleterre : c'est lui qui a frayé aux modernes
la carrière de la philosophie. Il était né le 31 mars 1596.

3 Armide, l'une des héroïnes de la *Jérusalem délivrée*, est
une puissante magicienne éprise d'amour pour le fameux Renaud,
et qui le transporta à travers les airs dans un palais enchanté,
élevé par le charme souverain de sa baguette.

4 La connaissance de nous-mêmes est celle de notre nature,
de notre origine, de notre destination et de notre fin. De
toutes les connaissances, c'est sans contredit la plus importante ;
mais peut-être ne peut-elle venir qu'à la suite de beaucoup
d'autres.

Je voulus me connaître : un espoir orgueilleux
Inspirait à mon cœur ce projet périlleux.
Que de fois , ô fatale et triste connaissance ,
Tu m'as fait regretter ma première ignorance !

II. Je me figure , hélas ! le terrible réveil
D'un homme qui , sortant des bras d'un long sommeil,
Se trouve transporté dans une île inconnue ,
Qui n'offre que déserts et rochers à sa vue :
Tremblant il se soulève , et d'un œil égaré
Parcourt tous les objets dont il est entouré.
Il retombe aussitôt , il se relève encore ,
Mais il n'ose avancer dans ces lieux qu'il ignore.
Telle fut ma terreur , sitôt qu'ouvrant les yeux ,
Et rompant un sommeil peut-être officieux ,
Je me regardai seul , sans appui , sans défense,
Égaré dans un coin de cet espace immense ;
Ver impur de la terre , et roi de l'univers ; ¹
Riche, et vide de biens ; libre , et chargé de fers.²
Je ne suis que mensonge, erreur , incertitude ,
Et de la vérité je fais ma seule étude.

1 *Ver impur de la terre*, par sa nudité, sa faiblesse et sa
misère dans l'état de nature ; *Roi de l'univers*, surtout dans l'état
de société, par sa supériorité et son empire sur tous les animaux ,
par son génie rival en quelque sorte de la Nature , enfin par l'invention et les merveilles des arts.

2 *Riche et vide de biens*, puisque tout semble conspirer à ses
vœux, et qu'il n'a rien ou n'est rien , réduit et borné à lui-même :
Libre et chargé de fers, puisque sa volonté a le choix entre deux
partis opposés, ou entre des partis divers, et qu'il a en lui-même,
ou dans ce qui l'entoure, des espèces de tyrans qui l'enchaînent.

5 *

Tantôt le monde entier m'annonce à haute voix
Le maître que je cherche ; et déjà je le vois.
Tantôt le monde entier, dans un profond silence,
A mes regards errans n'est plus qu'un vide immense.[1]
O Nature ! pourquoi viens-tu troubler ma paix ?
Ou parle clairement, ou ne parle jamais.

III. Cessons d'interroger qui ne veut point répondre.
Si notre ambition ne sert qu'à nous confondre,
Bornons-nous à la terre, elle est faite pour nous.
Mais non, tous ses plaisirs n'entraînent que dégoûts :
Aucun d'eux n'assouvit la soif qui me dévore :
Je désire, j'obtiens, et je désire encore.
Grand Dieu, donne-moi donc des biens dignes de toi ;
Ou donne-m'en du moins qui soient dignes de moi ![2]
Que d'orgueil ! C'est ainsi qu'à moi-même contraire,
Monstre de vanité, prodige de misère,
Je ne suis à-la-fois que néant et grandeur.
Mécontent des objets que poursuit mon ardeur,
Je n'estime que moi : tout autre que moi-même,
Si je semble l'aimer, c'est pour moi que je l'aime.
Je me hais cependant, sitôt que je me vois ;[3]
Je ne puis vivre seul : occupé loin de moi,

---

1 Le *monde entier* nous crie que ce maître existe : mais lui
demandons-nous ce qu'il est ? il ne répond rien ; et c'est alors
qu'un *vide immense* fait place à la réalité.

2 *Dignes de toi*, par leur importance et leur prix, enfin par
leur perfection : *dignes de moi*, comme faits pour remplir et fixer
mes vœux.

3 C'est-à-dire, je me déplais, je suis mécontent de moi-même,
et, ne pouvant me suffire, je ne puis non plus me souffrir.

Je n'aspire qu'à plaire à ceux que je méprise.

Sans doute qu'à ces mots , des bords de la Tamise [1]
Quelque abstrait raisonneur, qui ne se plaint de rien ,
Dans son flegme anglican répondra : « Tout est bien. [2]
» Le grand ordonnateur dont le dessein si sage
» De tant d'êtres divers ne forme qu'un ouvrage ,
» Nous place à notre rang pour orner son tableau. »
Eh ! quel triste ornement d'un spectacle si beau ! [3]
En me parlant ainsi , tu prouves bien toi-même
La grandeur du désordre et ta misère extrême.
Quand tu soutiens que l'homme est si bien partagé,
Dans tes raisonnemens , que tout est dérangé !
Quoi ! mes pleurs (n'est-ce pas un crime de le croire ?)
D'un maître bienfaisant relèveraient la gloire ?

1 La *Tamise*, grand fleuve d'Angleterre qui traverse la ville de Londres.

2 Cet *abstrait raisonneur* est Pope, l'un des plus célèbres poëtes de l'Angleterre, né en 1688, et mort en 1744. Pope soutient, dans son *Essai sur l'homme*, que *tout est bien* et pour le mieux dans ce monde. C'est ce qu'on appelle le système de l'*Optimisme* : le superlatif latin *optimus* veut dire *très-bon* ou le *meilleur possible*.

Par *flegme anglican* , notre Poëte ne peut entendre que ce je ne sais quoi de sombre et de froid qui semble faire le fond du caractère anglais. Mais pourquoi appelle-t-il Pope un *raisonneur abstrait ?* Parce que sans doute il trouve sa métaphysique peu claire et trop éloignée des idées communes. Au reste, ce n'est pas là-dessus qu'il faudrait juger Pope : il a, dans le temps, hautement réclamé contre cette interprétation de son système.

3 *Quel triste ornement*, que l'homme avec toutes ses passions , toutes ses faiblesses, toutes ses misères, et toutes ses souffrances !

Pour d'autres biens sans doute il nous a réservés :
Et tous ses grands desseins ne sont point achevés.[1]

IV. Oui, je l'ose espérer. Juste arbitre du monde,
De la solide paix source pure et féconde,
Être partout présent, quoique toujours caché,
Des maux de tes sujets quand seras-tu touché ?
Tendre père, témoin de nos longues alarmes,
Pourras-tu voir toujours tes enfans dans les larmes ?
Non, non. Voilà de toi ce que j'ose penser :
Ta bonté quelque jour saura mieux nous placer,[2]
Mais comment retrouver la gloire qui m'est due ?
Qui peut te rendre à moi, félicité perdue ?[3]
Est-ce dans mes pareils que je dois te chercher ?
Ils m'échappent : la Mort me les vient arracher ;

1 *Tous ses grands desseins* sur nous. Ils sont sans doute achevés dans sa pensée, mais il y manque encore l'accomplissement : *achevés* pour *accomplis* ou *exécutés*.

Le grand Racine a dit aussi, comme avant lui Corneille, *achever un dessein*. Mais peut-on bien le dire ? Oui, selon La Harpe ; non, selon l'abbé d'Olivet et Voltaire. (Voir les *Études de la langue française sur Racine*.)

2 Ce sera quand nous sortirons de ce séjour d'exil et d'épreuve. Mais c'est à nous de faire par notre mérite que nous soyons *placés* au gré de nos vœux.

3 Nous l'avons donc eue déjà cette *gloire qui nous est due*, puisqu'il s'agit de la *retrouver* ? Nous l'avons donc eue aussi cette *félicité*, objet de nos vœux, puisque nous l'avons *perdue* ? Le Poëte fait sans doute allusion à l'état d'innocence et de bonheur où fut créé l'homme, et dont il est déchu par sa faute.

Et, frappés avant moi, le tombeau les dévore.
J'irai bientôt les joindre : où vont-ils ? Je l'ignore.[1]
. Est-il vrai ? N'est-ce point une agréable erreur,
Qui de la mort en moi vient adoucir l'horreur ?
O Mort ! est-il donc vrai que nos âmes heureuses
N'ont rien à redouter de tes fureurs affreuses,
Et qu'au moment cruel qui nous ravit le jour,
Tes victimes ne font que changer de séjour ?[2]
Quoi ! même après l'instant où tes ailes funèbres
M'auront enseveli dans tes noires ténèbres,
Je vivrais ! Doux espoir ! que j'aime à m'y livrer !
  V. « De quelle ambition tu te vas enivrer !
» Dit l'impie. Est-ce à toi, vaine et faible étincelle,
» Vapeur vile, d'attendre une gloire immortelle ?[3]
» Le hasard nous forma ; le hasard nous détruit ;
» Et nous disparaissons comme l'ombre qui fuit.
» Malheureux, attendez la fin de vos souffrances ;[4]

1 Que cette ignorance ou cette incertitude serait cruelle, si elle
ne faisait à l'instant place au plus doux espoir ! On peut remarquer
comme partout ici le Poëte sait, au milieu des plus grandes difficultés, varier, animer et orner son style !

2 Ne font que passer de cette vie à une vie nouvelle ? Ah !
bien malheureux, bien à plaindre qui pourrait en douter ! Aimons
à croire et croyons que *la vie est un songe et la mort un réveil,*
ainsi qu'un de nos plus grands poëtes le fait dire à Caton.

3 Pourquoi ne l'*attendrais-je pas*, puisque je puis la concevoir, et que, par le désir constant, invincible, que j'en porte
dans mon cœur, je me sens fait pour elle ?

4 Dans votre système, à quoi bon l'*attendre ?* Ne vaudrait-
il pas mieux la hâter, surtout quand il ne reste plus d'autre
espoir ?

» Et vous, ambitieux, bornez vos espérances : ¹
» La mort vient tout finir, et tout meurt avec nous.
» Pourquoi, lâches humains, pourquoi la craignez-vous?
» Qu'est-ce donc qu'un cercueil offre de si terrible ?
» Une froide poussière, une cendre insensible.
» Là, nous ne trouvons plus ni plaisir ni douleur.
» Un repos éternel est-il donc un malheur ? ²
» Plongeons-nous sans effroi dans ce muet abîme
» Où la Vertu périt, aussi-bien que le Crime; ³
» Et, suivant du plaisir l'aimable mouvement,
» Laissons-nous au tombeau conduire mollement. »

A ces mots insensés, le maître de Lucrèce,
Usurpant le grand nom d'ami de la sagesse,
Joint la subtilité de ses faux argumens ; 4
Lucrèce de ses vers prête les ornemens.

1 Pourquoi, en ce cas, les borner ? Rien de mieux à faire
que de se procurer le plus de jouissances possible, n'importe
même par quelles voies.

2 Oui, un grand *malheur* pour qui fut malheureux et vertueux
tout ensemble ; un grand *malheur* pour qui vécut de manière
à mériter d'être éternellement heureux.

3 Si la *Vertu* et le *Crime*, c'est-à-dire l'homme vertueux et
l'homme criminel, périssent également, le crime et la vertu
sont-ils autre chose que de vains mots? La vertu n'est alors
que l'art de faire impunément tout ce qu'on peut juger convenable à son bonheur; le crime n'est que de compromettre sa
sûreté et son repos en voulant faire ce qui nuit à autrui.

4 Ce *maître de Lucrèce* est *Épicure*, dont *Lucrèce* a mis le
système en vers dans son fameux poëme de *la Nature. Épicure*
a vécu environ 270 ans avant Jésus-Christ ; *Lucrèce*, environ
deux siècles après *Épicure :* l'un était Grec, et l'autre Romain.

De la noble harmonie indigne et triste usage !
Épicure avec lui m'adresse ce langage :

« Cet esprit, ô mortels, qui vous rend si jaloux,
» N'est qu'un feu qui s'allume et s'éteint avec nous.
» Quand, par d'affreux sillons, l'implacable Vieillesse
» A sur un front hideux imprimé la tristesse ;
» Que dans un corps courbé sous un amas de jours,
» Le sang comme à regret semble achever son cours ;
» Lorsqu'en des yeux couverts d'un lugubre nuage
» Il n'entre des objets qu'une infidèle image ;
» Qu'en débris chaque jour le corps tombe et périt :
» En ruines aussi je vois tomber l'esprit.
» L'âme mourante alors, flambeau sans nourriture,
» Jette par intervalle une lueur obscure.[1]
» Triste destin de l'homme ! il arrive au tombeau
» Plus faible, plus enfant qu'il ne l'est au berceau.
» La Mort, du coup fatal, sape enfin l'édifice :[2]

1 C'est un très-bel *allégorisme*, que l'image de cette métaphore suivie. Mais il n'est que d'une vérité apparente. Un
flambeau physique est en effet sujet à manquer de *nourriture*,
et il ne peut en manquer totalement sans s'éteindre à jamais ;
mais l'âme vit d'une vie propre, tout-à-fait différente et indépendante de la vie animale, et, en perdant celle-ci, elle conserve
la première, seule sa vie véritable, essentielle, et dont l'aliment
éternel, inépuisable, est en elle-même. Elle ne meurt point,
elle ne fait que paraître mourir, s'éclipser un instant, et elle
renaît aussitôt pour briller de toute sa lumière, de cette lumière
pure, inaltérable, d'un être qui par sa nature est comme un
rayon de la divinité.

2 L'*édifice* de notre corps qui, selon Épicure et Lucrèce, constitue tout l'homme, tant qu'il est debout et animé du souffle de la vie.

» Dans un dernier soupir achevant son supplice,
» Lorsque vide de sang le cœur reste glacé,
» Son âme s'évapore, et tout l'homme est passé. »

VI. Sur la foi de tes chants, ô dangereux poëte,
D'un maître trop fameux, trop fidèle interprète,
De mon heureux espoir désormais détrompé,
Je dois donc, du plaisir à toute heure occupé,
Consacrer les momens de ma course rapide
A la divinité que tu choisis pour guide :
Et la mère des jeux, des ris et des amours,
Doit, ainsi qu'à tes vers, présider à mes jours.
Si l'homme cependant, au bout de sa carrière,
N'a plus que le néant pour attente dernière,
Comment puis-je goûter ces plaisirs peu flatteurs,
Du destin qui m'attend faibles consolateurs ?
Tu veux me rassurer, et tu me désespères.
Vivrai-je dans la joie, au milieu des misères,
Quand même je n'ai pas où reposer un cœur,
Las de tout parcourir en cherchant son bonheur ?[3]

1 Le poëme de Lucrèce est en très-beaux vers ; mais c'est
aussi en très-beaux vers qu'il a été réfuté par le cardinal de
Polignac, dans un autre poëme latin, intitulé, l'*Anti-Lucrèce*.
Le cardinal de Polignac a vécu dans la dernière moitié du dix-
septième siècle, et dans la première du dix-huitième.

2 *Cette mère des jeux, des ris et des amours*, est la divinité
même choisie pour guide par Épicure et le poëte, son disciple :
c'est Vénus, par l'invocation de laquelle commence le poëme
de *la Nature*.

3 Quelle joie, en effet, et quelles délices goûter, si, l'immense capacité du cœur et ses vastes désirs n'ayant plus d'objet,

Rois, sujets, tout se plaint; et nos fleurs les plus belles
Renferment dans leur sein des épines cruelles; [1]
L'amertume secrète empoisonne toujours
L'onde qui nous paraît si claire dans son cours : [2]
C'est le sincère aveu que me fait Épicure.
L'orateur du plaisir m'en apprend la nature.
J'abandonne ce maître: O Raison! viens à moi :
Je veux seul méditer et m'instruire avec toi.

VII. Je pense. La pensée, éclatante lumière,
Ne peut sortir du sein de l'épaisse matière.
J'entrevois ma grandeur. Ce corps lourd et grossier
N'est donc pas tout mon bien, n'est pas moi tout entier,
Quand je pense, chargé de cet emploi sublime,
Plus noble que mon corps, un autre être m'anime.
Je trouve donc qu'en moi, par d'admirables nœuds,
Deux êtres opposés sont réunis entre eux :
De la chair et du sang, le corps, vil assemblage;
L'âme, rayon de Dieu, son souffle, son image. [3]

il ne lui reste plus qu'à se dévorer en quelque sorte lui-même
d'impatience et d'inquiétude ?

1 Sous cet *allégorisme* si vrai, on reconnaît sans peine les
fleurs si perfides du plaisir.

2 *Cette onde*, en apparence si claire dans son cours, ne
peut être que la *source*, le *torrent* des voluptés : autre *allégorisme*, qui ne fait qu'offrir sous une nouvelle image la même
vérité : que les plaisirs, les voluptés des sens n'ont qu'un charme
trompeur et cruel.

3 Si l'homme est l'*image de Dieu*, ce n'est point par le
corps, puisque Dieu est un pur esprit : ce ne peut être que
par son âme, pur esprit elle-même, et principe de son intelli-

Ces deux êtres, liés par des nœuds si secrets,
Séparent rarement leurs plus chers intérêts :
Leurs plaisirs sont communs aussi-bien que leurs peines.
L'âme, guide du corps, doit en tenir les rênes ; [1]
Mais par des maux cruels quand le corps est troublé,
De l'âme quelquefois l'empire est ébranlé.
Dans un vaisseau brisé, sans voile , sans cordage,
Triste jouet des vents, victime de leur rage ,
Le pilote effrayé , moins maître que les flots ,
Veut faire entendre en vain sa voix aux matelots ,
Et lui-même avec eux s'abandonne à l'orage.
Il périt ; mais le nôtre [2] est exempt du naufrage.
Comment périrait-il ? Le coup fatal au corps
Divise ses liens , dérange ses ressorts :
Un être simple et pur n'a rien qui se divise ,
Et sur l'âme la Mort ne trouve point de prise.
Que dis-je ? tous ces corps dans la terre engloutis ,
Disparus à nos yeux , sont-ils anéantis ?
D'où nous vient du néant cette crainte bizarre ?
Tout en sort , rien n'y rentre ; et la Nature avare,

gence. Oui, l'homme est par cette noble et principale partie
de son être , l'*image de Dieu ;* mais , comme on l'a très-bien
dit, il a trop souvent fait Dieu à sa propre image, en lui
prêtant ses passions et ses vices.

1 Belle métaphore, pour dire, qu'elle doit le diriger, le
conduire. Le corps avec ses sens trompeurs est toujours prêt à s'égarer dans de fausses routes, et l'âme est là avec la raison pour
éclairer ses pas, et prévenir ses chutes ou ses écarts.

2 *Notre Pilote,* qui est l'âme.

Dans tous ses changemens ne perd jamais son bien.

Ton art, ni tes fourneaux n'anéantiront rien,

Toi qui, riche en fumée, ô sublime alchimiste,¹

Dans ton laboratoire invoques Trismégiste!²

Tu peux filtrer, dissoudre, évaporer ce sel;

Mais celui qui l'a fait veut qu'il soit immortel.

Prétendras-tu toujours à l'honneur de produire,

Tandis que tu n'as pas le pouvoir de détruire?

Si du sel, ou du sable, un grain ne peut périr,

L'être qui pense en moi craindra-t-il de mourir?

Qu'est-ce donc que l'instant où l'on cesse de vivre?

L'instant où de ses fers une âme se délivre.

Le corps, né de la poudre, à la poudre est rendu;

L'esprit retourne au ciel, dont il est descendu.³

1 L'*Alchimiste* est celui qui cultive l'*Alchimie :* or le mot *Alchimie*, qui ne signifiait d'abord que *la Chimie*, ainsi que l'indique l'initiale *al* pour *la*, ne se dit plus que de cette partie mystérieuse de la Chimie qui a pour objet de découvrir la transmutation des métaux, la pierre philosophale, etc, et qu'on appelle aussi la *philosophie hermétique*, ou la science du grand-œuvre. L'*Alchimiste* et le *Chimiste* font nécessairement usage de *fourneaux* pour leurs opérations, qui consistent à décomposer et à recomposer les substances : on appelle *Laboratoire* le lieu où ils travaillent.

2 *Trismégiste*, mot d'origine grecque, formé de *tris*, trois fois, et de *mégas*, grand, signifie *trois fois grand*. C'est un surnom d'*Hermès*, philosophe Égyptien, qui, dans la langue du pays, s'appelait *Taüth*. Or *Hermès* est le même que Mercure comme interprète ou messager des Dieux. Les Alchimistes le font l'inventeur de leur science chimérique.

3 L'esprit étant une sorte d'image et comme une émanation, un rayon de la Divinité, il est censé *descendu du Ciel*, où

VIII. Peut-on lui disputer sa naissance divine ?
N'est-ce pas cet esprit plein de son origine ,
Qui, malgré son fardeau, s'élève, prend l'essor ,
A son premier séjour quelquefois vole encor ,
Et revient tout chargé de richesses immenses ? [1]
Platon , combien de fois jusqu'au ciel tu t'élances ! [2]
Descartes, qui souvent m'y ravis avec toi ; [3]
Pascal, que sur la terre à peine j'aperçoi ; [4]
Vous qui nous remplissez de vos douces manies ,
Poëtes enchanteurs , adorables génies ;

la Divinité nous semble avoir son trône. D'ailleurs , il en est
censé *descendu* , d'après l'opinion de ceux qui croient que toutes
les âmes humaines ont été créées dès le commencement du monde,
comme la matière dont sont formés les corps.

1 Le *fardeau* de l'esprit, c'est le corps auquel il est attaché
et dont le poids le retient sur la terre. Ces *richesses immenses*
qu'il rapporte de son vol dans les cieux, *son premier séjour*,
ce sont ces connaissances et ces lumières qui semblent plus
que d'un homme, et ont quelque chose de divin, de céleste.

2 *Platon*, celui de tous les philosophes de l'antiquité qui
paraît avoir eu les idées les plus sublimes et les plus saines
touchant la Divinité et l'esprit humain. On l'a surnommé *le
Divin* à cause de la beauté de sa morale. Il était d'Athènes ,
et vivait environ 300 ans avant Jésus-Christ.

3 *Descartes* pourrait être appelé le *Platon moderne*, sinon
pour la hauteur de son éloquence, du moins pour la hauteur de
ses doctrines philosophiques.

4 *Pascal*, l'un des plus beaux génies dont puissent s'honorer
la France et la Religion , et qui fut enlevé à l'une et à l'autre ,
lorsqu'il commençait à peine sa carrière : né en 1623 , mort
en 1662.

Virgile, qui d'Homère appris à nous charmer;[1]
Boileau, Corneille, et toi que je n'ose nommer,[2]
Vos esprits n'étaient-ils qu'étincelles légères,
Que rapides clartés et vapeurs passagères ?

Que ne puis-je prétendre à votre illustre sort,
O vous, dont les grands noms sont exempts de la mort !
Eh ! pourquoi, dévoré par cette folle envie,
Vais-je étendre mes vœux audelà de ma vie ?
Par de brillans travaux je cherche à dissiper
Cette nuit dont le temps me doit envelopper.[3]
Des siècles à venir je m'occupe sans cesse.
Ce qu'ils diront de moi m'agite et m'intéresse.
Je veux m'éterniser ; et dans ma vanité
J'apprends que je suis fait pour l'immortalité.

1 *Virgile*, venu environ mille ans après Homère dans le beau siècle d'Auguste, s'est tellement formé sur Homère qu'il semble lui tout devoir. Mais ne pourrait-on pas dire avec l'auteur de la *Henriade*, que, si Homère a fait Virgile, c'est son plus bel ouvrage ?

2 On devine quel est celui que le Poëte n'ose nommer : c'est le grand Racine, son père, dont il ne se croit pas assez digne, ou dont il craint de paraître trop orgueilleux. Racine est le Virgile français pour la beauté et la perfection du style.

Le grand *Corneille*, le créateur du théâtre français : né à Rouen, le 6 juin 1606; mort le 1er octobre 1684.

Boileau, le Législateur du Parnasse français : né en 1636, mort en 1711, environ douze ans après Racine, son ami.

3 C'est la nuit du tombeau que les poëtes appellent la *Nuit éternelle*, parce que les morts ne reviennent point à la clarté du jour, et que leur sommeil est sans réveil pour ce monde.

De tout bien qui périt mon âme est mécontente.
Grand Dieu, c'est donc à toi de remplir mon attente.
Si je dois me borner aux plaisirs d'un instant,
Fallait-il pour si peu m'appeler du néant ?
Et si j'attends en vain une gloire immortelle,
Fallait-il me donner un cœur qui n'aimât qu'elle ?
Que dis-je ? libre en tout, je fais ce que je veux ;
Mais dépend-il de moi de vouloir être heureux ?
Pour le vouloir, je sens que je ne suis plus libre ;
C'est alors qu'en mon cœur il n'est plus d'équilibre,
Et qu'aspirant toujours à la félicité,
Dans mon ambition je suis nécessité. [1]
Quoi ! l'homme n'est-il pas l'ouvrage d'un bon maître ?
Puisqu'il veut être heureux, il est donc fait pour l'être. [2]
　　Sur la terre, il est vrai, je vois dans le malheur
La Vertu gémissant, et le Vice en honneur ;

[1] Le désir d'être heureux commence en nous avec le sentiment de nous-mêmes, et il tient tellement à notre nature que nous ne saurions l'affaiblir, loin de pouvoir le vaincre. Nous ne cherchons que trop souvent le bonheur où il n'est pas ; mais nous ne sommes pas libres de ne point le chercher du tout. Il est constamment l'objet de nos vœux, de nos efforts, et ce n'est même que dans la vue d'y arriver que nous nous imposons quelquefois des privations et des sacrifices pénibles.

[2] Oui, parce que cette volonté invincible ne peut venir que de Dieu seul, et qu'il n'est pas possible que Dieu nous trompe par de fausses idées et par de vains désirs.

Les huit vers précédens ont été ajoutés depuis la première publication du Poëme : les trois qui les suivent étaient ainsi :

> Quand sur la terre enfin je vois avec douleur
> Gémir l'humble Vertu qu'accable le malheur,
> J'élève mes regards vers un maître suprême....

Mais j'élève mes yeux vers ce maître suprême,
Et je le reconnais dans ce désordre même.
S'il le permet, il doit le réparer un jour.[1]
Il veut que l'homme espère un plus heureux séjour.
Oui, pour un autre temps l'Être juste et sévère,
Ainsi que sa bonté, réserve sa colère.
   IX. Pères des fictions, les poëtes menteurs
De ces dogmes, dit-on, furent les inventeurs ;
Et sitôt que la Grèce, ivre de son Homère,
Eut de l'empire sombre admiré la chimère,[2]
Le peuple qu'effrayaient Tisiphone et ses sœurs,[3]
D'un charmant Elysée espéra les douceurs.[4]
   Pluton fut leur ouvrage, et leurs mains, je l'avoue,[5]
Étendirent jadis Ixion sur sa roue.[6]

1 Au jour de la mort : c'est alors que, comme l'a dit un
fameux philosophe du dernier siècle, tout doit rentrer dans l'ordre,
c'est-à-dire, la Vertu avoir sa récompense, et le Crime son
châtiment.

2 L'*empire sombre* ou l'empire des morts, tel qu'il est représenté par Homère et par les autres poëtes, n'est sans doute qu'une
chimère.

3 *Tisiphone et ses sœurs* étaient les trois furies, ministres de
la vengeance des Dieux contre les méchans. Le soin de punir les
homicides regardait particulièrement *Tisiphone*, dont le nom
est formé des mots grecs, *tiein*, punir, et *phonos*, meurtre.

4 L'*Elysée* était dans les enfers le séjour des âmes vertueuses :
séjour de paix, de bonheur, et d'éternelles délices.

5 *Pluton* était le Dieu des enfers : Dieu haï et redouté, auquel
on n'érigeait ni temple ni autel, parce qu'on le croyait inflexible.

6 *Ixion* attaché à une roue environnée de serpens, et qui tournait sans cesse, expiait par ce supplice horrible le crime d'avoir
voulu attenter à l'honneur de Junon, la reine des Dieux.

L'onde affreuse du Styx qui coulait sous leurs lois,
Ferma les noirs cachots qu'elle entoura neuf fois.[1]
Ils livrèrent Tantale à des ondes perfides,
Qui s'échappaient sans cesse à ses lèvres arides.[2]
Par l'urne de Minos, et ses arrêts cruels,
Ils jetèrent l'effroi dans l'âme des mortels.[3]
Ils leur firent entendre une ombre malheureuse,
Qui, poussant vers le ciel une voix douloureuse,
S'écriait : « Par les maux que je souffre en ces lieux,
» Apprenez, ô mortels ! à respecter les Dieux. »[4]
Hardis fabricateurs de mensonges utiles,
Eussent-ils pu trouver des auditeurs dociles,

---

1 Le *Styx*, l'un des quatre fleuves des enfers, les environnai
neuf fois de ses eaux infectes : les trois autres étaient l'Achéron
le Cocyte et le Phlégéton.

2 *Tantale*, en punition du crime d'avoir voulu servir au
Dieux, pour éprouver leur divinité, les membres assaisonnés de
son fils Pélops, était consumé d'une soif brûlante au milieu d'une
eau limpide qui échappait sans cesse à ses lèvres desséchées, e
dévoré par la faim sous des arbres dont un vent jaloux élevait le
fruits en l'air chaque fois qu'il y portait la main pour les cueillir

3 *Minos*, juge souverain des enfers, agitait dans ses main
l'urne fatale où était renfermé le sort des humains, citait les ombres devant son tribunal redoutable, et soumettait leur vie au plu
sévère examen.

4 C'est ce que fait dire Virgile à Thésée dans le Tartare :

Discite justitiam moniti, et non temnere Divos;

et Delille a traduit à-peu-près comme notre poëte :

Par le destin cruel que j'éprouve en ces lieux,
Apprenez, ô mortels! à respecter les Dieux.

Sans la secrète voix , plus forte que la leur ,
Cette voix qui nous crie au fond de notre cœur ,
Qu'un juge nous attend , dont la main équitable
Tient de nos actions le compte redoutable ?
Il ne laissera point l'innocent en oubli.
Espérons, et souffrons : tout sera rétabli.

L'attente d'un vengeur qui console Socrate ,
Lui fait subir l'arrêt de sa patrie ingrate.[1]
Proscrit par l'injustice, il expire content ;
Et je l'admirerais jusqu'au dernier instant ,
S'il ne me nommait pas, ô demande frivole !
La victime qu'il veut que pour lui l'on immole.[2]
Que notre esprit est faible et s'égare aisément !

Mais, que dis-je ? le mien s'égare en ce moment :
De l'immortalité tes promesses pompeuses
A moi-même , ô Raison ! me deviennent douteuses.
Quoi ! cette âme sujette à tant d'obscurité
Peut-elle être un rayon de la Divinité ?
Dieu brillant de lumière , est-ce là ton image ?
O parfait ouvrier , l'homme est-il ton ouvrage ?
Dans un corps , il est vrai , je suis emprisonné :
Mais pour quel crime affreux y suis-je condamné ?

---

1 *Socrate*, cet oracle de la sagesse , et, comme on l'a dit, *ce martyr du vrai Dieu dans la profane Grèce*, fut condamné à boire la ciguë , et mourut d'une mort vraiment héroïque. *Alcibiade*, *Xénophon* , *Platon*, et plusieurs autres Grecs célèbres avaient été ses disciples.

2 Il termine ses fameux discours sur la vertu et sur l'immortalité de l'âme, en demandant qu'on immole un coq à Esculape, le Dieu de la médecine.

G *

Cruellement puni sans me trouver coupable ,
Et toujours à moi-même énigme inconcevable ,
Qu'ai-je fait ? Par pitié , Raison, sois mon soutien :
Réponds-moi. Mais, hélas ! tu ne me dis plus rien.[1]
A mon secours enfin j'appelle tous les hommes.
Je demande où l'on va, d'où l'on vient, qui nous sommes:
Et tous sont occupés, sans songer à mes maux ,
De ces amusemens qu'ils nomment leurs travaux.
On détruit, on élève, on s'intrigue , on projette ;
Sans cesse l'on écrit , et sans cesse on répète.[2]
L'un , jaloux de ses vers , vain fruit d'un doux repos,
Croit que Dieu ne l'a fait que pour ranger des mots.[3]
L'autre , assis pour entendre et juger nos querelles,

1 La raison seule, en effet, ne suffit point pour expliquer l'é-
nigme de l'homme. Elle ne dit rien sur sa première origine , et
c'est en vain qu'elle s'épuiserait en efforts pour la découvrir. Elle
voit toutefois les marques de sa dégradation ; elle voit , elle soup-
çonne du moins cette dégradation : mais elle aurait beau en
chercher la cause ; elle ne parviendrait jamais à la trouver par ses
propres lumières.

2 *Rien de nouveau sous le Soleil*, a dit le Sage: et c'est vrai
jusqu'à un certain point, même en fait d'écrits et de compositions
littéraires. Nous ne créons pas, à proprement parler : nous ne
faisons guère que répéter, chacun à notre manière, ce qui a été
dit par d'autres; et le génie ne consiste qu'à imaginer de nouvelles combinaisons, qu'à trouver de nouvelles formes, pour des
élémens aussi anciens que le monde, et toujours à-peu-près les
mêmes après un nombre infini de métamorphoses.

3 L'auteur a sans doute en vue ces poëtes frivoles qui, oubliant
que la poésie est un art divin, la prostituent à des objets tout au
moins peu dignes de l'attention d'une âme noble et élevée.

Dicte un amas d'arrêts qui les rend éternelles.[1]
Cent fois j'ai souhaité, j'en fais l'aveu honteux,
Pouvoir de mes malheurs me distraire comme eux;
Et, risquant sans remords mon âme infortunée,
Attendre du hasard ma triste destinée.
Quelques-uns, m'a-t-on dit, cherchant la vérité,
Dans un savant loisir ont long-temps médité;
Et leurs veilles ont fait la gloire de la Grèce:[2]
Dans l'école d'Athène habita la Sagesse.[3]
Puisse, pour m'exposer ce merveilleux tableau,
Raphaël prendre encor son sublime pinceau!

XI. Que de héros fameux! quels graves personnages!
Que vois-je? La Discorde au milieu de ces sages;
Et de maîtres entre eux sans cesse divisés

---

1 Si l'on ne savait pas combien l'auteur était doux et bon, on pourrait prendre ces vers pour une épigramme contre ceux que son illustre père a, dans ses *Plaideurs*, si plaisamment livrés à notre risée. Mais tout ce qu'il veut dire, sans doute, c'est que tel magistrat fait son unique affaire de juger, comme tel poëte, d'arranger des mots.

2 *Leurs veilles*, pour les productions, les ouvrages fruits de leurs veilles, c'est-à-dire de leur grande et longue application au travail de l'esprit; espèce de métonymie de la cause pour l'effet.

3 *Athènes*, la ville de Minerve et le centre des Arts, a été en quelque sorte l'institutrice des nations, l'*École* de la terre. C'est elle qui a produit ou formé les sept fameux sages de la Grèce, *Thalès, Solon, Bias, Chilon, Pittacus, Périandre*, et *Cléobule*. Et n'est-ce pas dire *la ville de la sagesse*, que de dire *la ville de Minerve*? Mais *sagesse*, il faut l'observer, se prend ici pour *connaissance profonde de la morale ou des sciences*.

Naissent des sectateurs l'un à l'autre opposés. [1]
Nos folles vanités font pleurer Héraclite; [2]
Ces mêmes vanités font rire Démocrite. [3]
Quel remède à nos maux que des ris ou des pleurs
Qu'ils en cherchent la cause, et guérissent nos cœurs
Habitant des tombeaux, que t'apprend leur silence?
« Les atômes erraient dans un espace immense;
» Déclinant de leur route, ils se sont approchés;
» Durs, inégaux, sans peine ils se sont accrochés
» Le hasard a rendu la nature parfaite;
» L'œil au-dessous du front se creusa sa retraite;
» Les bras au haut du corps se trouvèrent liés;
» La terre heureusement se durcit sous nos pieds

1 Autant d'écoles que de philosophes ou, si l'on veut, qu
de *Sages*, et à-peu-près autant de doctrines que d'écoles.

2 *Héraclite*, natif d'Éphèse, florissait vers l'an 500 avant Jésu
Christ. Il pleurait sans cesse sur les sottises humaines, et cet
triste habitude, jointe à son style énigmatique, le fit appeler
Philosophe ténébreux, *le pleureur*.

3 *Démocrite*, né à Abdère dans la Thrace, joignait à de grand
connaissances acquises par l'étude et par de longs voyages, un
humeur toute contraire à celle d'*Héraclite*, et qui le portait à
moquer sans cesse des hommes en les voyant si faibles et si vain
Il vécut 109 ans, environ deux siècles avant Jésus-Christ.

4 Cet *habitant des tombeaux*, c'est *Démocrite*, qui s'était choi
pour retraite une espèce de sépulcre hors de la ville. Comme il n
croyait point aux revenans, des jeunes gens s'avisèrent de l'alle
trouver pendant la nuit, masqués en spectres hideux; mais, san
se troubler à la vue de ces prétendus fantômes, il leur dit tout e
écrivant : *cessez donc de faire les fous*.

» L'univers fut le fruit de ce prompt assemblage ;
» L'être libre et pensant en fut aussi l'ouvrage. »
Par honneur, Hippocrate, ou par pitié du moins,
Va guérir ce rêveur si digne de tes soins.[1]

C'est à l'eau dont tout sort que Thalès nous ramène.[2]
L'air seul a tout produit, nous dit Anaximène.[3]

1 Les Abdéritains, étonnés du rire continuel de leur philosophe, et craignant qu'il ne tombât en démence, écrivirent au célèbre Hippocrate pour lui recommander sa tête. *Hippocrate* se rendit auprès du sage, et, l'ayant entendu discourir, il fut tellement ravi de surprise et d'admiration qu'il ne put s'empêcher de dire aux Abdéritains que, à son avis, ceux qui s'estimaient les plus sains, étaient les plus malades.

Hippocrate, dont l'Antiquité a fait presque un Dieu, et que les Médecins honorent encore du titre de *Divin*, était donc contemporain de *Démocrite*. Il vécut comme lui 109 ans. C'est dans l'île de Coos, l'une des Cyclades, qu'il avait reçu le jour, et il ne voulut point la quitter pour accepter les richesses et les honneurs que lui offrait dans sa cour, avec le rang de prince, le roi de Perse, Artaxercès *Longue-Main*.

2 *Thalès*, le premier des sept sages de la Grèce, était né à Milet vers l'an 640 avant Jésus-Christ. Il avait établi, d'après Homère, que l'eau était le premier principe de toutes choses. L'un et l'autre avaient emprunté cette doctrine des Égyptiens, qui attribuaient au Nil toutes les sortes de productions de leur pays.

3 *Anaximène* succéda dans l'école de Milet à *Anaximandre*, son maître et son ami, qui avait succédé à *Thalès*. L'air était, selon lui, le principe de toutes choses, et, comme il pensait que l'air était *infini*, son opinion revenait assez à celle d'*Anaximandre*, qui avait fait de l'*infini* le principe universel.

Et l'éternel Pleureur assure que le feu
De l'univers naissant mit les ressorts en jeu.[1]
Pyrrhon, qui n'a trouvé rien de sûr que son doute,
De peur de s'égarer, ne prend aucune route :[2]
Insensible à la vie, insensible à la mort,
Il ne sait quand il veille, il ne sait quand il dort;
Et de son indolence, au milieu d'un orage,
Un stupide animal est en effet l'image.[3]
Orné de sa besace, et fier de son manteau,
Cet orgueilleux n'apprend qu'à rouler un tonneau.
Oui, sa lanterne en main, Diogène m'irrite :
Il cherche un homme; et lui n'est qu'un fou que j'évite.[4]

1 L'*Éternel pleureur*, c'est-à-dire *Héraclite*.

2 *Pyrrhon* vivait du temps d'Epicure et de *Théophraste*, vers l'an 300 avant Jésus-Christ. Sa philosophie consistait à douter de tout, c'est-à-dire, dans l'art de disputer sur toutes choses sans prendre d'autre parti que de suspendre son jugement : cet art a été appelé le *Scepticisme* ou le *Pyrrhonisme*.

3 *Pyrrhon*, étant sur le point de faire naufrage, fut le seul que la tempête n'étonna point; et comme il vit les autres saisis de frayeur, il les pria d'un air tranquille de regarder un pourceau qui était à bord, et qui mangeait à son ordinaire : *voilà*, leur dit-il, *quelle doit être la sécurité du sage.*

4 *Diogène*, né à Synope, ville du Pont, en ayant été chassé pour crime de fausse monnaie, avait choisi Athènes pour sa nouvelle patrie. Disciple d'*Antisthènes*, le chef des Cyniques, il devint bientôt plus célèbre que son maître. Il avait pour costume un manteau, une besace et un bâton, et pour maison un tonneau qu'il promenait partout comme les limaçons leur coquille. Un jour il parut en plein midi sur la

C'est assez contempler ces astres si parfaits,
Anaxagore : enfin dis-nous qui les a faits ? [1]
Mais quelle douce voix enchante mon oreille !
Tandis qu'en ces jardins Épicure sommeille,
Que de voluptueux répètent ses leçons,
Mollement étendus sur de tendres gazons ! [2]
Malheureux, jouissez promptement de la vie : [3]

place publique, avec une lanterne à la main : on lui demanda ce
qu'il cherchait : *Un homme*, répondit-il. Il était contemporain de
Platon, qui l'appelait *un Socrate fou*. Les philosophes de sa secte
étaient appelés *cyniques*, parce qu'ils étaient mordans et sans
pudeur comme les chiens : *Cynique*, en latin *cynicus*, dont la
racine est le grec *Kuón*, chien.

1 *Anaxagore*, disciple d'Anaximène, était né à Clazomène
dans l'Ionie : on l'avait surnommé *l'esprit*, parce qu'il en-
seignait que l'esprit divin était la cause de cet univers. Il faisait
sa grande étude du ciel, et il répondit à quelqu'un qui lui
demandait pourquoi il était venu sur la terre : *Pour contempler
le soleil, la lune et les étoiles*.

2 *Épicure*, dont il a été déjà parlé plusieurs fois, avait
son école à Athènes dans un beau jardin, et il donnait ses
leçons, mollement assis avec ses disciples sur de verts gazons
ou sur des lits délicats.

3 C'est par cette sorte de figure de rhétorique appelée *Épitrope*
ou *permission*, que le poëte, d'après la morale qu'il prête à
Épicure, exhorte les disciples de ce philosophe à des jouissances
qu'il condamne lui-même. Mais la morale d'Épicure était-elle
en effet celle dont on voit-là comme le sommaire ? Il y en
a qui prétendent que cette volupté dans laquelle il fait consister
le bonheur de l'homme, est la volupté de l'esprit et de la
vertu, et non la volupté des sens et du vice. Croyons-le
nous-mêmes pour l'honneur de la philosophie.

Hâtez-vous, le temps fuit; et la Parque ennemie
D'un coup de son ciseau va vous rendre au néant : [1]
Par un plaisir encor volez-lui cet instant.
Votre austère rival, pâle, mélancolique,
Fait de ses grands discours résonner le Portique; [2]
Je tremble en l'écoutant; sa vertu me fait peur;
Je ne puis comme lui rire dans la douleur :
J'ose la croire un mal, et le crois sans attendre
Que la goutte en fureur me contraigne à l'apprendre.
L'Académie enfin, par la voix de Platon, [3]
Va dissiper en moi tout l'ennui de Zénon;
Mais de Platon lui-même et qu'attendre et que croire,

1 Les *Parques*, suivant les Anciens, présidaient à la vie et
à la mort, et elles étaient au nombre de trois : Clotho,
Lachésis, et Atropos. Clotho tenait la quenouille qui servait
à filer nos jours; Lachésis tournait le fuseau; et Atropos,
quand le moment était venu, coupait le fil avec ses ciseaux.
La *Parque* ici poétiquement pour la Mort.

2 Ce rival des Épicuriens était *Zénon*, né dans l'île de
Chypre, environ 300 ans avant Jésus-Christ, et qui, venu à
Athènes, y abandonna la profession de commerçant pour celle
de philosophe. Il avait son école dans le *Portique*, en grec *stoa*,
et c'est pourquoi ses disciples s'appelaient *Stoïciens*. Les stoïciens
se piquaient d'une grande rigidité, et faisaient profession de
mépriser la douleur.

3 *Platon*, fils d'Ariston, avait été d'abord appelé *Aristocle*,
du nom de son aïeul; mais, son maître de palestre l'ayant appelé
Platon, à cause de ses épaules larges et carrées, ce dernier nom
lui resta. Il donnait ses leçons dans l'*Académie*, et c'est de ce
nom qu'on appelle son école, comme on appelle *Portique* celle
de Zénon, *Lycée*, celle d'Aristote, et *Cynosarge*, celle des
cyniques.

Quand de ne rien savoir son maître fait sa gloire ?[1]
Incertain comme lui, n'osant rien hasarder,
Il réfute, il propose, et laisse à décider.
Par quelques vérités à peine il me console :
Il s'arrête, il hésite, il doute, et me désole.
Son disciple jaloux, prompt à l'abandonner,
Se retire au Lycée, et m'y veut entraîner.[2]
Mais à l'homme inquiet le maître d'Alexandre
Du terrible avenir ne daigne rien apprendre.
Que me fait sa morale et tout son vain savoir,
S'il me laisse mourir sans un rayon d'espoir ?
Loin des longs raisonneurs que la Grèce publie,
Le mystique Vieillard m'appelle en Italie :[3]
La mort, si je l'en crois, ne doit point m'affliger :
On ne périt jamais, on ne fait que changer ;
Et l'homme et l'animal, par un accord étrange,
De leurs âmes entre eux font un bizarre échange.
De prisons en prisons renfermés tour à tour,
Nous mourons seulement pour retourner au jour.[4]

1 Le maître de Platon était Socrate, qui l'appelait le *Cygne de l'Académie.*

2 Quel *disciple* de Platon se sépara donc de lui par jalousie, et se fit chef d'une école contraire ? Le célèbre Aristote, précepteur d'Alexandre-le-Grand.

3 *Le mystique vieillard d'Italie : Pythagore* qui, né à Samos vers l'an 592 avant Jésus-Christ, s'était fixé en Italie après avoir parcouru l'Égypte, la Chaldée et l'Asie Mineure. On l'appelle *mystique*, parce qu'il cachait sa doctrine sous le voile de l'énigme et de l'allégorie.

4 Le principal dogme de la philosophie de Pythagore était celui de la *métempsycose* ou transmigration des âmes d'un corps

Triste immortalité ! frivole récompense
D'une abstinence austère, et de tant de silence ! ¹

XII. Philosophes, que dis-je ? antiques discoureurs,
C'est prêter trop long-temps l'oreille à vos erreurs.
Ainsi donc, étourdi de pompeuses paroles,
Plus troublé que jamais, je sors de vos écoles.
Vous promettez beaucoup : de vos grands noms frappé,
J'attendais tout de vous, et vous m'avez trompé.
Du seul fils d'Ariston je n'ai point à me plaindre : ²
Ennemi du mensonge, il m'apprend à le craindre ;
Il tremble à chaque pas, et vers la vérité
Je sens qu'il me conduit par sa timidité ;
D'un heureux avenir je lui dois l'espérance :
D'un Dieu qui me chérit j'entrevois la puissance....
Mais s'il m'aime ce Dieu, dans un désordre affreux
Doit-il laisser languir un sujet malheureux ?
Pourquoi de tant d'honneur et de tant de misère
Réunit-il en moi l'assemblage adultère ? ³

dans un autre, après la mort : il l'avait probablement emprunté
des Égyptiens ou des Brachmanes, dans la science desquels il
s'était instruit dans ses voyages.

1 La réputation extraordinaire de Pythagore lui attirait des
disciples de toutes parts et en très-grand nombre. Mais avant de
les admettre à ce rang, il leur faisait faire un noviciat de silence
qui durait deux ans pour les taciturnes, et cinq ans au moins
pour ceux qu'il jugeait les plus enclins à parler. Du reste, il les
faisait vivre tous en commun dans la plus grande frugalité, ne
leur permettant l'usage d'aucune sorte de viande.

2 C'est Platon, ainsi qu'on l'a vu précédemment.

3 *Assemblage adultère*, pour assemblage vicieux, assemblage

Prodigue de ses biens, un père plein d'amour
S'empresse d'enrichir ceux qu'il a mis au jour.
L'être toujours heureux rend heureux ses ouvrages :
Il s'aime, son amour s'étend sur ses images.
Il nous punit : de quoi ? nous l'a-t-il révélé ?[1]
La terre est un exil : pourquoi suis-je exilé ?
Qui suis-je ? Mais, hélas ! plus je veux me connaître,
Plus la peine et le trouble en moi semblent renaître.
Qui suis-je ? qui pourra me le développer ?
Voilà, Platon, voilà le nœud qu'il faut couper.[2]
Platon ne parle plus, ou je l'entends lui-même
Avouer le besoin d'un oracle suprême.
Platon ne parle plus, quel sera mon secours ?
Il faut donc me résoudre à m'ignorer toujours.
Dans ce nuage épais quel flambeau peut me luire ?
Dans ce dédale obscur quel fil peut me conduire ?
Qui me débrouillera ce chaos plein d'horreur ?[3]

de choses opposées et qui se combattent mutuellement. *Adultère*
ne saurait être là plus expressif ni plus noble.

1 *Il nous punit.* Cette phrase est opposée à celles qui précèdent, et il semblerait qu'elle devrait, en conséquence, commencer par quelque conjonction adversative. Mais la suppression
de cette conjonction, en la rendant plus brusque, lui donne plus
de force.

2 C'est-à-dire, la difficulté à résoudre, à trancher. C'est le
fameux nœud gordien coupé par Alexandre-le-Grand dans le
temple de Jupiter à Gordium, qui a donné lieu à cette façon de
parler allusive.

3 Ce vers-là et les deux précédens sont allégoriques et ont,
chacun, pour objet de rendre sensible la même pensée abstraite.
On sait assez ce que c'est que *débrouiller un chaos* : c'est le

Mon cœur désespéré se livre à sa fureur.
Vivre sans se connaître est un trop dur supplice.
Que, par pitié pour moi, la Mort m'anéantisse.[1]
O Ciel! c'est ta rigueur que j'implore à genoux :
Daigne écraser enfin l'objet de ton courroux.
Montagnes, couvrez-moi ! Terre, ouvre tes abîmes !
Si je suis si coupable, engloutis tous mes crimes,
Et périsse à jamais le jour infortuné
Où l'on dit à mon père : « Un enfant vous est né. »[2]

XIII. De mon état cruel quand je me désespère,
Et sens avec Platon qu'il faut qu'un Dieu m'éclaire,
J'apprends qu'un peuple entier garde encore aujourd'hui
Un livre qu'autrefois le Ciel dicta pour lui.
Ah ! s'il est vrai, j'y cours. Quelle route ai-je à suivre?
Où faut-il s'adresser? à quel peuple? à quel livre?
Si Dieu nous a parlé, qu'a-t-il dit? je le croi.[3]
Pour chercher de ce Dieu la véritable loi,

démêler, l'éclaircir : un chaos n'est qu'une confusion extrême.
Et qu'est-ce qu'un *Dédale ?*. Ce qu'on appelle autrement un
Labyrinthe, un lieu où l'on s'égare, où l'on se perd, à cause de
l'embarras des détours. Dédale, père d'Icare, avait construit le
fameux labyrinthe de la Crête, et le nom de l'ouvrier a été donné
par métonymie à l'ouvrage.

1 Sous-entendez, *Plutôt que de rester dans cette cruelle ignorance.* Dans tout le cours de cette sorte d'imprécation, le Poëte
se suppose abandonné sans espoir.

2 Tour et expression poétique, pour dire, *Et périsse à jamais
le jour fatal où je vins au monde.*

3 Comment ne pas le croire ? Dieu est la vérité même, et
sans doute il ne peut ni se tromper ni tromper.

Parmi tant de mortels je trouve à peine un guide.
Ensevelis, hélas! dans un repos stupide,
Ou plongés presque tous dans de frivoles soins,
Leur plus grand intérêt les occupe le moins. [1]
Montaigne m'entretient de sa douce indolence : [2]
Sait-il de quel côté doit pencher la balance ?
Ce n'est pas vers le but que Bayle veut marcher : [3]
C'est l'obstacle qu'il aime, il ne veut que chercher.
Pour toi, coupable auteur d'un ténébreux système,
Qui de tout réuni formes l'Être suprême,
Et qui, m'éblouissant par tes pompeux discours,
Anéantis ce Dieu dont tu parles toujours ;
Caché dans ton nuage, impénétrable asile,
A l'abri de mes coups tu peux rester tranquille.
Qu'à sonder l'épaisseur de ton obscurité,
Tes hardis sectateurs mettent leur vanité,

1 Le plus grand intérêt des hommes est bien sans contredit
de se connaître, et de savoir d'où ils viennent, ce qu'ils sont,
pourquoi ils sont, et ce qu'ils doivent être.

2 *Montaigne*, né au château de ce nom dans le Périgord, en
1533, est un de nos philosophes moralistes les plus célèbres, et
l'on lit encore avec plaisir ses *Essais*, dont le style n'est ni pur,
ni correct, ni précis, ni noble, mais simple, vif, hardi, énergique, et surtout naïf. On l'appelle le *sceptique* Montaigne, parce
qu'il met tout en question et ne décide jamais. Il a été représenté
avec une balance suspendue en l'air, avec cette devise : *Que
sais-je ?*

3 *Bayle*, autre philosophe français, né en 1647, peut être
regardé comme le *Pyrrhon moderne*. On a dit de lui, *Qu'il était
l'avocat-général des philosophes, mais qu'il ne donnait jamais
ses conclusions.*

Et , jaloux d'un honneur où je n'ose prétendre ,
Se disputent entre eux la gloire de t'entendre : [1]
Le déiste du moins me parle sans détours . [2]
Content de sa raison , qu'il me vante toujours ,
Elle seule l'éclaire ; il marche à sa lumière.

    Ouvre les yeux, ingrat ; connais-la tout entière. [3]
Cette même raison m'éclaire comme toi :
Tu la verras bientôt me conduire à la Foi..
Au jour dont j'ai besoin elle-même m'appelle ,
Et m'apprend à chercher un guide meilleur qu'elle.
D'une Religion je lui dois le désir.
C'est avec elle encor que je vais la choisir.

1 *Le coupable et ténébreux auteur* dont il s'agit est Spinosa,
né à Amsterdam, en 1632, d'un juif portugais, marchand de
profession. Il a le premier érigé l'Athéisme en système , non pas
précisément en niant Dieu , mais en voulant que Dieu ne soit
que l'universalité des êtres, que la réunion de toutes les substances
en une seule.

2 Voir pour le mot *Déiste* une note de la Préface.

3 Cette raison , dont tu te prétends si vivement éclairé , mais
qui ne brille pour toi qu'à moitié ou qu'à travers un nuage, et
n'est qu'une lumière obscurcie, incertaine , ou même trompeuse.

FIN DU CHANT SECOND.

APPENDICE

DU CHANT SECOND.

I. Page 69.

Quelque abstrait raisonneur, qui ne se plaint de rien,
Dans son flegme anglican répondra : *Tout est bien.*

Voltaire, dans son petit poëme du *Désastre de Lisbonne*, réfute assez bien le système de l'*Optimisme* :

> *Tout est bien*, dites-vous, *et tout est nécessaire.*
> Quoi ! L'univers entier, sans ce gouffre infernal,
> Sans engloutir Lisbonne, eût-il été plus mal ?[1]
> Êtes-vous assurés que la cause éternelle
> Qui fait tout, qui sait tout, qui créa tout pour elle,
> Ne pouvait nous jeter dans ces tristes climats,
> Sans former des volcans allumés sous nos pas ?
> Bornerez-vous ainsi sa suprême puissance ?
> Lui défendriez-vous d'exercer sa clémence ?
> L'éternel artisan n'a-t-il pas dans ses mains
> Des moyens infinis tout prêts pour ses desseins ?
> Je désire humblement, sans offenser mon maître,
> Que ce gouffre enflammé de soufre et de salpêtre,

---

[1] Lisbonne, capitale du Portugal, a souffert plusieurs tremblemens de terre, un entre autres au seizième siècle, et un au mois de novembre 1755. C'est de ce dernier qu'il s'agit ici. Il ruina presque entièrement cette ville, ainsi que nombre d'autres de ce royaume ; il se fit même sentir jusqu'en Afrique, surtout dans les royaumes de Fez et de Maroc, et y causa de très-grands malheurs. Lisbonne a été rétablie depuis, et elle est aujourd'hui mieux bâtie qu'elle ne l'était autrefois.

7

Eût allumé ses feux dans le fond des déserts.
Je respecte mon Dieu, mais j'aime l'univers.
Quand l'homme ose gémir d'un fléau si terrible,
Il n'est point orgueilleux, hélas ! il est sensible.

　　Les tristes habitans de ces bords désolés
Dans l'horreur des tourmens seraient-ils consolés
Si quelqu'un leur disait : « Tombez, mourez tranquilles;
» Pour le bonheur du monde on détruit vos asyles;
» D'autres mains vont bâtir vos palais embrasés;
» D'autres peuples naîtront dans vos murs écrasés;
» Le Nord va s'enrichir de vos pertes fatales;
» Tous vos maux sont un bien dans les lois générales;
» Dieu vous voit du même œil que les vils vermisseaux
» Dont vous serez la proie au fond de vos tombeaux? »
A des infortunés quel horrible langage !
Cruels, à mes douleurs n'ajoutez point l'outrage.

　　Non, ne présentez plus à mon cœur agité
Ces immuables lois de la nécessité,
Cette chaîne des corps, des esprits et des mondes.
O rêves de savans ! O chimères profondes !
Dieu tient en main la chaîne, et n'est point enchaîné;
Par son choix bienfaisant tout est déterminé :
Il est libre, il est juste, il n'est point implacable.
Pourquoi donc souffrons-nous sous un maître équitable?
Voilà le nœud fatal qu'il fallait délier.
Guérirez-vous nos maux en osant les nier?
Tous les peuples, tremblans sous une main divine,
Du mal que vous niez ont cherché l'origine.
Si l'éternelle loi qui meut les élémens
Fait tomber les rochers sous les efforts des vents;
Si les chênes touffus sous la foudre s'embrasent,
Ils ne ressentent point les coups qui les écrasent.
Mais je vis, mais je sens, mais mon cœur opprimé
Demande des secours au Dieu qui l'a formé.

Enfans du Tout-Puissant, mais nés dans la misère,
Nous étendons les mains vers notre commun père.
Le vase, on le sait bien, ne dit point au potier :
« Pourquoi suis-je si vil, si faible et si grossier ? »
Il n'a point la parole ; il n'a point la pensée ;
Cette urne en se formant qui tombe fracassée,
De la main du potier ne reçut point un cœur
Qui désirât les biens, et sentît son malheur.
« Ce malheur, dites-vous, est le bien d'un autre être :
» De mon corps tout sanglant mille insectes vont naître. »
Quand la mort met le comble aux maux que j'ai soufferts,
Le beau soulagement d'être rongé des vers !
Tristes calculateurs des misères humaines,
Ne me consolez point, vous aigrissez mes peines ;
Et je ne vois en vous que l'effort impuissant
D'un fier infortuné qui feint d'être content.

Les vers précédens ne sont que contre l'*Optimisme
physique* : en voici du cardinal de Bernis contre
l'*Optimisme moral : La Religion vengée*, chant V :

Dire que *tout est bien*, c'est dire aux parricides:
« Frappez, ensanglantez vos armes homicides ;
» Sujets, révoltez-vous ; rois, soyez des tyrans ;
» Fiers vainqueurs, insultez aux vaincus expirans : »
C'est rompre tout lien, franchir toute barrière ;
C'est d'opprobre et de sang couvrir la terre entière.
Tout est bien ! dites-vous. Qui peut le concevoir
Est un monstre rebelle à la gloire, au devoir :
Aussi froid pour l'honneur qu'insensible à la honte,
Est-il d'affreux excès où sa fureur ne monte ?
Teint du sang de ses rois, teint du sang paternel,
Il se refuse encor le nom de criminel.
Aux meurtres, à l'inceste, ajoutez le blasphème ;
Enfoncez le poignard dans le sein de Dieu même ;

Faites rougir l'honneur, la nature et l'amour ;
Par des crimes nouveaux épouvantez le jour.....
Déjà tout votre sang se glace dans vos veines.
Mais son cœur est tranquille, et vos terreurs sont vaines.[1]
O toi viens enchaîner ce monstre furieux,
Auteur de la vertu, descends du haut des cieux!
Pour confondre l'orgueil de ces sectes frivoles,
Il faudrait le tonnerre, et non pas des paroles.

II. Page 75.

Je pense. La pensée, éclatante lumière,
Ne peut sortir du sein de l'épaisse matière....

Il n'y a pas de vérité plus importante que celle de
cette proposition : car si la matière pouvait penser,
comment ne pas croire que c'est elle en effet qui pense?
comment admettre une âme distinguée du corps, et
une âme qui survive au corps, une âme immortelle ?
Prouvons donc et mettons dans le plus grand jour
cette vérité, que *La matière, le corps ne peut penser.*
C'est cette preuve, cette démonstration évidente
qu'offre, ce me semble, le fragment ci-après d'un
ouvrage inédit, ayant pour titre : *Essai de Métaphysique,* ou *Étude de la Pensée* : ce fragment est du
chapitre sur l'âme.

« Dès que nous pensons, il y a nécessairement en
» nous quelque chose qui pense, quelque chose dont
» la pensée émane et en qui elle existe; il y a un sujet
» de la pensée, un être, une substance, dont la pensée
» est la modification : car on ne prétendra pas sans

[1] C'est-à-dire, sont sans effet sur lui, ne l'émeuvent point, ne l'arrêtent point.

» doute que la pensée soit elle - même un sujet ,
» un être, une substance.[1] Et en effet la pensée
» a-t-elle une existence à part , une existence propre
» et indépendante ? La pensée , c'est tour-à-tour cha-
» cune des opérations de l'entendement et de la
» volonté; c'est tour-à-tour chacun des produits, des
» résultats de ces opérations. Or, certainement, on
» ne peut dire d'aucune de ces choses en particulier ,
» qu'elle ait une existence à part , une existence
» propre et indépendante, puisque non-seulement il
» n'en est aucune qui soit toujours en nous , et y soit
» toujours la même invariablement , mais qu'elles ne
» font toutes , ou que cesser absolument dans certains
» intervalles , ou que se succéder les unes aux autres ,
» ou que naître ou renaître les unes des autres en plus
» ou moins grand nombre, suivant les temps et les
» circonstances. On ne peut pas le dire non plus de
» toutes en général , puisqu'il est bien visible
» qu'elles ne sauraient avoir toutes en général ce que
» n'a aucune en particulier : si de vingt couleurs
» différentes que présente à mon œil une toile peinte ,
» il n'en est aucune en particulier qui puisse exister
» indépendamment de cette toile , je demande si elles
» le pourront toutes en général ?

» Quel est donc le sujet de la pensée ? Est-ce le
» corps, comme on serait d'abord tenté de le croire ?
» Pour le savoir, il faut comparer ensemble le corps
» et la pensée. Qu'est-ce que le corps ? C'est un assem-

---

[1] La *substance* est un être qui subsiste par lui-même, et la
modification n'est qu'une manière d'être de la *substance.*

» blage de différentes parties solides , liquides ou
» fluides , artistement combinées et liées entre elles
» pour ne former qu'un seul tout : ces différentes
» parties existent les unes hors des autres , peuvent
» être désunies, séparées , le sont quelquefois en effet,
» et n'en continuent pas moins d'exister encore , si
» minces et si petites qu'on les suppose ; en sorte que
» l'on peut dire qu'elles sont toutes , prises à part,
» autant de substances distinctes et indépendantes.
» Voyons la pensée : a-t-elle quelque chose d'ana-
» logue à cette composition ? est-elle formée d'élé-
» mens divisibles et séparables ? Elle me présente ,
» il est vrai, comme autant de choses distinctes , les
» diverses opérations et les divers résultats dont nous
» avons parlé. Mais puis-je concevoir des parties , la
» plus petite partie même , à laquelle que ce soit de
» toutes ces choses ? Puis-je concevoir le haut , le
» bas, les côtés, le quart, le tiers, la moitié d'une
» seule ? Ne conçois-je même pas clairement que
» c'est les anéantir , que d'y supposer des divisions,
» des parties ? Ne conçois-je pas qu'elles doivent
» être , et qu'elles sont toutes , ou tout entières ou
» point du tout ? qu'elles sont toutes , et toutes éga-
» lement , unes , simples , indivisibles ? Et il y a
» même plus : considérées toutes ensemble et comme
» réunies, elles forment un tout aussi un , aussi simple,
» aussi indivisible , qu'elles peuvent l'être chacune en
» particulier. O de tous les mystères, le plus grand et
» le plus inconcevable peut-être ! Ma pensée s'étend jus-
» qu'au-dessus des astres , et jusqu'au-dessous des plus

» profonds abîmes ; elle est toute pleine du passé et
» toute pleine de l'avenir ; elle embrasse , et la terre ,
» et les mers , et la vaste étendue des cieux ; et elle se
» renferme pourtant, elle se concentre tout entière
» dans un seul point , dans un point qu'on ne peut
» même pas supposer dans l'espace ! Si je puis faire
» en elle quelque distinction, ce n'est qu'en regardant
» à ses objets, à ses signes : je ne distingue plus et je
» me confonds , dès que je ne veux regarder qu'à elle-
» même ou qu'à son sujet.

　　» Le corps est donc composé , étendu , divisible ,
» et la pensée est une , simple, indivisible : le corps
» et la pensée sont donc non-seulement différens en
» nature , mais même opposés et contraires : le corps
» exclut donc nécessairement la pensée , et la pensée
» le corps ; le corps, par conséquent , ne peut être
» le sujet de la pensée , ni la pensée la propriété , la
» modification du corps. Et je demande un peu com-
» ment le corps pourrait être le sujet de la pensée ,
» comment il pourrait penser ? Qu'on essaie pour un
» moment de lui accorder ce beau don , il faudra
» nécessairement lui accorder plusieurs parties pen-
» santes , puisque nous pouvons avoir à - la - fois et
» plusieurs sentimens et plusieurs idées, et qu'une
» seule partie ne sera pas sans doute plus capable de
» plusieurs sentimens ou de plusieurs idées à-la-fois ,
» que de plusieurs mouvemens. Il faudra même , dans
» tous les cas, lui supposer un nombre indéfini de
» parties pensantes , puisque nous ne concevons pas
» en lui une seule partie qui n'en renferme un nombre

» indéfini d'autres. Or, lorsqu'il ne s'agira que d'un
» seul sentiment ou que d'une seule idée, à laquelle
» de tant de parties pensantes appartiendra ce senti-
» ment, cette idée? A une seule? Mais d'où viendrait
» à celle-là ce rare privilége? A toutes? Mais un senti-
» ment, une idée se partagent-ils, et qu'est-ce qu'un
» sentiment partagé, qu'une idée partagée? Qu'il s'a-
» gisse maintenant de plusieurs sentimens dont se
» trouvent affectées autant de parties différentes : où
» ces sentimens se répondront-ils les uns aux autres? où
» se confondront-ils en un seul sans perdre leur diver-
» sité? Il est bien évident que ce ne sera plus le
» même *moi* qui dira : *j'ai faim, j'ai soif, je souffre,*
» *je jouis, j'aime, je hais,* etc. , mais qu'il y aura
» autant de *moi* différens que de parties affectées. Qu'il
» s'agisse d'une comparaison d'idées, la difficulté ne
» sera pas moins grande, si elle ne l'est pas plus. Cette
» comparaison exigerait incontestablement que toutes
» les idées fussent réunies dans une même partie comme
» dans un point; elle exigerait que cette partie pût les
» voir, les connaître toutes, et les embrasser toutes
» d'une seule vue. Mais, dès que les idées se partagent
» entre différentes parties, il n'en est aucune qui puisse
» les voir et les connaître toutes; chacune même ne
» peut voir et connaître que celle qu'elle a : car com-
» ment verrait-elle, comment connaîtrait-elle celles
» qu'elle n'a pas? Voir et connaître une idée peuvent-
» ils être autre chose qu'avoir cette idée?

» Le corps ne pouvant être le sujet de la pensée, il
» y a donc un sujet de la pensée différent du corps,

» distingué du corps. Ce sujet, qu'est-il en lui-même,
» et quelle est sa nature intrinsèque, constitutive ?
» C'est ce qui, vraisemblablement, sera toujours au-
» dessus de notre faible raison. Tout ce que nous pou-
» vons savoir, c'est qu'il est d'une nature analogue à
» celle de la pensée; c'est qu'il n'est ni corps ni matiè-
» re; c'est qu'il est un, simple, indivisible. Ce sujet,
» on l'appelle, suivant l'occasion et suivant l'idée qu'on
» a en vue, *principe pensant*, *âme*, *esprit*, *cœur*,
» *substance spirituelle* : et, par *principe pensant*, on
» entend ce qui fait en nous la pensée, on entend la
» cause par laquelle la pensée a lieu ; par *âme*, on
» entend le principe interne de toutes nos opérations
» quelconques, le principe de la vie, de la pensée et
» du mouvement ; par *esprit*, on entend l'âme en tant
» qu'elle a des idées et des connaissances; par *cœur*,
» on entend l'âme en tant qu'elle est le siége des pas-
» sions et des sentimens ; par *substance spirituelle*, on
» entend une substance qui n'est point corps, une
» substance simple et sans aucun mélange de matière.
» On appelle aussi quelquefois le sujet de la pensée,
» le *moi humain*, *notre moi*, ou simplement le *moi*,
» parce que c'est lui qui constitue véritablement la
» personnalité, c'est-à-dire, qui fait que nous nous
» distinguons de tout ce qui n'est pas nous, et que
» liant notre existence actuelle à notre existence passée,
» nous n'en faisons qu'une seule et même existence. »

III. Page 77.

Qu'est-ce donc que l'instant où l'on cesse de vivre ?
L'instant où de ses fers une âme se délivre.

Mais où est l'homme, quand tout ce qu'il avait de
sensible est détruit ? J.-J. Rousseau va nous fournir la
réponse. « Cette question, dit-il, n'est plus une diffi-
» culté pour moi, sitôt que j'ai reconnu deux substan-
» ces. Il est très-simple que, durant ma vie corporelle,
» n'apercevant rien que par mes sens, ce qui ne leur
» est point soumis m'échappe. Quand l'union du corps
» et de l'âme est rompue, je conçois que l'un peut se
» dissoudre, et l'autre se conserver. Pourquoi la des-
» truction de l'un entraînerait-elle la destruction de
» l'autre ? Au contraire, étant de natures si différentes,
» ils étaient, par leur union, dans un état violent ; et
» quand cette union cesse, ils rentrent tous deux dans
» leur état naturel : la substance active et vivante
» regagne toute la force qu'elle employait à mouvoir
» la substance passive et morte. Hélas ! je le sens
» trop par mes vices, l'homme ne vit qu'à moitié
» durant sa vie, et la vie de l'âme ne commence qu'à
» la mort du corps. »

IV. Page 79.

Je veux m'éterniser ; et dans ma vanité
J'apprends que je suis fait pour l'immortalité.

Delille, qui, comme nous l'avons vu, a si bien
établi la supériorité de l'homme sur les animaux par
l'excellence de sa nature, ne l'établit pas moins bien

par sa haute destination : ce dernier tableau fait suite
au premier : *Les trois règnes* , chap. VIII :

> Que dis-je ? de lui-même admirable vainqueur,
> Ainsi que la Nature , il subjugue son cœur.
> L'animal, sans vertu gardant son innocence ,
> N'a point de l'avenir la noble conscience ;
> L'instinct fait sa bonté, la crainte ses remords ;
> L'homme seul sent le prix de ses nobles efforts ,
> Sait choisir ce qu'il hait, éviter ce qu'il aime ,
> Puiser l'amour d'autrui dans l'amour de lui-même ;
> Lui seul, pour être libre, il se donne des lois,
> S'abstient par volupté, se captive par choix.
> Dieu, cette consolante et terrible pensée,
> Il l'apporte en naissant dans son âme tracée ;
> Il l'appelle au secours de son cœur abattu,
> Sait mettre un frein au crime, un prix à la vertu,
> Et seul, de l'avenir perçant la nuit profonde,
> Prévoit, désire, espère, et craint un autre monde.

>   Mais c'est la mort surtout dont les touchans tableaux
> Placent l'homme au-dessus de tous les animaux :
> Là, dans tout l'intérêt de sa dernière scène,
> Paraît la dignité de la nature humaine.
> Dans leur stupide oubli les animaux mourans
> Jettent vers le passé des yeux indifférens :
> Savent-ils s'ils ont eu des enfans, des ancêtres,
> S'ils laissent des regrets, s'ils sont chers à leurs maîtres ?
> Gloire, amour, amitié, tout est fini pour eux :
> L'homme seul, plus instruit, est aussi plus heureux.
> Pour lui, loin d'une vie en orages féconde,
> Quand ce monde finit commence un autre monde ;
> Et du tombeau qui s'ouvre à sa fragilité,
> Part le premier rayon de l'immortalité ;

Son âme se ranime, et dans sa conscience
Auprès de la vertu retrouve l'espérance.
De loin il entrevoit le séjour du repos ;
De ses parens en pleurs il entend les sanglots;
Il voit, après sa mort, leur troupe désolée
D'un long rang de douleurs border son mausolée.
Au sortir d'une vie où, de maux et de biens,
La Fortune inégale a tissu ses liens,
Il reprend fil à fil cette trame si chère
Dont la Mort va couper la chaîne passagère :
Le souvenir lui peint ses travaux, ses succès,
La gloire qu'il obtint, les heureux qu'il a faits.
Ainsi sur les confins de la nuit sépulcrale,
L'affreuse Mort, au fond de la coupe fatale,
Laisse encore pour lui quelques gouttes de miel :
Il touche encor la terre en montant vers le ciel.
Sur sa couche de mort, il vit pour sa famille,
Sent tomber sur son cœur les larmes de sa fille,
Prend son plus jeune enfant, qui, sans prévoir son sort,
Essaie encor la vie et joue avec la mort ;
Recommande à l'aîné ses domaines champêtres,
Ses travaux imparfaits, l'honneur de ses ancêtres ;
Laisse à tous en mourant le faible à soutenir,
L'innocent à défendre, et le pauvre à nourrir ;
De ses vieux serviteurs récompense le zèle ;
Jouit des pleurs touchans de l'amitié fidèle,
Reçoit son dernier vœu, lui fait son dernier don ;
De ses ennemis même emporte le pardon ;
Et, dans l'embrassement d'une épouse chérie,
Délie et ne rompt pas les doux nœuds de la vie.

V. Page 80.

De tout bien qui périt mon âme est mécontente....

Ce qui n'est pas une preuve moins sensible ni moins

forte de l'immortalité de l'âme que le désir de toujours être, c'est ce mécontentement, ce dégoût, ce vide, que laissent toujours après eux les biens et les plaisirs de la terre. Quel est l'homme dont ils aient jamais pu remplir le cœur, qu'ils aient jamais rendu tout-à-fait heureux ? Ecoutons un moment l'éloquent citoyen de Genève, J.-J. Rousseau :

« Tous les conquérans n'ont pas été tués ; tous les » usurpateurs n'ont pas échoué dans leurs entreprises; » plusieurs paraîtront heureux aux esprits prévenus » des opinions vulgaires : mais celui qui, sans s'arrêter » aux apparences, ne juge du bonheur des hommes » que par l'état de leurs cœurs, verra leurs misères » dans leurs succès mêmes ; il verra leurs désirs et » leurs soucis rongeans s'étendre et s'accroître avec » leur fortune; il les verra perdre haleine en avançant, » sans jamais parvenir à leurs termes : il les verra » semblables à ces voyageurs inexpérimentés qui, » s'engageant pour la première fois dans les Alpes, » pensent les franchir à chaque montagne, et, quand » ils sont au sommet, trouvent de plus hautes mon- » tagnes au-devant d'eux.

» Auguste, après avoir soumis ses concitoyens et » détruit ses rivaux, régit durant quarante ans le » plus grand empire qui ait existé : mais cet immense » pouvoir l'empêchait-il de frapper les murs de sa tête » et de remplir son vaste palais de ses cris, en rede- » mandant à Varus ses légions exterminées?[1] Quand

1 Varus, général d'Auguste en Germanie, s'étant laissé sur-prendre par le célèbre Arminius, trois légions romaines, quelque

» il aurait vaincu tous ses ennemis, de quoi lui auraient
» servi ses vains triomphes, tandis que les peines de
» toute espèce naissaient sans cesse autour de lui ;
» tandis que ses plus chers amis attentaient à sa vie,
» et qu'il était réduit à pleurer la honte ou la mort
» de tous ses proches ? L'infortuné voulut gouverner
» le monde, et ne sut pas gouverner sa maison ! Qu'ar-
» riva-t-il de cette négligence ? Il vit périr à la fleur de
» l'âge son neveu, son fils adoptif, son gendre ; [1] son
» petit-fils fut réduit à manger la bourre de son lit,
» pour prolonger de quelques heures sa misérable
» vie ; [2] sa fille et sa petite-fille, après l'avoir cou-
» vert de leur infâmie, moururent, l'une de misère et
» de faim dans une île déserte, l'autre en prison par
» la main d'un archer. [3] Lui-même enfin, dernier

cavalerie, et six cohortes furent taillées en pièces; Varus lui-même
fut blessé, et il se perça de son épée pour ne pas survivre à sa
défaite. Auguste, cruellement affligé de ce malheur, laissa croître
pendant plusieurs mois sa barbe et ses cheveux ; et dans les transport de sa douleur, il s'écriait souvent en se frappant la tête :
Varus, rends-moi mes légions.

1 Marcellus, fils d'Octavie, sa sœur, et mari de Julie, sa fille.
Il l'avait désigné pour son successeur, et rien ne flattait plus les
Romains que cette espérance. C'est ce Marcellus dont Virgile a
retracé d'une manière si touchante la mort prématurée, dans le
sixième livre de l'*Énéide*.

2 Drusus, second fils de Germanicus et d'Agrippine, petite-fille
d'Auguste : accusé par sa femme de divers crimes d'État, il avait
été condamné par Tibère à être détenu prisonnier dans un souter-
rain du palais.

3 Elles portaient toutes deux le nom de Julie, et l'une était

» reste de sa malheureuse famille, fut réduit par sa
» propre femme à ne laisser après lui qu'un monstre
» pour lui succéder.[1] Tel fut le sort de ce maître
» du monde, tant célébré pour sa gloire et pour son
» bonheur. Croirai-je qu'un seul de ceux qui les admi-
» rent les voulût acquérir au même prix ? »

Cependant nous voulons absolument être heureux,
nous le voulons d'un désir insurmontable, invincible,
d'un désir qui tient trop à notre nature, à notre être,
pour n'y avoir pas été mis par Dieu même. Or, Dieu
ne peut pas vouloir nous tromper, il ne peut pas se
jouer perfidement de nous; et, si nous cherchons
en vain ici-bas ce bonheur après lequel il nous fait
soupirer sans cesse, ce bonheur l'objet constant de
nos vœux et de nos efforts, c'est que sans doute il
l'a placé au-delà du tombeau. Ah ! c'est pour lui-même
qu'il nous a faits, et c'est lui seul qui pourra nous
rassasier pleinement, c'est en lui seul que notre cœur
pourra, comme le dit Saint Augustin, trouver son
repos: *et inquietum est cor nostrum donec maneat in te*.

VI. Page 81.

Oui, pour un autre temps l'être juste et sévère,
Ainsi que sa bonté, réserve sa colère.

A l'appui de ces vers, citons un morceau de

mère de l'autre : la première, après la mort de Marcellus, avait
épousé Agrippa, et après la mort d'Agrippa, Tibère, depuis empereur ; la seconde avait été femme de Lepidus.

[1] Tibère, fils de Livie, sa troisième femme, qui l'avait eu de
son premier mari, Tibère-Néron.

J.-J. Rousseau que l'on peut regarder comme un des plus beaux modèles d'éloquence philosophique.

« Celui qui peut tout ne peut vouloir que ce qui est » bien. Donc l'être souverainement bon, parce qu'il » est souverainement puissant, doit être aussi souve- » rainement juste ; autrement, il se contredirait lui- » même : car l'amour de l'ordre qui le produit s'appelle » *bonté*, et l'amour de l'ordre qui le conserve s'appelle » *justice*.

» Dieu, dit-on, ne doit rien à ses créatures. Je » crois qu'il leur doit tout ce qu'il leur promit en leur » donnant l'être. Or, c'est leur promettre un bien que » de leur en donner l'idée et de leur en faire sentir le » besoin. Plus je rentre en moi, plus je me consulte, » et plus je lis ces mots écrits dans mon âme : *Sois* » *juste, et tu seras heureux*. Il n'en est rien pourtant, » à considérer l'état présent des choses : le méchant » prospère, et le juste reste opprimé. Voyez aussi » quelle indignation s'allume en nous quand cette. » attente est frustrée ! La conscience s'élève et murmure » contre son auteur ; elle lui crie en gémissant : *Tu* » *m'as trompé !*

» Je t'ai trompé, téméraire ! et qui te l'a dit ? Ton » âme est-elle anéantie ? As-tu cessé d'exister ? O » Brutus ! ô mon fils ! ne souille point ta noble vie en » la finissant ; ne laisse point ton espoir et ta gloire » avec ton corps aux champs de Philippes.¹ Pour-

---

¹ Junius Brutus, ayant été défait à la bataille de Philippes en Macédoine, malgré les prodiges de la plus héroïque valeur, voulut

» quoi dis-tu, *La vertu n'est rien*, quand tu vas jouir
» du prix de la tienne ? Tu vas mourir, penses-tu :
» non, tu vas vivre ; et c'est alors que je tiendrai tout
» ce que je t'ai promis.[1]

  » On dirait, aux murmures des impatiens mortels,
» que Dieu leur doit la récompense avant le mérite,
» et qu'il est obligé de payer leur vertu d'avance. Oh !
» soyons bons premièrement, et puis nous serons
» heureux. N'exigeons pas le prix avant la victoire,
» ni le salaire avant le travail. Ce n'est point dans la
» lice, disait Plutarque, que les vainqueurs de nos
» jeux sacrés sont couronnés, c'est après qu'ils l'ont
» parcourue.

  » Si l'âme est immatérielle, elle peut survivre au
» corps ; et si elle lui survit, la Providence est justi-
» fiée. Quand je n'aurais d'autre preuve de l'immor-
» talité de l'âme, que le triomphe du méchant et l'op-
» pression du juste en ce monde, cela seul m'empê-
» cherait d'en douter. Une contradiction si manifeste,
» une si choquante dissonnance dans l'harmonie uni-
» verselle me ferait chercher à la résoudre. Je me

dans son désespoir mettre fin à ses jours, et prononça contre la
vertu ce blasphème de deux vers qu'un poëte grec met dans la
bouche d'Hercule mourant: *Misérable vertu, tu n'es donc qu'un
nom ! Je t'avais cultivée comme une réalité, mais tu n'es que
l'esclave de la fortune.*

1 Oui, mais était-ce à Brutus à marquer lui-même le terme de
sa carrière, et, en le marquant, n'avait-il pas à craindre le courroux de celui dont il prévenait témérairement l'ordre souverain ?

» dirais : *Tout ne finit pas pour nous avec la vie, tout*
» *rentre dans l'ordre à la mort.* »

A cet éloquent morceau de prose, faisons succéder
des vers non-moins éloquens de Voltaire, traduits
du *Caton* d'Adisson. Caton, après avoir lu le Traité
de Platon sur l'immortalité de l'âme, est censé parler
ainsi :

> Oui, Platon, tu dis vrai, notre âme est immortelle ;
> C'est un Dieu qui lui parle, un Dieu qui vit en elle.
> Eh ! d'où viendrait sans lui ce grand pressentiment,
> Ce dégoût des faux biens, cette horreur du néant ?
> Vers des siècles sans fin je sens que tu m'entraînes ;
> Du monde et de mes sens je vais briser les chaînes,
> Et m'ouvrir loin du corps, dans la fange arrêté,
> Les portes de la vie et de l'Éternité.
> L'Eternité ! Quel mot consolant et terrible !
> O lumière ! O nuage ! O profondeur horrible !
> Que dis-je ? Où suis-je ? Où vais-je ? Et d'où suis-je tiré ?
> Dans quels climats nouveaux, dans quel monde ignoré,
> Le moment du trépas va-t-il plonger mon être ?
> Où sera mon esprit qui ne peut se connaître ?
> Que me préparez-vous, abîmes ténébreux ?.....
> Allons, s'il est un Dieu, Caton doit être heureux.
> Il en est un sans doute, et je suis son ouvrage :
> Lui-même au cœur du juste il empreint son image.
> Il doit venger sa cause, et punir les pervers.
> Mais comment ? dans quel temps ? et dans quel univers ?
> Ici la Vertu pleure et l'Audace l'opprime ;
> L'Innocence à genoux y tend la gorge au Crime ;
> La Fortune y domine, et tout y suit son char :
> Ce globe fortuné fut formé pour César.[1]

1 César venait de vaincre Pompée à Pharsale, et cette victoire le rendait en quelque sorte maître du monde, puisqu'elle mettait dans ses mains l'empire de Rome.

Hâtons-nous de sortir d'une prison funeste :
Je te verrai sans ombre, ô Vérité céleste !
Tu te caches de nous dans nos jours de sommeil ;
Mais la vie est un songe, et la mort un réveil.

D'après les deux morceaux précédens, une autre
vie est absolument nécessaire pour la récompense de
la Vertu et le châtiment du Crime. Et si cette vie pouvait ne pas exister, que seraient alors le Crime et la
Vertu? Je crains de le dire; mais laissons parler
Massillon : c'est lui qui nous fera sentir toutes les
horribles conséquences du *Matérialisme* :

« Si tout meurt avec le corps, il faut que l'Uni-
» vers prenne d'autres lois, d'autres mœurs, d'autres
» usages, et que tout change de face sur la terre. Si
» tout cesse avec le corps, les maximes de l'équité,
» de l'amitié, de l'honneur, de la bonne foi, de la
» reconnaissance, ne sont donc plus que des erreurs
» populaires, puisque nous ne devons rien à des
» hommes qui ne nous sont rien, auxquels aucun nœud
» commun de culte et d'espérance ne nous lie, qui
» vont demain retomber dans le néant, et qui ne sont
» déjà plus. Si tout meurt avec nous, les doux noms
» d'enfans, de père, d'ami, d'époux, sont donc des
» noms de théâtre, et de vains titres qui nous abusent,
» puisque l'amitié, celle même qui vient de la vertu,
» n'est plus un lien durable; que nos pères qui nous
» ont précédés ne sont plus; que nos enfans ne seront
» point nos successeurs : car le néant, tel que nous
» devons être un jour, n'a point de suite; que la société
» sacrée des noces n'est plus qu'une union brutale,

8 *

» d'où, par un assemblage bizarre et fortuit, sortent
» des êtres qui nous ressemblent, mais qui n'ont de
» commun avec nous que le néant.

» Que dirai-je encore? Si tout meurt avec nous,
» les annales domestiques et la suite de nos ancêtres
» ne sont donc plus qu'une suite de chimères, puisque
» nous n'avons plus d'aïeux, et que nous n'aurons
» point de neveux. Les soins du nom et de la postérité
» sont donc frivoles : l'honneur qu'on rend à la mé-
» moire des hommes illustres, une erreur puérile,
» puisqu'il est ridicule d'honorer ce qui n'est plus; la
» religion des tombeaux, une illusion vulgaire; les
» cendres de nos pères et de nos amis, une vile pous-
» sière qu'il faut jeter au vent, et qui n'appartient à
» personne; les dernières intentions des mourans, si
» sacrées parmi les peuples les plus barbares, le der-
» nier son d'une machine qui se dissout : et, pour tout
» dire en un mot, si tout meurt avec nous, les lois
» sont donc une servitude insensée; les rois et les
» souverains, des fantômes que la faiblesse des peuples
» a élevés; la justice, une usurpation sur la liberté
» des hommes; la loi des mariages, un vain scrupule;
» la pudeur, un préjugé; l'honneur et la probité, des
» chimères; les incestes, les parricides, les perfidies
» noires, des jeux de la fortune, et des noms que la
» politique des législateurs a inventés.

» Voilà où se réduit la philosophie sublime des
» impies; voilà cette force, cette raison, cette sagesse
» qu'ils nous vantent éternellement. Convenez de leurs

» maximes, et l'univers entier retombe dans un affreux
» chaos; et tout est confondu sur la terre; et toutes
» les idées du vice et de la vertu sont renversées; et
» les lois les plus inviolables de la société s'évanouis-
» sent; et la discipline des mœurs périt; et le gouver-
» nement des États et des Empires n'a plus de règle;
» et toute l'harmonie du corps politique s'écroule; et
» le genre humain n'est plus qu'un assemblage d'in-
» sensés, de barbares, d'impudiques, de furieux, de
» fourbes, de dénaturés, qui n'ont plus d'autre loi que
» la force, plus d'autre frein que leur passion et la
» crainte de l'autorité; plus d'autre lien que l'irré-
» ligion et l'indépendance, plus d'autre Dieu qu'eux-
» mêmes. Voilà le monde des impies : et si ce plan
» affreux de république vous plaît, formez, si vous le
» pouvez, une société de ces hommes monstrueux.
» Tout ce qu'il nous reste à vous dire, c'est que vous
» êtes digne d'y occuper une place. »

VII. Page 81.

Pluton fut leur ouvrage, et leurs mains, je l'avoue,
Etendirent jadis Ixion sur sa roue....

C'est Virgile surtout qui, dans le sixième livre de
l'*Énéide*, trace un tableau épouvantable du Tartare
et de ses supplices. Nous allons le mettre sous les
yeux tel que nous l'offre Delille dans sa traduction. Il
prouvera que les Païens eux-mêmes ont senti que le
Crime, si souvent impuni et triomphant dans cette

vie, doit trouver au-delà du tombeau la vengeance et
le châtiment.

Enée alors regarde, et de ce sombre empire,
A gauche il aperçoit le séjour odieux
Que d'un triple rempart enfermèrent les Dieux.
Autour le Phlégéton, aux ondes turbulentes,
Roule d'affreux rochers dans ses vagues brûlantes.[1]
La porte inébranlable est digne de ces murs :
Vulcain la composa des métaux les plus durs :[2]
Le diamant massif en colonnes s'élance;
Une tour jusqu'aux cieux lève son front immense :
Les mortels conjurés, les Dieux et Jupiter
Attaqueraient en vain ses murailles de fer.
Devant le seuil fatal, terrible, menaçante,
Et retroussant les plis de sa robe sanglante,
Tisiphone bannit le sommeil de ses yeux :[3]
Jour et nuit elle veille aux vengeances des Dieux.
De-là partent des cris, des accens lamentables,
Le bruit affreux des fers traînés par les coupables,
Le sifflement des fouets dont l'air au loin gémit.
Le fils des Dieux s'arrête, il écoute, il frémit.
« O prêtresse, dit-il, quelles sont ces victimes?[4]
» Qui prononça leur peine? et quels furent leurs crimes ?
» Parlez, instruisez-moi. — « Prince religieux,
» Répond-elle, gardez d'approcher de ces lieux.
» La Vertu doit de loin voir le séjour des Vices.
» Mais je puis des méchans vous montrer les supplices

---

1 Le Phlégéton, l'un des quatre fleuves de l'enfer, roulait des torrens de flammes.

2 Vulcain, le Dieu du feu, était censé l'auteur de tous les ouvrages qui passaient pour des chefs-d'œuvre dans l'art de forger.

3 Voir les notes du Chant.

4 Cette *prêtresse* était la Sibylle de Cumes, qui accompagnait Enée aux enfers.

» Diane à sa prêtresse a tout dit, tout montré.[1]

» Rhadamanthe en ces lieux juge, absout à son gré : [2]

» Terrible, il interroge, il entend les coupables,

» Les contraint d'avouer les forfaits exécrables

» Qu'ils ont cachés dans l'ombre, et qu'au sein de la mort

» Ne peut plus expier un stérile remord.

» Tisiphone aussitôt, vengeresse des crimes,

» Prend ses fouets, ses serpens, et poursuit ses victimes :

» Tonne, frappe, redouble ; et, lassant ses fureurs,

» Appelle à son secours ses effroyables sœurs. »

Elle parlait : soudain, avec un bruit terrible,

Sur ses gonds mugissans tourne la porte horrible ;

Elle s'ouvre : « Tu vois dans ce séjour de deuil

» Quel monstre épouvantable en assiége le seuil !

» Plus loin, s'enflant, dressant ses têtes menaçantes,

» Une Hydre ouvre à-la-fois ses cent gueules béantes.[3]

» L'œil n'ose envisager ces antres écumans.

» Enfin l'affreux Tartare et ses noirs fondemens

» Plongent plus bas encor que de leur nuit profonde

» Il ne s'étend d'espace à la voûte du monde.

» Là, de leur chute horrible encore épouvantés,

» Roulent ces fiers géans par la terre enfantés.[4]

» Là, des fils d'Aloüs gisent les corps énormes ;

» Ceux qui, fendant les airs de leurs têtes difformes,

» Osèrent attenter aux demeures des Dieux,

1 La Sibylle était la prêtresse de Diane, comme la prêtresse d'Apollon : Diane était, sous le nom d'*Hécate*, la reine des enfers.

2 Rhadamanthe, juge des enfers avec Eaque et Minos.

3 L'*Hydre* est un serpent fabuleux à plusieurs têtes.

4 D'une taille monstrueuse et d'une force proportionnée, ils avaient des jambes et des pieds de serpent, et quelques-uns cent bras et cinquante têtes. Ayant voulu escalader le ciel et en chasser les Dieux, ils furent foudroyés par Jupiter, et précipités dans le Tartare.

» Et du trône éternel chasser le Roi des Cieux.[1]

» Là, j'ai vu de ces Dieux le rival sacrilége,

» Qui, du foudre usurpant le divin privilége,

» Pour arracher au peuple un criminel encens,

» De quatre fiers coursiers aux pieds retentissans

» Attelant un vain char dans l'Elide tremblante,

» Une torche à la main y semait l'épouvante :

» Insensé qui, du ciel prétendu souverain,

» Par le bruit de son char et de son pont d'airain,

» Du tonnerre imitait le bruit inimitable !

» Mais Jupiter lança le foudre véritable,

» Et renversa, couvert d'un tourbillon de feu,

» Le char, et les coursiers, et la foudre, et le Dieu.

» Son triomphe fut court, sa peine est éternelle.[2]

» Là, plus coupable encore est ce géant rebelle,

» Ce fameux Tityus, autre rival des Dieux,

» De la terre étonnée enfant prodigieux : [3]

» Par un coup de tonnerre aux Enfers descendue

» Sur neuf vastes arpens sa masse est étendue.

» Un vautour sur son cœur s'acharne incessamment,

» De sa faim éternelle éternel aliment.

» Contre l'oiseau rongeur en vain sa rage gronde,

» Il habite à jamais sa poitrine profonde :

» Il périt pour renaître, il renaît pour souffrir ;

» Il joint l'horreur de vivre à l'horreur de mourir ;

» Et son cœur immortel, et fécond en tortures,

» Pour les rouvrir encor, referme ses blessures.

---

1 Les *Aloïdes*, deux géans énormes qu'Homère appelle le *divin Othus* et le *célèbre Ephialte*. Non-moins audacieux et non-moins redoutables que les géans enfans du Ciel et de la Terre, ils formèrent la même entreprise et subirent le même sort.

2 Il n'est pas besoin de nommer l'impie Salmonée : le lecteur l'a assez reconnu à ces traits.

3 *Tityus*, énorme fils de la terre dont le corps étendu couvrait neuf arpens, avait eu l'insolence de vouloir attenter a l'honneur de Latone : Apollon et Diane le tuèrent à coups de flèches, et le précipitèrent dans le Tartare.

» Rappellerai-je ici le superbe Ixion,
» Le fier Pirithoüs, et leur punition ? [1]
» Sur eux pend à jamais, pour punir leur audace,
» D'un roc prêt à tomber l'éternelle menace ;
» Tantôt, pour irriter leur goût voluptueux,
» S'offrent des mets exquis et des lits somptueux :
» Vain espoir ! Des trois sœurs la plus impitoyable [2]
» Est là, levant sa tête et sa voix effroyable,
» Leur défend de toucher à ces perfides mets
» Qui les tentent toujours sans les nourrir jamais.
» Là sont ceux dont le cœur a pu haïr un frère,
» Ceux dont la main impie ose outrager un père,
» Ceux qui de leurs cliens ont abusé la foi ;
» Celui qui, possédant, accumulant pour soi,
» Aux besoins d'un parent ferme son cœur barbare,
» Et seul couve des yeux son opulence avare.
» Ce nombre est infini. Vous nommerai-je ceux
» Qu'un amour adultère a brûlé de ses feux,
» Et ceux qui, se rangeant sous les drapeaux d'un traître,
» Désertent lâchement la cause de leur maître ?
» Chacun d'eux dans les fers attend son châtiment,
» Et cette attente horrible est leur premier tourment.
» Ne me demandez pas les peines innombrables
» Que partage le Ciel à tous ces misérables :
» A rouler un rocher l'un consume ses jours ; [3]
» L'autre, toujours montant, et retombant toujours
» Voyage avec sa roue. [4] Un destin tout contraire

---

[1] Voir dans le Chant même la note sur Ixion. Pirithoüs, fils d'Ixion, était descendu aux Enfers pour ravir Proserpine, et il avait pour complice de son rapt, Thésée son ami, qu'il avait lui-même secondé dans de pareilles entreprises.

[2] Ces *trois sœurs* sont les trois furies, autrement appelées *Euménides*. Quelle est *la plus impitoyable ?* Apparemment Alecton, la première des trois.

[3] Tel, par exemple, que le cruel Sisyphe, roi de Corinthe, qui avait exercé toutes sortes de brigandages dans l'Attique.

[4] Parce que, attaché à cette roue, il tourne sans cesse avec elle.

» De Thésée a puni l'audace téméraire :1
» De ses longues erreurs revenu désormais,
» Sur sa pierre immobile il s'assied pour jamais.
» C'est-là son dernier trône : exemple épouvantable!
» Là, sans cesse il redit d'une voix lamentable :
» *Par le destin cruel que j'éprouve en ces lieux*,
» *Apprenez, ô mortels ! à respecter les Dieux.*
» Ils ont leur place ici, ces lâches mercenaires
» Qui vendent leur patrie à des lois étrangères.
» La peine suit de près ce père incestueux
» Qui jeta sur sa fille un œil voluptueux,
» Et jusque dans son lit portant sa flamme impure,
» D'un horrible hyménée outragea la nature.
» Ils sont jugés ici tous ces juges sans foi,
» Qui de l'intérêt seul reconnaissaient la loi;
» Qui, mettant la justice à d'infâmes enchères,
» Dictaient et rétractaient leurs arrêts mercenaires,
» Et de qui la balance, inclinée à leur choix,
» Corrompit la justice, et fit mentir les lois ;
» Tous ces profanateurs des liens légitimes,
» Tout ce qui fut coupable, et jouit de ses crimes.
» Non, quand j'aurais cent voix, je ne pourrais jamais
» Dire tous ces tourmens, compter tous ces forfaits. »

VIII. Page 95.

Pour toi, coupable auteur d'un ténébreux système
Qui de tout réuni formes l'Être Suprême.

Le cardinal de Bernis fait ainsi sentir l'absurdité du système de Spinosa : *La Religion vengée*, chant V :

Tout est Dieu, m'a-t-on dit. L'ai-je bien entendu ?
Le vice le plus bas, la plus noble vertu,
Auraient le même auteur et la même naissance !

Voir dans le Chant la note qui le concerne.

Dieu pourrait réunir le crime et l'innocence,
Et, poussant le contraste au degré le plus haut,
Remplir tout-à-la-fois le trône et l'échafaud!....
Tout est Dieu, disons-nous, et le siècle où nous sommes
A peine a-t-il produit, non des dieux, mais des hommes!

    Quel étrange système et quel aveuglement
D'unir en un seul tout un long enchaînement
D'êtres qui, séparés par diverses essences,
Existent sans soutien, sont autant de substances:
Je veux que l'univers compose un même tout,
Mais ses membres distincts sont divisés partout:
Le cercle et le triangle ont diverse nature.
Grand Dieu! vous n'êtes plus cette substance pure
Que le souffle du temps ne pouvait altérer,
Mais un vaisseau léger qu'Éole fait errer![1]
Vous prenez en un jour mille formes nouvelles;
Vos biens sont passagers, vos peines éternelles;
Vous êtes impassible, et toujours vous souffrez;
Vous êtes immortel, et, grand Dieu! vous mourez!....

    Que dire, que penser d'un horrible système
Où Dieu, tout-à-la-fois favori de lui-même,
Rival ambitieux, et ligueur inconstant,
Fonde, élève, et détruit son empire flottant!
Tantôt adroit Ulysse,[2] imprudent Salmonée,[3]
Ajax blasphémateur,[4] religieux Énée,[5]

---

[1] *Éole*, pour les vents dont il est le Dieu selon la Fable.

[2] Roi de l'île d'Itaque, et père de Télémaque, célèbre par sa prudence et par ses artifices.

[3] Il a été déjà parlé de Salmonée, et dans le Chant même, et dans le morceau qui précède celui-ci.

[4] *Ajax*, fils d'Oïlée: il bravait les Dieux, et s'en moquait; mais Neptune lui fit expier son impiété, en l'ensevelissant sous les eaux.

[5] Virgile l'appelle presque toujours le *pieux Énée*: la piété de ce prince éclate surtout dans le dernier jour de Troie, lorsque, voyant qu'il ne pouvait plus rien pour le salut de cette ville, il chargea sur son dos son père Anchise avec ses Dieux Pénates, afin de les sauver avec le reste de sa famille.

Objet de son estime, objet de ses mépris,
Il est Thersite, Hector, Ménélas, et Pâris ;[1]
Assemblage imparfait de force et de faiblesse,
Infâme dans Tarquin, et chaste dans Lucrèce ;[2]
Fauteur de l'ignorance, inventeur des beaux arts,
Faible comme Vénus, effrayant comme Mars,[3]
Il fait voler ensemble et l'aigle et la colombe ;
C'est un ruisseau qui fuit, c'est un torrent qui tombe :
Hardi dans ses projets, tremblant dans les revers,
Il a du vil esclave et l'orgueil et les fers ;
Image de la paix, image de la guerre,
Réunissant en lui l'enfer, le ciel, la terre,
Protecteur du mensonge et de la vérité :
Quel trait lui reste-t-il de la Divinité ?

Sortez, sortez enfin de ce chaos énorme ;
Abandonnez un Dieu moins puissant que difforme,
Qui, malheureux auteur des crimes des mortels,
Blasphème, et s'avilit jusque sur ses autels.

1 *Thersite*, lâche et insolent Grec qu'Achille, piqué de ses injures, tua d'u
coup de poing.

Hector, le héros des Troyens et le rival d'Achille.

Ménélas, roi de Sparte, mari de la fameuse Hélène dont l'enlèvement par Pâr
causa la guerre de Troie.

Pâris, ravisseur d'Hélène : il était frère d'Hector, et fils de Priam, roi de Troi

2 Voir, pour Lucrèce et Tarquin, les notes du premier Chant, vers la fin.

3 *Vénus*, déesse de la volupté, ne peut qu'être *faible* ; *Mars*, Dieu de l
guerre, ne peut qu'être aussi *effrayant* que terrible.

FIN DE L'APPENDICE.

~~~~~~

CHANT TROISIÈME.

La Révélation cherchée et trouvée dans la Loi des Juifs.

ARGUMENT.

I. *Le Christianisme, dont Rome est le centre, domi-
nant sur la terre , et sa priorité attestée par le Mahométisme lui-même.*

II. *Le Chrétien, renvoyant pour l'histoire de sa
Religion, au livre sacré des Juifs, à la Bible.*

III. *La vérité du livre des Juifs , évidemment prouvée par un double et étonnant événement dont il offre
la prédiction : la dispersion de ce peuple par toute la
terre , et son obstination dans l'attente d'un Messie.*

IV. *L'homme , d'après ce livre auguste , déchu de
sa première gloire, mais consolé par l'espérance d'un
réparateur promis d'en haut.*

V. *L'énigme de la grandeur et de la misère de
l'homme, déjà un peu expliquée par l'histoire de son
origine et de sa chute.*

VI. *Naissance des arts après la chute de l'homme.*

VII. *Les crimes du genre humain punis par un
déluge effroyable, auquel n'échappe que le seul juste
Noé avec sa famille.*

VIII. *Tous ces grands événemens du premier âge du monde, confirmés par les fictions mêmes des poëtes.*

IX. *Après le Déluge, multiplication du genre humain, que suit la naissance des peuples et des empires.*

X. *L'idolâtrie et les plus grossières superstitions répandues par toute la terre, avec la corruption et les crimes.*

XI. *Les Hébreux conservant seuls, au milieu de l'égarement général des peuples, l'idée du seul et vrai Dieu, mais ne la conservant que par une faveur spéciale du Ciel, qui éclate par les plus grands miracles.*

XII. *Étonnant spectacle de divers prophètes qui annoncent également le Messie, et retracent son image, sa vie, sa gloire, son humiliation, et sa mort, avec autant de vérité et de précision qu'eussent pu le faire, après l'événement, les historiens les plus exacts et les plus fidèles.*

XIII. *Le Messie offert dans l'Écriture sous diverses figures allégoriques qui le font voir aussi clairement que les prophéties.*

Les morceaux des numéros I, VI, VIII, IX, et X paraissent les plus intéressans à apprendre : on peut y joindre ceux des numéros VII et XIII.

CHANT TROISIÈME.

I. CETTE ville autrefois maîtresse de la terre,
Rome, qui par le fer et le droit de la guerre,
Domina si long-temps sur toute nation ;
Rome domine encor par la Religion.[1]
Avec plus de douceur, et non moins d'étendue,
Son empire établi frappe d'abord ma vue.[2]
Ces peuples que l'erreur rendit ses ennemis,
Contre elle révoltés, à son Dieu sont soumis.[3]

1 Il y un rapport très-sensible, pour le fond des idées, entre
ces cinq ou six vers et les onze de la *Henriade* qui viennent
après celui-ci dans le quatrième chant :

> Rome enfin se découvre à ses regards cruels....

2 *Rome*, à présent la capitale du monde chrétien, comme
elle le fut autrefois du monde connu, n'exerce plus son empire
que sur les esprits et sur les cœurs, et ne l'exerce que par la
persuasion, que par la croyance.

Cette ville, située sur les bords du Tibre en Italie, n'est plus
à-beaucoup-près, pour l'étendue, la population et la richesse,
ce qu'elle fut autrefois; mais elle conserve plusieurs restes de son
ancienne splendeur, et elle est toujours l'une des plus grandes
et des plus belles villes du monde.

3 Ces *peuples ennemis* de Rome et *révoltés* contre elle, sont
tous les peuples chrétiens non catholiques, c'est-à-dire, tous les

Tout le Nord est Chrétien , tout l'Orient encore
Est semé de mortels que ce grand titre honore.[1]
Je vois, le fer en main , le superbe Ottoman
Opposer à ce nom celui de Musulman.[2]
Il me semble d'abord que l'un et l'autre en guerre,
Mahomet et le Christ , se disputent la terre.
Mais de la Mecque en vain le fameux fugitif
Sous ses bizarres lois tient l'Orient captif;
En vain , près du tombeau dont Médine est si fière,
Turc, Arabe, Persan, tout baise la poussière.[3]

peuples qui, bien que chrétiens , tels que les Calvinistes , les
Luthériens , les Grecs , ne reconnaissent pas le souverain pontife
de Rome pour chef de l'Eglise universelle et de toute la chré-
tienté.

1 Il y a une infinité de chrétiens dans tout l'Orient, jusque
parmi les Mahométans , qui y dominent presque partout.

2 Le *superbe Ottoman*, pour dire *le superbe Turc*. Les Turcs
sont appelés *Ottomans*, de leur empereur *Othman* , sous lequel,
vers l'an 1326, ils s'emparèrent des villes qui restaient à l'Empire
grec dans l'Asie-Mineure.

Quant au nom de *Musulman* , il signifie *vrai croyant* . et
les Mahométans se le donnent pour marquer leur zèle religieux.

3 *Mahomet*, né à la Mecque, vers l'an 570, et mort en
622 , devint , de marchand de chameaux, audacieux sectaire,
et fonda le culte qui porte son nom. Contraint de s'enfuir de
la Mecque par suite d'une conjuration qui s'était formée contre
lui, il se retira à Médine, et sa fuite, que les Musulmans
appellent Egire, fut l'époque de sa gloire et de son triomphe.
Il voulut que Médine, qui avait été le lieu de sa retraite , fût
celui de sa sépulture : c'est-là en effet qu'est son tombeau, que
tous les Musulmans doivent visiter une fois en leur vie.

La Mecque et Médine sont deux villes de l'Arabie-Déserte : la

Le livre, dont l'aspect fait trembler le turban ,
Et qui rend le Muphti respectable au Sultan ,
Que dicta , nous dit-on , la colombe au prophète ,[1]
M'apprend qu'il n'est du Ciel qu'un second interprète ;
Que le Christ avant lui , premier ambassadeur ,
Vint de l'homme tombé relever la grandeur.
Oui , le rival du Dieu que les Chrétiens m'annoncent
Rend hommage lui-même à ce nom qu'ils prononcent.[2]

Mecque , la plus grande et la plus belle des deux , est la capitale
de toute l'Arabie , comme ayant donné naissance au prétendu
Prophète.

1 Ce livre est l'*Alcoran* , ou si l'on veut , le *Koran* , car
al est pour *le* dans ce mot arabe , qui signifie *le livre* : c'est
le livre par excellence. On raconte que Mahomet , ayant dressé
une colombe à lui venir prendre du grain dans l'oreille , faisait
croire que cette colombe lui apportait les ordres du Ciel , et que
c'était comme sous sa dictée qu'il écrivait.

L'*Alcoran* est si respecté des Mahométans qu'un Juif ou un
Chrétien qui y porterait la main , n'éviterait la mort qu'en embrassant leur croyance ; et qu'un Musulman même serait puni
avec la même rigueur , s'il y touchait sans s'être lavé les mains.

C'est ce qui fait dire au Poëte que *L'aspect de ce livre fait
trembler le turban , et rend le Muphti respectable au Sultan.*

Le *Turban* est la coiffure des Turcs : il est pris ici par Métonymie , pour la personne qui porte cette coiffure. Le *Mupthi* est
le souverain pontife , le *pape* des Mahométans : le *Sultan* est
l'empereur des Turcs.

2 La religion de Mahomet est un mélange bizarre et confus de
judaïsme et de christiànisme. Ce fameux imposteur prétendait
que ce n'était pas une religion nouvelle , mais la religion même
d'Abraham et d'Ismaël, plus ancienne que celle des Juifs et que celle
des Chrétiens. Outre les prophètes de l'Ancien Testament , il re-

O Chrétien ! je t'admire , et je reviens à toi :
L'un et l'autre hémisphère est rempli de ta Loi.[1]
Des oracles du Ciel es-tu dépositaire ?
De ta Religion quel est le caractère ?

II. « Si tu veux , répond-il , chercher sa vérité ,
» Remonte seulement à son antiquité.

» L'histoire t'apprendrait sa naissance et son âge ,
» Si de l'homme en effet sa gloire était l'ouvrage ;
» Mais avec l'univers son âge prend son cours :
» Elle naquit le jour que naquirent les jours.

» A peine du néant l'homme venait d'éclore ,
» Déjà coulait pour lui le pur sang que j'adore ,[2]
» Et mes premiers écrits, annales des humains ,[3]
» Des mains du premier peuple ont passé dans mes mains.
» Quand le Ciel eut permis qu'à la race mortelle
» Un livre conservât sa parole éternelle ,

connaissait Jésus, fils de Marie, né d'elle quoique vierge, messie, verbe et esprit de Dieu, mais non pas son fils.

1 L'Ancien monde et le nouveau, qui sont les deux *hémisphères* terrestres, c'est-à-dire, les deux moitiés du globe de la terre : dans l'un et dans l'autre, en effet, où ne voit-on pas arboré le saint étendard du Christ ?

2 C'est le sang de Jésus-Christ, de l'Agneau de Dieu, qui, dans les décrets éternels, a dû, non-seulement depuis la mort de Jésus-Christ jusqu'à la fin du monde, mais même depuis la chute d'Adam jusqu'à la mort de Jésus-Christ, servir à racheter tous les hommes perdus par le péché qui les a rendus tous coupables.

3 Ces *premiers écrits* du chrétien sont l'Ancien Testament ; ce *premier peuple* est le peuple Juif, appelé *le peuple de Dieu*.

» Aux neveux d'Israël (Dieu les aimait alors),[1]
» Moïse confia le plus grand des trésors.[2]
» Son histoire est la leur. Elle ne leur présente
» Que traits dont la mémoire était alors récente;
» Et leur historien ne leur déguise pas
» Qu'ils sont murmurateurs, séditieux, ingrats.
» Son livre cependant fut le précieux gage
» Qu'un père à ses enfans laissait pour héritage.[3]
» Dans ce livre par eux de tout temps révéré
» Le nombre des mots même est un nombre sacré.
» Ils ont peur qu'une main téméraire et profane
» N'ose altérer un jour la loi qui les condamne,
» La loi qui de leur long et cruel châtiment
» Montre à leurs ennemis le juste fondement,[4]
» Et nous apprend à nous par quels profonds mystères,
» Ces insensés (hélas! ils ont été nos pères),

1 *Israël*, surnom de Jacob qui veut dire *fort contre le Seigneur*. Ce surnom fut donné à Jacob par l'ange qui, pour éprouver sa foi et sa force, était entré en lutte avec lui sous la forme d'un homme.

2 Ce *plus grand des trésors*, c'est ce saint livre même, ce livre si précieux, l'*Ancien Testament*.

Les quatre vers qui suivent celui-là n'étaient point dans les premières éditions, et, à la place du cinquième, on lisait celui-ci :

Les fils de ces neveux conservèrent le gage....

3 C'est-à-dire, *fut le précieux gage que Moïse, comme un père, leur laissait pour héritage comme à ses enfans.*

4 C'est-à-dire, la juste cause : et cette cause, quelle est-elle? C'est leur horrible attentat envers l'homme-Dieu, c'est leur *Déicide*.

9 *

» Ces Gentils, qui n'étaient que les enfans d'Adam,[1]
» Ont été préférés aux enfans d'Abraham.[2]
» Du Dieu qui les poursuit annonçant la justice,
» Ils vont porter partout l'arrêt de leur supplice.
» Sans villes et sans rois, sans temples, sans autels,
» Vaincus, proscrits, errans, l'opprobre des mortels,
» Pourquoi de tant de maux leur demander la cause?
» Va prendre dans leurs mains le livre qui l'expose.
» Là tu suivras ce peuple, et liras tour-à-tour
» Ce qu'il fut, ce qu'il est, ce qu'il doit être un jour. »

[1] Les *gentils*, c'est-à-dire les païens, les idolâtres, enfin
tous ceux qui n'étaient pas Juifs. Ils étaient toutefois les *enfans
d'Adam*, et même les enfans de Noé, comme les Juifs eux-
mêmes; mais ils n'étaient pas les *enfans d'Abraham*, qui descendait en droite ligne de Sem, fils aîné de Noé. C'est
Abraham que Dieu avait choisi pour en faire le père de son peuple.
Il avait été d'abord appelé simplement *Abram*, nom qui signifie
père élevé. Mais Dieu changea ensuite ce nom en celui d'*Abraham*,
qui signifie *père de la multitude :* il avait promis de multiplier
la race du patriarche comme la poussière de la terre.

Abraham avait aussi reçu la dénomination d'*hébreu*, qu'on
a rendue commune à ses descendans. La plupart des savans la
font venir, non pas de ce que ce patriarche descendait d'*Heber*,
mais de ce qu'il était venu de delà l'Euphrate pour habiter dans
la terre de Canaan. *Heber*, en hébreu, signifie au-delà, et *hebri*
(*hebræus*) celui qui est de delà.

[2] Les *Juifs*, ainsi appelés de *Juda*, quatrième fils de Jacob,
étaient *enfans d'Abraham*, puisque Jacob descendait par Isaac
de ce patriarche. Or les Gentils ont été préférés aux Juifs dans
la vocation à la foi chrétienne, et dans le bienfait inappréciable
de la rédemption.

III. Je m'arrête, et, surpris d'un si nouveau spectacle,
Je contemple ce peuple, ou plutôt ce miracle.[1]
Nés d'un sang qui jamais dans un sang étranger,
Après un cours si long, n'a pu se mélanger;
Nés du sang de Jacob, le père de leurs pères,[2]
Dispersés, mais unis, ces hommes sont tous frères.
Même religion, même législateur :
Ils respectent toujours le nom du même auteur;
Et tant de malheureux répandus dans le monde
Ne font qu'une famille éparse et vagabonde.
Mèdes, Assyriens, vous êtes disparus;[3]
Parthes, Carthaginois, Romains, vous n'êtes plus;[4]

1 Ce peuple peut être appelé *un miracle*, à cause de sa destinée si étonnante, si extraordinaire, qui semble n'avoir rien de commun avec celle des autres peuples.

2 Chacune des tribus du peuple hébreu ayant eu pour chef un des enfans de Jacob, il s'ensuit que Jacob a été le *père* commun de toutes les tribus.

3 L'empire des Assyriens, l'un des plus anciens et des plus puissans qui aient existé, était dans cette partie de l'Asie où coulent l'Euphrate et le Tigre, et avait pour villes principales Babylone et Ninive. Il finit après une durée d'environ 1300 ans, et fut divisé en trois grands royaumes, dont l'un fut celui des Mèdes. Mais ce royaume et les autres furent, environ 200 ans après, conquis par le grand Cyrus, qui les réunit à la vaste monarchie des Perses.

4 Le royaume des *Parthes* était comme un débris de l'empire des Perses qu'avait détruit Alexandre-le-Grand. Fondé par Arsace vers l'an 256 avant Jésus-Christ, il fut conquis vers l'an 227 de Jésus-Christ sur Artaban V, par Artaxercès, simple soldat Persan, qui voulut rétablir l'empire des Perses.

Et toi, fier Sarrasin, qu'as-tu fait de ta gloire ?
Il ne reste de toi que ton nom dans l'histoire.[1]
Ces destructeurs d'Etats sont détruits par le temps,
Et la terre cent fois a changé d'habitans,
Tandis qu'un peuple seul, que tout peuple déteste,
S'obstine à nous montrer son déplorable reste.

« Que nous font, disent-ils, vos opprobres cruels
» Si le Dieu d'Abraham veut nous rendre immortels ?
» Non, non : le Dieu vivant, stable dans sa parole,[2]

Les *Carthaginois*, qui embrassaient par leur commerce tout
les régions connues, eurent sous leur domination une étendue
immense de pays en Afrique, toutes les îles de la méditerranée
et une partie de l'*Espagne*. Carthage, leur ville, l'une des plus
célèbres de l'antiquité, fut détruite et rasée par les Romains
l'an 146 avant Jésus-Christ, environ 800 ans après sa fondation.

Les *Romains*, en république pendant environ 500 ans, avaient
soumis presque tout l'univers connu de leur temps. Gouvernés
ensuite par des empereurs, ils virent ce vaste empire détruit vers
l'an 475 de notre ère, et partagé en vingt Etats divers.

1 Les *Sarrasins*, ou, si l'on veut, les Arabes, avaient formé
sous les Califes, successeurs de Mahomet, une puissance formidable qui, dans le huitième siècle, menaça d'envahir toute
l'Europe. La France n'en fut préservée que par Charles Martel,
et l'Espagne n'en a été entièrement affranchie que vers la fin
du seizième siècle. Mais déjà, dès le quatorzième siècle, leur
empire avait cessé en Orient par l'invasion des Turcs, peuple
originaire de la Sarmatie asiatique.

2 On dit par excellence *le Dieu vivant*, pour marquer qu'il
n'y a que Dieu qui vive, qui existe par lui-même ; qu'en lui
seul est la vie, le mouvement, l'existence.

» A juré : son serment ne sera point frivole.[1]
» Il n'a point déchiré le contrat solennel [2]
» Qu'il remit dans les mains de l'antique Israël.[3]
» Sur ses heureux enfans une étoile doit luire ,
» Et du sang de Jacob un chef doit nous conduire.
» En vain par son oubli Dieu semble nous punir :
» Nous espérons toujours celui qui doit venir.[4]
» Fidèles au milieu de nos longues misères ,
» Nous attendons le roi qu'ont attendu nos pères.[5]

1 *Deus juravit , et non pœnitebit eum* , dit le Prophète-Roi,
Psaume 109 : Le Seigneur a juré, et il ne se repentira point.

Dieu ne peut pas jurer en vain , parce qu'il ne peut ni se
tromper ni tromper , qu'il voit tout , prévoit tout , qu'il peut tout
ce qu'il veut, et que, ce qu'il a une fois voulu, il doit le
vouloir encore, comme essentiellement sage, constant, immuable.

2 Ce *contrat solennel* , c'est la loi que Moïse avait reçue
de Dieu sur la montagne, et dont les Tables étaient renfermées
dans l'arche sainte, appelée en conséquence *l'arche d'alliance*.

3 *Israël*, ici pour le peuple d'Israël , et non pas pour Israël
lui-même, pour Jacob : c'est le père, le chef du peuple, pour
le peuple même : espèce de Synecdoque de la partie pour le
tout.

4 Le *Messie*, dont le nom formé, à ce qu'il paraît, de
Missus, participe passé de *Mitto* , signifie *envoyé*: c'est l'envoyé
des cieux, l'objet de l'attente de la terre.

5 Les Juifs croyaient, d'après une fausse interprétation des
Écritures , que le Messie serait un grand potentat qui aurait
l'empire de l'Univers : ils ne savaient pas que sa puissance , qui
s'étendrait d'un pôle à l'autre et du couchant à l'aurore, ne serait
qu'une puissance spirituelle ; que le *royaume* de ce Roi des rois
n'était pas de ce monde.

» Le grand jour , il est vrai , qui leur fut annoncé ,
» Devrait briller sur nous , et son terme est passé. [1]
» Gardons-nous toutefois, trop hardis interprètes ,
» De supputer les temps marqués par les prophètes.
» Maudit soit le mortel par qui sont calculés
» Des jours cent fois prédits , dès long-temps écoulés !
» Non que de ses sermens l'Éternel se repente ;
» Mais , puisqu'il a voulu prolonger notre attente ,
» L'esclave avec son maître a-t-il droit de compter?
» Ce calcul insolent vous osez le tenter ,
» Sacriléges Chrétiens , jaloux de nos richesses ,
» Qui croyez posséder l'objet de nos promesses. [2]
» Hélas ! de quelle ardeur , si ce maître eût paru ,
» Sous ses nobles drapeaux tout son peuple eût couru !
» Qu'il vous ferait gémir sous le poids de ses armes ,
» Et payer chèrement l'intérêt de nos larmes ! »[3]

Ainsi parlent les Juifs. Terrible aveuglement !
D'un crime inconcevable étrange châtiment !

1 Le temps indiqué par les prophètes pour la venue du Messie
est expiré ; mais les Juifs, dans l'aveuglement dont ils sont frappés
en punition de leur crime, donnent aux prophéties un sens
qu'elles n'ont pas et qu'elles ne peuvent avoir.

2 Cet *objet*, c'est le Messie promis. *Nos promesses*, dans un
sens passif, pour les promesses à nous faites, et non dans un sens
actif, pour les promesses faites par nous : *promesses*, pour *espérances*.

3 Les Juifs se représentent le Messie comme un monarque puissant qui doit leur assurer l'empire de la terre. *L'intérêt de nos
larmes*, très-énergique expression, pour L'intérêt du prix de nos
larmes, de ces larmes que vous faites couler par votre longue et
cruelle oppression.

Leur roi promis du Ciel, s'il n'en veut point descendre,
Si son terme est passé, pourquoi toujours l'attendre ?
Ils attendront toujours : cet oracle est rendu.
Le voile tant prédit est sur eux étendu.[1]

Des antiques auteurs de ce fameux volume,
Dieu, qui seul sait les temps, a donc conduit la plume.
Sans doute il est sacré ce livre dont je voi
Tant de prédictions s'accomplir devant moi.
Respectant désormais sa vérité divine,
De la Religion j'y cherche l'origine.

IV. Je l'ouvre, et vois d'abord un ouvrier parfait
Dont, *au commencement*, la parole a tout fait.
Le premier des humains qui lui doit sa naissance,
Par son souffle inspiré, fait à sa ressemblance,
Et que doivent servir tous les êtres divers,
Comme dans son domaine entre dans l'univers.[2]

[1] Lorsque Moïse, après avoir vu le Seigneur dans sa gloire, descendit du mont Sinaï, portant dans ses mains les nouvelles Tables de la Loi, il avait le visage si resplendissant, que les Israélites, n'osant le regarder en face, se prosternèrent contre terre, et qu'il fut obligé, pour les rassurer, de se mettre un voile sur le front. Quelques pères ont vu, dans ce *voile physique* du Législateur des Hébreux, un emblème du *voile moral* qui devait couvrir par la suite l'esprit des Juifs, et les empêcher de reconnaître le Messie. Du reste, l'aveuglement de ce peuple avait été prédit par les Prophètes, et par Jésus-Christ lui-même.

[2] « Dieu forma Adam du limon de la terre, et lui inspira le
» souffle de vie : il le fit à son image, lui donnant la raison,
» l'intelligence, la mémoire, la science, la justice, et l'innocence;
» il mit sous son autorité tous les animaux, toutes les créatures

Il ne put sans orgueil soutenir tant de gloire : [5]
A l'ange séducteur il céda la victoire , [2]
Et perdit tous ses droits à la félicité :
Droits qu'il aurait transmis à sa postérité,
Mais que révoqua tous la suprême justice.
L'immuable décret d'un éternel supplice
Réglait déjà le sort de l'ange ténébreux. [3]
Coupable comme lui, toutefois plus heureux ,
Quand tout pour nous punir s'armait dans la nature ,
L'homme entendit parler d'une grâce future ;
Et dans le même arrêt dont il fut accablé ,
Par un mot d'espérance il se vit consolé. [4]

» terrestres , et l'établit en quelque sorte comme une petite divinité sur la terre.» (Histoire de l'Ancien et du Nouveau Testament.)

1 A la place des six vers qui précèdent celui-là, il n'y avait
dans les premières éditions que les deux suivans :

Je l'ouvre, et lis d'abord que , brillant de splendeur,
L'homme à peine formé contemplait sa grandeur.

2 Cet *ange séducteur*, quel fut-il ? le Démon revêtu de la forme
du serpent. Il commença par séduire la femme, et la femme
séduisit ensuite son mari, qui n'eut pas la force de lui résister : le
moyen de séduction fut l'espoir offert à leur orgueil de devenir
tels que des Dieux aussitôt qu'ils auraient goûté du fruit défendu.

3 L'Écriture n'indique pas d'une manière précise quand et
comment les anges furent créés : mais elle ne laisse point à douter que la chute des mauvais anges, des *anges de ténèbres*, n'ait
précédé la chute de l'homme, puisque la chute de l'homme a été
causée par la séduction de l'un de ces anges.

4 C'est-à-dire qu'il lui fut promis un libérateur, ou, si l'on
veut, un réparateur. Cette promesse ne se trouve pas en termes
formels et directs dans l'Ecriture ; mais on a cru l'apercevoir dans

A cet instant commence, et se suit d'âge en âge,
De l'homme réparé l'auguste et grand ouvrage ;
Et son réparateur alors comme aujourd'hui,
Ou promis, ou donné, réunit tout en lui.[1]

V. On peut donc l'expliquer par ce livre admirable,
Aux Platons, comme à moi, l'énigme inconcevable.[2]
Le nuage s'écarte, et mes yeux sont ouverts.
Je vois le coup fatal qui change l'univers ;
J'y vois entrer le crime et son désordre extrême.
Enfin je ne suis plus un mystère à moi-même :
Le nœud se développe, un rayon qui me luit
De ce sombre chaos a dissipé la nuit.[3]

Mais l'enfant innocent peut-il pour héritage....
Ce doute seul, hélas ! ramène le nuage,
Et ce n'est plus encor qu'un chaos que je voi :
Dieu, l'homme, et l'univers, tout y rentre pour moi.
Quand je crois, la lumière aussitôt m'est rendue :

quelques passages ; et ce qui ne permet point de la révoquer en
doute, c'est l'attente où avaient été de ce réparateur tous les justes
avant Jésus-Christ.

1 *Réunit tout en lui ;* quoi donc *tout ?* Tous les siècles, tous les
hommes avant et après lui.

2 Cette *énigme,* c'est l'alliance, le mélange du bien et du mal ;
c'est l'ensemble de tant de contradictions ou d'oppositions éton-
nantes dans la nature entière et dans l'homme.

3 Ces vers-là se rapportent aux suivans de la fin du second
Chant :

> Voilà, Platon, voilà le nœud qu'il faut couper.
> Dans ce nuage épais quel flambeau peut me luire ?
> Dans ce dédale obscur quel fil peut me conduire ?
> Qui me débrouillera ce chaos plein d'horreur ?

Dieu, l'homme, et l'univers, tout revient à ma vue.[1]
L'ouvrage fut parfait, il est défiguré.
Apprenons à quel point l'homme s'est égaré.

VI. Le père criminel d'une race proscrite
Peupla d'infortunés une terre maudite.
Pour prolonger des jours destinés aux douleurs,
Naissent les premiers Arts, enfans de nos malheurs.[2]
La branche en longs éclats cède au bras qui l'arrache
Par le fer façonnée, elle allonge la hache ;[3]
L'homme avec son secours, non sans un long effort
Ebranle et fait tomber l'arbre dont elle sort ;
Et tandis qu'au fuseau la laine obéissante
Suit une main légère, une main plus pesante
Frappe à coups redoublés l'enclume qui gémit.
La lime mort l'acier, et l'oreille en frémit.[4]

1 Les objets de la Foi forment, s'il faut le dire, un tout indivisible. En rejeter un seul, ou le méconnaître, c'est méconnaître ou rejeter tous les autres ; et alors tout ce qu'on voyait distinctement s'obscurcit, la lumière se change en ténèbres.

2 Comment donc *nos malheurs ont-ils enfanté les arts ?* En ce qu'ils nous les ont rendus nécessaires, et qu'ils nous ont forcés à les créer par notre industrie. Du reste, la naissance des arts d'après la Genèse, remonte bien long-temps avant le déluge.

3 Mais cette *branche*, qui l'a *façonnée ?* N'est-ce pas le fer de la hache ? Ce vers ne semble-t-il donc pas supposer la hache avant qu'elle existe ?

4 Vers, qui, pour l'idée et pour l'harmonie imitative, répond à celui de Virgile :

Tum ferri rigor, atque argutæ lamina serræ,

que Delille a rendu ainsi :

J'entends crier la dent de la lime mordante.

Le voyageur qu'arrête un obstacle liquide
A l'écorce d'un bois confie un pied timide.[1]
Retenu par la peur, par l'intérêt pressé,
Il avance en tremblant : le fleuve est traversé.
Bientôt ils oseront, les yeux vers les étoiles,
S'abandonner aux mers sur la foi de leurs voiles.[2]
Avant que dans les pleurs ils pétrissent leur pain,
Avec de longs soupirs ils ont brisé le grain.[3]
Un ruisseau par son cours, le vent par son haleine,
Peut à leurs faibles bras épargner tant de peine;
Mais ces heureux secours, si présens à leurs yeux,
Quand ils les connaîtront, le monde sera vieux.[4]

1 On peut croire que des écorces d'arbres ont été les premiers
bateaux, ou en ont fourni les premiers modèles.

2 Avant l'invention de la boussole, les navigateurs se réglaient
sur les étoiles, et ils les consultent encore. *Bientôt* est là pour
ensuite, après cela : car il n'est pas probable que l'usage des
voiles ait suivi de très-près l'invention des navires.

3 N'ayant sans doute pour instrumens que des pierres, que des
espèces de mortiers, ou que des moulins à bras. Mais que signifie
l'expression, *Avant qu'ils pétrissent leur pain dans les pleurs ?*
C'est apparemment, *Avant qu'ils pétrissent leur pain avec tant
de peine, à la sueur de leur front, en l'arrosant de leurs larmes.*
Dans toute autre occasion, *Pétrir son pain dans les pleurs*
pourrait signifier à-peu-près la même chose que, *Tremper son
pain de ses larmes.* Or, *Tremper son pain de ses larmes,* veut
dire, en langage ordinaire : *Vivre dans la douleur,* ou *Vivre
d'une manière extrêmement pénible et désagréable;* en style de
dévotion : *Vivre dans une componction continuelle.*

4 Ces *heureux secours* ont été en effet connus assez tard. Les
moulins à vent ne remontent pas, dit-on, au-delà du treizième
siècle de notre ère, et les moulins à eau au-delà du sixième. Il paraît

Homme né pour souffrir, prodige d'ignorance,
Où vas-tu donc chercher ta stupide arrogance?

VII. Tandis que le besoin, l'industrie et le temps
Policent par degrés tous les arts différens,
Enfantés par l'orgueil, tous les crimes en foule
Inondent l'univers : le fer luit, le sang coule.
Le premier que les champs burent avec horreur,
Fut le sang qui d'un frère assouvit la fureur.[1]
Ces malheureux, tombant d'abîmes en abîmes,
Fatiguèrent le Ciel par tant de nouveaux crimes,
Qu'enfin, lent à punir, mais las d'être outragé,[2]
Par un coup éclatant leur maître fut vengé.
De la terre aussitôt les eaux couvrent la face :[3]
Ils sont ensevelis. C'était fait de leur race ;

du moins certain que, non-seulement les premiers, mais même
les derniers, n'ont pas été en usage chez les Anciens.

1 Le sang du juste Abel, tué par son frère Caïn. Il faut remarquer cette belle métaphore personnificative, *Les champs burent
avec horreur*. Le grand Racine avait déjà dit dans *Phèdre* :

> Le fer moissonna tout ; et *la terre humectée*
> *But à regret le sang des neveux d'Érechtée* ;

et Voltaire, dans la *Henriade*, chant VIII :

> La Nature en frémit, et ce rivage affreux
> S'abreuvait à regret de leur sang malheureux.

2 Dieu, selon l'Écriture, voyant les crimes de la terre montés
à leur comble, fut touché de douleur et d'un amer repentir d'avoir
créé l'homme, et résolut de tirer une vengeance éclatante.

3 Ce fut le déluge universel qui eut lieu vers l'an du monde
1656.

Mais un juste épargné va rendre en peu de temps
A ce monde désert de nouveaux habitans.[1]
La terre toutefois, jusque-là vigoureuse,
Perdit de tous ses fruits la douceur savoureuse.
Des animaux alors on chercha le secours :
Leur chair soutint nos corps réduits à peu de jours.[2]
  VIII. Les poëtes, dont l'art, par une audace étrange,
Sait du faux et du vrai faire un confus mélange,
De leurs récits menteurs prirent pour fondemens
Les fidèles récits de tant d'évènemens ;
Et, pour mieux amuser les oisives oreilles,
Cherchèrent dans ces faits leurs premières merveilles.
De là ces temps fameux qu'ils regrettent encor :
Doux empire de Rhée, âge pur, siècle d'or,[3]

---

  1 Noé, homme juste et parfait au milieu de ceux de son temps,
trouva grâce aux yeux de Dieu, qui le sauva dans une arche avec ses
trois fils et leurs femmes, et une paire d'animaux de chaque espèce.

  2 « Il y a beaucoup d'apparence, dit dom Calmet dans son
» *Histoire de l'Ancien et du Nouveau Testament*, que l'homme
» dans les commencemens n'usa point de chair pour sa nourri-
» ture; le nombre des animaux n'était pas assez grand : ce ne fut
» qu'après le déluge que Dieu donna à Noé la permission d'en
» user. »

  Du reste, la vie des hommes se trouva dès-lors abrégée de
beaucoup. Avant le déluge, elle alla au-delà de 900 ans pour
Adam, Seth, Enos, et Mathusalem, celui de tous les hommes
qui a le plus vécu. Après le déluge, elle fut fort au-dessous de
200 ans pour les plus favorisés d'entre ceux qui naquirent depuis
la mort de Noé.

  3 *Rhée*, fille du Ciel et de la Terre, était, selon les poëtes, la
femme de Saturne. Ils régnèrent en Italie, et leur règne fut si
doux, si heureux, qu'on l'appela l'*âge d'or*.

Où, sans qu'il fût besoin de lois ni de supplice,
L'amour de la vertu fit régner la justice :
Siècle d'or, sous ce nom puisqu'ils ont célébré
Ce siècle plus heureux où l'or fut ignoré ! [1]
Sobre dans ses désirs, l'homme, pour nourriture,
Se contentait des fruits offerts par la Nature.
La Mort, tardive alors, n'approchait qu'à pas lents
Mais, las de dépouiller les chênes de leurs glands, [2]
Il essaya le fer sur l'animal timide.
La flèche dans les airs chercha l'oiseau rapide ;
L'innocente brebis tomba sous sa fureur ;
Et, ce sang au carnage açcoutumant son cœur,
Le fer devint bientôt l'instrument de sa perte ;
Et de crimes enfin la terre était couverte,
Lorsqu'un déluge affreux en fut le châtiment. [3]

1 L'*âge d'or* ne fut pas, tant s'en faut, l'*âge de l'or :* ce f[u]
l'âge où l'or, inutile pour le bonheur, n'était d'aucun usage. [E]
à quoi l'or eût-il pu servir? Les hommes avaient tout en com
mun, et tout en abondance.

2 Selon les poëtes, les hommes des premiers siècles se nouris
saient de *glands*; mais par *gland*, faut-il entendre le *gland* pro
prement dit, le *gland* de nos chênes, qui, très-probablemen[t]
n'a jamais pu servir de nourriture à l'homme ? Il faut sans dou[te]
entendre en général tous les fruits divers qui viennent sans cu[l]
ture, tels que l'olive, la noix, la chataigne, l'amende, etc. C'e[st]
le nom d'une espèce pour tout le genre, une sorte de fruit pou[r]
tous les fruits : sorte de Synecdoque.

3 Le déluge célèbre chez les poëtes est *le déluge de Deucalion*
ainsi appelé parce qu'il arriva sous le règne de ce roi en Thes
salie. Deucalion et Pyrrha sa femme furent conservés à caus[e]
de leur justice.

Tout nous rappelle encor ce grand événement :
Fable, histoire, physique, ont un même langage.[1]
Au livre des Hébreux ainsi tout rend hommage ;
Et même l'on dirait que pour s'accréditer ,
La Fable en sa naissance ait voulu l'imiter.[2]
Laissons-la toutefois s'égarer dans sa course ,
Et de la Vérité suivons toujours la source.

IX. La Terre sort des eaux , et voit de toutes parts
Reparaître les fruits , les hommes et les arts.
Tout renaît , nos malheurs et nos crimes ensemble.
Sous des toits chancelans d'abord on se rassemble.
La crainte fait chercher des asiles plus sûrs :
On creuse les fossés , on élève les murs.
Qu'une tour des mortels soit l'immortel ouvrage.[3]
Dieu descend pour la voir, et confond leur langage.

1 La *Physique* atteste le déluge par les coquillages pétrifiés, et par les lits ou couches de cailloux et de sable qu'on trouve partout au sein de la terre dans les lieux les plus éloignés de la mer, et jusque sur les montagnes.

2 Les premiers récits de la Fable se rapportent tellement à ceux de la Bible, qu'on peut croire que c'est la Bible qui en a fourni le texte.

3 La tour de Babel, entreprise par les enfans de Noé, vers l'an du monde 1770. Elle fut bâtie dans la plaine de Sennaar dans la Chaldée. C'est de son nom, qui signifie *confusion*, que vient le nom de la célèbre Babylone.

Belle alliance de mots dans ce vers :

       Qu'une tour des mortels soit l'immortel ouvrage;

et aussi une belle figure d'expression, pour dire : *On veut qu'une tour soit l'immortel ouvrage des mortels.*

Ne pouvant plus s'entendre , il se faut séparer.[1]
Ils se rechercheront, mais pour se massacrer.
D'un importun voisin on jure la ruine.[2]
On attaque , on renverse , on pille , on assassine.
Homme injuste et cruel , que dans son repentir
Le Dieu qui t'avait fait voulut anéantir ,
Malheureux dont il vient d'abréger la carrière ,
Pourquoi brille ce fer dans ta main meurtrière ?
Le Ciel t'a-t-il encore accordé trop de jours ?[3]
Mais qui va de leur rage entretenir le cours ?
Quel intérêt les forme au grand art de la guerre ?
Égaux et souverains , tous maîtres de la terre ,
Ils la possèdent toute , en n'y possédant rien.
« Il est à moi ce champ ; ce canton , c'est le mien.
» Ce ruisseau.... de mon bras il faut que tu l'obtiennes;
» S'il coulait sous tes lois,qu'il coule sous les miennes. »[4]

1 Dieu n'approuva point l'entreprise des enfans de Noé, la traversa et la fit échouer, en confondant tellement leur langage qu'ils ne s'entendaient plus les uns les autres. Alors ils furent obligés de se séparer, et de se disperser en divers lieux; et c'est de cette époque que date la confusion des langues.

2 Ce vers était ainsi qu'il suit dans les précédentes éditions :

De ceux de ses voisins on jure la ruine;

et il venait immédiatement après le vers:

On creuse les fossés, on élève les murs.

Ainsi les quatre beaux vers qui se trouvent entre ces deux-là, ont été ajoutés depuis.

3 Très-éloquente apostrophe, et qui rompt le récit par un beau mouvement de sensibilité.

4 Ce passage peut être cité pour un des plus beaux exemples d'*abruption* qu'il y ait dans notre langue. Combien ne perdrait-il

On s'empare d'un arbre, on usurpe un buisson.
De Roi, de Conquérant, le vainqueur prend le nom.
Dans son vaste domaine il met cette rivière :
Bientôt cette montagne en sera la frontière.
L'Alexandre s'avance, et n'est plus un brigand : [1]
C'est l'heureux fondateur d'un empire puissant,
Que d'un nouvel empire alarme la naissance.
Provinces, nations, royaumes, tout commence.
La Terre, sur son sein, ne voit que potentats,
Qui partagent sa boue en superbes États ; [2]
Et sur elle on prépare aux majestés suprêmes
Pourpre, trônes, palais, sceptres, et diadèmes.

X. Mais lorsque par le fer leur droit est établi,
Le droit du Ciel sur eux tombe presque en oubli ;
Et, recherchant ce Dieu dont la mémoire expire,
L'homme croit le trouver dans tout ce qu'il admire. [3]

pas de sa vivacité, si le Poëte l'eût lié à son discours par la formule ordinaire : *disent-ils !*

1 *L'Alexandre*, pour le conquérant : antonomase du nom
propre pour le nom commun. *Et n'est pas un brigand*, parce
qu'il est vainqueur : la victoire justifie et légitime tout, et tel,
vaincu, est un scélérat, qui, vainqueur, eût été un héros.

2 Comme ce mot de *boue* contraste heureusement avec *superbes
États !* Que de misères dans nos grandeurs ! et que de vanité,
que de néant dans toutes les pompes fastueuses de notre orgueil !

3 Plusieurs pères Grecs rapportent l'origine de l'idolâtrie
depuis le déluge, à Surug, bisaïeul d'Abraham, né l'an du monde
1819. Il y en a d'autres qui la font remonter jusqu'à Cham,
fils de Noé, qui, avant le déluge, s'étant livré à toute la corrup-
tions des mœurs d'alors, en conserva la mémoire.

10 *

De l'astre qui pour lui renaît tous les matins,
Ainsi que la lumière, il attend ses destins. [1]
Aux feux inanimés qui roulent sur leurs têtes,
Les peuples en tremblant demandent des conquêtes.
Des dons de leurs pareils bientôt reconnaissans,
Ils adorent des arts les auteurs bienfaisans.
Devant son Orisis l'Égypte est en prière : [2]
Vainement un tombeau renferme sa poussière ;
Grossièrement taillée, une pierre en tient lieu.
D'un tronc qui pourrissait le ciseau fait un Dieu. [3]
Du hurlant Anubis la ridicule image
Fait tomber à genoux tout ce peuple si sage. [4]

1 L'idolâtrie paraît avoir commencé par le culte du Soleil,
qui s'annonce comme le père de la Nature. Du culte du Soleil
à celui des astres il n'y avait pas loin. De là dut bientôt naître
l'*astrologie*, cet art chimérique suivant lequel on croit pouvoir
connaître l'avenir par l'inspection des astres.

2 *Osiris*, roi des Égyptiens, leur enseigna l'agriculture et plusieurs autres arts nécessaires à la vie. Les Égyptiens, pour conserver la mémoire de ses bienfaits, lui rendirent les honneurs
divins, sous le nom de *Sérapis*, leur grande divinité, et ils lui
donnèrent le bœuf pour symbole.

3 La sculpture, c'est-à-dire, l'art de tailler des figures, des
images, donna ces dieux de pierre, de bois, et de métal, qu'on
appelle *idoles*.

4 *Anubis*, roi des Égyptiens, adoré sous la forme d'un chien,
ou d'un homme à tête de chien : c'est par allusion à cette forme
que le Poëte l'appelle *hurlant*. Les uns le disent fils d'Osiris, les
autres de Mercure; et d'autres croient que c'était Mercure lui-
même.

Je ne vois chez Ammon qu'horreur, que cruauté : [1]
Le sacrificateur, bourreau par piété,
Du barbare Moloch assouvit la colère
Avec le sang du fils et les larmes du père. [2]
Près de ce dieu cruel, un dieu voluptueux
Honoré par un culte impur, incestueux,
Chamos, qui de Moab engloutit les victimes,
De ses adorateurs n'exige que des crimes. [3]
Que de gémissemens et de lugubres cris !
O filles de Sidon, vous pleurez Adonis :
Une dent sacrilége en a flétri les charmes,
Et sa mort tous les ans renouvelle vos larmes. [4]

[1] *Ammon*, pour les Ammonites, dont Ammon avait été le père : c'est ainsi qu'on a vu *Israël*, pour les enfans d'Israël, pour les Israélites.

Ammon était né, comme Moab, de l'inceste de Loth avec ses deux filles après l'embrasement de Sodome ; il avait eu pour mère la fille cadette, et Moab la fille aînée.

[2] *Moloch* était la divinité des Ammonites, divinité cruelle à laquelle on immolait des enfans vivans, en les jetant dans les flammes au bruit des tambours, afin qu'on n'entendît pas les cris de ces malheureuses victimes.

[3] *Moab*, pour les Moabites, comme précédemment *Ammon*, pour les Ammonites. Le Dieu des Moabites était *Chamos*, Dieu, non cruel comme Moloch, mais impur et dont le culte était très-favorable aux voluptés. Ses temples étaient sur des montagnes couvertes de chênes majestueux. Salomon, séduit par ses femmes, lui en fit dresser un sur une montagne située près de Jérusalem.

[4] *Adonis*, jeune chasseur d'une extrême beauté, plut tellement à Vénus, raconte la Fable, qu'elle le préféra aux Dieux mêmes, et qu'elle abandonna Cythère, Amathonte et Paphos

Et toi, savante Grèce, à ces folles douleurs
Nous te verrons bientôt mêler aussi tes pleurs.
La foule de ces dieux qu'en Égypte on adore
Ne pouvant te suffire, à de nouveaux encore
De l'immortalité tu feras le présent : [1]
Ton Atlas gémira sous un ciel trop pesant. [2]
Nymphes, faunes, sylvains, divinités fécondes,
Peupleront les forêts, les montagnes, les ondes. [3]
Chaque arbre aura la sienne; et les Romains un jour,
De ces maîtres vaincus esclaves à leur tour,
Prodigueront sans fin la majesté suprême. [4]
Empereurs, favoris, Antinoüs lui-même,

pour le suivre dans les forêts du Mont-Liban. Diane, à la solli-
citation de Mars, suscita contre lui un énorme sanglier, qui
s'élança sur lui en fureur, et le mit en pièces. Les peuples consa-
crèrent par des lamentations annuelles le jour de sa mort. Ces
fêtes, qui prirent naissance en Phénicie, furent surtout célèbres
à Sidon, à Tyr, à Byblos : de là elles passèrent dans la Grèce.

1 Outre plusieurs dieux de l'Egypte qu'elle avait adoptés, la
Grèce en avait beaucoup d'autres inconnus à l'Egypte.

2 *Atlas* excellait dans l'Astronomie, et fut l'inventeur de la
sphère : c'est pourquoi les poëtes ont feint qu'il portait le ciel sur
ses épaules.

3 Les *Nymphes*, les *Faunes*, et les *Sylvains*, étaient des divinités subalternes qui habitaient les forêts, les montagnes, et les
eaux. Sous le nom de *Sylvains*, on comprend encore les *Satyres*,
les *Pans*, les *Égypans*, les *Tityres*, etc.; sous le nom de *Nymphes*, les *Nayades*, les *Dryades*, les *Oréades*, etc.

4 L'idolâtrie des Latins enchérit encore sur celle des Grecs : ils
adoptèrent les dieux de presque tous les peuples vaincus.

Par arrêt du Sénat entreront dans les cieux,[1]
Et les hommes seront plus rares que les dieux.

Terre, quelle est ta gloire, et quel temps de lumière,
Quand la Divinité se rend si familière ![2]
Courons, l'argent en main, entourer ses autels :[3]
Elle est prête à répondre au moindre des mortels.
Dans Delphes, dans Délos elle fait sa demeure ;[4]
Aux sables de l'Afrique elle parle à toute heure.[5]

1 Plusieurs empereurs, tels qu'Auguste, furent mis au rang des
dieux par décret du Sénat. Quelques-uns mêmes, tels que Caligula,
voulurent être adorés de leur vivant, et se décernèrent à eux-mêmes
les honneurs divins.

Antinoüs, jeune Bithynien d'une rare beauté, favori de l'empereur Adrien, se noya dans le Nil, ou, comme le veulent quelques
savans, s'immola dans un sacrifice célébré pour prolonger la vie
de l'empereur. Adrien le pleura, lui éleva des temples, lui donna
des prêtres, des prophètes, et un oracle.

2 On peut remarquer ces deux vers comme une belle ironie
dans le genre noble.

3 Double figure d'expression : une sorte de *métalepse* et une
sorte d'*association* ; pour dire : *On court*, ou *L'on peut courir
l'argent en main*, etc.

4 *Délos*, l'une des îles de la Mer-Égée, aujourd'hui l'Archipel.
Delphes, ville de la Phocide, située dans une vallée aux pieds
du Parnasse. Apollon était adoré à Delphes et à Délos, et y rendait des oracles. Rien de plus célèbre dans l'antiquité que le temple
et l'oracle de Delphes.

5 *Jupiter* avait, sous le nom d'*Hammon*, dans les déserts de
la Libye en Afrique, à l'occident de l'Égypte, un temple magnifique où l'on allait consulter les oracles de ce dieu. Alexandre-le-
Grand s'y rendit de fort loin ; mais Caton, qui passait auprès,
ne voulut point y entrer, ne croyant pas, dit Lucain, que le Ciel
eût plongé la vérité dans ces sables.

A Dodone sans peine on peut l'entretenir,
Et d'un chêne prophète apprendre l'avenir.[1]
Pourquoi le demander, s'il est inexplicable ?
Que sert de le savoir, s'il est inévitable ?
Des maux que nous craignons pourquoi nous assurer ?
L'incertitude au moins nous permet d'espérer.
N'importe : les destins que le Ciel nous prépare,
A notre impatience il faut qu'il les déclare ;
Et s'ils ne sont écrits dans le cœur d'un taureau,
Nous irons les chercher dans le vol d'un oiseau.[2]
O gravité de Rome ! ô sagesse d'Athènes !
Quel culte extravagant ! que de fêtes obscènes !
Quels sont tous ces secrets dont on ne peut parler ?
O mystères suspects qu'on n'ose révéler ![3]

1 *Dodone*, ville d'Épire, célèbre par son oracle de Jupiter, par sa forêt, sa fontaine, et ses colombes prophétiques. Les chênes de cette forêt, par leur murmure qu'interprêtaient des prêtresses, présageaient l'avenir.

2 Les Anciens cherchaient l'avenir dans les entrailles des taureaux et des autres victimes ; ils consultaient aussi le vol, le chant des oiseaux, et leur manière de manger.

Remarquez ces tours et ces artifices de langage qui rendent le style si vif et si animé : *Il faut que le Ciel les déclare*, pour, *Nous exigeons, nous prétendons que le Ciel les déclare*, etc. : *Nous irons les chercher*, pour, *Nous allons les chercher*. Et toujours, *Nous*, pour *On*, qui vaudrait bien moins : l'erreur était si générale que nous pouvons la regarder comme la *nôtre* ; et n'était-ce pas d'ailleurs l'erreur de *nos* pères !

3 Les *Mystères* étaient des cérémonies secrètes qui se pratiquaient en l'honneur de certains dieux, et dont le secret n'était connu que des initiés, qui n'y étaient admis qu'après de longues

XI. Tandis que sagement on cache leur folie,
Chez d'ignorans Hébreux, femme, enfant, tout publie :
« C'est de toute notre âme, et de tout notre cœur,
» Que nous devons aimer notre Dieu, le Seigneur,
» L'Être unique, qui fit le ciel, la terre, et l'homme.
» JE SUIS CELUI QUI SUIS : c'est ainsi qu'il se nomme. »[1]
Et sur l'homme et sur Dieu, sublimes vérités !
Dans un pays obscur d'où viennent ces clartés ?[2]
Ce seul coin de la terre est sauvé du naufrage.[3]
Le Dieu qui le protége en écarte l'orage.

et pénibles épreuves. Les *mystères* de Cérès, qu'on célébrait particulièrement à Éleusis, en Attique, et que par cette raison on appelait *Éleusines*, étaient les plus fameux de tous. Rien n'était plus expressément défendu que de les divulguer. Ceux qui avaient eu le malheur de commettre cette indiscrétion, étaient bannis de la société, et on ne voulait plus communiquer avec eux.

1 *Je suis celui qui suis*, EGO SUM QUI SUM : telle est la plus juste et la plus grande idée que l'on peut donner de Dieu. Dès qu'*il est celui qui est*, il est donc l'*être* par essence, par conséquent l'*être* nécessaire, éternel, souverain, le grand *être*, l'*être* des *êtres*; il est donc aussi l'*être* par lequel tous les autres sont, et dont ils dépendent, et c'est en lui, comme par lui, que tout est; c'est en lui qu'est le mouvement, la vie, l'existence.

2 Au lieu des douze beaux vers qu'on vient de lire, il n'y avait, dans les anciennes éditions, que les quatre suivans :

> O sagesse d'Athène ! ô gravité de Rome !
> O délire honteux de la raison de l'homme !
> Où va-t-elle quand Dieu cesse de l'éclairer ?
> A d'ignorans Hébreux il daigne se montrer.

3 Ce *coin de la terre* est la Judée, ainsi appelée de *Juda*, chef de la tribu de ce nom, qui fut celle de David, de Marie et de Jésus. Et ce *naufrage*, quel est-il ? Celui de la raison et des

L'ordre des élémens se renverse à sa voix.
La Nature est contrainte à s'écarter des lois
Qu'au premier jour du monde il lui dicta lui-même,
Mais que change à son gré sa volonté suprême.
Ce peuple si sincère, attestant aujourd'hui
Les prodiges nombreux que le Ciel fit pour lui,
Dans ses solennités en garde la mémoire.[1]
Je pourrais dans mes vers en retracer l'histoire.
L'on y verrait encor la mer ouvrir ses eaux,[2]
Les rochers s'amollir et se fondre en ruisseaux,[3]
Les fleuves effrayés remonter à leur source,[4]

---

mœurs, qui avaient comme péri dans ce délire général du genre humain.

[1] Par exemple, la fête de Pâques, instituée en mémoire du passage de l'Ange exterminateur qui mit à mort les premiers nés des Egyptiens, et épargna ceux des Hébreux; la fête de la Pentecôte, instituée en mémoire de la loi donnée aux Hébreux, et de l'alliance faite à Sinaï, par la médiation de Moïse.

[2] Les Egyptiens et Pharaon à leur tête poursuivant les Hébreux vers la Mer-Rouge, Moïse frappa cette mer avec la baguette miraculeuse, et en divisa les eaux, qui, s'écartant à droite et à gauche, permirent aux fugitifs de passer à pied sec : les Egyptiens voulurent entrer après eux dans ce chemin si nouveau; mais à peine s'y furent-ils engagés que les eaux, se rejoignant, les ensevelirent dans leurs abîmes.

[3] Les Israélites manquaient d'eau dans le désert, et murmuraient hautement. Moïse, par ordre du Seigneur, les mena au rocher d'Horeb, frappa ce rocher avec sa verge, et il en sortit de l'eau en abondance pour servir aux besoins du peuple jusqu'à Cadès-Barné, où le même miracle fut répété sur un autre rocher.

[4] Josué voulant faire passer le Jourdain aux Israélites, dit aux prêtres de marcher devant le peuple en portant l'arche d'alliance,

L'astre pompeux du jour s'arrêter dans sa course.[1]
Mais, frappé tout-à-coup par l'éclat glorieux
Que les prophètes saints font briller à mes yeux,
Chez un peuple qui marche au milieu des miracles,
Je ne veux m'arrêter qu'au plus grand des spectacles.

XII. Dans un temps qu'à des jours et tranquilles et longs,
A de fertiles champs, à des troupeaux féconds,
Il semble que le Ciel ait borné ses promesses,
On voit, ambitieux de plus nobles richesses,
Des hommes pleins du Dieu dont ils sont inspirés,
Errans, de peaux couverts, des villes retirés.[2]
Ils n'y vont quelquefois, ministres inflexibles,
Que pour y prononcer des menaces terribles.[3]

et de s'avancer jusque dans le lit du fleuve, qui, alors grossi par
la fonte des neiges, coulait à pleines rives. Quand les prêtres
eurent commencé à mouiller leurs pieds dans les eaux, celles qui
venaient d'en haut, s'arrêtant tout-à-coup, s'élevèrent comme
une montagne, et celles d'en bas s'écoulèrent dans la Mer-Morte,
laissant à sec un espace d'environ cinq ou six lieues de longueur,
pour le passage du peuple.

1 Josué, combattant à la tête des Israélites contre cinq rois de
Canaan, tailla leur armée en pièces, les mit dans une déroute
complète, et, pour avoir le temps de les exterminer, pria Dieu
d'allonger le jour : « Soleil, arrête-toi vis-à-vis de Gabaon,
» s'écria-t-il plein de foi dans le Seigneur ; Lune, n'avance point
» contre la vallée d'Ajalon. » Le Soleil et la Lune s'arrêtèrent
l'espace d'un jour entier.

2 Ce sont les prophètes : tels Élie, Isaïe, Élisée.

3 Tel, par exemple, le prophète Jonas, qui fut envoyé à Ninive
pour y prêcher la pénitence, et avertir les Ninivites, que, s'ils
ne se convertissaient dans le délai de quarante jours, leur ville

Aux rois épouvantés ils n'adressent leur voix
Que comme ambassadeurs du Souverain des rois.[1]
Chassés, tristes objets d'opprobres et de haines,
Déchirés par le fer, maudits, chargés de chaînes,
Dans les antres cachés, contens dans leur malheur
De se rassasier du pain de la douleur ;[2]
Admirables mortels dont la terre est indigne,
Ils répètent que *Dieu rejettera sa vigne ;*

serait détruite. Tel aussi Jérémie, qui, commençant à prophéti-
ser dès l'âge de quatorze ans, annonça la venue de Nabuchodonosor dans la Judée, la ruine de Jérusalem, et celle du temple.

1 Jérémie prédit au roi Joachas, captif en Égypte, qu'il ne
reverrait jamais sa patrie, et à Joakim, qu'il périrait misérablement par l'ordre de Nabuchodonosor, et qu'il serait même privé
de sépulture.

Daniel prédit de même à Balthasar, roi de Babylone, sa fin
funeste. Ce prince, dans une grande fête, but dans les vases sacrés
qu'on avait pris dans le temple de Jérusalem. Une main divine
écrivit aussitôt sur la muraille sa sentence fatale, en trois mots
que Daniel seul put expliquer, et qui signifiaient : *Demain, tu
mourras.*

David avait péché avec Bethsabée, femme d'Urie, l'un de ses
officiers, et avait même mis cet officier dans le cas de perdre la
vie, afin de rester libre d'épouser la veuve : le prophète Nathan
le reprit vivement de ce double crime, et lui prédit les malheurs
qui en seraient la suite funeste.

2 C'est-à-dire, du pain de la pénitence, d'un pain baigné de
leurs larmes, et peut-être aussi, en général, de la nourriture la
plus vile et la plus grossière. En style de procédures ecclésias-
tiques, un homme condamné au *pain de douleur,* est un homme
condamné au pain et à l'eau ; mais ce n'est sûrement pas dans
ce sens-là qu'il faut entendre ici *le pain de la douleur.*

Que sur une autre terre , et sous un ciel nouveau ,
Le loup doit dans les champs bondir avec l'agneau.
Ils répètent que *Dieu, las du sang des génisses ,*
Abolissant enfin d'impuissans sacrifices ,
Verra la pure hostie immolée en tous lieux.
La terre produira son germe précieux.
Du juste de Sion , que les îles attendent ,
Déjà de tous côtés les rayons se répandent.[1]
De son immense gloire ils sont environnés ,
Quand par un autre objet tout-à-coup détournés,
Ce juste à leurs regards n'est plus reconnaissable :
Sans beauté , sans éclat , ignoré, méprisable ,
Frappé du Ciel , chargé du poids de nos malheurs ;
Le dernier des humains , et l'homme des douleurs ,
Avec des scélérats , ainsi que leur complice ,
Comme un agneau paisible on le mène au supplice.[2]
Quel autre que le Dieu qui dévoile les temps
Présentait à leurs yeux ces tableaux différens ?
Ils nous font espérer *un maître redoutable ,*
Le prince de la paix , le Dieu fort , l'admirable.
Son trône est entouré de rois humiliés ;
Ses ennemis vaincus frémissent à ses pieds ;

1 Prophéties d'Isaïe et de Malachie qui indiquent clairement
l'avénement du Messie , et les heureux changemens qui suivront
son règne spirituel : l'abolition de l'ancien culte , la vocation des
Gentils , l'hostie pure et sans tache remplaçant les sanglans holo-
caustes.

2 Dans ces vers tirés mot à mot d'Isaïe, on ne peut que reconnaître la passion et la mort du Sauveur avec leurs principales
circonstances.

Son règne s'étendra sur les races futures.[1]
Sa gloire disparaît, et, couvert de blessures,
C'est le pasteur mourant d'un troupeau dispersé.
En contemplant celui que ses mains ont percé,
Saisi d'étonnement un peuple est en alarmes :
La mort d'un fils unique arrache moins de larmes.[2]
David, qui voit de loin ce brillant rejeton,
Plus sage, plus heureux, plus grand que Salomon,
Du sein de l'Éternel sortir avant l'aurore,
Dans l'horreur des tourmens David le voit encore.[3]
Du roi de Babylone admirable captif,[4]
A deux objets divers Dieu te rend attentif.
Élevé sur son trône, à son fils qui s'avance,
Il donne à haute voix l'empire et la puissance.
Mais tout change à tes yeux : ce fils est immolé ;
Le Christ est mis à mort, le lieu saint désolé ;

1 Tous ces caractères conviennent à Jésus-Christ ; on les trouve tracés dans divers endroits de l'Écriture, et particulièrement dans les Psaumes.

2 Là encore la mort de Jésus-Christ : c'est le prophète Zacharie qui la raconte, et l'on croirait qu'il en a été le témoin.

3 Jésus-Christ est un *rejeton* de David, par Marie, sa mère issue du sang de ce Roi-Prophète ; comme fils et verbe de l'Éternel, il *sort de son sein*, et dès *avant l'aurore*, dès avant le temps, c'est-à-dire, de toute éternité.

4 Ce *captif* est Daniel. Encore enfant, il avait été mené en captivité à Babylone. Le don de prophétie dont il avait été doué par Dieu, le mit dans le cas de se faire remarquer à la cour, et d'être promu à la dignité de grand satrape, c'est-à-dire, de premier ministre de tout le royaume.

Le grand-prêtre éperdu dans la fange se roule.
Tout périt : l'autel tombe, et le temple s'écroule.[1]
C'est ce même captif qui voit, tous à leurs rangs,
Pareils à des éclairs, passer les conquérans.
Il voit naître et mourir leurs superbes empires.[2]
Babylone, c'est toi qui sous le Perse expires.[3]
Alexandre punit tes vainqueurs florissans.[4]
Rome punit la Grèce, et venge les Persans.[5]

1 Ces prophéties de Daniel sont encore plus précises que les précédentes : on les dirait une vraie histoire.

2 Daniel, interprétant à Balthasar les paroles terribles écrites sur la muraille, lui prédit que la fin de son règne était fixée à ce jour, et que son royaume avait été donné aux Mèdes et aux Perses. Balthasar fut en effet tué dans la nuit même, et ce fut Darius le Mède qui lui succéda à Babylone, l'an du monde 3449, cinq cent cinquante-un ans avant Jésus-Christ. A ce Darius, succéda, l'an du monde 3466, le fameux Cyrus, roi de Perse, qui rendit la liberté aux Juifs captifs à Babylone.

Daniel eut deux visions mystérieuses où, sous l'emblème de divers monstres, il vit en effet *naître et mourir de puissans empires :* l'empire de Nabuchodonosor ou des Chaldéens faisant place à l'empire des Perses fondé par Cyrus ; l'empire des Perses détruit par Alexandre-le-Grand, et devenant l'empire des Grecs ; enfin l'empire des Grecs divisé, après la mort prématurée d'Alexandre, en quatre principaux royaumes : celui de Syrie, celui d'Égypte, celui de la Babylonie, et celui de la Grèce.

3 *Babylone*, capitale de l'empire de Chaldée, ici pour cet empire même conquis par Cyrus : *Sinecdoque* de la partie principale pour le tout.

4 Alexandre se rendit maître de l'empire des Perses, l'an 331 avant Jésus-Christ.

5 Les Romains subjuguèrent les Grecs et les soumirent à leur

Elle renversera toute grandeur suprême ;
Et le marteau fatal sera brisé lui-même.[1]
O Rome ! tes débris seront les fondemens
D'un empire vainqueur des hommes et des temps.[2]

XIII. Mais ce n'est point assez qu'annonçant ces mirac]
Des prophètes nombreux répètent leurs oracles.
Tout rempli du dessein qu'il doit exécuter,
Dieu par des coups d'essai semble le méditer :
A nos yeux à toute heure il en montre une image,
Et dans ses premiers traits crayonne son ouvrage.
Que les plus tendres mains conduisent au bûcher
Ce fils obéissant qui s'y laisse attacher :
Paisible sacrifice, où le prêtre tranquille

domination, comme tous les autres peuples du monde connu. Ce fut le fameux Sylla, qui, quatre-vingt-six ans avant Jésus-Christ, réduisit la célèbre Athènes, pour la punir de s'être alliée contre Rome avec Mithridate Eupator, roi de Pont.

1 *Rome*, république maîtresse du monde. vit sa puissance usurpée par Jules-César, vainqueur de Pompée à Pharsale. Alors commença l'empire Romain, qui, après s'être maintenu dans son intégrité près de 400 ans, fut d'abord divisé en Empire d'Orient et en Empire d'Occident, et finit ensuite par être tellement dissous, qu'il n'en reste plus que le nom.

Le *marteau fatal*, métaphoriquement pour cette puissance terrible qui, dans les mains de Dieu, avait brisé toutes les autres puissances.

2 Cet *empire* est celui de l'Eglise de Rome, fondée par l'apôtre, à qui Jésus-Christ dit : *Tu es pierre, et sur cette pierre je bâtirai mon Église, et les portes de l'Enfer ne prévaudront point contre elle : Porte*, dans les langues orientales, signifie puissance.

Va frapper sans pâlir sa victime immobile ! [1]
Que l'enfant le plus cher, en esclave vendu,
Et du sein de l'opprobre à la gloire rendu,
Aimé, craint, adoré des villes étrangères,
Soit enfin reconnu par ses perfides frères; [2]
Pour le sang d'un agneau, que, rempli de respect,
L'Ange exterminateur s'écarte à son aspect;
Que de tant de maisons au glaive condamnées,
Celles que teint ce sang soient seules épargnées; [3]
Qu'en attachant ses yeux sur un signe élevé,
Par un heureux regard le mourant soit sauvé; [4]

1 On reconnaît Abraham conduisant au bûcher son fils Isaac
pour l'immoler à Dieu, et Isaac se soumettant avec obéissance à
ce sacrifice cruel, qui pourtant ne fut point consommé: Abraham,
le *prêtre* du sacrifice, et Isaac, la *victime*.

2 Joseph, fils de Jacob, vendu par ses frères, devenant, d'esclave, ministre en Égypte, reconnu ensuite par ses frères, qu'il
établit avec son père dans le pays où il était si puissant.

3 Dans la nuit terrible où l'Ange exterminateur devait faire
mourir tous les premiers nés de l'Egypte, les Hébreux, pour
détourner loin d'eux le glaive funeste, avaient, par ordre de
Moïse, teint les portes de leurs maisons du sang d'un agneau immolé pour victime.

4 Les Hébreux, dans leur voyage à travers l'Arabie-Pétrée,
s'étaient permis des murmures en punition desquels ils furent
comme livrés en proie à une multitude prodigieuse de serpens
ailés et brûlans jetés dans leur camp par un grand vent envoyé
de Dieu. Moïse pria pour eux, et le Seigneur lui commanda
de faire un serpent d'airain de la forme de ceux qui désolaient
le camp, de le mettre au-dessus d'une pique, et de l'exposer à
tous les regards, afin que tous ceux qui avaient été mordus le
vissent seulement et fussent guéris. Les Pères ont trouvé dans ce

Que le jour de tristesse où le grand-prêtre expire,
A tant de malheureux, que son trépas retire
Des asiles prescrits à leur captivité,
Devienne un jour de grâce et de félicité ; [1]
Que, par les criminels proscrit pendant l'orage,
Le juste en périssant les sauve du naufrage ;
Qu'il revive, et ne soit victime que trois jours
Du monstre qui parut l'engloutir pour toujours : [2]
Tout m'annonce de loin ce que le Ciel projette ;
Et, sans cesse conduit par un peuple prophète,
J'arrive pas à pas au terme désiré,
Où le Dieu tant de fois prédit et figuré
Doit de son règne saint établir la puissance,
Ce règne dont mes vers vont chanter la naissance.

serpent élevé sur un bois, la figure de la mort de Jésus-Christ ; et Jésus-Christ lui-même nous a dit qu'il serait élevé sur la croix, comme Moïse y avait élevé le serpent d'airain.

1 D'après les lois de Moïse, il y avait six villes d'asile en faveur de ceux qui avaient commis un homicide *casuel* et involontaire. S'ils étaient trouvés innocens, ils demeuraient dans la ville de refuge, sans en sortir, jusqu'à la mort du Grand-Prêtre : alors ils pouvaient se retirer en liberté où ils voulaient, et sans crainte d'être inquiétés ou poursuivis.

2 Le prophète Jonas, ayant reçu de Dieu l'ordre exprès d'aller à Ninive prêcher la pénitence, s'était embarqué pour Tarsis, capitale de la Bétique. A peine en pleine mer, il s'éleva une si furieuse tempête que le vaisseau allait périr. Jonas fut touché de repentir, et, sur son aveu et son conseil, les matelots le jetèrent à la mer, qui s'apaisa aussitôt. Il fut reçu par un monstre marin, qui le garda trois jours sain et sauf dans ses entrailles, et puis le vomit au port sur la côte de Ninive.

FIN DU CHANT TROISIÈME.

APPENDICE

DU CHANT TROISIÈME.

I. Page 128.

Mais de la Mecque en vain le fameux fugitif
Sous ses bizarres lois tient l'Orient captif.....

On peut se faire une assez juste idée du caractère de Mahomet d'après la scène entre Zopire et Omar, par laquelle commence la tragédie dont ce fameux imposteur est le sujet. En voici un fragment :

ZOPIRE.

Bannis toute imposture, et d'un coup-d'œil plus sage
Regarde ce prophète à qui tu rends hommage ;
Vois l'homme en Mahomet, conçois par quel degré
Tu fais monter aux cieux ton fantôme adoré.
Enthousiaste ou fourbe, il faut cesser de l'être ;
Sers-toi de ta raison, juge avec moi ton maître :
Tu verras de chameaux un grossier conducteur,
Chez sa première épouse insolent imposteur,
Qui, sous le vain appât d'un songe ridicule,
Des plus vils des humains tente la foi crédule,
Comme un séditieux à mes pieds amené,
Par quarante vieillards à l'exil condamné :
Trop léger châtiment qui l'enhardit au crime !
De caverne en caverne il fuit avec Fatime.

11 *

Ses disciples errans de cités en déserts,
Proscrits, persécutés, bannis, chargés de fers,
Promènent leur fureur qu'ils appellent divine;
De leurs venins bientôt ils infectent Médine.
Toi-même alors, toi-même écoutant la raison,
Tu voulus dans sa source arrêter le poison.
Je te vis plus heureux, et plus juste, et plus brave,
Attaquer le tyran dont je te vois l'esclave.
S'il est un vrai prophète, osas-tu le punir?
S'il est un imposteur, oses-tu le servir?

OMAR.[1]

Je voulus le punir, quand mon peu de lumière
Méconnut ce grand homme entré dans la carrière;
Mais enfin quand j'ai vu que Mahomet est né
Pour changer l'univers à ses pieds prosterné;
Quand mes yeux, éclairés du feu de son génie,
Le virent s'élever dans sa course infinie,
Éloquent, intrépide, admirable en tout lieu;
Agir, parler, punir, ou pardonner en Dieu;
J'associai ma vie à ses travaux immenses :
Des trônes, des autels en sont les récompenses.
Je fus, je te l'avoue, aveugle comme toi:
Ouvre les yeux, Zopire, et change ainsi que moi.....

ZOPIRE.

Tu veux que du sénat le shérif infidèle
Encense un imposteur, et couronne un rebelle!
Je ne te nirai point que ce fier séducteur
N'ait beaucoup de prudence et beaucoup de valeur :
Je connais comme toi les talens de ton maître;
S'il était vertueux, c'est un héros peut-être :

---

[1] Disciple et gendre de Mahomet.

Mais ce héros, Omar, est un traître, un cruel,
Et de tous les tyrans c'est le plus criminel.
Cesse de m'annoncer sa trompeuse clémence:
Le grand art qu'il possède est l'art de la vengeance.
Dans le cours de la guerre, un funeste destin
Le priva de son fils que fit périr ma main.
Mon bras perça le fils, ma voix bannit le père:
Ma haine est inflexible, ainsi que sa colère.
Pour rentrer dans la Mecque, il doit m'exterminer:
Et le juste aux méchans ne doit point pardonner.

Page 131.

Dans ce livre par eux de tout temps révéré
Le nombre des mots même est un nombre sacré.....

On ne pourra que voir avec plaisir ce que dit de la
Bible l'illustre auteur du *Télémaque*, dans ses *Dia-
logues sur l'Éloquence de la Chaire :*

« L'Écriture surpasse en naïveté, en vivacité, en
» grandeur, tous les écrivains de Rome et de la Grèce.
» Jamais Homère même n'a approché de la sublimité
» de Moïse dans ses cantiques, particulièrement le
» dernier, que tous les enfans des Israélites devaient
» apprendre par cœur. Jamais nulle ode grecque ou
» latine n'a pu atteindre à la hauteur des psaumes ;
» par exemple, celui qui commence ainsi : *Le Dieu
» des Dieux, le Seigneur a parlé, et il a appelé la
» terre*, surpasse toute imagination humaine. Jamais
» Homère ni aucun autre poète n'a égalé Isaïe peignant
» la majesté de Dieu, aux yeux duquel *Les royaumes
» ne sont qu'un grain de poussière, l'univers qu'une*

» *tente qu'on dresse aujourd'hui , et qu'on enlève*
» *demain.* Tantôt ce prophète a toute la douceur et
» toute la tendresse d'une églogue, dans les riantes
» peintures qu'il fait de la paix; tantôt il s'élève jusqu'à
» laisser tout au-dessous de lui. Mais qu'y a-t-il dans
» l'antiquité profane, de comparable au tendre Jéré-
» mie , déplorant les maux de son peuple;¹ ou à
» Nahum, voyant de loin, en esprit, tomber la superbe
» Ninive sous les efforts d'une armée innombrable?²
» On croit voir cette armée, on croit entendre le bruit
» des armes et des chariots; tout est dépeint d'une
» manière vive qui saisit l'imagination : il laisse
» Homère loin derrière lui. Lisez encore Daniel , dé-
» nonçant à Balthasar la vengeance de Dieu toute
» prête à fondre sur lui; et cherchez dans les plus
» sublimes originaux de l'antiquité , quelque chose
» qu'on puisse lui comparer. Au reste, tout se sou-
» tient dans l'Écriture, tout y garde le caractère qu'il
» doit avoir, l'histoire, le détail des lois, les descrip-
» tions, les endroits véhémens, les mystères, les dis-
» cours de morale ; enfin il y a autant de différence
» entre les poëtes profanes et les prophètes, qu'il
» y en a entre le véritable enthousiasme et le faux.
» Les uns, véritablement inspirés, expriment sensi-
» blement quelque chose de divin ; les autres, s'effor-

---

1 Les maux des Juifs et de Jérusalem. Les *Lamentations* de ce
prophète sont de vraies élégies.

2 Ninive, capitale de l'Assyrie , fut détruite par le roi de Babylone.

» çant de s'élever au-dessus d'eux-mêmes, laissent
» toujours voir en eux la faiblesse humaine. »

Un homme aussi distingué par son esprit et par son
goût, que par les hautes dignités dont il fut revêtu,
feu M. de Fontanes, a traité ce même sujet en vers,
et d'une manière encore bien plus intéressante. Voici
ce morceau, auquel a été donné avec raison le titre
de *Tableaux de la Bible :*

Qui n'a relu souvent, qui n'a point admiré
Ce livre par le Ciel aux Hébreux inspiré ?
Il charmait à-la-fois Bossuet et Racine.
L'un éloquent vengeur de la cause divine,
Semblait, en foudroyant des dogmes criminels,
Du haut de Sinaï tonner sur les mortels ;
L'autre, de traits plus fiers ornant la tragédie,
Portait Jérusalem sur la scène agrandie.[1]
Rousseau saisit encor la harpe de Sion ;
Et son rhythme pompeux, sa noble expression,
S'éleva quelquefois jusqu'au chant des prophètes.

Imitez cet exemple, orateurs et poëtes :
L'enthousiasme habite aux rives du Jourdain,
Au sommet du Liban,[2] sous les berceaux d'Éden.[3]
Là, du monde naissant vous suivez les vestiges,
Et vous errez sans cesse au milieu des prodiges.
Dieu parle, l'homme naît ; après un court sommeil,
Sa modeste compagne enchante son réveil.
Déjà fuit son bonheur avec son innocence.
Le premier juste expire : ô terreur ! ô vengeance !

1 C'est ce qu'il a fait dans *Athalie* et dans *Esther.*
2 Le *Liban*, montagne célèbre de la Syrie, dont les cèdres servirent à la construction du temple de Jérusalem.
3 Dans l'Écriture Sainte, le Paradis terrestre s'appelle *Éden.*

Un déluge engloutit le monde criminel.

Seule, et se confiant à l'œil de l'Éternel,

L'Arche domine en paix les flots du gouffre immense,

Et d'un monde nouveau conserve l'espérance.

Patriarches fameux, chefs du peuple chéri,

Abraham et Jacob, mon regard attendri

Se plaît à s'égarer sous vos paisibles tentes :

L'Orient montre encor vos traces éclatantes,

Et garde de vos mœurs la simple majesté.

Au tombeau de Rachel je m'arrête attristé,[1]

Et tout-à-coup son fils vers l'Egypte m'appelle.

Toi qu'en vain poursuivit la haine fraternelle,

O Joseph ! que de fois se couvrit de nos pleurs

La page attendrissante où vivent tes malheurs !

Tu n'es plus. O revers ! près du Nil amenées,

Les fidèles tribus gémissent enchaînées.[2]

Jéhovah[3] les protège, il finira leurs maux.

Quel est ce jeune enfant qui flotte sur les eaux ?[4]

C'est lui qui des Hébreux finira l'esclavage.

Filles des Pharaons,[5] courez sur le rivage,

Préparez un abri, loin d'un père cruel,

A ce berceau chargé des destins d'Israël.[6]

La mer s'ouvre : Israël chante sa délivrance.

C'est sur ce haut sommet[7] qu'en un jour d'alliance,

---

1 Rachel, seconde femme de Jacob, mère de Joseph.

2 C'étaient les enfans des enfans de Jacob, que Joseph avait établis en Egypte dans la terre de Gessen. Dans les derniers temps ils se voyaient traités en esclaves par les Égyptiens.

3 Nom de Dieu en hébreu.

4 Moïse, dont le nom signifie *sauvé des eaux.*

5 Le nom de *Pharaon* était un nom commun aux rois d'Égypte.

6 La fille du roi, se promenant au bord du fleuve, vit le berceau, se le fit apporter, et, frappée de la beauté de l'enfant, voulut le garder et en prendre soin.

7 Le mont Sinaï, où Dieu fit alliance avec son peuple, et lui donna sa loi par les mains de Moïse.

Descendit avec pompe, en des torrens de feu,
Le nuage tonnant qui renfermait un Dieu.
Dirai-je la colonne et lumineuse et sombre?
Et le désert témoin de merveilles sans nombre?
Aux murs de Gabaon le soleil arrrêté?
Ruth, Samson, Débora,[1] la fille de Jephté,
Qui s'apprête à la mort, et parmi ses compagnes,[2]
Vierge encor, va deux mois pleurer sur les montagnes?

Mais les Juifs aveuglés veulent changer leurs lois:
Le Ciel, pour les punir, leur accorde des rois.[3]
Saül règne; il n'est plus; un berger le remplace:[4]
L'espoir des nations[5] doit sortir de sa race:
Le plus vaillant des rois du plus sage est suivi.[6]
Accourez, accourez, descendans de Lévi,[7]
Et du temple éternel venez marquer l'enceinte.[8]

Cependant dix tribus ont fui la cité sainte.[9]

1 *Ruth*, bru de Noëmi, ayant perdu son premier mari, devint l'épouse de Booz son proche parent, et de ce mariage sortit Obed, aïeul de David.
Samson est assez connu par sa force et par tout le mal qu'il fit aux Philistins.
La prophétesse *Débora* gouverna pendant quarante ans le peuple avec Barach, en qualité de Juge, et le délivra de l'oppression de Jabin, roi des Chananéens.

2 *La fille de Jephté*, inconsidérément vouée à Dieu par son père, comme victime, demanda à pleurer deux mois sa virginité avant ce cruel sacrifice : la stérilité était dans Israël un opprobre, et l'on y regardait comme un grand malheur qu'une fille mourût avant d'être mariée.

3 Ils avaient eu jusque-là le Seigneur lui-même pour roi, et les rois qu'ils allaient avoir devaient régner sur eux en maîtres absolus, despotiques.

4 David, son gendre, qu'il avait proscrit, et qui vengea sa mort.

5 Le Messie.

6 A David succéda le sage Salomon, son fils.

7 *Lévi* avait été le troisième fils de Jacob et de Lia : sa famille était toute consacrée au service des autels.

8 Ce fut Salomon qui fit construire le fameux temple de Jérusalem.

9 Roboam, fils et successeur de Salomon, ayant refusé aux Israélites une diminution d'impôts qu'ils lui demandaient, dix Tribus du peuple l'abandonnèrent, et reconnurent Jéroboam pour roi.

Je renverse, en passant, les autels des faux dieux;
Je suis le char d'Élie emporté dans les cieux;[1]
Tobie et Raguel m'invitent à leur table;[2]
J'entends ces hommes saints[3] dont la voix redoutable
Ainsi que le passé, racontait l'avenir.
Je vois, au jour marqué, les empires finir.[4]
Sidon, reine des eaux, tu n'es donc plus que cendre!
Vers l'Euphrate étonné quels cris se font entendre?
Toi qui pleurais assis près d'un fleuve étranger,
Console-toi, Juda, tes destins vont changer.[5]
Regarde cette main vengeresse du crime,
Qui désigne à la mort le tyran qui t'opprime.[6]
Bientôt Jérusalem reverra ses enfans;
Esdras et Machabée, et ses fils triomphans
Raniment de Sion la lumière obscurcie.[7]
Ma course enfin s'arrête au berceau du Messie.

III. Page 134.

Tandis qu'un peuple seul, que tout peuple déteste,
S'obstine à nous montrer son déplorable reste.

Un écrivain célèbre de nos jours, M. l'abbé de
Mennais, a fait de cette sorte de réprobation civile e

[1] *Élie* fut enlevé au Ciel dans un char tiré par des chevaux de feu.

[2] Allusion au festin donné par Raguel en réjouissance de ce que le jeune Tobie
son neveu, à qui il venait de donner en mariage sa fille Sara, n'avait pas, comm
les sept premiers maris de cette femme, été étouffé par le démon.

[3] Les prophètes.

[4] Allusion à la prise de Babylone par Darius-le-Mède et par Cyrus.

[5] Cyrus délivra les juifs captifs à Babylone.

[6] Le roi Balthasar.

[7] Esdras, ayant obtenu du roi Artaxerce-Longue-Main, la permission de ramener le peuple Juif à Jérusalem, de relever les murs de cette ville, et d'y rétabli
la police, s'acquitta de ce soin avec autant de succès que de zèle.

On sait tout ce que firent pour soutenir et conserver la Religion de leurs père
Mathathias et ses enfans, si célèbres dans l'Histoire Sainte sous le nom de *Ma-
chabées.*

politique des Juifs, un tableau qui mérite d'être mis sous les yeux. Il le rattache aux dernières paroles que Jésus-Christ prononça du haut de la croix, à ces paroles mémorables par lesquelles il annonça à l'univers l'accomplissement du grand ouvrage de notre rédemption : *Consummatum est.*

« Alors, dit-il, tout fut aussi consommé pour le
» Juif. Un sceau fut mis sur son cœur, sceau qui ne
» sera brisé qu'à la fin des siècles. Son existence tout
» entière n'avait été qu'un long prodige. Un nouveau
» miracle commence, miracle toujours le même, mi-
» racle universel, perpétuel, et qui manifestera jus-
» qu'aux derniers jours l'inexorable justice et la sain-
» teté du Dieu que ce peuple osa renier. Sans principe
» de vie apparent, il vivra ; rien ne pourra le détruire,
» ni la captivité, ni le glaive, ni le temps même.
» Isolé au milieu des Nations qui le repoussent, nulle
» part il ne trouve un lieu de repos. Une force invisible
» le presse, l'agite, et ne lui permet pas de se fixer. Il
» porte en ses mains un flambeau qui éclaire le monde
» entier, et lui-même est dans les ténèbres. Il attend ce
» qui est venu ; il lit ses prophètes et ne les comprend
» pas ; sa sentence, écrite à chaque page des livres qu'il
» a l'ordre de garder, fait sa joie. Tel que ces grands
» coupables dont nous parle l'Antiquité, il a perdu
» l'intelligence ; le crime a troublé sa raison. Partout
» opprimé, il est partout. Au mépris, à l'outrage, il
» oppose une stupide insensibilité : rien ne le blesse,
» rien ne l'étonne ; il se sent fait pour le châtiment ; la

» souffrance et l'ignominie sont devenues sa nature.
» Sous l'opprobre qui l'écrase, de temps en temps il
» soulève sa tête, il se tourne vers l'Orient, verse
» quelques pleurs, non de repentir, mais d'obstina-
» tion ; puis il retombe, et courbé, ce semble, par le
» poids de son âme, il poursuit en silence, sur une
» terre où il sera toujours étranger, sa course pénible
» et vagabonde. Tous les peuples l'ont vu passer,
» tous ont été saisis d'horreur à son aspect : il était
» marqué d'un signe plus terrible que celui de Caïn :
» sur son front, une main de fer avait écrit : DÉICIDE.»

(Essai sur l'indifférence en matière de Religion,
tome 3, p. 56 et 57.)

IV. Page 138.

L'homme entendit parler d'une grâce future....

C'est par la promesse ou, comme on voudra, par
l'espoir de cette *grâce future* que Milton, dans son
Paradis perdu, tempère l'arrêt fatal rendu contre nos
premiers parens ; liv. X, traduction de Delille :

Eve entend à son tour la fatale sentence :
« O femme ! qui t'a fait violer ma défense ?
» Et pourquoi touchas-tu ces funestes rameaux ? »

Eve, les yeux baissés, répond en peu de mots :
« Le perfide serpent, par qui je fus tentée,
» M'a vanté cette pomme, et moi je l'ai goûtée. »

A ces mots, le Seigneur, enflammé de courroux.
Veut venger à-la-fois et punir ces époux.
« O toi qui dans le piége attiras ces victimes,
» Organe de la ruse, et l'instrument des crimes,

» Détestable serpent, pour prix de tant de maux,
» Sois à jamais maudit parmi les animaux;
» Rampant et méprisé traîne-toi sur la terre:
» Qu'entre la femme et toi s'établisse la guerre;
» J'arme à jamais entre eux ta race et ses enfans.
» *Un jour, un jour viendra que ses pieds triomphans*
» *Écraseront ton dard, et briseront ta tête:*
» *Tu fus son ennemi, tu seras sa conquête.*»

(L'oracle s'accomplit, et le Verbe de Dieu,
Né d'une Ève plus pure, en des gouffres de feu
A fait tomber du ciel cet archange terrible
Qui du serpent fatal devint l'âme invisible.
Depuis, humiliant encor mieux son orgueil,
La Terre a vu le Christ échappé du cercueil
Se relever, vainqueur de sa rage étouffée,
En pompe dans les airs emporter son trophée,
Et, bienfaiteur du monde et vainqueur des enfers,
Conduire leurs captifs délivrés de leurs fers.)
Aujourd'hui de son père exerçant la vengeance:
« Ève, dit-il, tes fils naîtront dans la souffrance,
» Et d'horribles douleurs déchireront ton sein.
» C'est peu, de ton époux je fais ton souverain;
» Tu seras sa sujette. Et toi, dont la faiblesse,
» Pour elle a transgressé les lois de ma sagesse,
» Homme, tu paîras cher ton infidélité:
» La Nature à tes yeux va perdre sa beauté.
» Ingrat, tu compteras tes jours par tes misères.
» Les champs te prodiguaient leurs tributs volontaires:
» Il faudra tourmenter un avare terrain;
» La sueur du travail arrosera ton pain.
» Pour toi l'âpre buisson et la ronce épineuse
» Partout vont hérisser la terre infructueuse.
» La terre t'a produit, son sein te reprendra:
» L'homme, né de la poudre, en poudre tombera.»

Ainsi ce Dieu sévère à-la-fois et propice
Servait mais tempérait l'éternelle justice,
Et de l'horrible mort annonçant les fureurs,
Eloignait sa menace et ses fléaux vengeurs.

V. Page 140.

Pour prolonger des jours destinés aux douleurs,
Naissent les premiers Arts, enfans de nos malheurs.

Virgile a décrit aussi l'invention des Arts, et c'es
dans ses *Géorgiques*, livre Ier : voici cette descriptio
traduite par Delille :

Tel est l'arrêt fatal du maître du tonnerre :
Lui-même il força l'homme à cultiver la terre,
Et, n'accordant ses fruits qu'à nos soins vigilans,
Voulut que l'indigence éveillât les talens.....
C'est lui qui, proscrivant une oisive opulence,
Partout de son empire exila l'indolence.
Il endurcit la terre, il souleva les mers,
Nous déroba le feu, troubla la paix des airs,
Empoisonna la dent des vipères livides,
Contre l'agneau craintif arma les loups avides,
Dépouilla de leur miel les riches arbrisseaux,
Et du vin dans les champs fit tarir les ruisseaux.
Enfin l'Art à pas lents vint adoucir nos peines :
Le caillou rend le feu recelé dans ses veines ;
La terre obéissante et les flots étonnés
Par la rame et le soc déjà sont sillonnés ;
Déjà le nocher compte et nomme les étoiles ;
Des chiens lancent un cerf, le chasseur tend ses toiles ;
La glu trompe l'oiseau ; le crédule poisson
Tombe dans des filets ou pend à l'hameçon :
Bientôt le fer rougit dans la fournaise ardente ;
J'entends crier la dent de la lime mordante ;

L'acier coupe le bois que déchiraient les coins.
Tout cède aux longs travaux, et surtout aux besoins.

VI. Page 142.

De la terre aussitôt les eaux couvrent la face.....

Milton retrace une histoire du déluge dont on ne
sera pas fâché de trouver ici un extrait. C'est encore
Delille qui servira d'interprète au poëte anglais :
Paradis perdu, livre XI :

Partout règnent les jeux, les danses et les ris ;
La débauche insensée enflamme les esprits ;
Le plaisir effréné, la passion brutale,
Offrent de toutes parts des scènes de scandale :
De l'hymen au hasard les gages son donnés ;
L'ivresse irrite encor leurs sens désordonnés ;
Le désir sur sa proie arrête un œil avide ,
L'emportement choisit, et le moment décide ;
L'adultère en courant forme des nœuds nouveaux ;
Bientôt tous ces amans deviennent des rivaux.

Alors vient un vieillard[1] qui, d'une voix austère,
Accuse la fureur, gourmande l'adultère :
De leur lâche licence il a vu les excès,
Et leur triomphe obscène, et leurs impurs banquets.
Il leur montre le Ciel prêt à les mettre en poudre,
Et sur leur front coupable il fait gronder la foudre.[2]
Vains efforts ! il les livre à leurs affreux destins,
Gagne un antique mont ombragé de vieux pins ;
Et d'une arche flottante ordonnant la structure,
Il prescrit sa largeur, sa hauteur, sa figure.

1 Noé.

2 Très-belle expression, pour dire : Il leur représente la foudre grondant sur
leur front : on sent bien qu'il ne la fait gronder qu'en paroles.

L'arche à sa voix s'élève, et dans ses flancs pressés
De la terre reçoit les tributs amassés :
Par couple réunis dans son enceinte heureuse,
Des animaux divers la famille nombreuse
Tout-à-coup, au signal de ce mortel chéri,
Contre les flots vengeurs vient chercher un abri.
Le vieillard à son tour, ses enfans, leurs épouses,
Viennent prendre leur place. Au choc des eaux jalouses,
Dieu même a mis un frein. Tout-à-coup les autans
Vont poussant devant eux les nuages flottans ;
De moment en moment leurs noirs amas s'augmentent ;
De leurs sombres vapeurs les monts les alimentent.
Le soleil s'est voilé, l'ombre croît, le jour fuit ;
Tout le ciel embrasé n'est qu'une immense nuit :
Il s'ouvre ; et s'échappant de ses voûtes profondes,
Tous les torrens des airs précipitent leurs ondes :
Les vallons sont comblés, et les monts sont couverts ;
La nef en bondissant s'élève dans les airs.
La mer en vain l'assiége, et le vent la tourmente ;
Elle vogue, elle insulte à la vague écumante :
Tout s'abîme à l'entour ; les nuages errans
Versent fleuve sur fleuve, et torrens sur torrens :
Tout n'est plus qu'une mer, une mer sans rivage.
Où des rois habitaient flotte un monstre sauvage.
En foule amoncelant dans le même cercueil
Les hommes, leurs trésors, leurs projets, leur orgueil,
L'onde, attendant le feu, purge un monde profane.
La cité, le hameau, le palais, la cabane,
L'homme, les animaux, par les vagues surpris,
L'abîme engloutit tout ; et dans ces grands débris,
Seul protégé du Ciel, seul triomphant de l'onde,
Un seul esquif contient l'espérance du monde.....

Les vents changent ; les flots, déjà moins furieux,
S'abaissant lentement, redescendent des cieux.

Les nuages ont fui devant le froid Borée ;
Dans un lit plus étroit la mer est resserrée :
La vague s'aplanit, et l'humide séjour,
Comme un vaste miroir renvoie au loin le jour ;
Le Soleil à longs traits boit les eaux qu'il attire ;
L'onde silencieuse à pas lents se retire ;
La terre dans son sein rappelle ses ruisseaux,
Et les torrens des cieux ont suspendu leurs eaux.
Tout se tait : le vaisseau, long-temps jouet de l'onde,
Enfin vient d'arrêter sa course vagabonde,
Et, tel qu'un roc debout sur les hauteurs d'Athos,
Demeure suspendu sur la pointe des flots.
Cependant, par degrés, de l'orageux abîme,
Les bois lèvent leur front, les montagnes leur cîme :
Pareils à ces écueils élevés sur les mers,
Leurs flancs sont sous les eaux, leur tête est dans les airs ;
Et les derniers torrens, précipitant leur onde,
Tombent dans l'Océan, qui recule et qui gronde.

Hors de l'arche bientôt le corbeau prend l'essor ;
Après lui, messager plus diligent encor,
Le pigeon part, va, vient, cherche dans la nature,
Pour reposer son vol, un reste de verdure,
Repart, gagne en volant le toit hospitalier,
Et porte dans son bec un rameau d'olivier,
Du retour de la paix témoignage fidèle.
La terre sort des eaux ; la flottante nacelle
Lui rend l'heureux vieillard, et ceux qu'il a sauvés.
Les mains et les regards vers le ciel élevés,
Il rend grâce au Très-Haut ; alors un beau nuage
De la faveur des cieux annonce un nouveau gage.
Humide encor de pluie, aux rayons du soleil,
D'une triple couleur il peint son arc vermeil.

VII. page 146.

Ne pouvant plus s'entendre, il se faut séparer.

L'histoire du genre humain depuis le déluge jusqu'à
la confusion des langues : *Paradis perdu*, traduction
de Delille, livre XII :

> Tant que de l'univers les citoyens nouveaux,
> Errant en petit nombre à travers des tombeaux,
> Virent l'affreux débris de ce monde en ruines,
> L'homme ; encore effrayé des vengeances divines,
> Respecta l'Éternel ; ses enfans peu nombreux,
> Et d'un terrain fécond cultivateurs heureux,
> Recueillirent en paix des moissons abondantes ;
> La vigne se courba sous ses grappes pendantes ;
> L'olivier sous sa charge abaissa ses rameaux :
> L'élite de leurs fruits, le choix de leurs troupeaux,
> De leurs libations les pieuses offrandes,
> Les autels par leurs mains enlacés de guirlandes,
> Présentaient leur hommage au maître des saisons,
> Et d'un Dieu paternel sollicitaient les dons.
> Tous, classés par tribus, cultivaient la sagesse ;
> Leurs plaisirs étaient purs, leurs banquets sans ivresse ;
> L'asile paternel fut le berceau des lois ;
> Les fils étaient sujets, les pères étaient rois.
> Mais bientôt tout changea ; sous son joug tyrannique
> Un despote opprima la fortune publique,
> Commanda par la force, et, le fer à la main,
> Fonda sur le massacre un pouvoir inhumain.[1]
> Sa folle vanité brave l'Être Suprême,
> Ou plutôt le tyran se croit un Dieu lui-même.

---

[1] Nemrod, fils de Chus et petit-fils de Cham, par conséquent petit-fils de
Noé. *Il fut*, dit l'Écriture, *un violent chasseur*, c'est-à-dire, un grand conquérant.

Il accuse l'orgueil et la rébellion,
Et de l'orgueil rebelle il tirera son nom.[1]
Des campagnes d'Eden, sa marche triomphale
Atteindra dans son cours la rive occidentale.[2]
Là se présente un gouffre où d'un bitume ardent
En bouillons enflammés roule un fleuve abondant.
Là d'une tour superbe il puise la matière :
Il veut que dans les airs portant sa cime altière,
L'arène cimentée, ouvrage audacieux,[3]
De sa masse insolente aille outrager les cieux,
Étonne au loin le monde, et, garant de sa gloire,
Annonce sa puissance, et garde sa mémoire.
Qu'importe quel moyen éternise son nom ?
Qu'il vive, c'est assez. De son ambition
Tels étaient les projets : mais cet être invisible
Qui, cachant aux regards sa majesté terrible,
Vient, sans être aperçu, visiter les humains,
A vu du haut des cieux ses superbes desseins :
Il vient, il n'attend pas que la tour commencée
Aille insulter les airs de sa masse insensée ;
Il se rit en passant de ses faibles rivaux,
Et trouble leurs discours pour troubler leurs travaux.
Tous, oubliant déjà leur langue maternelle,
Se parlent l'un à l'autre une langue nouvelle ;
Les murmures confus de leurs rauques accens
Font, pour être entendus, des efforts impuissans ;
A des sons inconnus des sons nouveaux répondent ;
Leurs signes, leurs projets, leurs travaux se confondent ;

1 *Nemrod* signifie rebelle, apostat.

2 Par *rive occidentale*, il faut sans doute entendre les bords de l'Euphrate, et non ceux de la Méditerranée ; car il ne paraît pas que Nemrod ait étendu son empire jusqu'à la Méditerranée, et c'est d'ailleurs sur les bords de l'Euphrate qu'il avait fondé la ville de Babylone.

3 On se servait pour la tour de Babel de briques au lieu de pierres, et de bitume au lieu de ciment : les briques sont de la terre ou de *l'arène* cuite.

Tous s'expriment ensemble, aucuns ne sont compris;
La discorde des voix divise les esprits;
Les cœurs sont furieux, l'oreille est étonnée,
Et l'orgueilleuse tour demeure abandonnée.
Tout le Ciel applaudit, et la confusion
A la tour gigantesque a donné son vieux nom.

VIII. Page 149.

Je ne vois chez Ammon qu'horreur, que cruauté.....

Comment se peut-il que presque toutes les anciennes superstitions aient été souillées par des sacrifices humains? Delille, dans son poëme de *l'Imagination*, chant VIII, déplore ainsi ce triste aveuglement, non-moins digne de pitié que d'horreur :

Toutefois dans les camps, au milieu des combats,
Que le Ciel ait souffert ces longs assassinats,
Mon esprit le conçoit; mais dans le sanctuaire,
Quels dieux ont pu souffrir un culte sanguinaire?
O Dieu bon! j'avais cru que tes puissantes mains
Avaient mis la pitié dans le cœur des humains;
Mais, quelque nation que mon œil envisage,
Je rencontre partout ces pompes de carnage.
Les Grecs même ont connu ces cultes odieux.
O Français! rougissez pour vos premiers aïeux!
Souvent encore aux lieux de ces horribles scènes,
Le voyageur, errant dans les vieilles Ardennes,
Rencontre avec effroi ces barbares autels.[1]
Et toi, qui fus témoin de ces cultes cruels,
César, était-ce à toi de traîner ta victoire
Dans les sentiers battus d'une commune gloire?
Va, cours, du Fanatisme heureux persécuteur,
Détruis l'autel, le Dieu, le sacrificateur;

1 On a cru reconnaître dans la forêt des Ardennes les mouumens du culte féroce des Druides, qui, comme on sait, immolaient des victimes humaines.

Et vengeant et le ciel, et la nature, et l'homme,
Fais chérir une fois les triomphes de Rome.

　Et vous, fiers Mexicains, souillés de plus d'horreur,[1]
Tremblez; voici venir l'Espagnol en fureur.
Ah! qui pourrait compter les meurtres effroyables
Qu'exigeaient sur ces bords des dieux impitoyables?
Là, des lions d'airain de feux étincelans,
Recevaient des mortels dans leurs gosiers brûlans;
Là, le sang qui ruisselle en éternel hommage,
Fait au Ciel qu'il invoque un éternel outrage;
Et nul n'a droit d'entrer dans ce temple inhumain,
Que d'un meurtre récent il n'ait souillé sa main.
Nature, tu n'as donc plus d'abri sur la terre?
Le Fanatisme affreux te fait partout la guerre.
Ah! sans doute, abhorrant ce culte criminel,
Tu te réfugias dans le cœur maternel:
Non, de ces dieux cruels la fureur t'en exile,
Et la Nature a fui de son dernier asile.
Des mères, aux autels de ces dieux redoutés,
Leurs enfans dans les bras..... Cruelles, arrêtez!
Avez-vous oublié, saintement inhumaines,
Vos amours, vos sermens, vos plaisirs, et vos peines?
Quel démon inhumain proscrit ces jeunes fleurs?
Ah! voyez leur sourire, et regardez leurs pleurs,
Et cessez d'immoler à d'horribles chimères,
Les nœuds sacrés d'hymen et le doux nom de mères![2]

---

1 Il ne paraît que trop certain que les Mexicains immolaient les prisonniers
de guerre à leurs idoles : s'il fallait même en croire quelques ecrivains Espagnols,
cette coutume barbare ne se bornait pas chez eux au sacrifice des prisonniers.

2 Le Poëte de l'*Imagination* a sans doute en vue les parricides sacrifices des
Ammonites : l'auteur de la *Henriade* dit en parlant du Fanatisme :

　　C'est lui qui, dans Raba, sur les bords de l'Arnon,
　　Guidait les descendans du malheureux Ammon,
　　Quand à Moloc, leur dieu, des mères gemissantes
　　Offraient de leurs enfans les entrailles fumantes.

Hélas ! où sont les temps où d'un rayon de miel,
D'un peu de lait, de fruits, on apaisait le Ciel ?[1]....

IX. Page 149.

O filles de Sidon, vous pleurez Adonis :
Une dent sacrilége en a flétri les charmes;
Et sa mort tous les ans renouvelle vos larmes.

Voici ce que dit Lucien de ces fêtes d'Adonis à
Byblos : « Toute la ville, au jour marqué pour la so-
» lennité, commençait à prendre le deuil, et à donner
» des marques publiques de douleur et d'affliction.
» On n'entendait de tous côtés que des pleurs et des
» gémissemens. Les femmes, qui étaient les ministres
» de ce culte, étaient obligées de se faire raser la tête,
» et de se battre la poitrine en courant les rues. L'im-
» pie superstition forçait celles qui refusaient d'assister
» à cette cérémonie, à se prostituer pendant un jour,
» pour employer au culte du nouveau Dieu l'argent
» qu'elles gagnaient à cet infâme commerce. Au der-
» nier jour de la fête, le deuil se changeait en joie,
» et chacun la témoignait comme si Adonis avait été
» ressuscité. Cette cérémonie durait huit jours, et elle
» était célébrée en même temps dans la basse Égypte.
» Alors, dit encore Lucien qui en avait été témoin,
» les Egyptiens exposaient sur la mer un panier
» d'osier, qui, étant poussé par un vent favorable, arri-

---

[1] Ces heureux temps, qui étaient ceux des patriarches, sont revenus avec la
Religion chrétienne : elle a banni de la terre toutes ces abominables superstitions,
la honte de l'humanité ; et, à des cultes de sang et d'horreur, elle a substitue le culte
le plus doux, le plus pur, comme le plus sublime et le plus auguste.

» vait de lui-même sur les côtes de Phénicie, où les
» femmes de Byblos, qui l'attendaient avec impa-
» tience, l'emportaient dans la ville; et c'était alors
» que l'affliction publique faisait place à une joie uni-
» verselle. » Saint Cyrille dit qu'il y avait dans ce petit
vaisseau des lettres par lesquelles les Égyptiens exhor-
taient les Phéniciens à se réjouir, parce qu'on avait
retrouvé le Dieu qu'on pleurait. (*Dictionnaire Historique*, art. *Adonis*.)

X. Page 159.

Tout périt, l'autel tombe, et le temple s'écroule....

Aux prophéties que vient d'exposer le Poëte, et
qui toutes annoncent d'une manière si positive l'avè-
nement du Messie et sa destinée sur la terre, ainsi
que la réprobation des Juifs et la vocation des Gentils,
faisons succéder le superbe morceau où l'immortel
auteur d'*Athalie* les a comme fondues en une seule.
C'est le prêtre Joad qui parle, et jamais langage ne
fut plus sublime ni plus divin.

Mais d'où vient que mon cœur frémit d'un saint effroi?
Est-ce l'esprit divin qui s'empare de moi?
C'est lui-même : il m'échauffe ; il parle ; mes yeux s'ouvrent,
Et les siècles obscurs devant moi se découvrent.
Lévites, de vos sons prêtez-moi les accords,
Et de mes mouvemens secondez les transports.

Cieux, écoutez ma voix. Terre, prête l'oreille.
Ne dis plus, ô Jacob! que ton Seigneur sommeille.
Pécheurs, disparaissez, le Seigneur se réveille.

Comment en un plomb vil l'or pur s'est-il changé ? [1]
Quel est dans le lieu saint ce pontife égorgé ? [2]
Pleure, Jérusalem, pleure, cité perfide,
Des prophètes divins malheureuse homicide :
De son amour pour toi ton Dieu s'est dépouillé.
Ton encens à ses yeux est un encens souillé.....

Où menez-vous ces enfans et ces femmes ? [3]
Le Seigneur a détruit la Reine des cités!
Ses prêtres sont captifs, ses rois sont rejetés.
Dieu ne veut plus qu'on vienne à ses solennités,
Temple, renverse-toi; cèdres, jetez des flammes.

Jérusalem, objet de ma douleur;
Quelle main en un jour t'a ravi tous tes charmes ?
Qui changera mes yeux en deux sources de larmes
Pour pleurer ton malheur ? [4]

« O saint temple! ô David! Dieu de Sion, rappelle,
» Rappelle en sa faveur tes antiques bontés..... »
Quelle Jérusalem nouvelle
Sort du fond du désert, brillante de clartés,
Et porte sur son front une marque immortelle ?
Peuples de la terre, chantez :
Jérusalem renaît plus charmante et plus belle; [5]

D'où lui viennent de tous côtés
Ces enfans qu'en son sein elle n'a point portés ? [6]

---

1 Ce vers se rapporte à Joas, dont le règne ne répondit point à l'heureuse éducation qu'il avait reçue de Joad.

2 Celui-ci a rapport à la mort de Zacharie, que Joas fit lapider dans le vestibule du temple.

3 Allusion à la captivité de Babylone.

4 Jérusalem fut prise et brûlée avec son temple, l'an 584 avant Jésus-Christ, et la onzième année du règne de Sédécias, avec lequel finit le royaume de Juda.

5 Ceci a rapport à l'établissement de la nouvelle loi.

6 Ce sont les Gentils.

Lève, Jérusalem, lève ta tête altière :[1]
Regarde tous ces rois de ta gloire étonnés.
Les rois des nations, devant toi prosternés,
    De tes pieds baisent la poussière.
Les peuples à l'envi marchent à ta lumière.

Heureux qui, pour Sion, d'une sainte ferveur
    Sentira son âme embrasée!
      Cieux, répandez votre rosée,
    Et que la terre enfante son sauveur.

XI. Page 160.

Tout rempli du dessein qu'il doit exécuter,
Dieu par des coups d'essai semble le méditer.

Ce n'est pas seulement dans les prophéties que
l'Écriture nous montre d'avance Jésus-Christ : elle
nous le montre encore, et d'une manière non-moins
sensible, sous les figures de la Loi. C'est là que,
comme le Poëte, va nous le faire voir M. l'abbé de
La Mennais :

« Outre les prophéties directes, les livres saints
» offrent encore des prophéties *d'action*, comme l'ex-
» plique saint Chrysostôme. Ainsi (c'est un des
» exemples qu'il cite) Isaïe a dit : *Il a été conduit à la*
» *mort comme une brebis, et comme un agneau, devant*
» *celui qui le tond.* Voilà la prophétie de discours.
» Mais quand Abraham prit son fils Isaac, et que,
» voyant un bélier arrêté par ses cornes, il le sacrifia
» réellement, il annonça alors en figure la passion
» qui devait nous sauver. »

---

[1] Par *Jérusalem*, il faut entendre le Christianisme ou l'Église chrétienne, dont
l'ancienne Jérusalem a été le berceau.

» La loi de Moïse figurait la loi évangélique, et les
» rapports entre ces deux lois sont si nombreux, si ma-
» nifestes, qu'il serait superflu de les indiquer. C'est
» d'ailleurs ce qu'ont fait les Apôtres presque à chaque
» page de leurs écrits. Qui ne reconnaîtrait la Pâque
» véritable dans l'agneau immolé en signe de délivrance?
» Presque toute l'histoire des Juifs est également figu-
» rative. Le serpent d'airain élevé dans le désert, et qui
» guérissait ceux qui le regardaient, ne représente-t-il
» pas clairement l'arbre de la Croix qui nous a aussi
» guéris de la *morsure du serpent?* La manne rappelle
» l'aliment divin dont Jésus-Christ nourrit miraculeuse-
» ment les fidèles. Et n'était-il pas lui-même figuré
» par les saints personnages de l'ancienne loi ; par Job,
» Moïse, Josué ; par David, modèle de douceur, d'hu-
» milité, de patience dans l'affliction? Ce saint roi figure
» le Messie souffrant, comme Salomon figure le Messie
» glorieux, élevant à Dieu un temple dont la durée
» sera éternelle.

» Les Patriarches ont avec lui des traits de ressem-
» blance non-moins frappans. Jésus-Christ, figuré par
» Joseph, bien aimé de son père, envoyé du père
» pour voir ses frères, est l'innocent vendu par ses
» frères vingt deniers, et par-là devenu leur Seigneur,
» leur Sauveur, et le Sauveur des étrangers, et le
» Sauveur du monde; ce qui n'eût point été sans le
» dessein de le perdre ; sans la vente et la réprobation
» qu'ils en firent.

» Dans la prison, Joseph innocent entre deux cri-
» minels : Jésus en la croix entre deux larrons. Joseph

prédit le salut à l'un, et la mort à l'autre sur les
mêmes apparences : Jésus-Christ sauve l'un, et laisse
l'autre, après les mêmes crimes. Joseph ne fait que
prédire : Jésus-Christ fait. Joseph demande à celui
qui sera sauvé, qu'il se souvienne de lui, quand il
sera venu en sa gloire. et celui que Jésus-Christ
sauve, lui demande qu'il se souvienne de lui quand
il sera en son royaume.[1] »

» Ainsi les figures s'accordent avec les prophéties, et
les événemens ont vérifié les prophéties et les figures.
Les Justes de l'ancienne loi, les Juifs spirituels con-
naissaient Jésus-Christ presque aussi clairement que
nous le connaissons nous-mêmes. Avec combien de
vérité disait-il donc : *Scrutez les Écritures*, *ce sont
elles-mêmes qui rendent témoignage de moi.*[2] Nous ne
craignons point de le dire : que les incrédules lisent
l'Évangile, qu'ils remarquent attentivement les circonstances principales de la vie du Sauveur, le caractère et l'objet de sa mission, les effets qu'elle devait
produire ; nous les défions hautement de composer
ensuite des prophéties plus claires que les véritables
prophéties, sur tous les faits qu'elles ont annoncés. »
Essai sur l'Indifférence en matière de Religion, t. IV.)

1 Pensées de Pascal, IIe partie, art. 9.
2 Joan. v. 39.

FIN DE L'APPENDICE.

CHANT QUATRIÈME.

La venue du Messie, et la *Loi ancien[ne]*
remplacée par la *Loi nouvelle*.

ARGUMENT.

I. *Les révolutions des empires servant, dans les d[esseins]*
de Dieu, à préparer et à favoriser l'établissem[ent]
de la Religion.

II. *L'Univers asservi, en conséquence, à la Pu[is-]*
sance Romaine, et la Puissance Romaine concentr[ée]
dans les mains d'un seul homme, qui fait succéder
paix et le bonheur aux guerres et aux discordes.

III. *Le règne de la paix, vu par les Païens com[me]*
un augure de l'âge d'or, et par les Juifs, comme
augure de la prochaine venue du Messie.

IV. *Apparition de Jésus-Christ, en qui ses miracl[es]*
sa doctrine et ses mœurs annoncent véritablement l'[en-]
voyé du Ciel, l'homme-Dieu.

V. *Jésus-Christ, l'innocence et la vertu mém[e]*
immolé comme le plus horrible des scélérats ; mais
mort commençant son triomphe et le changement [du]
monde.

VI. *Confiance que méritent par leur simplicité mém[e]*
et par leur admirable candeur, les apôtres de Jés[us]

Christ, intrépides historiens, autant que témoins non-suspects.

VII. *Le crime des Juifs envers Jésus-Christ, prouvé par leur châtiment terrible et par la ruine de leur ville, mais surtout par celle de leur temple, qu'on a voulu en vain entreprendre de relever.*

VIII. *Le Christianisme et la Croix, étendant partout leurs conquêtes et leur empire sur les débris du Paganisme.*

IX. *Le sang des Martyrs coulant à grands flots dans tout l'univers, et surtout à Rome, en témoignage de Jésus-Christ et de sa Religion.*

X. *Ni ignorance ni aveuglement à imputer aux Martyrs, puisqu'ils ont un pouvoir surnaturel sur l'Esprit de Ténèbres, et que les lumières de la Philosophie ne furent jamais plus répandues que de leur temps.*

XI. *Les Chrétiens soumis aux lois de l'État, et faisant éclater par les miracles un pouvoir qui prouve assez que leur soumission a un tout autre principe que la faiblesse.*

XII. *Les Martyrs et les miracles faisant triompher de plus en plus la Religion, et l'élevant même jusque sur les trônes.*

XIII. *L'ancienne Rome expiant enfin par sa chute le sang chrétien dont elle est enivrée, et faisant place à une Rome nouvelle d'où le Christ, avec bien plus de gloire que l'antique Jupiter, étend sur toutes les Nations son doux et pacifique empire.*

XIV. *La Religion attestant encore aujourd'hui, et par sa grandeur et par son éclat, son auguste et céleste origine.*

Beaucoup d'intérêt dans la plupart des morceaux de ce Chant, mais surtout dans ceux des numéros I, II, III, IV, V, VII, VIII, XII, et XIII. Presque tout le Chant mériterait d'être appris par cœur.

CHANT QUATRIEME.

I. LES empires détruits, les trônes renversés,
Les champs couverts de morts, les peuples dispersés,
Et tous ces grands revers que notre erreur commune
Croit nommer justement les jeux de la Fortune,[1]
Sont les jeux de celui qui, maître de nos cœurs,
A ses desseins secrets fait servir nos fureurs ;
Et, de nos passions réglant la folle ivresse,
De ses projets par elle accomplit la sagesse.
Les conquérans n'ont fait, par leur ambition,
Que hâter les progrès de la Religion ;
Nos haines, nos combats ont affermi sa gloire :
C'est le prouver assez que conter son histoire.

1 La *Fortune* était, chez les Païens, une déesse qui présidait à tous les événemens, et qui distribuait les biens et les maux suivant son caprice. Aujourd'hui que nous reconnaissons qu'elle n'est rien par elle-même, on ne laisse pas néanmoins de se servir de la plupart des phrases dont se servaient les Anciens ; mais ce ne sont alors que des expressions figurées, que des façons de parler empruntées à la Mythologie par manière de jeu, et qu'il ne faut pas prendre à la lettre. Notre *fortune* à nous, c'est la Providence, qui conduit toutes choses, et fait toutes les destinées.

Je sais bien que , féconde en agrémens divers,
La riche fiction est le charme des vers.[1]
Nous vivons du mensonge;[2] et le fruit de nos veilles
N'est que l'art d'amuser par de fausses merveilles;[3]
Mais à des faits divins mon écrit consacré
Par ces vains ornemens serait déshonoré.
Je laisse à Sannazar son audace profane.[4]
Loin de moi ces attraits que mon sujet condamne !
L'âme de mon récit est la simplicité.
Ici tout est merveille , et tout est vérité.

II. Le Dieu qui dans ses mains tient la paix et la guerre
Tranquille au haut des cieux , change à son gré la terre
Avant que le lien de la Religion
Soit le lien commun de toute nation ,
Il veut que l'univers ne soit qu'un seul empire :
L'ambition de Rome à ce dessein conspire.[5]

1 La *Fiction*, prise ici pour la Fable, dont Boileau a di
Art Poétique, chant III :

La Fable offre à l'esprit mille agrémens divers.

2 *Nous*, Poëtes, *nous vivons du mensonge*, c'est-à-dire de
Fable : les récits de la Fable sont mensongers.

3 *Le fruit de nos veilles*, pour le fruit de nos longs et pénible
travaux, pour les écrits enfantés par nos veilles : *Veilles* eût p
être, par Métonymie, pour les écrits mêmes.

4 On sait que le poëme de Sannazar sur l'*Enfantement de l
Vierge* offre un mélange monstrueux des extravagances du Paga
nisme avec les Mystères augustes de notre Religion. Il est ques
tion de Sannazar dans les Notes de la Préface.

5 Presque tout l'Univers connu du temps de Jules-César étai
tombé sous la domination des Romains.

Mais un État si vaste, en proie aux factions,
Est le règne du trouble et des divisions.
Il veut que, sur la terre aux mêmes lois soumise,
Un paisible commerce en tous lieux favorise
De ses ordres nouveaux les ministres divins.
Ils pourront les porter par de libres chemins,
Si l'univers n'a plus pour maître qu'un seul homme.
C'est ce Dieu qui le veut : la Liberté de Rome,
Ranimant ses soldats par César abattus,
Du dernier coup frappée, expire avec Brutus.[1]
Dans ses nombreux vaisseaux une reine ose encore
Rassembler follement les peuples de l'Aurore.
Elle fuit, l'insensée : avec elle tout fuit,
Et son indigne amant honteusement la suit.[2]
Jusqu'à Rome bientôt, par Auguste traînées,
Toutes les nations à son char enchaînées,
L'Arabe, le Gelon, le brûlant Africain,
Et l'habitant glacé du Nord le plus lointain,
Vont orner du vainqueur la marche triomphante :[3]

1 Jules-César, après avoir vaincu Pompée, le défenseur de la République, et asservi Rome entière à son empire, fut assassiné en plein sénat par Brutus et Cassius, 44 ans avant Jésus-Christ. Mais Octave et Antoine, s'étant réunis contre les meurtriers, les atteignirent à Philippes en Macédoine : Cassius vaincu se donna la mort, et Brutus en fit autant après lui, désespérant de la République et de la Liberté.

2 Octave et Antoine, vainqueurs, se disputèrent l'empire. Antoine fut vaincu dans la bataille navale d'Actium, où il était soutenu de la fameuse Cléopâtre, reine d'Égypte, son amante.

3 Octave, resté seul maître de l'empire, prit le nom d'*Auguste*. Dans les triomphes par lesquels il célébra ses victoires,

Le Parthe s'en alarme, et, d'une main tremblante
Rapporte les drapeaux à Crassus arrachés.[1]
Dans leurs Alpes en vain les Rhètes sont cachés:[2]
La foudre les atteint, tout subit l'esclavage.
L'Araxe, mugissant sous un pont qui l'outrage,
De son antique orgueil reçoit le châtiment,[3]
Et l'Euphrate soumis coule plus mollement.[4]
Paisible souverain des mers et de la terre,

on vit des captifs de toutes les nations vaincues : ces captifs
présentant leurs nations respectives, c'est par le nom même
Nations que le Poëte les désigne, par une *Synecdoque* du 1
pour la partie.

1 Crassus, ayant voulu faire la guerre aux Parthes, peu
de l'Asie qui avait toujours résisté aux Romains, avait été
tièrement défait par Suréna leur général : vingt mille Roma
étaient restés sur le champ de bataille, et dix mille avaient
faits prisonniers.

2 Les *Rhètes*, aujourd'hui les Grisons, entre la Suisse
l'Italie : les *Helvétiens*, alliés des *Rhètes*, sont aussi probab
ment compris sous ce dernier nom.

3 L'*Araxe*, rivière d'Arménie qui se jette dans la Mer-C
pienne. Virgile a dit en latin, *Énéide*, liv. VIII :

          .... *Et pontem indignatus Araxes.*

4 L'Euphrate, grand fleuve de l'Asie, l'un des plus célèbres
toute la terre. Il prend sa source au mont Ararat en Arménie
se jette dans le Golfe-Persique, après s'être joint au Tigre.

Les trois derniers vers ont paru assez bons à Delille, puisqu
les a copiés presque en entier dans sa traduction de l'*Énéide :*

    L'*Araxe* au loin *mugit sous un pont qui l'outrage,*
    Le Rhin *de son orgueil reçoit le châtiment,*
    Et l'Euphrate soumis coule plus mollement.

Auguste ferme enfin le temple de la guerre.[1]
Il est fermé ce temple, où par cent nœuds d'airain
La Discorde attachée, et déplorant en vain
Tant de complots détruits, tant de fureurs trompées,
Frémit sur un amas de lances et d'épées.[2]
Aux champs déshonorés par de si longs combats
La main du laboureur rend leurs premiers appas.
Le marchand loin du port, autrefois son asile,[3]
Fait voler ses vaisseaux sur une mer tranquille.

III. Les poëtes, surpris d'un spectacle si beau,
Sont saisis à l'instant d'un transport tout nouveau.

1 C'est-à-dire, le temple de Janus. On le tenait ouvert pendant la guerre, et fermé en temps de paix : c'est-là probablement
ce qui l'a fait appeler le *temple de la guerre.*

2 Ces vers sont, de l'aveu même du Poëte, imités de ceux-ci de
Virgile, *Énéide*, livre Ier :

> .... *Diræ ferro et compagibus arctis*
> *Claudentur belli portæ : furor impius intùs*
> *Sæva sedens super arma, et centum vinctus ahenis*
> *Post tergum nodis, fremet horridus ore cruento.*

Traduction de Delille :

> De cent verroux d'airain les robustes barrières
> Refermeront de Mars les portes meurtrières ;
> La Discorde au-dedans, fille affreuse d'Enfer,
> Hideuse, y rugira sous cent cables de fer,
> Et, sur l'amas rouillé de lances inhumaines,
> De sa bouche sanglante en vain mordra ses chaînes.

3 Les mers étant, dans les temps de guerre, infestées de bri-
gands et de pirates, le marchand n'osait point se commettre aux
hasards de la navigation, et se tenait réfugié dans le *port*, qui.
par cette raison, était *son asile.*

13 *

Ils annoncent que Rome, après tant de miracles,
Va voir le temps heureux prédit par ses oracles.
« Un siècle, disent-ils, recommence son cours,
» Qui doit de l'âge d'or nous ramener les jours.[1]
» Déjà descend du ciel une race nouvelle ;
» La terre va reprendre une face plus belle ;
» Tout y deviendra pur ; et ses premiers forfaits,
» S'il en reste, seront effacés pour jamais. »

Tant de prédictions qui frappent les oreilles
Font d'un grand changement espérer les merveilles.
Vers l'Orient alors chacun tourne les yeux :
C'est de là qu'on attend ce roi victorieux,
Qui, sortant des climats où le jour prend naissance,[2]
Doit soumettre la terre à son obéissance.
Jérusalem s'éveille à des bruits si flatteurs :
L'héritier de Jacob en cherche les auteurs.[3]

[1] Ces deux vers-là et les quatre suivans sont imités de ceux de la quatrième églogue de Virgile, auxquels correspondent les suivans de Gresset dans sa traduction libre de cette églogue :

> Je vois éclore enfin ce nouvel univers
> Qu'a chanté la Sybille en prophétiques vers ;
> Je vois un nouveau peuple orner cette contrée :
> Du sein des cieux Thémis descend avec Astrée :
> Saturne sur nos champs revient régner encor,
> Et ramène aux mortels les jours de l'âge d'or.....
> Les vertus de retour, par d'aimables prodiges,
> Des antiques forfaits effacent les prestiges.

[2] L'Asie, où se trouve la Judée, est à l'orient par rapport à l'Italie, et par rapport à toute l'Europe. Or c'est dans l'*Orient* que le *jour prend sa naissance.*

[3] L'*héritier de Jacob,* pour les héritiers, pour les enfans de Jacob, enfin pour les Hébreux, dont Jacob était le père.

Des prophètes sacrés parcourant les volumes ,
Sans peine il reconnaît le siècle dont leurs plumes
Ont décrit tant de fois les jours délicieux : [1]

» Il est venu ce temps , l'espoir de nos aïeux ,
» Où le fer , dont la dent rend les guérets fertiles ,
» *Sera forgé du fer des lances inutiles.* [2]
» La Justice et la Paix s'embrassent devant nous.
» Le glaive étincelant d'un royaume jaloux
» N'ose plus aujourd'hui s'irriter contre un autre : [3]
» Le bonheur des humains nous annonce le nôtre.
» Sous un joug étranger nous avons succombé ,
» *Et des mains de Juda notre sceptre est tombé.* [4]
» Mais notre opprobre même assure notre gloire :
» Des promesses du Ciel rappelons la mémoire. »

1 Ce siècle est celui d'Auguste , l'un de ceux qui ont fait le plus
d'honneur à l'esprit humain , l'un de ceux où les lettres ont brillé
avec le plus d'éclat.

2 « Ils convertiront, dit Isaïe, leurs glaives en socs, et leurs
» lances en faux : *Conflabunt gladios suos in vomeres , et lanceas*
» *suas in falces.* »

3 Parce que tous les royaumes sont soumis à une même puissance. Il y a dans ces deux vers une personnification qui ne le
cède point en hardiesse à celle de ce vers d'*Esther :*

Le fer ne connaîtra ni le sexe ni l'âge.

4 Le royaume de Juda, détruit par Nabuchodonosor vers l'an
588 avant Jésus-Christ , n'avait plus été rétabli , et était tombé
sous la domination romaine, comme les divers empires dont il
avait fait partie.

IV. Cependant il paraît à ce peuple étonné,
Un homme, si ce nom lui peut être donné,
Qui, sortant tout-à-coup d'une retraite obscure,
En maître, et comme Dieu, commande à la Nature.[1]
A sa voix sont ouverts des yeux long-temps fermés,
Du soleil qui les frappe éblouis et charmés.[2]
D'un mot il fait tomber la barrière invincible
Qui rendait une oreille aux sons inaccessible :[3]
Et la langue qui sort de la captivité
Par de rapides chants bénit sa liberté.[4]
Des malheureux traînaient leurs membres inutiles,
Qu'à son ordre à l'instant ils retrouvent dociles.[5]
Le mourant étendu sur un lit de douleurs
De ses fils désolés court essuyer les pleurs.[6]

1 Jésus-Christ, né l'an du monde 4004, le troisième avant notre ère vulgaire. Il ne commença à se manifester et à prêcher l'Évangile que la trente-troisième année de sa vie. Accompagné de douze apôtres qu'il avait appelés à lui, il parcourut toute la Judée, et la remplit de ses bienfaits, confirmant par des miracles la vérité de sa doctrine.

2 Il rend la vue aux aveugles, dirait la prose.

3 Il rend l'ouïe aux sourds, dirait encore la prose. Mais qui ne sent pas combien mieux valent ici les périphrases du Poëte ?

4 Rendre la parole aux muets, c'est leur délier la langue qui était comme *captive*, comme enchaînée. Au reste, les muets ne sont tels que comme sourds de naissance : le premier usage de la parole suppose celui de l'ouïe.

5 C'est-à-dire qu'il guérit les paralytiques : la paralysie consiste dans la privation du sentiment ou du mouvement, ou de l'un et de l'autre tout ensemble.

6 Il guérit toutes sortes de maladies, et des maladies réputées incurables. *Le mourant étendu*, c'est-à-dire, *qui était étendu :*

La Mort même n'est plus certaine de sa proie.
Objet tout-à-la-fois d'épouvante et de joie,
Celui que du tombeau rappelle un cri puissant,
Se relève, et sa sœur pâlit en l'embrassant.[1]
Il ne repousse point les fleuves vers leur source ;
Il ne dérange pas les astres dans leur course.[2]
On lui demande en vain des signes dans les cieux.
Vient-il pour contenter les esprits curieux ?
Ce qu'il fait d'éclatant c'est sur nous qu'il l'opère,
Et pour nous sort de lui sa vertu salutaire.[3]
Il guérit nos langueurs, il nous rappelle au jour :
Sa puissance toujours annonce son amour.[4]

Mais c'est peu d'enchanter les yeux par ces merveilles;
Il parle : ses discours ravissent les oreilles.
Par lui sont annoncés de terribles arrêts ;[5]

on supplée assez cette Ellipse, que le Poëte n'eût pu remplir sans
rendre l'expression languissante.

1 Lazare, enterré depuis quatre jours, fut ressuscité par Jésus-
Christ, et rendu à ses sœurs Marthe et Marie, qui le pleuraient
amèrement. « Lazare, sortez du tombeau, » lui cria Jésus-Christ
à haute voix : le mort obéit à l'instant, se leva, et recommença à
vivre.

2 Tels étaient, sous l'ancienne loi, les miracles de Josué,
ainsi qu'on l'a vu dans le troisième Chant.

3 *Sa vertu,* pour sa puissance cachée : *sort de lui pour nous,*
c'est-à-dire, éclate au-dehors en notre faveur.

4 Les miracles de Jésus-Christ sont, s'il faut le dire, des
miracles de bienfaisance : c'est son amour pour nous, sa charité,
qui en est le principe.

5 Les *arrêts* qui déclarent exclus du royaume des cieux tous les
violateurs et tous les contempteurs de la loi divine.

Par lui sont révélés de sublimes secrets.[1]
Lui seul n'est point ému des secrets qu'il révèle :
Il parle froidement d'une gloire éternelle ;
Il étonne le monde, et n'est point étonné :
Dans cette même gloire il semble qu'il soit né ;
Il paraît ici-bas peu jaloux de la sienne.
Qu'empressé de l'entendre un peuple le prévienne,
Il n'adoucit jamais aux esprits révoltés
Ses dogmes rigoureux, ses dures vérités.
C'est en vain qu'on murmure, il faut croire, il l'ordonne.
D'un œil indifférent il voit qu'on l'abandonne.[2]
Un disciple qui vient se jeter dans ses bras,
Et qui renonce à tout pour marcher sur ses pas,
Lui demande par grâce un délai nécessaire,
Un moment, pour aller ensevelir son père :
« Dès ce moment suis-moi, lui répond-il alors,
» Et laisse aux morts le soin d'ensevelir leurs morts. »[3]

1. Ces *sublimes secrets* sont toutes les vérités qui regardent
Dieu, la Religion et la vie éternelle.

2. Jésus-Christ ayant dit dans la Synagogue de Capharnaüm
aux Juifs assemblés pour l'entendre, qu'il était le vrai pain descendu du ciel, et qu'on n'aurait la vie éternelle qu'autant qu'on
mangerait sa chair et boirait son sang, plusieurs de ses disciples
scandalisés de ces paroles, et les trouvant *dures*, c'est-à-dire trop
fortes, trop hardies, ou peut-être révoltantes, abominables,
l'abandonnèrent dès ce moment. Alors s'adressant à ses apôtres,
il leur demanda, non-seulement avec calme, avec sérénité, mais
même avec une sorte d'indifférence, s'ils ne voulaient pas aussi le
quitter ?

3. *Morts*, ici dans deux sens différens, au *propre* et au *figuré* :
les *morts* à ensevelir, *sens propre* ; les *morts* chargés d'ensevelir,

Quittons tout pour lui seul, que rien ne nous arrête.
Cependant il n'a pas où reposer sa tête.[1]

V. D'un tel législateur quel sera le destin ?
Jadis de la Vertu Platon prévit la fin :
« Que son héros, dit-il, attende avec courage,
» Tout ce que des méchans lui prépare la rage.
» S'il se montre à la terre, à la terre arraché,
» Proscrit, frappé, sanglant, *à la croix attaché :*
» Paix secrète du cœur, gage de l'innocence,
» C'est toi seule à sa mort qui seras sa défense ! »[2]
L'oracle est accompli. Le juste est immolé.
Tout s'émeut; et des bords du Jourdain désolé,
Au Tibre en un moment le bruit s'en fait entendre.[3]
D'intrépides humains courent pour le répandre ;[4]

---

sens figuré et métaphorique. *Laisse aux morts*, c'est-à-dire, à
ceux qui ne vivent pas de ma vie, à ceux qui restent attachés aux
choses mortelles.

1 Ces huit derniers vers n'étaient pas dans les premières éditions : sans doute qu'on ne voudrait pas maintenant en faire le
sacrifice.

2 Ces six vers sont comme la traduction d'un fameux passage
de Platon dont Grotius et Bossuet, entre autres, ont fait l'application à Jésus-Christ. N'est-ce pas là en effet l'Homme-Dieu
dans sa passion et à sa mort ; et Platon ne semble-t-il pas avoir
parlé comme un Évangéliste ?

3 *Des bords du Jourdain au Tibre*, c'est-à-dire, de Jérusalem
à Rome.

4 Quels *intrépides humains ?* Les apôtres, ainsi appelés du
grec *apostellô*, j'envoie : ils étaient envoyés de Jésus-Christ
pour prêcher l'Évangile.

Ils volent : l'univers est rempli de leur voix.[1]

« Repentez-vous, pleurez, et montez à sa croix.

» Quel que soit le forfait, la victime l'expie.

» Vous avez fait mourir le maître de la vie.[2]

» Celui que vos bourreaux traînaient en criminel,

» Est l'image, l'éclat, le fils de l'Eternel.

» Ce Dieu, dont la parole enfanta la lumière,[3]

» Couché dans un tombeau, dormait dans la poussière;

» Mais la Mort est vaincue, et l'Enfer dépouillé.[4]

» La Nature a frémi, son Dieu s'est réveillé.[5]

» Il vit, nos yeux l'ont vu : croyez. » Parole étrange !

Ils commandent de croire : on les croit, et tout change.

VI. Simples dans leurs discours, simples dans leurs écrit

Les accusera-t-on d'éblouir nos esprits ?

Ils content leurs erreurs, leur honte, leur faiblesse.

1 Les apôtres s'étaient répandus dans toutes les parties de la terre alors connues.

2 Vous l'avez fait mourir, vous-même qui pouvez n'avoir pas vu sa mort : vous l'avez fait mourir, en le réduisant à laver vos crimes dans son sang, et à vous racheter au prix de sa vie d'entre les mains vengeresses de son père céleste.

3 Dieu dit : *Que la lumière se fasse, et la lumière se fit :* voilà comment fut *enfantée* la lumière.

4 L'*Enfer*, ici pour le tombeau, pour le séjour des morts, et non pour le lieu des supplices éternels.

5 La résurrection du Sauveur s'annonça par un grand tremblement de terre autour de son tombeau : c'est-là probablement le *frémissement de la Nature* dont veut parler le Poëte. La Nature avait déjà assez manifesté et sa douleur et son horreur lors de la mort de son maître.

Par eux de leur naissance apprenant la bassesse ,[1]
J'apprends aussi par eux leur infidélité ,
Le trouble de leur maître et sa timidité.[2]
A l'aspect de la mort , il s'attriste , il frissonne ;
Languissant , prosterné , la force l'abandonne ,
Et le calice amer qu'on lui doit présenter
Loin de lui , s'il pouvait , il voudrait l'écarter.[3]
Est-il donc d'un héros d'écouter la nature ?
Socrate en étouffa jusqu'au moindre murmure.[4]

1 Ils sortaient presque tous de la dernière classe du peuple, et
certains d'entre eux, tels que Simon et André, Jacques et Jean,
avaient été de pauvres pêcheurs : ce Simon est le même que
Céphas ou Pierre. •

2 Ce sont les apôtres eux-mêmes qui racontent ingénuement
que Jésus-Christ se troubla au jardin des Olives, et y parut
accablé de tristesse ; qu'ils ne purent veiller une heure avec lui
dans ce moment cruel ; qu'ils prirent la fuite quand ils le virent
en péril, et que saint Pierre le renia par trois fois dans la cour de
Caïphe.

3 Jésus-Christ, au jardin des Olives, s'étant un peu écarté de
ses disciples pour prier, se mit à genoux et dit : « Mon père,
» tout vous est possible : éloignez de moi, je vous prie, ce calice
» d'amertume. Cependant que votre volonté soit faite, et non
» pas la mienne. » Alors un ange du ciel lui apparut et le con-
sola ; mais dans la profonde agonie où il se trouvait, il eut une
sueur de sang et d'eau si abondante que les gouttes en coulèrent
jusqu'à terre.

4 Le *héros* n'est souvent tel qu'en se mettant, s'il faut le
dire, au-dessus de la nature, au-dessus de l'humanité, qu'en
cessant d'être sensible, et en quelque sorte d'être homme. Or,
Jésus-Christ, s'offrant en holocauste pour les péchés des hommes,
devait rester dans l'humanité et souffrir en homme, devait être,

L'imposture, féconde en discours séduisans,
Eût orné son récit de charmes plus puissans.[1]

« Leurs écrits, direz-vous, dépouillés d'artifice,
» Ne font point dans leurs cœurs soupçonner de malice.
» Trop simples en effet, et séduits les premiers,
» Ils ont cru follement des mensonges grossiers. »
Mais s'ils ont pu les croire, ont-ils pu les écrire
Parmi des ennemis prêts à les contredire ?
A peine aux yeux mortels leur maître est disparu,
A toute heure, en tout lieu, tout un peuple l'a vu.[2]
Qu'elle a d'autorité l'histoire qu'en silence
Sont contraints d'écouter des témoins qu'elle offense !
Combien de ces témoins, déjà tout pleins de foi,

comme on l'appelle en effet, *l'homme de douleur*. Mais c'est
par cette douceur, par cette patience d'un *agneau*, avec tant de
sensibilité, qu'il a été plus qu'un *héros*, qu'un sage, et que,
dans un *homme*, il a fait voir un *Dieu*.

1 Mais quels *charmes plus puissans* que celui de cette simplicité même, qui ne va qu'avec la vérité! C'est précisément parce
qu'ils sont si admirablement simples, que ses discours sont si
sublimes, si divins.

2 Jésus-Christ, après sa Résurrection glorieuse, apparut plusieurs fois jusqu'au moment de son Ascension : il apparut à Magde-
leine, aux saintes femmes, aux disciples qui allaient à Emmaüs ;
à saint Pierre en particulier ; une fois à ses apôtres, saint Thomas
absent, et une autre fois, saint Thomas présent ; plusieurs fois à tous
ses disciples, et dans une occasion, à plus de cinq cents frères
ensemble, dont plusieurs vivaient encore lorsque saint Paul écrivit sa première épitre aux Corinthiens, vingt ans après cette apparition.

Juifs circoncis du cœur,[1] ont reconnu pour roi
De la Jérusalem éternelle, invisible,[2]
Celui qui dans la leur, traité de roi risible,
D'épines couronné par les mains d'un bourreau,
Dans les siennes pour sceptre a vu mettre un roseau!
Vrais enfans d'Abraham, hâtez donc votre fuite :
Titus accourt; sortez d'une ville proscrite.[3]

VII. En quel funeste état te découvrent mes yeux,
Ville jadis si belle ! O peuple ami des Cieux,
Qu'as-tu fait à ton Dieu ! Sa vengeance est certaine.
Comment à tant d'amour succède tant de haine !
Son bras de jour en jour s'appesantit sur toi,
Et tu ne fus jamais plus zélé pour sa loi ![4]

1 La *circoncision du cœur*, circoncision purement spirituelle,
métaphorique, est le retranchement des mauvaises pensées, des
mauvais désirs qui peuvent blesser la charité ou la pudeur. Cette
circoncision est la seule prescrite par la Loi nouvelle.

2 C'est la *Jérusalem* céleste, le Paradis, le Ciel.

3 Jésus-Christ avait prédit à ses Apôtres d'une manière très-
positive la ruine de Jérusalem : il leur avait dit du temple en
particulier, que le temps viendrait où il ne resterait pas pierre
sur pierre de tout ce bel édifice, l'objet de leur admiration. Par
quel beau mouvement, par quelle apostrophe sublime, le Poëte
invite les Juifs convertis à s'éloigner de la ville dont le fatal arrêt
va s'exécuter !

Ces huit derniers vers ne se trouvaient pas dans les premières
éditions.

4 Pour la *Loi ancienne*, donnée à Moïse. Quelle preuve ne
donnèrent-ils pas de ce zèle par l'invincible obstination avec
laquelle ils se refusèrent à reconnaître Caligula pour Dieu, et à
recevoir sa statue dans le temple de Jérusalem ! On sait qu'ils

Combien d'avant-coureurs annoncent ta ruine !
Et la guerre étrangère , et la guerre intestine ,
Et les embrâsemens, et la peste, et la faim.[1]
Que de maux rassemblés ! L'orage éclate enfin ,
Le nuage est crevé , je vois partir la foudre :
Jérusalem n'est plus, et le temple est en poudre.[2]
Les feux , malgré Titus , prompts à le consumer ,[3]

étaient résolus à souffrir la mort, plutôt que de consentir à une pareille profanation ; et cependant, ô honte de l'esprit humain ! tous les peuples de l'empire fléchissaient à l'envi le genou devant la nouvelle idole.

1 Tous ces fléaux précédèrent en effet le dernier jour de Jérusalem. Les Juifs voulurent secouer le joug des Romains, chassèrent leur gouverneur, et taillèrent leurs troupes en pièces : les Romains envoyèrent contre eux des forces considérables, et, enfin maîtres de toute la Judée, ils les réduisirent à s'enfermer dans Jérusalem. Mais là, au lieu de ne songer qu'à la défense commune, partagés en diverses factions qui se disputaient le pouvoir, ils se déchiraient et s'égorgeaient entre eux jusque dans le Temple. Toutefois ils opposèrent aux Romains la plus vigoureuse résistance, et, resserrés de toutes parts, en proie à toutes les horreurs du besoin, ils aimèrent mieux voir la ville ravagée par la faim et la peste que de consentir à se rendre.

2 Ce fut dans le mois de juillet de l'an 70, que les Romains, commandés par Titus, commencèrent à pénétrer dans Jérusalem et dans les enceintes extérieures du Temple : le siége, l'un des plus mémorables dont l'histoire fasse mention, durait depuis les premiers jours d'Avril.

3 Titus aurait voulu sauver le corps du Temple, et, quand il y vit le feu, il ordonna de l'éteindre ; mais ses ordres ne furent point respectés, et, malgré lui, ce superbe édifice, la merveille de l'univers, fut réduit en cendres dans la journée du 10 Août.

Ces feux vengeurs, le Ciel saura les rallumer,
Quand des audacieux oseront entreprendre
De relever encor ce Temple de sa cendre.[1]

« O peuple que je plains ! ton vainqueur est-ce moi !
» C'est ton Dieu, dit Titus, qui se venge de toi ; [2]
» Oui, sans doute, le Ciel les punit d'une offense :
» Je n'ai fait que prêter mon bras à sa vengeance. »[3]
Ils l'ont bien mérité ce châtiment affreux.
Le sang de leur victime est retombé sur eux.
Le père a pour long-temps proscrit ses fils rebelles ,[4]
Le maître a retranché les branches infidèles.
Il n'a point toutefois arraché l'arbre ingrat ; [5]

1 L'empereur Julien-l'Apostat, voulant convaincre de faux la
prédiction du Sauveur, entreprit, environ trois cents ans après,
de rétablir ce temple ; mais ce fut en vain : chaque fois qu'on
essaya de creuser les fondemens et de commencer à bâtir, il
s'éleva des tourbillons de flammes qui consumèrent les ouvrages
et même les ouvriers.

2 Au lieu de ces six derniers vers, il n'y avait dans les premières éditions que les deux ci-après :

> Ce n'est point à Titus que les lauriers sont dûs,
> « Ce n'est point moi, dit-il ; leur Dieu les a perdus. »

3 C'est-là à-peu-près le langage que les historiens font tenir à
Titus après sa victoire. Il reconnaissait donc lui-même qu'il
n'avait été à l'égard des Juifs et de leur temple, que le ministre
de la justice divine.

4 Les Juifs avaient été jusqu'à Jésus-Christ le peuple de Dieu,
ses *enfans de prédilection.*

5 Les premiers Chrétiens ont été des Juifs, et le Christianisme
a été comme enté sur le Judaïsme, qui, par conséquent, est le
tronc, l'*arbre* de la Religion.

Mais un nouveau prodige en a changé l'éclat.
Sur cet arbre étonné que de branches nouvelles,
Sauvages autrefois , aujourd'hui naturelles ! [1]
Que vois-je ? L'étranger dépouille l'héritier ,
Et le fils adopté succède le premier. [2]

VIII. De ces nouveaux enfans que la mère est féconde! [3]
Ils ne font que de naître, et remplissent le monde.
Les maîtres des pays par le Nil arrosés , [4]
D'une antique sagesse enfin désabusés ,
Ont déjà de la Croix embrassé la folie. [5]
A l'aspect d'un bois vil le Parthe s'humilie, [6]

1 Ce sont les Gentils convertis au Christianisme : par *Gentils* ,
on entend les païens, les idolâtres, et en général tous ceux qui
n'étaient pas de la nation des Juifs.

2 L'*étranger* et le *fils adopté* , c'est-à-dire les Gentils : l'*héritier* , le fils naturel et légitime, c'est-à-dire les Juifs. Qu'on se
rappelle la parabole des *conviés indifférens* , et celle des *ouvriers
envoyés à la vigne du père de famille.*

3 Quelle est cette *mère ?* L'Église. Quels sont ces *enfans ?* Les
Chrétiens.

4 Les *pays arrosés par le Nil* sont l'Abyssinie, la Nubie, et
l'Égypte. Mais c'est surtout des différentes contrées de l'Égypte
que le Poëte a voulu parler. Les anciens Égyptiens étaient renom-
més pour leur sagesse.

5 C'est-à-dire la prétendue *folie de la croix* , ou ce qu'on a
osé appeler *la folie de la croix :* les apôtres étaient regardés
par les incrédules comme des espèces de fous.

6 *A l'aspect du bois* de la Croix, ce signe du salut du monde.
Les *Parthes* , dont il a été déjà parlé, étaient Scythes d'origine.

Et, réunis entre eux pour la première fois,
Les Scythes vagabonds reconnaissent des lois.[1]
A l'auteur du soleil le Perse offre un hommage
Que l'erreur si long-temps lui fit rendre à l'ouvrage.[2]
Des déserts libyens le farouche habitant,[3]
Le Sarmate indocile,[4] et l'Arabe inconstant,[5]
De ses sauvages mœurs adoucit la rudesse.
Corinthe se réveille et sort de sa mollesse.[6]
Athène, ouvrant les yeux, reconnaît le pouvoir
Du Dieu qu'elle adora long-temps sans le savoir.[7]

1 Les *Scythes*, peuples de la Tartarie, n'avaient point de demeures fixes, et il en est de même encore d'un grand nombre de Tartares.

2 Les anciens Perses adoraient le Soleil ou le feu, que, suivant l'opinion commune des Grecs et des Romains, ils appelaient du nom de *Mithra*. Mais l'on prétend qu'ils reconnaissaient, au-dessus du Soleil, un Dieu invisible, auteur de l'Univers.

3 La *Libye* est un pays qui fait aujourd'hui partie de la Barbarie en Afrique.

4 La Pologne fait partie de l'ancienne *Sarmatie*, qui par conséquent avait plus d'étendue qu'elle n'en a elle-même.

5 L'*Arabie* est une presqu'île de l'Asie entre la Mer-Rouge et le Golfe-Persique. Il y a des *Arabes* errans, et qui habitent sous des tentes : de-là l'épithète d'*inconstant* donnée à ce peuple.

6 *Corinthe*, qui n'est guère plus aujourd'hui qu'un village de la Morée en Grèce, était autrefois une grande et belle ville, capitale d'une république.

7 *Athènes*, cette superbe ville de la Grèce, si célèbre par sa puissance, par ses grands hommes, et par les merveilles des arts, avait un autel consacré au *Dieu inconnu*. Ce *Dieu inconnu* était sans doute le seul vrai Dieu, le seul Dieu qu'elle dût *connaître*.

14

Mieux instruite aujourd'hui., cet autel qu'elle honore
N'est plus enfin l'autel d'un maître qu'elle ignore.
Il est trouvé ce Dieu tant cherché par Platon :
L'Aréopage entier retentit de son nom.[1]
Les Gaulois, détestant les honneurs homicides
Qu'offre à leurs dieux cruels le fer de leurs Druïdes,[2]
Apprennent que pour nous le Ciel moins rigoureux
Ne demanda jamais le sang d'un malheureux ;
Et qu'un cœur qu'a brisé le repentir du crime,
Est aux yeux d'un Dieu saint la plus sainte victime.
Tes illustres martyrs sont tes premiers trésors,
Opulente cité, la gloire de ces bords
Où la Saône enchantée à pas lents se promène,
N'arrivant qu'à regret au Rhône qui l'entraîne.[3]
Toi que la Seine embrasse, et qui dois à son tour
L'enfermer dans le sein de ton vaste contour,
Ville heureuse, sur toi brille la foi naissante.[4]

1 L'*Aréopage* était un Tribunal d'Athènes célèbre dans l'antiquité par sa réputation de sagesse. Il siégeait dans un lieu appelé
la Colline de Mars, et c'est de là que lui vient son nom. En
grec, *Arés*, génitif *Aréôs*, signifie Mars, et *Pagos*, colline.

2 Les Gaulois immolaient à leurs Dieux des victimes humaines,
et leurs prêtres s'appelaient *Druïdes*.

3 Lyon ne pouvait être désigné d'une manière plus poétique,
ni le cours de ses deux fleuves représenté d'une manière plus
vraie. Cette ville eut un très-grand nombre de Martyrs, et,
entre autres, saint Pothin et saint Irénée, les fondateurs de son
Église dans le second siècle.

4 Paris n'est pas désigné moins poétiquement que Lyon : autrefois réduit à ce qu'on appelle la *Cité*, il était enfermé par la

Qu'un jour tes sages rois la rendront florissante !
Sur vos têtes aussi luit cet astre divin ,
Vous que baignent les flots du Danube et du Rhin ;[1]
Vous qui buvez les eaux du Tage et de l'Ibère ;[2]
Vous que dans vos forêts le jour à peine éclaire.[3]
Et vous que, séparant du reste des humains ,
Les mers avaient sauvés des fureurs des Romains ,[4]
Lieux où ne put voler leur aigle ambitieuse ,
Je vois dans vos climats la Foi victorieuse.[5]

Seine : aujourd'hui s'étendant au loin sur les deux bords, il enferme lui-même le fleuve dans son enceinte.

    1 Voir pour le *Rhin* et pour le *Danube* les notes du premier
Chant.

    2 Le *Tage* et l'*Ibère*, qu'on appelle vulgairement l'*Èbre*, sont
deux fleuves d'Espagne, dont l'un (le premier) se rend dans
l'Océan , et l'autre dans la Méditerranée.

    3 Le Poëte veut sans doute dire les Danois, les Norwégiens,
les Suédois, et en général tous les peuples du Nord qu'on appelait autrefois *Scandinaves :* ce qui le prouve, c'est que, sous le
nom de *Sarmates* , il a parlé des Polonais et des Russes, et que
par le *Rhin* et le *Danube ,* il a désigné soit les Hollandais soit
les Allemands.

    4 Ici on ne peut méconnaître les peuples des Iles Britanniques,
c'est-à-dire les peuples de l'Angleterre, de l'Écosse et de l'Irlande : Virgile les avait aussi dits *séparés du reste des humains*.
ou du reste du Monde :

            . . . . *Et penè divisos toto orbe Britannos.*

    5 L'*Aigle* des Romains avait été portée en Angleterre par Jules-
César; mais elle n'y prit pas un grand essor; elle n'alla point
jusqu'en Écosse; et ce ne fut que Julius-Agricola, beau-père de
l'historien Tacite, qui réduisit l'Angleterre, et soumit le premier
l'Écosse et l'Irlande.

Au grand nom qui du monde a couru les deux bouts ,
De l'Inde à la Tamise, on fléchit les genoux.[1]
La Croix a tout conquis , et l'Eglise s'écrie :
« Comment à tant d'enfans ai-je donné la vie ? »

IX. Sur les rives du Tibre éclate sa splendeur.
Là de son règne saint s'élève la grandeur ;
Et dans Rome est fondé son trône inébranlable :[2]
A tout ambitieux trône peu désirable !
Sur ses degrés sanglans je ne vois que des morts :
C'était pour en tomber qu'on y montait alors.
Dans ces temps où la Foi conduisait aux supplices,
D'un troupeau condamné glorieuses prémices,
Les pasteurs espéraient des supplices plus grands.[3]
Tel fut chez les chrétiens l'honneur des premiers rangs

Quel spectacle en effet à mes yeux se présente !
Quels tourmens inconnus que la fureur invente !
De bitume couverts, ils servent de flambeaux ;
Déchirés lentement, ils tombent en lambeaux ;
Dans ces barbares jeux , théâtres du carnage,

----

1 L'*Inde* est la partie la plus orientale de l'Asie vers le Midi
la Tamise , qui passe à Londres, est le plus grand fleuve de l'Angleterre.

2 Oui, puisque c'est-là qu'est la chaire de saint Pierre et de se
successeurs, chefs visibles de l'Église universelle.

3 *Des supplices plus grands* que ceux des simples fidèles
Saint Pierre et saint Paul subirent le martyre à Rome, le même
jour, le 29 juin de l'an 69 de Jésus-Christ; plusieurs de leurs
successeurs eurent le même sort, ou du moins furent violemment
persécutés pendant les premiers siècles.

Des tigres , des lions on irrite la rage.[1]
Que de feux, que de croix, que d'échafauds dressés !
Combien de bourreaux las , de glaives émoussés !
Injuste contre eux seuls, le plus juste des princes ,
Par ce sang odieux contente ses provinces.[2]
Pour eux tout empereur , Trajan même , est Néron.[3]
Ils se nomment Chrétiens, et leur crime est leur nom.
Ils demandent la mort , ils courent aux supplices ;
Les plus longues douleurs prolongent leurs délices ;

1 Des auteurs profanes eux-mêmes racontent que, sous Néron ,
on en revêtit plusieurs de peaux de bêtes, et qu'on les attacha
pour les faire déchirer par des dogues. Ces peaux avaient été
enduites de poix, de cire, et d'autres matières inflammables : on
y mettait le feu; et ces glorieux Martyrs servaient comme de
torches pour éclairer pendant la nuit. Le barbare Néron jouit lui-
même de ce spectacle dans son jardin , conduisant de sa main un
char, à la funeste lueur de ces flambeaux animés.

2 De quel prince le Poëte veut-il parler ? Il ne paraît pas que
ce soit de Trajan, dont on voit le nom dans le vers qui suit. Marc-
Aurèle est, comme Trajan, un des bons empereurs à qui l'on a
le plus reproché des persécutions contre les Chrétiens. Il s'y porta
à l'instigation des philosophes, et en effet pour *calmer ses provinces* qui accusaient les Chrétiens d'avoir attiré sur l'empire les
grandes calamités auxquelles il était alors en proie par l'irruption
d'une multitude de Barbares.

3 *Trajan*, d'abord doux et modéré envers les Chrétiens, sévit
ensuite contre eux. Après avoir éteint lui-même le feu de la persécution , il le ralluma par le martyre de saint Ignace, évèque
d'Antioche, qu'il envoya de cette ville à Rome pour être dévoré
dans le cirque par les bêtes féroces. Cependant c'est par hyperbole qu'il est à cet égard comparé à Néron.

Les rigueurs des tyrans leur semblent d'heureux dons :
Ils bénissent la main qui détruit leurs prisons.[1]
Qui peut leur inspirer la haine de la vie ?
D'éterniser son nom la ridicule envie
Quelquefois, je l'avoue, en étouffe l'amour.
Lorsque sur un bûcher Pérégrin, las du jour,
D'un trépas éclatant cherche la renommée,
Un cynique orgueilleux s'évapore en fumée.[2]
Mais cet immense amas de femmes et d'enfans,
Qu'immolent les Romains, qu'égorgent les Persans,[3]
Tant d'hommes dont les noms sont restés sans mémoire,
Couraient-ils à la mort pour vivre dans l'histoire ?

X. « Plaignez, me dira-t-on, leur triste aveuglement.
» L'erreur a ses martyrs : le Bonze follement

---

1 Le corps est pour un chretien la *prison* de l'âme. Elle n'en sort que pour jouir d'elle-même, de la vraie vie, et de la vraie liberté.

2 *Pérégrin*, philosophe cynique surnommé *Protée*, après avoir été quelque temps Chrétien, résolut de faire quelque action d'éclat qui rendît son nom célèbre, même dans la postérité : il publia dans la Grèce qu'il se brûlerait lui-même pendant la célébration des Jeux Olympiques, et il exécuta ce dessein extravagant, l'an 166, en présence d'un nombre infini de Grecs, qu'un pareil spectacle avait attirés à Olympie. C'est ainsi que, du temps d'Alexandre, s'était brûlé en pompe le Brachmane Calanus, qui suivait ce conquérant dans son expédition aux Indes.

3 Il y a eu un grand nombre de Martyrs, non-seulement dans l'Église de Rome, en Europe, mais dans les églises de Jérusalem et d'Antioche, en Asie. Les *Persans*, ici en général pour les peuples de l'Orient, comme les *Romains*, pour les peuples de l'Occident.

» Ose offrir à son Dieu, stérile sacrifice ,
» Un corps qu'a déchiré son bizarre caprice.[1]
» Victime d'un usage antique et rigoureux,
» La veuve, sans frémir, s'élance dans les feux,
» Pour rejoindre un époux que souvent elle abhorre.
» Chez un peuple insensé cette loi vit encore.[2]
» Égarement cruel ! loi digne de nos pleurs !
» Que la Religion enfante de malheurs ! »[3]

Respectons des mortels que Dieu même autorise.
Oui, de ses plus grands dons le Ciel les favorise,
Et le Ciel n'a jamais favorisé l'erreur.
Ils chassent cet esprit et de haine et d'horreur,
Cet infernal tyran, dont nos maux font la joie.
A la voix des Chrétiens abandonnant sa proie,
Des corps qu'il tourmentait il s'enfuit consterné :
Le Prince du mensonge est enfin détrôné.[4]

Il usurpa l'empire, et sans peine et sans gloire,
Lorsque l'homme, emporté par la fureur de croire,
Sans que l'art eût besoin d'éblouir sa raison,

1 Les *Bonzes* sont des prêtres de la Chine et du Japon qui se livrent à des austérités incroyables.

2 Elle vit même chez plus d'un, mais particulièrement chez les Malabares, dans la presqu'île occidentale qui termine l'Inde en-deçà du Gange.

3 Traduction presque littérale du fameux vers de Lucrèce :

Tantùm Relligio potuit suadere malorum !

4 Dans le langage de l'Écriture, le Démon s'appelle le *père*, le *prince du mensonge.*

Au plus vil imposteur se livrait sans soupçon.[1]
Mais ces temps ne sont plus : la Grèce la première
A su du moins ouvrir la route à la lumière.[2]
On la cherche : Platon, par ses fameux écrits,
Des honteuses erreurs inspire le mépris.
Pleines de ses leçons, des écoles célèbres,
De l'enfance du monde écartent les ténèbres.[3]
Le grave philosophe est partout révéré :
Souvent même à la cour il se voit honoré.
Son crédit peut nous perdre, et sa haine y conspire.[4]
Mais en vain cette haine arme Celse et Porphyre :[5]

1 Dans les temps d'ignorance et de barbarie, il était aisé au Démon de séduire et d'abuser par ses artifices et ses impostures.

2 Elle la lui a ouverte, en apprenant à cultiver la raison, à chercher la vérité, et à sortir de l'ignorance.

3 Lors de la naissance du Christianisme, la doctrine de Platon était fort répandue et fort accréditée dans la Grèce, et surtout à Athènes, devenue l'école du monde.

4 La Philosophie et les Philosophes étaient, dans ce temps-là, en grand honneur à Rome, auprès des empereurs, et dans tout l'empire, auprès des gouverneurs de provinces.

5 *Celse*, philosophe épicurien du second siècle de l'ère vulgaire, publia, sous l'empereur Adrien, contre le Judaïsme et le Christianisme, un libelle plein de mensonges et d'injures : ce libelle fut victorieusement réfuté par Origène dans une apologie de la Religion Chrétienne, que l'on regarde comme la plus achevée et la mieux écrite que nous ait laissée l'Antiquité.

Porphyre, fameux philosophe Platonicien, né à Tyr, l'an de Jésus-Christ 233, écrivit aussi contre les Chrétiens. Il fallait que son livre fût bien répandu, ou qu'on le crût bien dangereux, puisque plusieurs Saints Pères se sont attachés à le réfuter.

Que peuvent contre nous leurs traits injurieux ?
Il fallait nous porter des coups plus sérieux ,
Approfondir des faits récens à la mémoire ,
Et sur ses fondemens renverser notre histoire.
Qui ne sait que railler, évite un vrai combat.[1]

XI. On traite les Chrétiens d'ennemis de l'État.[2]
On impute le crime à ceux dont la doctrine
N'a pu que dans le ciel prendre son origine.
Ainsi que dans leurs mœurs , tout est pur dans leurs lois.
C'est par eux qu'on apprend à respecter les rois ;
Et que même aux Nérons on doit l'obéissance.[3]
« *De Dieu* , nous disent-ils , *descend toute puissance.*
» Le prince est son image, et , maître des humains ,
» Tient du maître des cieux le glaive dans ses mains.

1 Ce n'est pas de nos jours seulement que les ennemis de la
Religion Chrétienne l'ont attaquée avec l'arme du ridicule : ils
en avaient fait autant dès les premiers siècles.

2 « Bayle, dit Montesquieu, ose avancer que de véritables
» Chrétiens ne formeraient pas un État qui pût subsister. Pour-
» quoi non ? Ce seraient des citoyens infiniment éclairés sur leurs
» devoirs, et qui auraient un très-grand zèle pour les remplir. Ils
» sentiraient très-bien les droits de la défense naturelle ; plus ils
» croiraient devoir à la Religion, plus ils penseraient devoir à la
» Patrie. Les principes du Christianisme bien gravés dans le
» cœur, seraient infiniment plus forts que ce faux honneur des
» Monarchies, ces vertus humaines des Républiques, et cette
» crainte servile des États despotiques. »

3 *Aux Nérons :* c'est-à-dire, aux tyrans mêmes tels que
Néron, que cet exécrable Néron dont le nom, suivant la belle
expression de Racine, devait être *dans la race future,*

Aux plus cruels tyrans la plus cruelle injure.

» Sujets, obéissez : le murmure est un crime.[1] »
En vain contre un pouvoir cruel, mais légitime ,
Des peuples révoltés s'arment de toutes parts ,
Les Chrétiens sont toujours fidèles aux Césars.[2]

Ont-ils donc par faiblesse une âme si soumise?
Leur pouvoir éclatant redouble ma surprise.
La Nature obéit et tremble devant eux.
Quel spectacle étonnant de miracles nombreux !
Que de tristes mourans qui fermaient leur paupière,
Sont tout-à-coup rendus à la douce lumière !
Et du fond des tombeaux que de morts rappelés !
De deux camps ennemis par la soif désolés ,
Quand d'un soleil brûlant la chaleur les embrase,
L'un périt, le ciel tonne , et la foudre l'écrase ;
Et tandis que ses feux écartent le Germain ,
Un torrent salutaire abreuve le Romain :
Le soldat demi-mort , dans une heureuse pluie
Trouve tout-à-la-fois la victoire et la vie.
De ce bienfait le prince admire les auteurs ,

1 *Obéissez*, oui, dans tout ce qui concerne le civil et le temporel. Mais la puissance du Prince ne s'étend pas jusque sur votre conscience, et il n'a pas droit de forcer votre religion.

2 Les Empereurs Romains se faisaient du nom de *César* un titre d'honneur, et c'est par ce nom qu'ils sont ici désignés. Jamais les Chrétiens ne se révoltèrent contre eux, malgré toutes les persécutions qu'ils avaient à souffrir de leur part : ils donnaient même aux autres sujets l'exemple de la soumission et de la fidélité, et, tout *en rendant à Dieu ce qui était à Dieu*, ils savaient *rendre à César ce qui était à César.*

Et le peuple obstiné les appelle *Enchanteurs*.[1]
Enchantement divin qui commande au tonnerre !
Le charme vient du ciel, quand il change la terre.

XII. Prodige inconcevable, un instrument d'horreur,
La Croix est l'ornement du front d'un empereur !
Constantin triomphant fait triompher la gloire
D'un signe lumineux qui promit sa victoire.[2]
Cérès, dans Eleusis, voit ses initiés
Fouler robe, couronne, et corbeille à leurs pieds.[3]

1 Divers peuples de la Germanie s'étant révoltés, Marc-Aurèle
fut obligé de se mettre en campagne pour les réduire. Durant
cette guerre, les Romains, se trouvant resserrés dans une forêt
de la Bohême, éprouvaient une extrême disette d'eau : tout-à-coup,
par les prières de la Légion *fulminante*, composée de Chrétiens,
il tomba une forte pluie, mêlée de grêle et de tonnerres qui frap-
pèrent d'épouvante les ennemis. Les Païens de l'armée attri-
buèrent ce miracle à *Jupiter pluvieux*; mais Marc-Aurèle en fit
lui-même honneur au Dieu des Chrétiens, qu'il défendit depuis
d'accuser et de persécuter.

2 Constantin, marchant sur Rome contre Maxence, qui partageait avec lui le titre d'*Empereur*, vit dans les airs, ainsi que
toute son armée, une croix lumineuse portant cette inscription :
Par ce signe tu vaincras. Le lendemain, il fit orner du signe de
la croix l'enseigne romaine qu'on nommait *Labarum*. Vainqueur
de Maxence, il mit cet étendard en trophée au milieu de Rome,
et embrassa le Christianisme.

3 *Cérès*, déesse des moissons, avait à *Eleusis*, ville ou bourg
de l'Attique, un temple fameux où l'on célébrait ses mystères tous
les quatre ans. Les Athéniens avaient soin que leurs enfans y
fussent initiés dès le berceau : c'était un devoir de l'être au moins
avant de mourir.

Ces deux vers et les deux qui les suivent, n'étaient pas dans
les premières éditions.

Diane, tu n'es plus : soutiens de ta puissance,
Tes orfèvres d'Éphèse ont perdu l'espérance.[1]
Les temples sont déserts, et le prêtre interdit,
Renversant l'encensoir de son dieu sans crédit,
Abandonne un autel toujours vide d'offrandes.
Delphes, jadis si prompt à répondre aux demandes,
D'un silence honteux subit les tristes lois.[2]
Enfin, comme Apollon, tous les dieux sont sans voix.[3]
Aux tombeaux des martyrs, fertiles en miracles,
Les peuples et les rois cherchent de vrais oracles.
On implore un mortel qu'on avait massacré,
Et l'on brise le dieu qu'on avait adoré.

XIII. A ce torrent vainqueur Rome long-temps s'oppose,
Et de son Jupiter veut défendre la cause.[4]
Mais contre elle il est temps de venger les Chrétiens :
Du sang de tes enfans, grand Dieu, tu te souviens.

1 *Diane*, déesse de la chasse, était particulièrement honorée à Éphèse en Ionie, dans l'Asie-Mineure. Elle y avait un temple célèbre qui passait pour l'une des sept merveilles du monde. Quand les Apôtres voulurent porter l'Évangile dans ce pays, il y eut contre eux un soulèvement excité par les Orfèvres qui gagnaient leur vie à faire de petits temples d'argent de la grande Diane.

2 Il a été parlé, dans le troisième Chant, du temple et de l'oracle d'Apollon à Delphes.

3 C'est-à-dire qu'ils ne rendent plus d'oracles.

4 Jupiter était le grand Dieu de Rome. Cette reine du monde repoussa long-temps la Religion qui lui est aujourd'hui si chère, et ce ne fut que dans des fleuves de sang que la Croix put y être arborée.

Tant de cris qu'éleva sa fureur idolâtre
Ont assez retenti dans son amphithéâtre.[1]
Tu vas lui demander compte de ses arrêts.
O Dieu des conquérans, tes vengeurs sont tout prêts :
Et Rome va tomber d'une chute éternelle,
Ainsi que Babylone et ta ville infidèle?[2]
   Oui, c'est ce même Dieu qui sait à ses desseins
Ramener tous les pas des aveugles humains.
Sous d'orgueilleux vainqueurs quand les villes succombent,
Quand l'affreux contre-coup des Empires qui tombent
Dans le monde ébranlé jette au loin la terreur;
Que sont tous ces héros qu'admire notre erreur?
Les ministres d'un Dieu qui punit des coupables,
Instrumens de colère, et verges méprisables.
Que prétend Attila? Que demande Alaric?
Où s'emporte Odoacre? Où vole Genseric?[3]

1 C'étaient les cris et les acclamations féroces excités par le
spectacle des Martyrs livrés aux bêtes dans le cirque. L'Amphithéâtre était un grand édifice bâti en rond autour du cirque,
et dont l'intérieur était formé de gradins où l'on se plaçait pour
voir les combats.

2 *Rome*, ici pour la puissance de Rome, pour l'Empire romain, plutôt que pour la ville même, qui, tant de fois ravagée,
subsiste encore avec gloire, tandis qu'il n'en est pas de même de
Babylone et de la *ville infidèle*, c'est-à-dire de Jérusalem. On ne
trouve plus sur la terre aucun reste de Babylone, et l'on ignore
même où fut sa place. On trouve les restes de Jérusalem, mais
nulle trace de son temple.

3 Vers l'an 409, *Alaric*, roi des Goths, assiégea deux fois
Rome, et se retira moyennant un tribut; mais les perfides pro-
cédés de l'empereur Honorius le firent revenir une troisième
fois, et, alors inflexible, il livra la ville au pillage.

Ils sont, sans le savoir, armés pour la querelle
D'un maître qui du Nord tour-à-tour les appelle.
Devant leurs bataillons il fait marcher l'horreur :
Rome antique est livrée au Barbare en fureur.
De sa cendre renaît une ville plus belle ;[1]
Et tout sera soumis à la Rome nouvelle.[2]

Vers le milieu de ce même siècle, en 452, Attila, roi des Huns, surnommé le *fléau de Dieu*, mit en cendres une partie de l'Italie, et menaçait Rome du même sort : il ne fut arrêté que par les prières du Pape saint Léon.

Trois ans après, *Genseric*, roi des Vandales en Espagne, passa en Italie, appelé par Eudoxie contre Maxime, le meurtrier de Valentinien III, son époux. Il entra dans Rome, qui, pendant quinze jours, fut pillée et saccagée avec une fureur inouïe.

Enfin, vers l'an 476, Odoacre, roi des Hérules, soutenu de la milice romaine, composée en grande partie de barbares, entra à Rome, s'y fit proclamer roi d'Italie, exila dans la Campanie l'empereur Augustule, et mit ainsi fin à l'Empire d'Occident.

[1] Il ne paraît pas que Rome ait été réellement réduite en cendres par les barbares. Cette *Rome* qui *renaît* de *l'antique Rome*, n'est donc que Rome dont l'ancien gouvernement fait place à un nouveau : ou plutôt le Poëte veut parler de la puissance temporelle des souverains pontifes, qui, augmentant toujours de plus en plus depuis l'empereur Constantin, finit par rendre Rome tout-à-fait indépendante, et des rois Lombards, qui la menaçaient sans cesse, et des Empereurs d'Orient, qui la défendaient mal. Cette révolution fut commencée sous Pépin père de Charlemagne, et consommée sous son fils, vers le commencement du huitième siècle. *Rome* a été depuis en effet *plus belle* à tous égards.

[2] Au moins tous les États chrétiens formés de l'ancien Empire d'Occident : car ceux de l'Empire d'Orient finirent par ne plus reconnaître la suprématie du Pape.

Je la vois cette Rome, où d'augustes vieillards,
Héritiers d'un apôtre, et vainqueurs des Césars,[1]
Souverains sans armée, et conquérans sans guerre,[2]
A leur triple couronne ont asservi la terre.[3]
Le fer n'est pas l'appui de leurs vastes États :
Leur trône n'est jamais entouré de soldats.
Terrible par ses clefs et son glaive invisible,[4]
Tranquillement assis dans un palais paisible,
Par l'anneau d'un pêcheur autorisant ses lois,[5]
Au rang de ses enfans un prêtre met nos rois.[6]
Ils en ont le respect et l'humble caractère.
Qu'il ait toujours pour eux des entrailles de père![7]

1 *Héritiers* de saint Pierre, le premier évêque de Rome : *Vainqueurs des Césars*, c'est-à-dire, leurs successeurs sur le trône : tout le monde connaît ces vers de la *Henriade* :

> Sur les pompeux débris de Bellone et de Mars,
> *Un Pontife est assis au trône des Césars.*

2 C'est la Parole, la Foi, qui a fait ces conquêtes.

3 Les Papes portent à leur tête, dans les grandes cérémonies, un diadème orné de *trois couronnes*, et qu'on appelle *tiare*.

4 L'autorité du Saint-Siége, ou, si l'on veut, du Pape, est figurée par des clefs : *Les clefs de saint Pierre; La puissance des clefs*. Ce *glaive invisible* si redoutable est le pouvoir d'excommunier, c'est-à-dire, de retrancher de la communion des fidèles.

5 On appelle *anneau du pêcheur* le sceau qui sert à sceller certaines expéditions de la Cour de Rome : ce nom rappelle la première profession du chef des Apôtres.

6 Le Pape appelle nos rois du nom de *fils :* ils ont le titre de *fils aînés de l'Église*.

7 Allusion à la conduite, en effet peu *paternelle*, de certains

XIV. D'une Religion si prompte en ses progrès,
Si j'osais jusqu'à nous compter tous les succès,
Peindre les souverains humiliant leur tête,
Et la suivre partout de conquête en conquête,
Quel champ je m'ouvrirais! quel récit glorieux!
Mais que pourrais-je apprendre à quiconque a des yeux?
L'arbre couvre la terre, et ses branches s'étendent
Partout où du soleil les rayons se répandent.[1]
De l'aurore au couchant on adore aujourd'hui
Celui qui de sa croix attira tout à lui.
Dans le temps que ce Dieu parmi nous daigna vivre,
L'aurais-je mieux connu, quand j'aurais pu le suivre
Des rives du Jourdain au sommet du Tabor?[2]
Non, maintenant sa gloire éclate plus encor.

papes envers nos rois. Ce vers en rappelle un du grand Racine
dans *Athalie :*

Et vous qui leur devez des entrailles de père....

Entrailles, par Métonymie, pour amour, pour tendresse.

1 Il y a des Chrétiens dans toutes les parties du monde : voilà
comment *l'arbre* de la Religion *couvre toute la terre.*

2 Le *Tabor* est une haute montagne de la Judée où Jésus-
Christ opéra l'ineffable merveille de la *Transfiguration.* Il y
avait amené avec lui ses trois disciples les plus familiers, Pierre,
Jacques et Jean, pour y passer la nuit en prière. Les disciples
après un profond sommeil, se réveillant tout-à-coup, le virent
environné d'une gloire éclatante, la face plus brillante que le
Soleil, les habits plus blancs que la neige, et à ses côtés, Moïse et
Elie, avec qui il s'entretenait; et une voix du ciel leur fit entendre ces paroles : « C'est ici mon fils bien-aimé, en qui j'ai
» mis toutes mes complaisances : écoutez-le.»

Je vois à ses côtés Moïse avec Élie.[1]
Tout Prophète l'annonce, et la Loi le publie.
Ses apôtres enfin sont sortis du sommeil.[2]
Que de nouveaux témoins m'a produits leur réveil![3]
C'est en mourant pour lui qu'ils lui rendent hommage.
Ils sont tous égorgés, voilà leur témoignage.[4]
Je le vois : c'est lui-même, et je n'en puis douter.
Mais c'est peu de le voir, il le faut écouter :
La voix de tout ce sang que l'amour fit répandre,
Me répète la voix que le Ciel fit entendre,
Quand le Tabor brilla de l'un de ses rayons.
Oui, *c'est ce fils si cher* : écoutons et croyons.

« Le joug qu'il nous impose est, dit-on, trop pénible;

1 Ils ont été comme ses précurseurs, ils l'ont annoncé au monde.

2 Allusion au sommeil des trois disciples sur le Tabor. Le sommeil dont il s'agit ici n'est qu'un sommeil *métaphorique* : c'est celui de la foi des apôtres jusqu'après la résurrection du Sauveur. A-peu-près endormie jusqu'alors, elle se réveilla pleine de feu et d'ardeur, et ce fut pour toujours.

3 Tous ceux qu'ils ont convertis à Jésus-Christ, et auxquels ils ont communiqué leur foi et leur zèle.

4 Tous les Apôtres ont, selon l'opinion commune, donné leur sang pour la Foi : saint Pierre et saint Paul, à Rome, le même jour; saint Jacques-le-Majeur, en Judée; saint Jacques-le-Mineur et saint Mathieu, à Jérusalem; saint Barthélemi, en Arménie; saint Thadée ou saint Jude, à Beryle dans la Phénicie; saint Mathias, en Éthiopie; saint Philippe, à Hiéraple, ville de la Phrygie; saint Thomas, dans les Indes; saint André, en Achaïe; et saint Jean, le disciple bien-aimé, à Rome, sans que cependant il paraisse certain qu'il soit mort Martyr.

» Ses dogmes sont obscurs ; sa morale est terrible :
» Nos esprits et nos cœurs sont en captivité. »
D'une nouvelle ardeur justement transporté,
De ces plaintes je veux repousser l'injustice.
Il n'est pas temps encor que ma course finisse :[1]
Poursuivons le déiste en ses détours divers.[2]
Quel sujet fut plus grand, et plus digne des vers ?

[1] On appelle figurément *course* le cours de quelque travail, comme le cours de quelque emploi, de quelque fonction. Il en est de même du mot *carrière*. Delille termine par les deux vers ci-après son second livre des *Géorgiques* de Virgile :

> Mais ma seconde *course* a duré trop long-temps,
> Et je dételle enfin mes coursiers haletans.

[2] C'est-à-dire, dans tous les chemins détournés par où il se dérobe à nos poursuites, et cherche à nous égarer.

FIN DU CHANT QUATRIÈME.

APPENDICE

DU CHANT QUATRIÈME.

I. Page 194.

Et l'Euphrate soumis coule plus mollement.

Tour le morceau que termine ce vers rappelle la fameuse bataille d'Actium entre Antoine et Octave, et le magnifique triomphe par lequel ce dernier consacra sa victoire, qui le rendit maître du monde. Il a été fait d'après le tableau de cette bataille et de ce triomphe par Virgile, dans sa description du bouclier d'Énée, *Énéide*, liv. VIII. Je crois faire plaisir aux amateurs des beaux vers, en leur mettant sous les yeux la traduction de ce superbe tableau par le célèbre Delille :

> Vainqueur infortuné de vingt peuples divers,
> Antoine ose à César disputer l'univers :
> Près de l'aigle romain mille enseignes bizarres
> Rassemblent sous ses lois mille peuples barbares,
> L'Arabe, le Persan, le Maure, l'Indien.
> Sa femme lui conduit le vil Égyptien :
> Sa femme, ô déshonneur ! il combat pour ses charmes,
> Opprobre de son lit, opprobre de ses armes.[1]

[1] Cette femme, *l'opprobre de son lit et de ses armes*, était Cléopâtre, pour quelle il avait répudié sa femme légitime, *Octavie*, sœur d'Octave.

Tous s'élancent ensemble, et l'airain des vaisseaux,
Et les bras des rameurs, font bouillonner les eaux :
La mer à leur fureur ouvre un théâtre immense.
On s'éloigne des bords, et le combat commence :
Soldats et matelots, et les vents et les mers,
Les poupes sur les eaux, et les mâts dans les airs,
Tout s'ébranle : on croit voir sur les eaux écumantes,
Voguer, s'entrechoquer les Cyclades flottantes,[1]
Ou, traînant leurs forêts sur les gouffres profonds,
Les monts avec fracas heurter contre les monts.
Neptune épouvanté voit mille morts cruelles ;
L'eau mugit, le feu siffle, et le fer a des ailes.
Cléopâtre elle-même, au milieu des combats,
Du sistre égyptien anime ses soldats,[2]
Hélas ! et ne voit pas deux serpens qui l'attendent.[3]
Sous le nom de ses dieux cent monstres la défendent :
Ensemble conjurés, le mugissant Apis,
Le Crocodile impur, l'aboyant Anubis,
En vain osent encor, partageant la fortune,
Lutter contre Vénus et Minerve et Neptune :
Gravés sur leur métal, l'impitoyable fer,
Mars, le terrible Mars, et les filles d'Enfer,
Bellone aux fouets sanglans,[4] la Discorde abhorrée
En triomphe étalant sa robe déchirée,
Mêlés aux combattans, les animent en vain.

  Apollon les a vus de son temple divin :

1 Iles de la Mer-Égée, qui, de Nymphes qu'elles étaient autrefois, avaient
ainsi métamorphosées, dit la Fable, pour avoir refusé de sacrifier à Neptune.

2 Le *Sistre* était une sorte d'instrument de musique, consistant en un p[..]
morceau de métal, traversé de plusieurs baguettes qui, étant agitées, produisai[..]
un son.

3 Cléopâtre, ne voulant pas survivre à Antoine, mit fin à ses jours en se fais[..]
mordre par un aspic, espèce de serpent dont le venin est mortel.

4 Bellone, déesse des combats, est représentée avec un fouet sanglant dont [..]
presse les chevaux guerriers.

Le Dieu saisit son arc, et frappés d'épouvante,
L'Arabe, et l'Indien, et l'Egypte tremblante,[1]
Tout fuit : la reine même aux yeux de l'Univers
Fuyant, n'implorant plus d'autres dieux que les mers,
Et les vents trop tardifs, et la voile, et la rame,
Part, l'orgueil dans les yeux, le désespoir dans l'âme.[2]
Elle fuit, et déjà sur son front sans couleur
De la mort qui l'attend, elle offre la pâleur.
Mais à sa fuite encor le Nil reste fidèle ;
Fier de ses sept canaux, le Nil est devant elle ;
Lui-même, des vaincus appelant les débris,
De sa robe azurée ouvre les larges plis ,
Ouvre son vaste sein et ses immenses ondes,
Et cache leurs malheurs dans ses grottes profondes.
César, et conquérant, et pacificateur,
Par trois fois a conduit son char triomphateur ;[3]
Et, payant à ses Dieux le tribut de sa gloire ,
Par des dons solennels acquitte sa victoire.
Au temple d'Apollon , d'un marbre éblouissant,
Lui-même vient offrir son vœu reconnaissant ;
Lui-même, le front ceint d'immortelles guirlandes,
De cent peuples divers il reçoit les offrandes :
Et, suspendant leurs dons au portique du Dieu,
Lui fait de ses faveurs le solennel aveu.
Devant lui s'avançaient les nations soumises :
A la variété de leurs armes conquises,
De leurs noms, de leurs mœurs, de leurs habits divers,
Rome a cru dans son sein rassembler l'Univers.

---

1 L'Égypte, ici, par Métonymie du lieu, pour l'escadre d'Égypte ou pour
les soldats égyptiens.

2 Cleopâtre, effrayée du tumulte et des cris des combattans, prit la fuite avec
les siens, et sa retraite fut le signal de la défaite d'Antoine.

3 Octave célébra ses victoires par trois triomphes, qui eurent lieu pendant trois
jours de suite.

Là, du Nomade errant dans sa hutte roulante,[1]
Du brillant Africain à la robe flottante,
Du Carien enfant d'un sol voluptueux,[2]
Du farouche Gélon, du Dahe impétueux,[3]
Le Dieu dans ses tableaux enchaîne encor l'image:
L'Araxe au loin mugit sous un pont qui l'outrage;
Le Rhin de son orgueil reçoit le châtiment,
Et l'Euphrate soumis coule plus mollement.

II. Page 196.

Un siècle, disent-ils, va commencer son cours....

Quelques interprètes ont rapporté directement à
Jésus-Christ cette fameuse églogue (la quatrième) où
Virgile prend un ton si élevé, et dont nous avons cité
en note quelques vers imités par notre Poëte; quelques
autres prétendent seulement que Virgile y rapporte à
un fils de Pollion, ou plutôt à quelque enfant cher à
Auguste, ce que les sibylles avaient, sans le savoir
prédit de Jésus-Christ dans leurs vers prophétiques.
Mais la plupart n'adoptent ni l'une ni l'autre opinion,
et ce parti nous paraît le plus sage. Nous n'en croyons
pas moins devoir mettre l'églogue à-peu-près tout entière sous les yeux du lecteur : il la verra du moins
comme un assez beau morceau de poésie, même dans

---

1 On appelle *Nomade* un peuple errant, et qui n'a point d'habitation fixe,
tels, par exemple, que les Tartares et que les Arabes des déserts. Le père La Rue
entend ici par *Nomades*, les *Numides*, qui en effet étaient un peuple *nomade*
et pasteur.

2 La *Carie*, où régna le fameux Crésus, était à la pointe méridionale et occidentale de l'Anatolie ou Asie-Mineure.

3 Le *Dahe*, espèce de peuple Scythe ou Tartare.

une traduction imparfaite : c'est encore celle de
Gresset.

> Cieux! où suis-je enlevé ? Quels superbes spectacles!
> Un Dieu par mes accens va rendre ses oracles.
>
> Je vois éclore enfin ce nouvel univers
> Qu'a chanté la Sibylle en prophétiques vers :
> Je vois un nouveau peuple orner cette contrée;
> Du sein des cieux Thémis descend avec Astrée; [1]
> Saturne sur nos champs revient régner encor,
> Et ramène aux mortels les jours de l'âge d'or.
>
> Il est né ce héros pour qui les destinées
> Marquaient un nouvel ordre et de mois et d'années :
> Tendre Divinité, compagne des Amours,
> Lucine, à son enfance, accordez vos secours; [2]
> Descendez sur ces bords : Apollon votre frère
> Des grâces et des arts y tient le sanctuaire.
>
> Illustre Pollion, [3] ton brillant consulat
> Va des siècles dorés voir renaître l'éclat.
>
> Les Vertus de retour, par d'aimables prodiges,
> Des antiques forfaits effacent les vestiges;
> Jupiter nous promet un heureux avenir.
> Il ne lui reste plus de crimes à punir.
> Un jour, dans cet enfant d'immortelle origine,
> Revivront les héros de sa race divine;
> Sur l'Univers paisible il régnera comme eux;
> Il tiendra même rang dans le conseil des Dieux.

1 *Thémis*, déesse de la Justice chez les Anciens.
Astrée, la Justice ou l'Equité elle-même : on la disait fille de Jupiter et de
Thémis.

2 *Lucine*, divinité qui présidait à la naissance des enfans : elle est ici la même
que Diane, puisqu'on la fait sœur d'Apollon.

3 Le Consul *Pollion* s'était fait un grand nom par ses exploits et par ses écrits.
Virgile et Horace, ses amis, l'ont immortalisé dans leurs vers.

Aimable Marcellus ,¹ la Reine de la Terre
Vient déjà vous offrir l'acanthe et le lierre ;
Elle pare son front des plus vives couleurs ,
Et vous forme un berceau de verdure et de fleurs.
Le lait coule à grands flots dans chaque bergerie ;
On voit naître en tous lieux les parfums d'Assyrie ;
Les bois ne portent plus de funestes poisons ;
Le loup moins affamé laisse en paix les moutons.
C'est peu : d'autres bienfaits enrichiront le monde :
Les blés seront plus beaux, la moisson plus féconde,
Lorsque vous apprendrez de vos aïeux vainqueurs
L'héroïsme guerrier et la loi des grands cœurs.
Chaque Naïade alors versera de son urne
Des flots de pur nectar ,² comme aux jours de Saturne ;
Une riche vendange, après d'amples moissons ,
Offrira des raisins jusque sur les buissons.
C'est ainsi qu'aux mortels les faveurs destinées
S'accroîtront par degrés et suivront vos années.
Pendant ces premiers temps d'un plus bel univers,
Des vaisseaux couvriront encor les vastes mers ;
Nos campagnes encor se verront labourées,
Nos villes de remparts resteront entourées ;
Peut-être un autre Argo ,³ sous un autre Typhis ,⁴
Portera des guerriers sur les champs de Thétis.⁵
Peut-être verra-t-on une nouvelle Troie
Aux fers d'un autre Achille abandonnée en proie.
Mais ces restes légers de nos malheurs passés

1 Virgile ne nomme point l'enfant ; mais plusieurs interprètes ont prétendu que c'était *Marcellus*, neveu d'Auguste, et son fils adoptif.

2 Le *nectar* était le breuvage des Dieux : on appelle aussi de ce nom tout vin exquis.

3 *Argo*, navire sur lequel Jason alla avec les princes grecs, à la conquête de la toison d'or : on lui attribuait la vertu de parler et de rendre des oracles.

4 *Typhis*, fameux pilote du navire Argo.

5 *Thétis*, la déesse des mers.

Disparaîtront enfin pour toujours effacés,
Dès qu'après l'heureux cours d'une jeunesse illustre
La Parque filera votre cinquième lustre,[1]
Et quand, passant des jeux aux soins de votre rang,
Vous marcherez égal aux Dieux de votre sang.
Rien ne manquera plus au bonheur de la terre :
La Paix au fond du Styx replongera la guerre ;
Féconde également pour tous ses citoyens,
La terre en tous climats produira tous les biens.
A travers les périls des vagues incertaines,
Nous n'irons rien chercher sur des plages lointaines ;
Sans exiger nos soins, les côteaux, les guérets
Fixeront en tout temps et Bacchus et Cérès ;[2]
Les arts laborieux deviendront inutiles ;
Les moutons, en paissant sur nos rives fertiles,
Brilleront revêtus des plus riches couleurs ;
Sur eux la pourpre et l'or formeront mille fleurs ;
L'industrieux travail de la simple nature
Sans le secours de l'art produira leur parure.

    Ils seront beaux ces jours. Du temple des Destins
Une voix me transmet ces augures certains.
Déjà, pour accomplir ces fortunés présages,
Les trois fatales sœurs, souveraines des âges,[3]
Ont adouci leurs lois, et Clotho prend encor
Le fuseau qui servit à filer l'âge d'or.
Ouvrez de ces beaux jours l'héroïque carrière ;
Sans attendre le temps, franchissez la barrière ;
Partez, suivez la gloire, enfant chéri des Cieux.

1 C'est-à-dire, dès que vous serez dans l'âge de vingt à vingt-cinq ans : le *lustre* est un espace de cinq ans.

2 Pour dire que toutes les saisons donneront des fruits et des moissons : Bacchus était le dieu du vin, et Cérès, la déesse de l'agriculture.

3 Les trois Parques, Clotho, Lachésis, et Atropos, qui présidaient à la vie et à la mort.

Du beau sang de Vénus rejeton précieux,[1]
Aux honneurs de vos ans tout se montre sensible :
Le Ciel est plus riant, Neptune est plus paisible ;
L'Univers, assuré d'un siècle de bonheur,
Applaudit au berceau de son restaurateur....

III. Page 196.

C'est de là qu'on attend ce roi victorieux
Qui, sortant des climats où le jour prend naissance,
Doit soumettre la terre à son obéissance.

Ce *roi victorieux* ne devait fonder qu'un *royaume spirituel*, bien différent des royaumes de la terre, et il était destiné à naître et à vivre dans la pauvreté. Sa naissance est ainsi racontée à Adam par l'archange Michel ; *Paradis Perdu*, livre XII, traduction de Delille :

Il faut que l'Oint de Dieu,[2] pour qui l'homme soupire,
Ait perdu tous ses droits, qu'il naisse sans empire :
Il naît pauvre, inconnu ; mais un astre nouveau
S'allume dans les cieux et luit sur son berceau.[3]
Des bouts de l'Univers, lui portant leurs hommages,
A ce brillant signal sont accourus les Mages ;[4]
L'or, la myrrhe, l'encens par leurs mains sont offerts ;
L'humble berger se mêle au roi de l'Univers.
Un ange, dans la nuit, aux pasteurs qu'il éveille,
D'un Dieu né dans la crèche annonce la merveille ;

---

1 Auguste était censé descendre d'Enée, fils de Vénus et d'Anchise.

2 *L'Oint* de Dieu, c'est-à-dire, le Christ, dont le nom a cette même signification.

3 Cet *astre* était, à ce qu'on croit, un météore passager, sous la forme d'une étoile.

4 Ces *Mages* étaient au nombre de trois, et, s'il faut en croire Dom Calmet, ce n'étaient pas des rois, mais des savans de l'Arabie déserte, de la Chaldée, ou de la Mésopotamie.

Ils partent : l'air frémit de sons mélodieux,
L'hymne de la naissance est chanté par les cieux.
Le souffle du Très-Haut, l'Esprit saint est son père,
Sans cesser d'être vierge, une femme est sa mère ;
Il vit, meurt, et remonte au trône paternel.
Là, sa gloire est sans fin, son sceptre est éternel ;
Et son règne ineffable, où ton espoir se fonde,
A pour trône les cieux, pour empire le monde.

L'éloquent auteur de l'*Essai sur l'Indifférence en matière de Religion*, raconte aussi à sa manière la naissance de Jésus-Christ, et il y joint un tableau aussi animé que rapide de sa vie et de sa mort :

« La domination romaine embrassait presque tout
» l'univers connu, quand Jésus-Christ naquit d'une
» vierge, au moment précis et dans le lieu où les
» sacrés oracles avaient prédit qu'il naîtrait. Sorti du
» sang des rois, et dans son indigence privé même du
» plus humble asile sur cette terre qu'il venait sauver,
» il représente en ce double état l'humanité tout en-
» tière. Infortunés qui portez le poids du travail et de
» la peine, innombrable famille de la Providence,
» venez à Bethléem contempler cet enfant couché dans
» une crèche et enveloppé de quelques pauvres langes ;
» venez et reconnaissez votre frère : rois, venez aussi,
» et humiliez-vous devant le Roi des rois. Exilés,
» bannis, tribu errante, suivez ce même enfant dans
» la terre étrangère où il fuit la persécution. Elle
» s'apaise, il revient, et, pendant trente années d'une
» vie obscure, il accomplit la destinée de l'homme ,

» *en mangeant le pain qu'il gagne chaque jour à la*
» *sueur de son front.*[1] Soumis à tous les devoirs, il est
» écrit qu'il obéissait à Joseph et à Marie;[2] il accom-
» plissait avec eux les préceptes de la loi, et c'est ainsi
» qu'*il croissait en sagesse, en âge et en grâce, devant*
» *Dieu et devant les hommes.*[3]

 » Le temps arrive où il doit se manifester au monde,
» et il sort de l'atelier de l'artisan : sa vie publique
» commence. Il instruit, il reprend, il commande, il
» exerce toutes les fonctions sociales. Les soins de
» l'autorité, les fatigues du pouvoir, les dévouemens
» de la charité, les vertus de l'homme-prêtre et de
» l'homme-roi, tel est maintenant ce qui frappe en
» lui. Et toutefois, dans ses veilles et dans ses travaux,
» aucun sentiment pur ne lui est étranger : son cœur
» est ouvert à l'amour filial, à la chaste amitié, à la
» généreuse compassion : il partage nos joies ainsi que
» nos douleurs ; il assiste au festin de Cana, et passe
» quarante jours dans le désert sans prendre aucune
» nourriture. Il s'attendrit, il pleure comme nous. Il
» accueille avec indulgence le repentir, il s'indigne
» contre les crimes de la volonté pervertie. L'injure,
» la calomnie, la noire trahison, l'ingratitude, la
» haine et ses fureurs le poursuivent; des complots
» sont formés pour le perdre; on lui tend des piéges
» dans l'ombre ; l'Envie a résolu de se venger de ses

[1] Genes. III, 17, 19.
[2] Luc. II, 51.
[3] Luc II, 52.

» bienfaits. La destinée humaine est en toutes choses
» sa destinée.

» Cependant le peuple se presse sur ses pas, il
» publie sa gloire; sa renommée se répand au loin ; on
» étend des vêtemens, on jette des palmes sur son pas-
» sage, il entre à Jérusalem en triomphateur ; et puis
» tout-à-coup on le voit *triste jusqu'à la mort,* baigné
» d'une sueur de sang, supplier son père d'*éloigner de*
» *lui ce calice,* l'accepter au même moment par obéis-
» sance et par amour, et avec une douceur céleste
» l'épuiser jusqu'à la lie. *Il a vraiment porté nos lan-*
» *gueurs et connu notre infirmité.*[1] Vendu, livré à ses
» ennemis, traîné de tribunaux en tribunaux, devenu
» le jouet de la populace et d'une soldatesque effré-
» née, souffleté, moqué, battu de verges, chargé d'un
» manteau de pourpre, d'une couronne d'épines, d'un
» sceptre de roseau ; en cet état le ministre du Peuple-
» Roi le présente au monde :

VOILA L'HOMME !

» Oui, le voilà dans toute sa misère, dans toute sa
» faiblesse, dans les souffrances du corps, dans les
» angoisses de l'âme, dans la détresse et l'abandonne-
» ment, dans l'opprobre et la dérision , dans la va-
» nité de ses grandeurs, dans le tourment de ses
» pompes, qui ne recouvrent que des plaies, dans
» l'agonie de sa puissance, dans le néant de sa vie.
» Est-ce bien là cet être déchu que poursuit une jus-

1 Isa, I. III, 3 et 4.

» tice inexorable? Reconnaissez-vous le fils d'Adam?
» Oui, encore une fois, le voilà revêtu des dons de
» son père, et en pleine possession de son héritage.
» Je me trompe, il lui reste un dernier legs à recueil-
» lir. Ecoutez ce cri qui s'élève : *Qu'on le crucifie!*
» L'homme rappelle à l'homme son arrêt, et prononce
» sur lui la malédiction qui doit le suivre jusque dans
» la mort.

» Ainsi Jésus-Christ, exempt de péché, a voulu
» porter la peine du péché, et réunir en lui tout ce
» qui appartient à la nature humaine qu'il venait ré-
» parer. »

IV. Page 199.

Il parle : ses discours ravissent les oreilles.....

M. l'abbé de la Mennais a fait de Jésus-Christ le
beau portrait qu'on va voir :

« Il nous apprendra véritablement *la science du bien*
» *et du mal*, ce que nous devons éviter et ce que nous
» devons faire; il nous l'apprendra par son exemple
» autant que par ses leçons. Suivons ses pas, ne le
» quittons point, observons ses œuvres avec respect,
» prêtons l'oreille à ses discours. Quelle simplicité
» ravissante, quelle pureté, quelle dignité dans ses
» actions ! Quelle douceur inexprimable, et quelle
» puissance dans ses paroles ! Elles ont un charme,
» une grâce d'amour qui touche et persuade les âmes
» les plus dures; le peuple les comprend sans aucune
» peine, et jamais l'esprit de l'homme n'en pénétrera

» la profondeur. Quelle inépuisable charité! Quelle
» ardeur, quel zèle, et en même temps quel calme
» divin! Il fuit les plaisirs et les grandeurs. Sa vie est
» une vie de travail, de dévouement, et de prière. Rien
» ne l'attache ici-bas que les devoirs qu'il y remplit,
» les bienfaits qu'il y répand; la terre n'est pas sa
» demeure : il *passe* en accomplissant la volonté de
» celui qui l'envoie.

» Les pauvres sont ses amis, et il ne rebute point le
» riche. Il appelle à lui les enfans, il nous les offre pour
» modèles. Il ne raisonne point, il ne discute point, il
» dit : *faites cela*, et *vous vivrez*. Que demande-t-il à
» ceux qui le pressent de guérir leurs maux ? de croire :
» *Qu'il vous soit fait selon que vous avez cru*. Et
» encore : *Votre foi vous a sauvé*. Il attire à lui les
» pécheurs par une onction toute céleste, et alors on
» entend cette voix qui bénit et console le repentir :
» *Beaucoup de péchés lui sont remis, parce qu'elle a*
» *beaucoup aimé.* O Jésus! l'homme ingrat souvent
» vous méconnaît, mais vous, ô Dieu fait homme! vous
» ne méconnaissez aucun de vos frères, et le plus vil,
» le plus coupable est toujours reçu quand il vient à
» vous. Vos bras s'ouvrent pour le presser sur votre
» cœur divin, sur ce cœur que l'amour blessa au som-
» met du Calvaire, et d'où s'épanche éternellement
» une intarissable miséricorde!

» De quelle vertu n'offre-t-il point la plus sublime
» perfection ? et quel autre que lui put jamais dire :
» *Qui de vous me reprendra de péché?* Inflexible

» comme la vérité dans ses enseignemens, il est plein
» d'indulgence et d'une douce pitié dans ses rapports
» avec les hommes ; *il n'achève point de rompre le*
» *roseau déjà brisé ; il n'éteint pas la mèche qui fume*
» *encore.* Quelle active compassion pour les malheu-
» reux ! Quelle tendresse touchante pour les siens ! Il
» pleure près du tombeau de Lazare. Le disciple qu'il
» aimait se repose sur son sein la veille de sa mort, et
» avant d'expirer il lui confie sa mère : *Voilà votre*
» *fils !* dit-il à Marie ; et au disciple : *Voilà votre*
» *mère !* Toute l'âme humaine est là. Sa patience, au
» milieu des plus horribles épreuves, n'est pas ébranlée
» un moment. Trahi par un de ses apôtres, il n'a que
» ce mot pour se plaindre : *Mon ami !* Il prie sur la
» croix pour ses bourreaux. *Tout est consommé !*

» Oui, tout est consommé de la part du Sauveur : il
» ne pouvait rien de plus pour nous. Les égaremens
» de notre esprit, nos passions, nos désirs criminels,
» sont expiés, et c'est à nous d'achever, par un libre
» concours à la grâce, l'œuvre de notre régénération,
» en travaillant sans relâche à nous réformer sur le
» modèle de toute perfection. »

V. Page. 201.

L'Oracle est accompli : le Juste est immolé.

Il ne fallait rien moins que ce sang précieux pour
la rédemption des hommes. On verra la nécessité de
ce sacrifice, dans le morceau ci-après du *Paradis
perdu*, livre III ; on y verra aussi avec quelle généro-

sité il est offert par celui même qui doit en subir la
rigueur. C'est d'abord le Père Éternel qui parle :

« L'homme, en bravant ma loi, provoqua ma justice;
» Il faut qu'elle l'immole, ou bien qu'elle périsse :
» Puisqu'il osa prétendre à l'immortalité,
» Qu'il meure, et satisfasse à la Divinité.
» Qu'il meure, lui, ses fils : héritiers de son crime,
» Tous sont proscrits, à moins qu'une auguste victime,
» Egale à ma grandeur, égale à mon courroux,
» Me payant mort pour mort, ne les acquitte tous.
» Mais, pour se dévouer à cet arrêt funeste,
» Est-il dans le ciel même une âme assez céleste ?
» Quel juste périra pour l'homme criminel ?
» Quel immortel mourra pour sauver un mortel ?

Ainsi dit le Très-Haut : tout se tait, aucun n'ose
Intercéder pour l'homme ou défendre sa cause,
Encor moins s'exposer pour le crime d'autrui,
Et faire retomber le châtiment sur lui.
La Mort tenait sa proie, et l'Enfer sa victime ;
Ce monde était perdu, si, sauveur magnanime,
Le fils de l'Eternel, qui renferme en son sein
Tous les dons de la grâce et de l'amour divin,
De son père irrité n'eût fléchi la vengeance.

« Mon père, il est porté l'arrêt de la clémence :
» Oui, l'homme est pardonné ; car la grâce des cieux,
» Cette grâce qui court sur des ailes de feux,
» Au devant du désir, au devant des prières,
» Pourrait-elle en ce jour rencontrer des barrières,
» Elle qui cherche ceux qui ne la cherchent pas ?
» Heureux qui sans effort la trouve sous ses pas !
» Mais l'homme, du devoir abandonna la trace.
» Comment, mort à tes yeux, peut-il chercher la Grâce ?

» Quelle victime pure, et quel précieux don ·
» Peut, acquittant son crime, acheter son pardon ?
» Débiteur impuissant envers l'Être Suprême ,
» Quel prix offrirait-il en se livrant lui-même ?
» Oui, l'homme est insolvable : eh bien ! me voilà prêt;
» Je prends sur moi son crime , et subis son arrêt.
» Ma vie avec plaisir rachètera la sienne :
» Oui , son sort est le mien, son offense la mienne.
» Assis à tes côtés dans ce rang glorieux,
» Je quitterai ton sein, je quitterai les cieux;
» De mon père , en mourant, je sauverai l'ouvrage.¹
» Contre moi que la Mort tourne toute sa rage :
» Bientôt on me verra, vainqueur de ses tombeaux,
» Secouer sa poussière et quitter ses lambeaux.
» Dans des siècles sans fin tu m'as donné de vivre:
» Pour renaître à la gloire, à la Mort je me livre.
» Elle aura de ton fils tout ce que je lui dois ;
» Mais, ce tribut payé, je retourne vers toi.
» Tu ne laisseras pas languir cette âme pure
» Dans sa prison infecte et dans sa nuit obscure :²
» Un moment son captif, à cet horrible lieu,
» Moi-même arracherai la dépouille d'un Dieu.
» Mort, toi-même suivras ma marche triomphale ;
» Je te replongerai dans la nuit sépulcrale;
» Tes drapeaux tomberont devant mon étendard,
» Et sur ton propre sein je briserai ton dard.
» En pompe dans mes fers traînant l'Ange rebelle,
» J'irai, je monterai vers la voûte éternelle.
» Et toi, mon père, et toi, dans son cours glorieux,
» Tu suivras dans les airs mon char victorieux;
» De ton trône éternel m'envoyant un sourire,
» Tu verras ma victoire étendre ton empire,

¹ L'homme, l'ouvrage de Dieu fait à son image.
² La prison et la nuit du tombeau.

» Le monde réparé, tes ennemis en deuil,
» L'Enfer lâchant sa proie, et la Mort au cercueil.
» Oh! pour moi quelle joie, après ma longue absence,
» De voir, de respirer ta divine présence!
» J'entrerai triomphant : en foule sur mes pas
» Marcheront les captifs rachetés du trépas.[1]
» Dans tes yeux paternels leurs yeux liront leur grâce :
» De ton auguste front s'enfuira la menace ;
» Mais sur lui brilleront ton amour, tes bienfaits,
» Et le pardon céleste, et l'éternelle paix. »

A ces mots il se tait, mais sa bouche touchante
Dans son silence même est encore éloquente.
Pleins d'une sainte horreur,[2] les anges curieux
N'osent interroger ces mots mystérieux :
Son sacrifice est prêt ; victime volontaire,
Il attend seulement un aveu de son père.
Alors, dans ses regards calmes, mais attendris,
Portant le sort du monde et celui de son fils :

« O toi, dit l'Éternel, toi, mes seules délices,
» Sacrifice plus grand que tous les sacrifices,
» Qui seul pouvais payer la dette des humains,
» Tu sais si je chéris les œuvres de mes mains.
» Le dernier en naissance, et non en priviléges,
» L'homme a blessé mes lois par ses vœux sacriléges :
» Toi, juge s'il m'est cher, quand pour ses attentats,
» Je souffre que mon fils s'arrache de mes bras ;
» Que tu quittes ma droite, et de tout ce que j'aime
» Prives un temps le ciel, les anges et moi-même !
» Pars donc, quitte le ciel, remplis ton noble vœu ;
» Revêts la forme humaine, et deviens l'Homme-Dieu.

---

[1] Les Patriarches, les Prophètes et les autres Justes détenus dans les Limbes.

[2] Une *sainte horreur* est un profond respect religieux mêlé d'une profonde crainte religieuse.

» Le temps vient qu'une femme, ineffable mystère!
» Sans cesser d'être vierge, ayant droit d'être mère,
» Enfantera mon fils : va, remplis ton destin,
» Deviens nouvel Adam, le chef du genre humain.
» L'homme était mort sans toi, l'homme en toi va renaître.
» Dans lui tous ses enfans ont offensé leur maître.
» Du genre humain flétri dans son dernier rameau,
» L'arbre greffé sur toi refleurira plus beau;
» Et du fleuve de vie, altéré dans sa course,
» Tes mérites divins vont épurer la source;
» Par toi l'homme ennobli, de lui-même vainqueur,
» Des mondaines vertus détachera son cœur.
» Adoré dans les cieux, sois proscrit sur la terre;
» Aux enfers, par ta mort, va déclarer la guerre;
» Des mortels condamnés rédempteur généreux,
» Que le plus pur de tous intercède pour eux.
» Le Ciel acceptera tes tourmens volontaires :
» Homme, souffre pour l'homme, et rachète tes frères;
» Dieu, tu feras d'un Dieu descendre le pardon,
» Ta mort sera leur vie, et ton sang leur rançon.... »

VI. Page 202.

La Nature a frémi, son Dieu s'est réveillé.

Voici comment l'Archange Michel, dans le *Paradis
perdu*, livre XII, retrace à Adam la mort et la résurrection du Sauveur :

C'est peu : le Ciel attend une grande victime.
Homme faible, qu'es-tu pour racheter ton crime?
De l'immense rançon qu'attend le Roi des rois
Le fils de l'Éternel peut seul porter le poids :
De la mort qui t'est due il subira la peine.
A ce prix seulement, de la nature humaine

Le crime héréditaire un jour peut s'expier :
Un Dieu sera puni pour te justifier.
L'amour divin pouvait effacer ta souillure ;
Mais, pour subir ta peine, il prendra ta nature ;
De crimes, de malheurs, et de honte chargé,
Juge des nations, lui-même il est jugé,
Et, d'une infâme croix souffrant l'ignominie,
Doit la mort aux ingrats qui lui doivent la vie.
A son dernier soupir la terre a répondu :
Le Ciel est apaisé, Satan est confondu ;
Et, faisant du péché disparaître la trace,
Chaque goutte de sang est un fleuve de grâce.
C'en est fait, il succombe, il meurt ; mais le trépas
Long-temps dans le tombeau ne le retiendra pas.
La troisième aube à peine a commencé d'éclore,
Son cercueil s'est ouvert. Plus brillant que l'Aurore,
Il sort ; de ses regards partent des traits de feu :
Il descendit mortel, il se relève un Dieu.
L'Enfer frémit de rage, et la terre de joie,
Et la Mort, en grondant, a relâché sa proie.
Il dompte le trépas : un paisible sommeil,
Qui bientôt a fait place à son brillant réveil,
N'était qu'un doux passage à la vie immortelle.
Mais, avant de monter à la voûte éternelle,
Il veut revoir encor ses disciples chéris,
Se montrer dans sa gloire à leurs yeux attendris.
Compagnons autrefois de ses maux volontaires,
Aujourd'hui de ses vœux sacrés dépositaires,
Par eux il veut dicter ses consolantes lois,
Prêcher par leur exemple, enseigner par leur voix :
Partout ils vont verser l'eau sainte du baptême,
Et braver le trépas qu'il a subi lui-même.
Ce peuple d'Abraham, des dons du ciel comblé,
Au chemin du salut n'est point seul appelé :

Tous les enfans d'Adam, tous les peuples du monde,
Viendront puiser la foi dans sa source féconde.
Le Christ mourra pour tous; le Sauveur des mortels
Aura partout son temple, et partout ses autels;
Et, marchant dans la voie où sa lumière brille,
Tous les peuples ne sont qu'une immense famille.
Vainqueur, il monte aux cieux, rencontre dans les airs
Notre ennemi commun, le tyran des enfers:
Son bras victorieux le saisit et l'enchaîne,
Tremblant après son char en triomphe le traîne,
Aux yeux du Ciel entier étale son affront,
Marche, le sceptre en main, et la couronne au front;
Et commençant le cours de son règne prospère,
Le fils reprend sa place à la droite du père.

VII. Page 203.

Est-il donc d'un héros d'écouter la nature?
Socrate en étouffa jusqu'au moindre murmure.

Citons à l'occasion de ces deux vers un célèbre
morceau de l'*Émile*, où l'on montre combien peu
Socrate est à comparer à Jésus-Christ :

« La majesté des Écritures m'étonne : la sainteté de
» l'Évangile parle à mon cœur. Voyez les livres des
» philosophes : qu'ils sont petits devant celui-là ! Se
» peut-il qu'un livre à-la-fois si sublime et si simple
» soit l'ouvrage des hommes ? Se peut-il que celui dont
» il fait l'histoire ne soit qu'un homme lui-même?
» Est-ce là le ton d'un enthousiaste ou d'un ambitieux
» sectaire? Quelle douceur, quelle pureté dans ses
» mœurs! Quelle grâce touchante dans ses instruc-
» tions ! quelle élévation dans ses maximes, quelle

» profonde sagesse dans ses discours ! quelle présence
» d'esprit; quelle finesse et quelle justesse dans ses
» réponses ! quel empire sur ses passions ! Où est
» l'homme, où est le sage qui sait agir, souffrir et
» mourir sans faiblesse et sans ostentation ? Quand
» Platon peint son juste imaginaire couvert de tout
» l'opprobre du crime, et digne de tous les prix de la
» vertu, il peint trait pour trait Jésus-Christ : la res-
» semblance est si frappante, que tous les pères l'ont
» sentie, et qu'il n'est pas possible de s'y tromper.
» Quels préjugés, quel aveuglement ou quelle mau-
» vaise foi ne faut-il pas avoir pour oser comparer le
» fils de Sophronisque¹ au fils de Marie?Quelle distance
» de l'un à l'autre ! Socrate mourant sans douleur,
» sans ignominie, soutint aisément jusqu'au bout son
» personnage ; et si cette facile mort n'eût honoré sa
» vie, on douterait si Socrate, avec tout son esprit,
» fut autre chose qu'un sophiste.² Il inventa, dit-on,
» la Morale : d'autres avant lui l'avaient mise en pra-
» tique : il ne fit que dire ce qu'ils avaient fait, il ne fit
» que mettre en leçons leurs exemples. Aristide³ avait

1 Socrate eut pour père *Sophronisque*, sculpteur de profession, et pour mère, une sage-femme appelée Phènarète : aussi
se disait-il, par allusion à la profession de sa mère, *l'accoucheur
des esprits*.

2 Le mot de *Sophiste* ne se prend plus qu'en mauvaise part,
et signifie à-peu-près la même chose que *raisonneur captieux*
que *philosophe charlatan*, que *faux sage*.

3 *Aristide* se distingua tellement par sa justice, que son nom
est devenu le synonyme de *juste*. Il fut condamné à l'exil vers

» été juste avant que Socrate eût dit ce que c'était que
» justice ; Léonidas[1] était mort pour son pays avant
» que Socrate eût fait un devoir d'aimer la patrie ;
» Sparte était sobre avant que Socrate eût loué la
» sobriété ; avant qu'il eût défini la vertu, la Grèce
» abondait en hommes vertueux. Mais où Jésus avait-il
» pris chez les siens cette morale élevée et pure dont
» lui seul a donné les leçons et l'exemple? Du sein du
» plus furieux fanatisme, la plus haute sagesse se fit
» entendre, et la simplicité des plus héroïques vertus
» honora le plus vil de tous les peuples. La mort de
» Socrate philosophant tranquillement avec ses amis
» est la plus douce qu'on puisse désirer : celle de Jésus
» expirant dans les tourmens, injurié, raillé, maudit
» de tout un peuple, est la plus horrible qu'on puisse
» craindre. Socrate prenant la coupe empoisonnée,
» bénit celui qui la lui présente et qui pleure : Jésus,
» au milieu d'un supplice affreux, prie pour ses bour-
» reaux acharnés. Oui, si la vie et la mort de Socrate
» sont d'un sage, la vie et la mort de Jésus sont d'un
» Dieu. »

l'an 483 avant Jésus-Christ, et Socrate n'avait à cette époque
qu'environ quatorze ans.

1 *Léonidas* était à la tête des trois cents Spartiates qui moururent si glorieusement aux Thermopyles, dont ils défendaient
le passage à l'armée des Perses. Ce fut l'an 480 avant Jésus-Christ
qu'eut lieu ce mémorable événement, l'un des plus célèbres de
l'histoire ancienne.

VIII. Page 219.

Le charme vient du ciel quand il change la terre.

Oui, sans doute, et rien ne prouve mieux la divinité de la Religion que la facilité et la rapidité avec laquelle elle s'est établie dans tout l'univers. Écoutons à ce sujet l'illustre Fénélon :

« L'établissement d'une telle religion parmi les
» hommes est le plus grand de tous les miracles. Mal-
» gré toute la puissance romaine, malgré les passions,
» les intérêts, les préjugés de tant de nations, de tant
» de philosophes, de tant de religions différentes,
» douze pauvres pêcheurs sans art, sans éloquence,
» sans force, répandent partout leur doctrine ; malgré
» une persécution de trois siècles qui semble devoir
» l'éteindre à tout moment, malgré le martyre perpé-
» tuel d'un nombre innombrable de personnes de
» toutes les conditions, de tous les sexes, de tous les
» pays, la vérité triomphe enfin de l'erreur, selon les
» prédictions de l'ancienne et de la nouvelle loi. Qu'on
» me montre quelque autre religion qui ait ces marques
» visibles d'une divinité qui la protége ? Qu'un con-
» quérant établisse par les armes la croyance d'une
» religion qui flatte les sens ; qu'un sage législateur
» se fasse écouter et respecter par l'utilité de ses lois ;
» qu'une secte accréditée et soutenue par la puissance
» civile, abuse de la crédulité du peuple, tout cela est
» possible.

» Mais que pouvaient avoir vu les nations victo-
» rieuses, savantes et incrédules, pour se rendre si
» promptement à Jésus-Christ, qui ne leur promettait
» rien en ce monde que persécutions et souffrances ;
» qui leur proposait la croyance de mystères qui
» révoltent l'esprit humain, et la pratique d'une mo-
» rale qui sacrifie toutes nos passions les plus favorites ;
» en un mot, une foi et un culte qui désespèrent tout
» ensemble notre raison et notre amour - propre ?
» N'est-ce pas, comme le dit saint Augustin, un
» miracle plus grand et plus incroyable que ceux
» qu'on ne veut pas croire, d'avoir converti le monde
» à une semblable religion, sans miracles ?

» On ne saurait douter de la vérité de ces faits,
» puisque les livres qui en contiennent l'histoire ont
» été reçus et traduits par un grand nombre de peuples
» divers, sitôt qu'ils ont paru. Ils ont été lus dans les
» assemblées de presque toutes les nations, de siècle
» en siècle : personne cependant ne les a accusés de
» fausseté, ni les Juifs, ni les Païens, ni les Héré-
» tiques, quoiqu'ils eussent un intérêt puissant de les
» combattre et d'en déceler l'imposture. Les Juifs
» disaient, à la vérité, que Jésus-Christ avait fait ses
» miracles par magie, mais ils ne les rejetaient pas
» comme supposés. Les Païens n'ont pu disconvenir
» de ces faits, non plus que les Juifs ; Celse, Porphyre,
» Julien-l'Apostat, Plotin et les autres philosophes
» qui, dès les premiers temps, attaquèrent le Chris-
» tianisme avec toute la subtilité imaginable, avouèrent

» la vérité des miracles de Jésus-Christ, la sainteté de
» sa vie, et l'authenticité des livres qui en contiennent
» l'histoire. Enfin ces sectes nombreuses et succes-
» sives qui ont troublé l'Église en chaque siècle, prou-
» vent invinciblement qu'on n'aurait pu corrompre le
» texte sacré sans que l'imposture eût été découverte.

» Ainsi en remontant de siècle en siècle jusqu'à
» Jésus-Christ, les Chrétiens, les Hérétiques, les
» Juifs, les Païens, les Grecs, les Romains, les Bar-
» bares, tous rendent témoignage aux mêmes faits et
» aux mêmes livres. Comme la certitude de nos idées
» dépend de l'universalité et de l'immutabilité de la
» tradition qui les confirme, il est impossible qu'on
» fasse croire à toute une nation, et ensuite à plusieurs
» nations différentes, qu'elles ont vu d'abord de leurs
» yeux, et entendu de leurs oreilles, des choses qui
» n'ont jamais été; que la mémoire de ces faits sup-
» posés se soit perpétuée hautement, successivement,
» universellement dans tous les siècles, par des peuples
» différens, dont les intérêts, la religion, les préjugés
» sont contraires; que ces peuples conspirent avec
» leurs ennemis pour répandre une illusion qui les
» condamne; et que cependant, dans le temps actuel
» de l'imposture, ni dans les siècles suivans, on ne la
» découvre jamais : cela, dis-je, est non-seulement
» incroyable, mais absolument impossible. » (*Entre-*
tiens sur la Religion.)

IX. Page 225.

Je le vois, c'est lui-même, et je n'en puis douter...

Rattachons à ce vers un beau morceau de Delille dans son poëme de l'*Imagination*, chant VIII. On y voit l'incomparable supériorité de la Religion Chrétienne, et combien, toute venue qu'elle est du Ciel et toute *sortie des mains dont sortit l'Univers*, l'Imagination cependant l'a heureusement secondée et servie, en soutenant ses martyrs, en embellissant ses triomphes, en augmentant la pompe et l'éclat de ses solennités :

> Mais quoi ! pour le soleil j'oubliais son auteur !
> Fuyez, Dieux impuissans, devant le Créateur ;
> Dieu, le vrai Dieu s'avance : il veut que je publie
> De sa Religion la sublime folie.[1]
> Ce n'est plus cette erreur dont les séductions
> A des divinités prêtaient nos passions :
> Loin d'abaisser l'Olympe aux volontés humaines,
> Elle nous montre un Dieu se chargeant de nos peines ;
> Nous montre des mortels s'élevant jusqu'à Dieu ;
> Des folles passions elle amortit le feu ;
> Elle commande aux sens, subjugue la nature,
> Ne puise nos vertus qu'en une source pure.

[1] La *sublime folie* de la Religion ! On dit plus communément *la folie de la Croix*, d'après un Père de l'Eglise, qui, sans doute par une sorte d'allusion ironique à ce que disaient les Païens et les incrédules, a très-heureusement appelé ainsi les Mystères de la Rédemption. Notre Poëte a dit de même, en parlant des *Maîtres de l'Egypte*, qu'ils

> Ont déjà de la Croix embrassé *la folie*.

On sent combien l'Epithète de *sublime* ajoute à la force de l'expression dans le vers de Delille.

Ces doux liens de père, et de fils, et d'époux,
Au trône de Dieu même elle les suspend tous;
Bien loin des vœux mortels place nos espérances,
Craint les prospérités, jouit dans les souffrances,
Joint l'homme à l'Éternel, joint les hommes entre eux,
Cultive sur la terre, et cueille dans les cieux.
Comme ces cultes vains que l'erreur a fait naître,
L'Imagination ne lui donna point l'être;
Ainsi que le Soleil, les astres et les mers,
Elle sortit des mains dont sortit l'Univers.

Mais, telle qu'une reine en sa grandeur suprême
Permet à d'humbles fleurs d'orner son diadème,
L'Imagination eut l'honneur immortel
D'embellir sa couronne et d'orner son autel.
Quand les prophètes saints, dans leur sacré délire,
De sa grandeur future entretenaient leur lyre,
Tantôt comme un miel pur vantaient ses douces lois,
Tantôt de son tonnerre épouvantaient les rois,
Elle-même dictait leurs Odes immortelles.
C'est elle qui, montrant les palmes éternelles,
Sous les yeux des tyrans, sous le fer des bourreaux,
Transformait des enfans, des femmes en héros;
Et lorsque sous la terre, au fond des catacombes,
Vivans, ils habitaient le silence des tombes,
Dans ces noirs souterrains, conduite par la Foi,
L'Imagination charmait leur sombre effroi.
C'est elle qui, changeant tous leurs maux en délices,
Assaisonnait le jeûne, émoussait les cilices,
Mêlait les chœurs divins à leurs hymnes pieux,
Et du fond des tombeaux anticipait les cieux.
Avec non moins de zèle, aux jours de sa victoire,
De la Religion elle servit la gloire.
Avant ces jours heureux, autour de ses autels,
Aucune pompe encor n'attirait les mortels;

Seule, sous l'œil de Dieu, dans sa douleur obscure,
Ses maux étaient sa gloire, et ses fers sa parure :
Mais lorsque des tyrans elle eut vaincu l'orgueil,
Alors elle jeta ses vêtemens de deuil,
Prit et ses chants de joie, et ses habits de fêtes.
L'Imagination, secondant ses conquêtes,
Vint parer son triomphe et hâter sa grandeur,
De ses solennités augmenta la splendeur,
Des Vierges, des Martyrs, retraça les exemples ;
L'orgue majestueux retentit dans les temples,
Et les sens, entraînés par ces charmes puissans,
S'armèrent pour un culte armé contre les sens.

FIN DE L'APPENDICE.

CHANT CINQUIÈME.

Les Mystères de la Religion au-dessus de la Raison, mais non pas plus contre la Raison que les Mystères de la Nature.

———

ARGUMENT.

I. *La nature divine et la nature humaine du Verbe, à voir des yeux de la Foi, et non des yeux de la Raison, qui est si faible et si bornée.*

II. *La Nature elle-même, confondant sans cesse notre raison par ses mystères, et ne permettant jamais à notre orgueilleuse curiosité qu'une science imparfaite et mêlée d'ignorance.*

III. *L'Astronomie, naissant en Égypte, marquée au coin de l'erreur, et enfantant bientôt les plus cruelles superstitions.*

IV. *La Science, passant de l'Égypte dans la Grèce, et de là dans Rome, mais y entraînant l'erreur avec elle, et ne donnant encore, sur la Nature, que des fables ou que des systèmes.*

V. *L'esprit humain, à peine dans le vestibule de la Nature et aux portes du savoir, lorsqu'il est tout-à-coup arrêté dans sa marche par le progrès du Mahométisme, et la destruction des monumens des Lettres et des Arts.*

VI. *L'Étude de la Nature enfin ranimée par d'heu reuses découvertes qui nous font connaître un nouvea monde, de nouveaux cieux, et des êtres vivans qu jusque-là, avaient échappé à nos faibles regards.*

VII. *Descartes et Newton, nous apprenant à pen ser, à connaître, et faisant tout deux faire un gran pas à l'esprit humain, mais nous prouvant l'un l'autre par leur exemple qu'il est pour notre raiso des bornes au-delà desquelles elle ne peut que s'égar et se perdre.*

VIII. *Phénomènes naturels dont les causes toujou cachées et insaisissables, quoiqu'elles semblent le plu à notre portée, doivent nous convaincre que le livre d la Nature, tout ouvert qu'il est à nos yeux, a pou nous des caractères à jamais indéchiffrables et de feuillets scellés d'un sceau éternel.*

IX. *La Nature, épaississant toujours de plus en plu son voile pour la Raison qui se présente seule devan elle, et ne se laissant un peu pénétrer et entrevoir qu' la Raison éclairée du flambeau de la Foi.*

X. *La Raison, apprenant de la Foi les causes d notre ignorance, de nos malheurs, et les moyens qu nous ont été ménagés par la bonté divine pour recou vrer les avantages primitivement attachés à notre con dition.*

XI. *Une Religion si lumineuse et si sublime, devan laquelle s'éclipse toute philosophie humaine, et qui soumis le monde à son empire, de qui est-elle l'ou vrage, si ce n'est de Dieu même ?*

XII. *Hommage au Verbe, Fils du Très-Haut, pou*

le bienfait ineffable de la Religion qu'il a donnée aux hommes ; et vœux en faveur de cette Religion, dont au reste le triomphe est assuré dans tous les siècles, quoiqu'on puisse tenter et entreprendre contre elle.

Les morceaux les plus dignes de choix paraissent être ceux des numéros II, III, VI, VIII, X et XI.

CHANT CINQUIÈME.

I. Le Verbe égal à Dieu, splendeur de sa lumière,
Avant que les mortels, sortis de la poussière,
Aux rayons du soleil eussent ouvert les yeux,
Avant la terre, avant la naissance des cieux,
Éternelle puissance, et sagesse suprême,
Le Verbe était en Dieu, fils de Dieu, Dieu lui-même.[1]

Fils de Dieu, cependant fils de l'homme à-la-fois,[2]
Peut-il, toujours égal.... Je m'arrête, et je crois.
Faible et fière Raison, dépouille ton audace.
Le vent souffle : qui peut en découvrir la trace?

---

1 « Au commencement le Verbe était, dit l'Apôtre, et le
» Verbe était en Dieu, et le Verbe était Dieu. Tout a été fait par
» lui, et rien de ce qui a été fait n'a été fait sans lui. En lui était
» la vie, et la vie était la lumière des hommes. Et le Verbe s'est
» fait chair, et il a habité parmi nous; et nous avons vu sa gloire,
» la gloire du fils unique du père, plein de grâce et de vérité. »

2 *Fils de l'homme*, en ce qu'il s'est fait chair et a paru parmi
nous sous le corps d'un homme. *Fils de l'homme et fils de Dieu
à-la-fois*, il réunit donc en lui-même et la nature divine et la
nature humaine. Ces deux natures cependant, quoique toujours
distinctes, ne forment qu'une seule personne, Jésus-Christ, vrai
Dieu et vrai homme, par conséquent le *Dieu-Homme* ou, comme
on voudra, *l'Homme-Dieu.*

Étonnés de son bruit, nous sentons son pouvoir ;
Notre oreille l'entend, notre œil ne le peut voir.[1]
Quelque trouble ici-bas que mon âme ressente,
La Foi, fille du Ciel, devant moi se présente.
Sur une ancre appuyée, elle a le front voilé ;[2]
Et, m'éclairant du feu dont son cœur est brûlé :
« Viens, dit-elle, suis-moi. L'éclat que je fais luire,
» Quand tu baisses les yeux, suffit pour te conduire.
» Est-ce le temps de voir que le temps de la nuit ?[3]
» En attendant le jour, docile à qui t'instruit,
» Tu dois, à chaque pas, plus adorer qu'entendre,
» Plus croire que savoir, et plus aimer qu'apprendre. »[4]
  « Faut-il, dit le Déiste, enchaîner la Raison ?
» N'est-elle pas du Ciel le plus précieux don ?
» Et pouvons-nous penser qu'en nous l'Être suprême
» Veuille étouffer un feu qu'il alluma lui-même ? »

1 Ces trois derniers vers, qui sont la traduction d'un passage
de St.-Jean, ont pour but de prouver qu'il en est des mystères de
la Religion comme des phénomènes de la Nature : en existent-ils
moins parce que nous en ignorons la cause et les principes ?

2 Cette *ancre* est celle de la révélation. La Foi est représentée
le *front voilé*, parce qu'elle n'a encore qu'une demi-lumière, et
que d'ailleurs elle ne cherche pas à tout voir, à tout pénétrer.

3 La *Nuit*, c'est cette vie mortelle où les ténèbres de l'ignorance nous enveloppent de toutes parts. Le *Jour*, c'est la vie
immortelle qui nous attend dans le sein de Dieu.

4 C'est ce que dit dans la *Henriade* cette voix qui, du trône
de l'Éternel, se fait entendre à l'indiscret Henri IV :

> A ta faible raison garde-toi de te rendre :
> Dieu t'a fait pour l'aimer, et non pour le comprendre.

17

Il l'alluma sans·doute ; et cet heureux présent
Par son premier éclat guidait l'homme innocent.
Aujourd'hui presque éteinte, une flamme si belle
Ne prête qu'un jour sombre à l'âme criminelle ; [1]
Mais la Foi le ranime avec un feu plus pur. [2]
Et d'indignes mortels l'osent trouver obscur,
Quand, par bonté pour eux, un Dieu se manifeste ! [3]
Il leur en dit assez : qu'ils ignorent le reste.
Jusques au temps prescrit le grand livre est scellé. [4]

II. Pour nous confondre, hélas ! que n'a-t-il pas voilé
Pourrons-nous pénétrer ses mystères sublimes,
Quand ses moindres secrets sont pour nous des abîmes
La Nature à nos yeux sans cesse vient s'offrir ;
Le livre à tout moment semble prêt à s'ouvrir :

[1] La faiblesse, l'incertitude et l'insuffisance de la Raison, sur
tout dans les choses spirituelles, est assez prouvée par l'absurdité
ou l'extravagance de tant de divers systèmes de métaphysique
enfantés par l'esprit humain depuis la naissance des siècles.

[2] Il n'est pas besoin de prévenir que par *feu*, dans tous ces
vers, il faut entendre *flambeau*, *lumière*.

[3] C'est par la révélation que Dieu *se manifeste*. Mais il ne se
manifeste qu'imparfaitement, que dans un demi-jour, et qu'autant qu'il le faut pour qu'on ne puisse pas le méconnaître ; il ne se
manifeste que par *derrière*, s'il faut le dire, comme autrefois
Moïse sur la montagne ; il ne se manifeste que pour nous faire
entendre sa voix, et nous donner ses oracles à croire, ses lois à
suivre.

[4] Le *livre* des vérités éternelles, divines, de ces vérités, trop
souvent l'objet de notre vaine curiosité, et qui ne doivent l'être
pour le moment que de notre humble croyance.

Que de siècles perdus sans que rien nous attire
A rechercher du moins ce que l'homme y peut lire ! [1]
Et lorsque nos besoins, le temps et le hasard
Nous contraignent enfin d'y jeter un regard,
Instruits de quelques faits, en savons-nous les causes?
Attentif au spectacle, en vain tu te proposes,
Philosophe orgueilleux, d'en suivre le dessein.
En vain tu veux chercher la Nature en son sein;
Là, tu trouves écrit : *Arrête, téméraire,*
Nul de vous n'entrera jusqu'en mon sanctuaire. [2]
Oui, même en ces objets si présens à nos yeux,
Tout devient invisible à l'œil trop curieux :
Et celui qui captive une mer furieuse [3]
Borne aussi des humains la vue ambitieuse.

1 Et depuis qu'on a tant cherché à y lire, dans ce livre partout ouvert à nos yeux, qu'est-ce qu'on y a découvert en comparaison de ce qui reste à y découvrir? Et d'ailleurs jusqu'où vont ces découvertes? Quelques faits isolés, rarement certains, souvent contredits, voilà où elles s'arrêtent, et les causes demeurent toujours plus cachées que jamais. « Tout ce que j'ai pu com-
» prendre des œuvres du Créateur, dit Salomon doué de tant
» de connaissances admirables, c'est que l'homme ne découvrira
» jamais la raison de rien de ce qui se fait sous le Soleil, et que,
» plus d'efforts il fera pour la chercher, plus elle se dérobera à ses
» yeux. »

2 Le *Sanctuaire* était chez les Juifs le lieu le plus saint du temple, le lieu où reposait l'Arche, et où il n'était permis qu'au Grand-Prêtre d'entrer. Ici le Poëte appelle figurément le *Sanctuaire* de la Nature ses mystères et ses secrets.

3 Le grand Racine dans *Athalie* :

Celui qui met un frein à la fureur des flots,
Sait aussi des méchans arrêter les complots.

Pour sonder la Nature, ils font de vains efforts :
Ils en verront les jeux, et jamais les ressorts.[1]
Partout elle nous crie : « Adorez votre maître ;
» Contemplez, admirez, jouissez sans connaître. »
D'une attentive étude embrassant le parti,
Du sein de l'ignorance un mortel est parti.
A-t-il tout parcouru ? Pour fruit de tant de peine,
A l'ignorance encor son savoir le ramène.[2]
Tu rougis, fier mortel ; prête à me démentir,
Ta vanité murmure : il faut l'anéantir.
De tes fameux progrès cherchons quelle est la gloire :
Faisons de ton esprit l'humiliante histoire.

III. L'intérêt nous donna nos premières leçons :[3]
L'amour de nos troupeaux, le soin de nos moissons
Nous firent d'un temps cher devenir économes,
Et la nécessité nous rendit astronomes.[4]
Pouvions-nous mieux régler nos travaux et nos jours,
Que sur ces corps brillans, si réglés dans leur cours ?

1 Les *Jeux*, c'est-à-dire les phénomènes, les effets : les *ressorts*,
c'est-à-dire les principes, les causes.

2 Si loin qu'on aille dans la Science, il reste toujours infiniment plus à savoir qu'on ne sait ; et l'homme le plus savant dira
comme ce sage de l'antiquité : *je ne sais qu'une chose, c'est que
je ne sais rien.*

3 L'*intérêt*, c'est-à-dire le besoin, ou, comme il est dit trois
vers après, la nécessité. C'est aussi à la nécessité, au besoin, qu'est
due l'invention des premiers arts, et le Poëte l'a dit lui-même
dans le troisième chant.

4 Le *soin des moissons* et en général de tout ce qui tient à
l'Agriculture, exigeait la connaissance des temps, des saisons, et
cette connaissance tient à celle des astres.

Le peuple qui du Nil cultivait le rivage
Les observa long-temps sous un ciel sans nuage.[1]
Pour mieux les contempler, sous différens cantons[2]
Il les partage entre eux, et leur cherche des noms.
Cassini, Galilée, excusez vos ancêtres :[3]
Leurs yeux, accoutumés à des objets champêtres,
Ne virent dans le ciel que chiens, béliers, taureaux ;[4]
Vous y saurez un jour porter des noms plus beaux :
Saturne et Jupiter vanteront leur cortège.[5]

1 Comme il ne pleut jamais en Égypte, et que le ciel par conséquent y étant toujours pur et serein, on peut toujours y observer
les astres ; comme d'ailleurs les plus anciens monumens y attestent
de grandes connaissances astronomiques, on a cru que c'était là
que l'Astronomie avait pris naissance. Cependant il paraît par
les noms mêmes des signes du Zodiaque, que ces noms avaient
été inventés avant les Égyptiens : car les Égyptiens auraient-ils,
comme l'observe très-bien un savant, placé la *Vierge* ou *mois-
sonneuse* au mois d'Août, qui est un de ceux où leur pays est
couvert par les inondations du Nil ?

2 *Sous différens cantons,* c'est-à-dire en différentes constellations ou assemblages. On appelle *signes* les douze constellations
du Zodiaque, bande circulaire supposée dans le ciel par les
Astronomes.

3 Galilée et Cassini, deux célèbres astronomes Italiens : l'un, né
à Pise en 1564, et mort à Florence en 1642 ; l'autre, né à Nice en
1625, et mort en 1712, à Paris, où il avait été attiré depuis assez
long-temps par les bienfaits de Louis XIV.

4 Comme l'Astronomie prit naissance parmi des peuples pasteurs
ou agriculteurs, divers astres reçurent des noms d'animaux
domestiques.

5 *Leur cortége,* c'est-à-dire leurs satellites : ceux de Jupiter
furent découverts par Galilée, qui les appela les *Médicis,* et ceux
de Saturne, par Cassini, qui les appela les *Bourbons.*

Mais de l'antiquité quel est le privilége !...

Les noms qu'auront forgés ces grossiers laboureurs

Imprimeront en nous d'éternelles erreurs.

O trop heureux l'enfant qui naît sous la Balance ![1]

De son cruel voisin détestons la puissance.[2]

Horace frémira, s'il sait que le hasard

En naissant l'a frappé de ce triste regard.[3]

Sur la voûte des cieux notre histoire est écrite.

Dans ce livre fatal plus d'un Cardan médite :[4]

[1] C'est-à-dire sous le signe de la balance, l'un des douze du Zodiaque. Les Anciens ne croyaient pas qu'il fût indifférent de naître sous tel ou tel signe.

[2] Ce *cruel voisin* de la *Balance* est le *Scorpion*, que l'on regardait comme le plus funeste des douze signes. La *Balance*, le *Scorpion* et le *Sagittaire*, sont les trois premiers signes de l'hémisphère méridional, et répondent aux mois de *Septembre*, d'*Octobre* et de *Novembre*.

[3] Horace dit à Mécène dans une Ode où il cherche à le rassurer contre la crainte de la mort : « Que je sois sous l'empire de la » balance, ou sous l'aspect dangereux du Scorpion, le plus terrible » des signes célestes :

Seu libra, seu me Scorpius aspicit
Formidolosus, pars violentior
Natalis horæ...

C'est à quoi fait allusion notre Poëte. Mais Horace a pu parler d'après les idées de l'Astrologie judiciaire, sans les adopter : on voit même assez qu'il s'en moque comme d'une vaine superstition.

[4] Jérôme Cardan, fameux médecin et astrologue, né à Pavie en 1501, fit tous ses efforts pour remettre en crédit cette philosophie chimérique qui fait dépendre des astres les destinées humaines. On prétend qu'il se laissa mourir de faim à l'âge de 75 ans, pour accomplir la prédiction qu'il avait faite que cet âge serait le terme de sa vie.

Achetons leur faveur. Richelieu, Mazarin,
Vous-mêmes prodiguez vos bienfaits à Morin : [1]
Ses yeux lisent un chiffre impénétrable aux vôtres :
Qu'il vous fasse trembler, faites trembler les autres.
D'une éternelle nuit le peuple menacé,
Rappelle par ses cris le soleil éclipsé. [2]
Mais quel corps menaçant vient troubler la nature
Par son étincelante et longue chevelure ? [3]
Qu'un si grand appareil annonce de fureur !
Vil peuple, il ne doit point te causer de terreur :
D'un important courroux ces députés sinistres,
Si ce n'est pour des rois, partent pour des ministres.
Le Ciel a du loisir, ou nous fait trop d'honneur :

1 *Achetons leur faveur*, pour On achète leur faveur: *Richelieu,
Mazarin, prodiguez vous-mêmes vos bienfaits*, pour Richelieu
et Mazarin eux-mêmes prodiguent leurs bienfaits : ce tour est très-
poétique.

Morin fut un célèbre astrologue du temps de Richelieu et de
Mazarin, et que ces deux ministres avaient la faiblesse de consulter.
Ils le comblèrent l'un et l'autre de bienfaits ; Mazarin lui fit même
une pension de 2000 fr., après lui avoir procuré la chaire de
Mathématiques du Collége de France.

2 Les Eclipses, et surtout les éclipses de soleil, ont été autrefois
de grands sujets de terreur pour les peuples. On prétendait délivrer
l'*astre souffrant* et le rappeler au jour par de grands cris mêlés au
bruit tumultueux de poëles, de chaudrons et autres ustensiles ; et
cette folie, dit-on, se pratique encore en Égypte.

3 A ces traits on reconnaît les Comètes, dans l'apparition
desquelles le peuple a, de tout temps, cru voir la sinistre annonce
des plus grands désastres.

Le seul cri d'un hibou peut nous flétrir le cœur.[1]
De tes astres, ô Ciel, n'éteins pas la lumière.[2]
Verrons-nous sans palir tomber notre salière![3]
Rassurez-nous, devins, charmes, enchantemens,
Amulettes, anneaux, baguettes, talismans :[4]
Et tant d'autres secours qu'embrasse l'ignorance,
Si folle dans sa crainte et dans son espérance.

IV. De toutes nos erreurs quand le nombreux essaim
Dans l'Égypte produit s'échappa de son sein,
L'amour d'un doux climat l'emporta dans la Grèce.
Un peuple qu'endormaient dans une longue ivresse
La musique, les vers, les danses et les jeux,

---

1 Le *Hibou* a été toujours regardé comme un oiseau de mauvais augure. Virgile veut qu'un Hibou ait présagé par son cri funèbre le triste sort de Didon.

2 C'est-à-dire, Les Éclipses, ô Ciel! ne sont pas nécessaires pour nous effrayer : il suffit de bien moins.

3 « Cette superstition, qui passa des Grecs aux Romains, a
» passé des Romains jusqu'à nous, observe le Poëte lui-même. Ma
» note serait longue, continue-t-il, si à ce présage j'ajoutais tous
» ceux qu'il a plu aux hommes d'appeler funestes, comme des
» tintemens d'oreilles, les éternuemens, la rencontre d'une chienne
» pleine, d'une louve rousse, et les autres dont parle Horace dans
» l'Ode, *Impios parræ.* »

4 On sait le rôle que jouent dans la Magie les *baguettes* et les *anneaux.* Les *amulettes* sont des figures ou des caractères qu'on porte sur soi, en y attachant une confiance superstitieuse : on appelle *talismans* certaines pièces de métal, certaines figures ou certaines pierres gravées ou chargées de caractères, auxquelles on attribue des vertus extraordinaires.

D'Apelles, de Scopas et d'Homère amoureux,[1]
Consacrant aux Beaux-Arts ses yeux et ses oreilles ,
Du ciel et de la terre oublia les merveilles.
Leurs sages rarement en parurent frappés ;
Et jamais les Romains n'en furent occupés.
Tout plein de son héros, au lieu de la Nature,
Lucrèce leur chanta les rêves d'Épicure.[2]
Ambitieux de vaincre, et non de discourir ,
L'art des enfans de Mars fut l'art de conquérir.[3]
L'étude a peu d'attraits pour les maîtres du monde.
« Le soleil, disaient-ils, va se coucher dans l'onde ;

1 *Apelles*, célèbre peintre de l'île de Cos, qui vivait sous
Alexandre-le-Grand.

Scopas, fameux architecte et sculpteur de l'île de Paros, qui
vivait vers l'an 430 avant Jésus-Christ, et par conséquent environ
cent ans avant Apelles.

Homère, le père des poëtes, dont il a été déjà parlé dans les
notes du second chant.

Apelles, *Scopas* et *Homère*, ici en quelque sorte pour la
Peinture, la Sculpture et la Poésie.

2 Voir pour Lucrèce et Epicure les notes du second Chant. Le
cardinal de Polignac a réfuté victorieusement tous ces *rêves*
philosophiques, et, malgré les erreurs de physique où il est tombé
lui-même, il mérite le bel éloge qu'a fait de lui Voltaire en disant
dans son *Temple du goût* :

> Ce cardinal qui, sur un nouveau ton,
> En vers latins fait parler la sagesse,
> Réunissant Virgile avec Platon,
> Vengeur du Ciel, et vainqueur de Lucrèce.

3 Les *Enfans de Mars*, pour dire, les Romains: Romulus, le
fondateur de Rome, était prétendu fils de Mars.

» La voûte dont le cercle a pour base la mer
» Sous son dôme brillant couvre la terre et l'air,
» Et le vieux Océan, père de la Nature,
» Étend autour de nous son humide ceinture.[1] »
Tels étaient leurs progrès lorsque du vrai savoir
La fureur des combats éteignit tout espoir.

V. Faible par sa grandeur, ce n'était qu'avec peine
Que sur la terre encor Rome étendait sa chaîne.
D'esclaves trop nombreux son empire accablé,
Malgré son double appui, se sentit ébranlé ;[2]
Et lorsque par les mains du conquérant Hérule[3]
Le trône des Césars tomba sous Augustule,
Sa chute fit trembler celui des Constantins.[4]
Le fameux imposteur, suivi des Sarrasins,[5]
Jeta les fondemens d'un pouvoir formidable,
Que sous un autre nom rendit plus redoutable

1 *Note du Poëte :* « Quelques peuples s'imaginaient que la terre
» était portée par des éléphans. Les Grecs et les Romains croyaient
» que la nuit les astres allaient se rafraîchir dans la mer; que le
» Ciel nous couvrait comme une voûte, et que l'Océan environ-
» nait la terre. Cosme l'Egyptien débite comme l'opinion com-
» mune de son temps, que le Soleil se couchait derrière une
» montagne. »

2 Quel était ce *double appui ?* l'Empire d'Orient et l'Empire
d'Occident.

3 Odoacre, dont il a été parlé à la fin du quatrième Chant.

4 Les *Constantins*, pour les empereurs d'Orient, successeurs
de Constantin à Constantinople, et les *Césars*, pour les Empereurs
d'Occident, successeurs de Jules et Octave *César* à Rome.

5 Mahomet, le soi-disant prophète de Dieu.

Le peuple que l'Euxin vomit de ses marais ,[1]
Du jour que le second de ses fiers Mahomets ,
La gloire du Croissant , et la terreur du monde ,[2]
Eut enfin foudroyé Byzance et Trébisonde.[3]

Jour cruel , jour fatal , où sur tant de trésors ,
Antiques monumens respectés jusqu'alors ,
Par la destruction signalant sa puissance ,
Le barbare étendit sa stupide vengeance ![4]

Que nos plus beaux palais de cendres soient couverts:
Mais pourquoi tant d'écrits à nos regrets si chers
Sont-ils brûlés par toi, vainqueur impitoyable ![5]

1 Les Turcs, peuple originaire de la Sarmatie asiatique, entre
le Mont-Caucase, le Tanaïs, les Palus-Méotides, et la Mer-
Caspienne : les Palus-Méotides sont au Nord du Pont-Euxin ,
aujourd'hui appelé la Mer-Noire.

2 Mahomet II ou Mehemet, empereur des Turcs , surnommé
le-Grand , né en 1430 et mort en 1481, fut en effet l'*Alexandre*
mahométan. Le *Croissant* est le signe du Mahométisme , comme
la *Croix* l'est du Christianisme : il est ici par Métonymie pour le
Mahométisme même.

3 *Bysance* est l'ancien nom de Constantinople. *Trébisonde* ,
ville de la Turquie asiatique dans la Natolie , sur la Mer-Noire,
à 225 lieues de Constantinople : elle était, depuis l'an 1204, le
siège d'un Empire fondé par les Comnènes.

4 Cependant Mahomet II , loin d'être sans culture et sans instruction , avait été formé par les maîtres les plus habiles. Il parlait
le Grec, l'Arabe, le Persan , et entendait le Latin; il avait des
connaissances en Histoire, et savait ce qu'on pouvait savoir alors
de Géographie et de Mathématiques; enfin il dessinait et n'était pas
même étranger à l'art de la peinture.

5 Sans doute que, lorsque les Turcs se rendirent maîtres de
Constantinople, tous les monumens des arts et des sciences , les

L'ignorance à tes vœux sans doute est favorable.
Que crains-tu ? Son empire est partout affermi,
Depuis que du bon sens un savoir ennemi,
Trouvant l'art d'obscurcir le maître des ténèbres,[1]
Forme dans ses écrits tous ces docteurs célèbres
Qui, le dilemme en main,[2] prétendent de *l'abstrait*
Catégoriquement diviser le concret.[3]

statues, les tableaux, les bibliothèques, dont cette superbe Capitale était remplie, furent en proie aux plus grands ravages. Mais il n'est pas bien constant que Mahomet II en eût donné l'ordre ; on serait même fondé à croire tout le contraire. Du moins est-il certain qu'il s'opposa à ce qu'on fît brûler les palais et les édifices publics, et qu'il les préserva de la destruction, en alléguant qu'ils étaient à lui. Il y a même plus : Constantinople fut sous son règne l'une des villes les plus florissantes du monde, et ce ne fut qu'après lui qu'elle devint le centre de la barbarie.

1 Aristote, dont les écrits sont d'autant plus obscurs qu'ils ne sont venus jusqu'à nous que très-défigurés. C'est de là qu'était née cette vaine et subtile philosophie qui, pendant tant de siècles, insulta au bon sens et à la raison : elle régnait dans toute l'Europe au temps de la prise de Constantinople.

2 Le *Dilemme* est une sorte d'argument qui contient deux propositions contraires ou différentes, par lesquelles on prétend également convaincre son adversaire, soit qu'il prenne l'une ou qu'il prenne l'autre. On s'en sert dans la dispute comme d'une arme à double tranchant.

3 Le *Concret* se dit des qualités unies au sujet : *bon, pieux, savant, habile* ; et l'*Abstrait*, des qualités considérées absolument, et comme séparées de leur sujet : *bonté, piété, science, habileté.* On sent que l'*abstrait*, n'étant qu'une simple considération de notre esprit, n'a au fond rien de *réel*, et n'est qu'un vain *nom*. Cependant ce n'est pas ce que prétendaient ces docteurs dont parle

Quand viendra ton vengeur , ô raison qu'on outrage !

VI. De tant de mots pompeux le superbe étalage
Trouvait de tous côtés d'ardens admirateurs ,
Et la Nature entière était sans spectateurs.
L'intérêt cependant va nous rapprocher d'elle.
Un Gênois nous apprend, quelle étrange nouvelle !
Qu'au-delà de ce monde il est un monde encor ,
Monde dont l'habitant abandonne tout l'or.[1]
Nous volons. Quel que soit l'objet qui nous anime ,
Comment de tant de mers franchissons-nous l'abîme ?
Si long-temps sur sa feuille attaché dans un coin
Par quel effort l'insecte a-t-il rampé si loin ?[2]

Un aimant (le hasard dans l'air le fit suspendre)
En regardant le pole , aux yeux qu'il dut surprendre ,
Révéla cet amour qu'on ne soupçonnait pas :[3]

le Poëte, et qui formaient la secte des *Réalistes*, opposée à la
secte des *Nominaux*. Les *Réalistes* et les *Nominaux* se firent
en France une guerre qui ne put finir que par un édit de Louis XI.

1 Il n'est pas besoin de dire que ce *Gênois* est le célèbre Cris-
tophe Colomb, et ce nouveau monde, l'Amérique. Colomb était
né en 1442 , à Cogureto, village sur la côte de Gênes, et ce fut
en 1492, qu'il fit la première de ses immortelles découvertes au-
delà de mers auparavant inconnues.

2 On voit assez quel est *l'insecte* de ces deux vers allégoriques :
le nom d'*homme* ne le ferait pas mieux connaître.

3 L'*aimant* est une pierre qui a la propriété d'attirer le fer,
et à laquelle il y a deux points déterminés, dont l'un se tourne
toujours vers le Nord, et l'autre vers le Sud : ces deux points
déterminés s'appellent les *deux poles de l'aimant* , sans doute à
cause de leur correspondance avec les deux poles de la terre. Quant

Amour heureux pour nous, et fatal aux Incas.[1]
Nos flottantes forêts couvrent le sein de l'onde :
La boussole nous rend les citoyens du monde.[2]
Des deux Indes pour nous elle ouvre tous les ports ;
Et nous en rapportons par elle les trésors.
Tant d'objets différens, tant de fruits, tant de plantes,
(Que de l'esprit humain les conquêtes sont lentes !)
Donnent enfin naissance aux désirs curieux,
Et la terre ramène à l'étude des cieux.[3]

Faibles amas de sable, ouvrages de la cendre,
Deux verres (le hasard vient encor nous l'apprendre)
L'un de l'autre distans, l'un à l'autre opposés,
Qu'aux deux bouts d'un tuyau des enfans ont placés,

à l'*aimant*, il tire son nom, à ce qu'il paraît, de cette espèce d'*amour* par lequel il se porte invinciblement vers le pole du Nord.

1 *Heureux pour nous*, en ce qu'il nous soumettra en quelque sorte les mers, et nous ouvrira de nouvelles sources de richesses ; *fatal aux Incas*, en ce qu'il les fera tomber sous notre pouvoir et sous notre fer : les *Incas* étaient les rois du Pérou, dans l'Amérique méridionale.

2 La *boussole* est un cadran dont l'aiguille frottée d'aimant se tourne vers le Nord, et sert par conséquent à diriger sûrement les navigateurs sur mer. Cet utile instrument fut inventé vers l'an 1300, par *Jean Gioia* ou *Goia*, né à Melphy dans le royaume de Naples.

3 La découverte du Nouveau-Monde précéda la restauration de l'Astronomie chez les Modernes : le fameux *Copernic*, qui eut tant de part à cette restauration, n'avait encore que de dix-neuf à vingt ans en 1492. Le célèbre *Képler* ne vint que près de cent ans après, puisqu'il naquit en 1571.

Font crier en Zélande, ô surprise ! ô merveille ![1]
Et le Toscan fameux à ce bruit se réveille.[2]
De Ptolomée[3] alors, armé de meilleurs yeux,
Il brise les cristaux, les cercles et les cieux ;
Tout change : par l'arrêt du hardi Galilée
La terre loin du centre est enfin exilée.[4]
Dans un brillant repos, le soleil à son tour,
Centre de l'univers, roi tranquille du jour,

[1] Le Télescope ou Tube astronomique, auquel l'Astronomie doit tant de progrès, fut, à ce que l'on croit le plus communément, inventé par *Jacques Metius*, natif d'Alcmaër en Hollande, et cette invention fut, comme la plupart des découvertes, l'effet d'un heureux hasard : *Metius* vit des Écoliers qui, en se jouant en hiver sur la glace, se servaient du dessus de leurs écritoires comme de tubes, et qui, ayant mis en badinant des morceaux de glace aux deux extrémités, étaient fort étonnés de voir par ce moyen les objets éloignés se rapprocher d'eux. De là aux lunettes d'approche il n'y avait pas loin, attendu qu'on se servait déjà de tubes à plusieurs tuyaux pour diriger la vue sur des objets éloignés et la rendre plus nette. *Metius* fit part de son invention aux États-Généraux en 1609.

[2] *Galilée*, natif de Pise en Toscane.

[3] *Ptolomée*, mathématicien de Péluse, surnommé par les Grecs *très-divin* et *très-sage*, et qui florissait à Cénope près d'Alexandrie sous l'empire d'Adrien et de Marc-Aurèle, vers le commencement du second siècle de notre ère, est surtout célèbre par son *Système du Monde*, dans lequel il place la terre au centre de l'Univers.

[4] *Galilée*, ayant vu des lunettes d'approche inventées par *Jacques Metius*, en composa lui-même une semblable au moyen de laquelle il fit de grandes découvertes dans le ciel. Adoptant le système de *Copernic*, qui place le Soleil au centre de notre monde,

Va voir tourner le ciel, et la terre elle-même.
En vain l'inquisiteur croit entendre un blasphème,
Et six ans de prison forcent au repentir
D'un système effrayant l'infortuné martyr :
La terre , nuit et jour à sa marche fidèle ,
Emporte Galilée et son juge avec elle.[1]

D'un monde encor nouveau que d'habitans obscurs
Vous tirez du néant , illustres Réaumurs![2]
Pourquoi sans spectateur tout un peuple en silence
Veut-il nous dérober tant de magnificence?
Sans un verre, nos yeux ne le connaîtraient pas.[3]

et fait tourner autour de lui la terre avec les autres planètes, il
chercha à le faire prévaloir sur le système de Ptolomée qui avait
eu crédit pendant tant de siècles.

[1] Ce ne fut pas impunément que *Galilée* voulut soutenir et
défendre le système de *Copernic*, aujourd'hui généralement adopté.
Il fut jeté dans les prisons de l'Inquisition , et il ne put en sortir
qu'en se rétractant. Ainsi, à l'âge de 70 ans, il abjura, les genoux
à terre et les mains sur l'Évangile, comme une *absurdité* et comme
une *hérésie*, ce qu'il avait cru et croyait encore probablement être
la vérité. On prétend qu'au moment où il se releva, agité par le
remords d'avoir fait un faux serment, il dit, en regardant la terre,
et en la frappant du pied : *Cependant elle tourne !*

[2] *Illustres Réaumurs*, non-seulement pour *Réaumur* lui-
même, mais pour tous ceux qui, comme lui, ont observé et étudié
la Nature jusque dans les plus petits insectes. *Réaumur*, né à la
Rochelle en 1683; admis à l'Académie des Sciences en 1708;
mort en 1757, âgé d'environ 75 ans.

[3] Le Microscope est le verre merveilleux qui nous fait voir
re peuple innombrable et *silencieux*, imperceptible à la simple
vue. Ce nouvel instrument d'optique fut inventé environ vingt

Celui qui fit ces yeux pour veiller sur nos pas,
Ne nous en donne point pour voir tous ses ouvrages : [1]
Et lorsque nous voulons percer jusqu'aux nuages
Où s'enferme ce Dieu, de ses secrets jaloux,
Pour regarder si haut quels yeux espérons-nous ? [2]
Vers de terre, à la terre arrêtez votre vue.

VII. A peine sa beauté, jusqu'alors inconnue,
A plus d'une merveille eût su nous attacher,
Que l'on vit en tous lieux, du soin de les chercher,
Naître l'heureux dégoût des questions si folles
Dont l'antique tyran des bruyantes écoles,
Le héros de Stagyre, allumait la fureur. [3]
Du vide la Nature avait encore horreur. [4]

ans après le Télescope, par *Corneille Drebbel*, né, comme
Jacques Metius, à Alcmaër en Hollande.

1 Quelque secours que nous prêtent et le Télescope et le
Miscroscope, combien d'objets encore qui, par leur éloignement
ou leur petitesse, échappent à notre vue !

2 Mais qu'avons-nous besoin de *percer jusqu'à ces nuages ?*
Dieu ne se fait-il pas encore assez voir, assez sentir, assez entendre, et hors de nous, et en nous-mêmes, pour que nous ne
puissions l'ignorer ?

3 *Aristote*, né à Stagyre, ville de Macédoine. Il a été long-
temps le seul oracle des écoles, et ce n'est que depuis Descartes
qu'il a perdu cet empire des esprits et des opinions tellement
absolu qu'on pouvait le dire une *tyrannie.*

4 D'après *Aristote*, on attribuait à une prétendue horreur de
la Nature pour le vide, ce qui n'est que l'effet de la pesanteur
de l'air, l'ascension de l'eau dans les pompes aspirantes. *Galilée*
lui-même partageait cette erreur, qui ne cessa que par les belles
et mémorables expériences que fit, entre autres, l'immortel
Pascal.

18 *

Rassurons-nous pourtant. Le jour commence à naître :
Nous allons tous penser, Descartes va paraître.

Il vit toujours caché ;[1] mais ses brillans travaux
Forment ses sectateurs, ainsi que ses rivaux.
Ils tiennent tous de lui leurs armes et leur gloire,
Et même ses vainqueurs lui doivent leur victoire.[2]
Nous pouvons aujourd'hui porter plus loin nos pas.
Nous courons ; mais sans lui nous ne marcherions pas.
Si la France n'eût point produit cette lumière,
Londres de son Newton ne serait pas si fière.[3]

Par eux l'esprit humain, qu'ils honorent tous deux,
Instruit de sa grandeur, la reconnaît en eux.

1 *Descartes*, né pour illustrer sa patrie et éclairer le monde,
en butte, comme presque tous les grands hommes, aux contradictions et aux tracasseries, avait cherché en Hollande une
retraite obscure et paisible. Il y passa un assez grand nombre
d'années, et n'en sortit qu'à son très-grand regret pour se rendre
en Suède, sur les instances de la célèbre reine Christine, qui
voulait l'avoir auprès de son trône. Ce fut là qu'il mourut en
1650, âgé de cinquante-quatre ans. La France réclama ses dé-
pouilles mortelles, qui furent apportées à Paris en 1667, et
déposées dans l'église de Sainte Géneviève-du-Mont.

2 En ce que c'est lui qui, par sa méthode, les a affranchis du
joug des vieux préjugés de l'école, et leur a mis en main le fil
qui devait les conduire dans le labyrinthe de la Philosophie :
la *méthode* de Descartes n'a pas sans doute refait l'esprit humain ;
mais elle lui a appris à se refaire.

3 « *Descartes*, dit Thomas dans l'éloge de ce grand homme, a
» créé une partie de *Newton*, et il n'a été créé que par lui-même :
» si l'un (*Newton*) a découvert plus de vérités, l'autre a ouvert la
» route de toutes les vérités. »

Mais sitôt que trop loin l'un ou l'autre s'avance ,
L'esprit humain par eux apprend son impuissance.
Descartes le premier me conduit au conseil
Où du monde naissant Dieu règle l'appareil.[1]
Là , d'un cubique amas , berceau de la Nature ,
Sortent trois élémens de diverse figure ;
Là ces angles qu'entre eux brise leur frottement ,
Quand Dieu qui dans le plein met tout en mouvement ,
Pour la première fois fait tourner la matière ,
Se changent en subtile et brillante poussière.[2]
Newton ne la voit pas ; mais il voit ou croit voir
Dans un vide étendu tous les corps se mouvoir.[3]
Exerçant l'un sur l'autre un mutuel empire ,

1 *Descartes* , selon l'expression de Fontenelle, a voulu dès
l'abord s'élever par un vol hardi à la source de tout, pour se
rendre maître des premiers principes, et n'avoir plus qu'à descendre aux phénomènes de la Nature , comme à des conséquences nécessaires. C'est de cette hauteur sublime qu'il nous a
donné son *Système du Monde*, qui n'est qu'un beau roman.

2 Dans le système fantastique de *Descartes* , c'est d'un amas
confus de parties cubiques, c'est-à-dire à six faces carrées égales,
que naît le monde. Dieu met en mouvement et fait tourner en
tourbillons tout cet immense cahos : il en sort trois sortes
d'élémens : la matière globuleuse, arrondie ; la matière striée,
c'est-à-dire à long filets en forme d'aiguilles ; et la matière subtile, qui, produite par le frottement des angles, et poussée au
centre, compose le corps du soleil.

3 « L'attraction et le vide, bannis de la physique par *Des-*
» *cartes* , dit Fontenelle, et bannis pour jamais selon les appa-
» rences, y furent ramenés par *Newton* armés d'une force toute
» nouvelle dont on ne les croyait pas capables. »

Par les mêmes liens l'un et l'autre s'attire,
Tandis qu'au même instant, et par les mêmes lois,
Vers un centre commun, tous pèsent à la fois.¹
Qui peut entre ces corps, de grandeur inégale,
Décrire les combats de la force centrale?
L'Algèbre, avec honneur débrouillant ce cahos,
De ces hardis calculs hérisse son héros.²

VIII. Vous que de l'univers l'architecte suprême
Eût pu charger du soin de l'éclairer lui-même,³
Des travaux qu'avec vous je ne puis partager
Si j'ose vous distraire, et vous interroger,
Dites-moi quel attrait à la terre rappelle
Ce corps que dans les airs je lance si loin d'elle?
La pesanteur.... Déjà ce mot vous trouble tous.⁴

---

1 *Newton* établit son système du monde sur deux grandes
lois fondamentales : la *Loi de l'attraction*, en vertu de laquelle
tous les corps s'attirent l'un l'autre ; et la *Loi de la gravita-
tion*, par laquelle ils sont tous poussés vers un centre commun.

2 C'est par les calculs de l'Algèbre que *Newton* explique et
justifie son système. Il a tellement entassé ces calculs, qu'on
peut l'en dire *hérissé*, et il a porté si loin cette science qu'on
peut l'en appeler le *héros*.

3 Ce n'est pas sérieusement que le Poëte peut parler ainsi :
il faut donc voir dans ces deux vers une sorte d'ironie ; ou, si
l'on aime mieux y voir une hyperbole, alors, pour l'adoucir
un peu, il faut après *eût pu*, sous-entendre, *en quelque sorte*,
ou *ce semble*.

4 *Note du Poëte :* « La progression de la vitesse d'un corps
» qui tombe nous est connue : nous calculons les vitesses qu'il
» doit avoir dans tous les instans de sa chute. Mais pourquoi
» tombe-t-il ? *Newton* se contente de dire que la pesanteur est

Expliquez-moi du moins ce qui se passe en vous ?

Au sortir d'un repas, dans votre sein paisible
Quel ordre renouvelle un combat invisible ;
Et quel heureux vainqueur a pu si promptement
Chercher, saisir, dompter, broyer cet aliment,
Qui, bientôt liqueur douce, ira de veine en veine
Se confondre en son cours dans le sang qui l'entraine ?[1]
Dans un autre combat, non moins cher à nos vœux,
Comment peut une écorce, espoir d'un malheureux,
Attaquer, conquérir, enchaîner l'ennemie,
Qui, tantôt en fureur, et tantôt endormie,
A fait trève avec nous le jour de son sommeil ![2]
Mais au jour de colère, exacte à son réveil,

» une première qualité que Dieu a imprimée à la matière. Nous
» connaissons les faits, nous raisonnons sur les causes. »
    Que les Physiciens répondent à cette question de Voltaire :

    Dévoilez ces ressorts qui font la pesanteur.

1 Comment s'opère le merveilleux phénomène de la digestion ?
Est-ce par la fermentation, ou par la trituration seulement, ou
par toutes les deux ensemble ? Voltaire, dans son *Discours sur
la Modération*, interroge sur ce grand mystère le Médecin du
Roi, qu'il *suppose en savoir plus que ses doctes confrères :* que
répond le Docteur au Poëte ?

    Il leve au ciel les yeux, il s'incline, il s'écrie :
    « Demandez-le à ce Dieu qui nous donna la vie. »

2 Quelle est cette *ennemie ?* La fièvre. Et cette *écorce* puissante
qui vient à bout d'en triompher ? Le *quinquina,* dont l'arbre
croît au Pérou, dans les Cordillères. Cet arbre est de la grandeur
d'un cerisier.

Elle rallume un feu qui dans nos yeux pétille.[1]
Tous nos esprits subtils, vagabonde famille,[2]
S'égarent dans leur course : en désordre comme eux,
L'âme même s'oublie ; et dans ce trouble affreux,
La Mort, prête à frapper, déjà lève sa foudre.
Que d'alarmes, quels maux apaise un peu de poudre![3]
    De systèmes savans épargnez-vous les frais,
Et ces brillans discours qui n'éclairent jamais.
Avouez-nous plutôt votre ignorance extrême.
Hélas ! tout est mystère en vous-même, à vous-même !
Et nous voulons encor qu'à d'indignes sujets
Le souverain du monde explique ses projets,
Quand ce corps, de notre âme esclave méprisable,[4]

1 La fièvre intermittente et périodique cesse, comme on sait,
et reprend à des intervalles réglés : elle est donc tantôt calme,
assoupie, tantôt en éveil, en fureur.

2 Ce sont les *Esprits vitaux* ou *animaux*, corps légers, subtils
et invisibles, qui portent la vie et le sentiment dans les parties
de l'animal.

3 On fait assez ordinairement prendre le *quinquina* en infu-
sion, et pour cela on le réduit en *poudre*.

Delille n'a voulu que parler en poëte, et il ne s'est point flatté
de tenir tout ce qu'il promettait, quand il a dit dans son Poëme
de l'*Imagination :*

> De l'homme, cet abîme, et sans bords et sans fonds,
> Je vais développer les mystères profonds.

4 Le corps est l'*esclave de l'âme*, en ce sens qu'il ne peut rien
sans elle, et que, par elle seule, il a la vie et le mouvement;
mais l'âme, à son tour, n'est-elle pas assez souvent en un autre
sens l'*esclave du corps ?* Du reste, se connaît-elle mieux elle-
même qu'elle ne connaît ce corps si mystérieux? Ses propres *secrets*
ne lui sont-ils pas encore plus *voilés*, plus *impénétrables ?*

Lui cache ses secrets d'un voile impénétrable !

IX. De la Religion si j'éteins le flambeau,
Je me creuse à moi-même un abîme nouveau.
Déiste, que pour toi la nuit devient obscure ,
Et de quel voile encor tu couvres la Nature !
A tes yeux comme aux miens peut-elle rappeler
Celui qui pour un temps ne veut que m'exiler ? [1]
Si la terre n'est point un séjour de vengeance ,
Peux-tu dans cet ouvrage admirer sa puissance ?
La peste la ravage , et d'affreux tremblemens
Précèdent la fureur de ses embrasemens. [2]
Le froid la fait languir, la chaleur la dévore ;
Et, pour comble de maux, son roi la déshonore. [3]
L'être pensant qui doit tout ordonner, tout voir,
Dans ses tristes États , aveugle et sans pouvoir , [4]
Jouet infortuné de passions cruelles ,
Est un roi qui commande à des sujets rebelles,

1 La terre n'est pour le Chrétien qu'un lieu d'exil, qu'un
séjour de vengeance, d'épreuve, et alors quelle lumière répandue sur la grande énigme de la Nature ! Mais dans quelles ténèbres
profondes, dans quel inextricable labyrinthe, le Déiste ne se
trouve-t-il pas plongé, perdu sans espoir !

2 Ces *embrasemens* de la terre sont les volcans, dont la *fureur*
s'annonce par des tremblemens qui font craindre la chute du
monde, et éclate par des explosions terribles et funestes.

3 A tous les *maux physiques* qui l'environnent, il joint le *mal
moral* de ses vices et de ses crimes.

4 Ces *tristes États*, ne sont-ce pas ici ses sens, son corps, que
son âme doit gouverner?

Et le jour de sa paix est le jour de sa mort. [1]
Son État, tu le sais, attend le même sort : [2]
Tout périra, le feu réduira tout en cendre.
Tu le sais dès long-temps : [3] mais sauras-tu m'apprendre
Par quel caprice un Dieu détruit ce qu'il a fait?
Que n'avait-il du moins rendu le tout parfait?
S'il ne l'a pu, ce Dieu, qu'a-t-il donc d'admirable?
S'il ne l'a pas voulu, te semble-t-il aimable?
Tu t'efforces en vain, toi qui prétends tout voir,
D'arracher le rideau qui fait ton désespoir. [4]
Pour moi, j'attends qu'un jour Dieu lui-même l'enlève :
Il suffit qu'un instant la Foi me le soulève.
J'en vois assez, et vais t'apprendre sa leçon,
Qui console à-la-fois le cœur et la raison.

X. Oui, le tout doit répondre à la gloire du maître.
L'univers est son temple, et l'homme en est le prêtre : [5]

1 La révolte des sens et des passions, leur guerre dure autant que la vie, et ne finit qu'avec elle.

2 Sans doute que par *État*, il faut entendre ici la terre, dont l'homme est le roi; mais on peut regretter que ce mot revienne sitôt avec un sens si différent de celui qu'il avait tout-à-l'heure.

3 C'est une opinion aussi ancienne que le monde, et commune à presque tous les peuples, que la terre et même tout l'Univers physique doivent périr, et périr par un embrasement général.

4 Dans le système du Déiste, il est impossible de concilier la sagesse et la bonté de Dieu avec les imperfections et les maux de la Nature, tandis que tout cela s'explique à merveille d'après la foi du Chrétien.

5 Oui, puisque seul de tous les êtres vivans, l'homme peut connaître ce *maître* et lui rendre hommage.

Le temple inanimé, sans le prêtre, est muet.
Cet immense univers, de la main qui l'a fait,
Doit par la voix de l'homme adorer la puissance,
Et rendre le tribut de la reconnaissance.[1]
Ce tribut dura peu : l'ordre fut renversé,
Quand par le prêtre ingrat le Dieu fut offensé ;
La Nature perdit toute son harmonie ;
Avec le criminel la terre fut punie.
De l'homme et de ses fils le déplorable sort
Fut la pente au péché, l'ignorance, et la mort.[2]
Mais ses fils n'étaient pas : une race future[3]....
Lorsque le Créateur frappe sa créature,
Est-ce à notre justice à mesurer les coups ?
Et ce qu'un Dieu se doit, mortels, le savez-vous ?[4]

1 L'homme seul dans tout l'Univers est capable de sentir les bienfaits ; il est donc seul capable de *reconnaissance*.

2 La voilà cette origine du mal moral et du mal physique que chercherait en vain par elle seule la raison du Déiste : c'est le péché de l'homme qui les a introduits dans le monde, et c'est à lui-même, non à Dieu, que l'homme doit les imputer.

3 *Une race future* pouvait-elle participer à un crime antérieur à son existence, et devait-elle en subir la peine ? Voilà à-peu-près l'objection que le Poëte a voulu prévenir ; mais combien le style eût perdu à l'énonciation de ce qu'on devine si aisément !

4 D'ailleurs remarquez qu'il ne s'agit point d'une peine afflictive, d'un tourment, d'un supplice, mais seulement d'une dégradation, d'une déchéance. Dieu n'avait point été tenu, en créant nos premiers parens, de les placer si haut ni si près de lui, et il a pu, en leur retirant des prérogatives de pure faveur, nous en priver nous-mêmes sans que nous ayons à nous plaindre. Il était même naturel, disons-le, que la nouvelle condition de nos pre-

La terre ne fut plus un jardin de délices.

Ministre cependant de nos derniers supplices,
Et maintenant si prompte à les exécuter,
La Mort, sous un ciel pur, semblait nous respecter.[1]
Hélas ! cette lenteur à prendre ses victimes
Ne fit que redoubler notre ardeur pour les crimes !
Une seconde fois frappant notre séjour,
Le Ciel défigura l'objet de notre amour :[2]
La terre, par ce coup jusqu'au centre ébranlée,
Hideuse en mille endroits, et partout désolée,
Vit sur son sein flétri les cavernes s'ouvrir,
Les pierres, les rochers, les sables la couvrir,
Et s'élever sur elle en ténébreux nuages
De funestes vapeurs, mères de tant d'orages.

miers parens fût la nôtre; il était naturel que, devenus si imparfaits, si faibles, si infirmes, ils n'eussent que des enfans qui
leur ressemblassent; et c'est avec raison que le même Poëte dit
à ce sujet dans son *Poëme de la Grâce :*

Ainsi le tronc qui meurt voit mourir ses rameaux,
Et la source infectée infecte ses ruisseaux.

1 Il est reconnu qu'avant le déluge, la Nature était plus belle,
l'air plus pur, le ciel plus serein, la condition de l'homme plus
heureuse, et la vie humaine en général beaucoup plus longue :
c'était encore alors un véritable âge d'or, en comparaison des
âges qui ont suivi.

2 *Notre séjour* même, la terre : elle nous montre assez partout,
et dans ses sables brûlans, et dans ses horribles crevasses, et dans
ses rochers décharnés, et dans ses fétides marais, les marques du
grand coup dont elle a été frappée, et l'espèce de dégradation
qu'elle a subie, avec son orgueilleux et coupable dominateur.

Les saisons en désordre et les vents en courroux
Fournissent à la Mort des armes contre nous,
Et toute la Nature, en ce temps de souffrance,
Captive, gémissante, attend sa délivrance :
Au criminel soumise, obéit à regret,[1]
Se cache à nos regards, et soupire en secret.
Oui, tout nous est voilé, jusqu'au moment terrible,
Moment inévitable, où Dieu, rendu visible,
Précipitant du ciel tous les astres éteints,
Remplacera le jour, et sera pour ses saints
Cette unique clarté si long-temps attendue.[2]
Pour eux-mêmes sévère, ici-bas à leur vue
Il se montre, il se cache ; et par l'obscurité
Conduit ceux qu'autrefois perdit la vanité.[3]
De quoi se plaindre ? Il peut nous ravir sa lumière :
Par grâce, il ne veut pas la couvrir toute entière.
Qui la cherche, est bientôt pénétré de ses traits ;

1 Le *criminel* est bien toujours resté jusqu'à un certain point
le maître de la Nature ; mais ce n'est qu'à regret sans doute que
la Nature lui obéit, puisqu'elle lui vend si cher ses moindres
faveurs, et les lui fait acheter par tant de sueurs et de larmes.
C'est surtout à son orgueil et à sa curiosité qu'elle insulte, en
renfermant plus que jamais ces mystères et ces secrets qu'il voudrait tant lui ravir.

2 A la fin du monde et après le grand jour du jugement, Dieu
et son Christ nous tiendront lieu de tous les astres du ciel : eux
seuls éclaireront la Jérusalem céleste.

3 Elle nous perdit dans nos premiers parens, en les portant
à la désobéissance.

Qui ne la cherche pas, ne la trouve jamais.[1]
Ainsi de nos malheurs j'explique le mystère.
Dans un maître irrité j'admire un tendre père :
Et je ne vois partout que rigueurs et bontés,
Châtimens et bienfaits, ténèbres et clartés.[2]

XI. Si ma Religion n'est qu'erreur et que fable,
Elle me tend, hélas ! un piége inévitable.[3]

[1] Mais comment la chercher ? Avec bonne-foi et humilité, et autant du cœur, s'il faut le dire, que de l'esprit : rappelons-nous ce que, dans la *Henriade*, dit de la Vérité à Henri IV le saint Vieillard de Jersey :

> Rarement elle éclaire un orgueilleux mortel.

Ce n'est pas avec moins de raison que le cardinal de Bernis dit dans son Poëme de la *Religion Vengée*, Chant VII :

> Que de l'amour du bien vos cœurs soient enivrés :
> Soyez humbles, soumis, justes; et vous croirez.

[2] A la suite des deux vers ci-dessus du cardinal de Bernis, viennent les suivans, où se trouve assez bien justifié ce mélange de *ténèbres* et de *clartés* :

> Dieu plus voilé m'échappe, et mon cœur insensible
> Eteint les feux mourans d'un amour impossible;
> Le ciel plus élevé se perd à mes regards,
> Et mon œil affaibli se couvre de brouillards.
> Dieu visible m'entraîne où brille sa lumière :
> Pour voler dans son sein il n'est plus de barrière;
> Je m'y plonge, il m'attire; et mon activité,
> En montrant son pouvoir, détruit ma liberté.
> Il fallait donc, ô Dieu ! que ta brillante image
> Affaiblît ses rayons au travers d'un nuage;
> Pour rendre l'homme libre, il fallait te cacher,
> Et lier le mérite au soin de te chercher.

[3] « Cette pensée de La Bruyère est fameuse, dit notre Poëte, qui la rapporte en note : *Si ma Religion est fausse, voilà le*

Quel ordre, quel éclat, et quel enchaînement !
L'unité du dessein fait mon étonnement.
Combien d'obscurités tout-à-coup éclaircies !
Historiens, martyrs, figures, prophéties,
Dogmes, raisonnemens, écrits, tradition,[1]
Tout s'accorde, se suit; et la séduction
A la vérité même en tout point est semblable.[2]
Déistes, dites-nous quel génie admirable
Nous sait de toutes parts si bien envelopper,
Que vous devez rougir vous-mêmes d'échapper ?
Quand votre Dieu pour vous n'aurait qu'indifférence,
Pourrait-il, oubliant sa gloire qu'on offense,
Permettre à cette erreur, qu'il semble autoriser,
D'abuser de son nom pour nous tyranniser ?

Par quel crédit encor, si loin de sa naissance,
Ce mensonge en tous lieux a-t-il tant de puissance ?[3]
De l'Islande à Java, du Mexique au Japon,[4]

piége le mieux dressé qu'il soit possible d'imaginer : il était
inévitable de ne pas donner au travers.

1 On entend par *tradition* la voie par laquelle la connaissance des choses qui concernent la Religion, et qui ne sont point
dans l'Écriture-Sainte, se transmet de siècle en siècle.

2 Il ne faut pas oublier le vers :

> Si ma Religion n'est qu'erreur et que fable.

C'est d'après la supposition de ce vers que le Poëte raisonne.

3 Ce *Mensonge*, si c'en est un. *Si loin de sa naissance,*
c'est-à-dire du lieu de sa naissance, qui est la Judée.

4 L'*Islande* est une grande île au nord de l'Europe; *Java*,
une grande île de la Mer des Indes; le *Mexique*, un grand pays
de l'Amérique Septentrionale; et le *Japon*, un grand pays dans
la partie la plus orientale de l'Asie.

Du hideux Hottentot jusqu'au transi Lapon ,[1]
Nos prêtres de leur zèle ont allumé les flammes ;
Ils ont couru partout pour conquérir des âmes ;
Des esclaves partout ont chéri leurs vainqueurs :
Que leur fable est heureuse à soumettre les cœurs![2]

Si des rives du Gange, aux rives de la Seine,
Entraînés par l'ardeur qui vers eux nous entraîne,
D'éloquens Talapoins, munis d'un long sermon ,
Accouraient nous prêcher leur Sommonokodon ,[3]
Ou que, prédicateurs au bon sens moins contraires,
L'Alcoran dans leurs mains, des derviches austères ,
De par le grand prophète, en termes foudroyans,
Vinssent nous proposer d'être de vrais Croyans :[4]
Quelle moisson de cœurs feraient de tels apôtres ?
Leurs peuples cependant ont tous reçu les nôtres.

1 Le *Hottentot* habite la partie la plus méridionale de l'Afrique
et le *Lapon* , la partie la plus septentrionale de l'Europe : l'un
est appelé *hideux*, à cause de sa difformité, et l'autre *transi*, à
cause de la rigueur du climat.

2 *Leur Fable* , c'est-à-dire, ce que vous, Déistes, vous prétendez une Fable.

3 Les *Talapoins* sont les prêtres des Siamois, dans la presqu'île
au-delà du Gange, grand fleuve de l'Inde qui se jette dans le
golfe du Bengale par plusieurs embouchures. *Sommonokodon*
est le nom de leur Dieu, qui eut une grande guerre à soutenir
contre son frère *Theratat*, et parvint à la divinité par ses grandes
actions.

4 Nous avons déjà vu que les *Derviches* sont des espèces de
moines mahométans; que les Mahométans se prétendent les *vrais
croyans*, les vrais fidèles, et que c'est même ce que signifie le
nom de *Musulmans* qu'ils se donnent.

Un Dieu né dans le sein de la virginité,
Un Dieu pauvre, souffrant, mort, et ressuscité,
Ne commande par eux que pleurs et pénitence.[1]
Est-ce de leurs discours la brillante éloquence
Qui peut à sa pagode arracher un Chinois ?[2]
Quel champ pour l'orateur que la crèche et la croix![3]

Celui qui l'a prédit opère ce miracle.
Tout peuple, toute terre entendra son oracle.[4]
Sa loi sainte sera publiée en tous lieux :
Je me soumets sans peine à ce joug glorieux.
Quoique captive, enfin la raison qui m'éclaire
N'y voit point de lumière à la sienne contraire.
Mais son flambeau s'unit au flambeau de la Foi,

1 On connaît ces vers de l'*Art Poétique* de Boileau :

> De la foi des Chrétiens les mystères terribles
> D'ornemens égayés ne sont point susceptibles:
> L'Évangile à l'esprit n'offre de tous côtés
> Que pénitence à faire et tourmens mérités.

2 Les idoles des Indiens s'appellent *Pagodes*, ainsi que leurs temples. Le peuple Chinois a aussi ses *Pagodes*, parce que la religion de l'Inde fut dans le temps apportée dans la Chine par les sectaires.

3 Cela n'offre en effet rien de bien séduisant, et c'est la force seule de la vérité qui peut opérer la persuasion et faire des prosélites.

4 « Et moi, quand je serai crucifié, avait dit Jésus-Christ, j'attirerai tout à moi : » (Saint Jean, chap. 12.) *Son Oracle*, c'est-à-dire son évangile, a en effet retenti partout, et si toute la terre ne s'est pas convertie, toute la terre du moins, ainsi que l'observe le Poëte, a pu l'entendre.

Et toutes deux ne sont qu'une clarté pour moi.[1]
Le Verbe s'est fait chair; je l'adore, et m'écrie :
« Trois fois saint est le Dieu qui m'a donné la vie. »

XII. De l'horreur du néant à ton ordre tout sort :
En toi seul est la vie, et sans toi tout est mort,
O sagesse! ô pouvoir dont le monde est l'ouvrage!
Du Très-Haut, ton égal, la parole et l'image.[2]
Quand, sous nos traits caché, tu parus ici-bas,
Les ténèbres, grand Dieu, ne te comprirent pas :
Aujourd'hui que ta gloire éclate à notre vue;
Que ta Religion est partout répandue,
De superbes esprits, ivres d'un faux savoir,
Quand tu brilles sur eux, refusent de te voir.[3]
Leur déplorable sort ne doit point nous surprendre :
Les ténèbres jamais ne pourront te comprendre.[4]

---

1 « La *raison*, dit notre Poëte d'après Loke, est la *révélation* » naturelle, et la *révélation* est la *raison* augmentée par un nou- » veau fonds de découvertes émanées immédiatement de Dieu. »

2 Le *Verbe* est la *parole* de Dieu : en latin, *verbe* et *parole* sont synonymes. Or, comme c'est par sa *parole* que Dieu a fait toutes choses, on conçoit comment l'œuvre de la création est particulièrement rapportée au *Verbe*.

3 Depuis que la Religion de Jésus-Christ est répandue par- tout, et qu'elle règne avec gloire sur tant de contrées, il y a plus de raisons et de motifs de croire qu'il n'y en avait auparavant, parce que l'on voit l'entier accomplissement de toutes les pro- messes. Ce triomphe, cet éclat de la Religion sont le plus grand des miracles, un miracle qui tient lieu de tous ceux qui ont pré- cédé, et un miracle permanent, perpétuel, qui parle sans cesse à tous les yeux, à tous les esprits.

4 Le *Verbe* seul peut dissiper les ténèbres ; le *Verbe*, *Dieu de*

L'aveugle environné de l'astre qui nous luit,
Couvert de ses rayons, est toujours dans la nuit.[1]
En vain ces insensés parlent d'un premier Être :
Sans toi, Verbe éternel, peuvent-ils le connaître![2]
Ouvre leurs yeux, mes vers ne les pourront ouvrir ;
Change-les... Mais pour eux quand je veux t'attendrir,
Moi-même ai-je oublié que ton arrêt condamne
Le pécheur insolent, dont la bouche profane
Aux hommes, sans ton ordre, ose annoncer ta loi ?[3]
Et dois-je t'implorer pour d'autres que pour moi ?
L'Impiété s'armait d'une fureur nouvelle :
L'Arche sainte en péril m'a fait trembler pour elle ;[4]

Dieu, et lumière de lumière ; le Verbe, la Vraie lumière qui éclaire tout homme venant au monde. Mais le Verbe ne se communique volontiers qu'aux humbles de cœur, et il abandonne souvent les superbes à leur sens réprouvé.

1 Tels sont aussi les *aveugles d'esprit*, les incrédules, au milieu de ceux qui marchent au flambeau de la Foi.

2 « On ne peut, dit le Poëte au sujet de ce vers, connaître le » père que par le fils : depuis le péché, Dieu s'étant retiré de nous, » nous ne pouvons revenir à lui sans être rappelés. » Je laisse aux Théologiens à décider si tout cela est d'une vérité bien rigoureuse.

3 Le Poëte eût pu, ce me semble, être ici un peu plus rassuré. Sans doute qu'un simple fidèle ne doit pas s'immiscer dans les fonctions du sacerdoce, ni usurper la mission d'apôtre ; mais ne tient-il pas de son baptême et de son titre de chrétien le droit d'établir la vérité de sa religion, et de la défendre ?

4 L'*Arche sainte*, figurément pour la Loi nouvelle, pour la Foi, pour la Religion : on sait que l'Arche d'alliance, chez les Juifs, renfermait les Tables de la Loi.

Et j'ai cru que ma main la pourrait soutenir
Oui, j'ai couru. Tu vas peut-être m'en punir ;[1]
Et mon zèle peut-être irrite ta colère,
Quand je crains pour ta gloire et celle de ton père.
O crainte que la Foi doit chasser de mon cœur !
Tu n'as point parmi nous besoin d'un défenseur.
Du prince des enfers que la rage frémisse ;
Qu'il ébranle, s'il peut, ton auguste édifice :[2]
Quand mes yeux le verraient tout prêt à succomber,
L'Arche du Dieu vivant ne peut jamais tomber.[3]

1 Allusion à la punition d'Oza, fils du lévite Aminadab. On avait mis chez lui l'Arche en dépôt pour la conduire à Jérusalem par l'ordre de David. Le transport se fit avec la plus grande pompe ; mais un accident imprévu troubla l'allégresse publique. Les bœufs qui tiraient le chariot sur lequel était l'Arche, firent un faux pas : l'Arche pencha, et Oza, par un zèle imprudent, y porta la main pour la soutenir. Dans le même moment, Dieu le frappa de mort.

2 Quel *édifice ?* Sans doute l'Église, ou, si l'on veut encore, la Religion elle-même.

3 La Religion ou encore l'Église, ici sous la figure de l'*Arche*. En vain, dit Thémis à la Piété, dans le *Lutrin*,

> En vain de tes sujets l'ardeur est ralentie :
> D'un ciment éternel ton Église est bâtie,
> Et jamais de l'Enfer les noirs frémissemens
> N'en sauraient ébranler les fermes fondemens.

FIN DU CHANT CINQUIÈME.

APPENDICE

DU CHANT CINQUIÈME.

_____

I. Page 262.

Pour sonder la Nature ils font de vains efforts,
Ils en verront les jeux, et jamais les ressorts.....

Massillon va nous faire sentir, à son tour, combien sont multipliés et impénétrables les mystères de la nature; combien peu, par conséquent, doivent nous étonner les mystères de la Religion :

« La nature est pour l'homme un livre fermé ; et
» le Créateur, pour confondre, ce semble, l'orgueil
» humain, s'est plu à répandre des ténèbres sur la
» face de cet abîme. Levez les yeux, ô hommes ! Con-
» sidérez ces grands corps de lumière qui sont suspen-
» dus sur votre tête, et qui nagent, pour ainsi dire,
» dans ces espaces immenses où votre raison se con-
» fond. Qui a formé le soleil, dit Job, et donné le
» nom à la multitude infinie des étoiles? Comprenez,
» si vous le pouvez, leur nature, leur usage, leur
» propriété, leur situation, leur distance, leurs appa-
» ritions, l'égalité ou l'inégalité de leurs mouvemens.
» Notre siècle en a découvert quelque chose, c'est-à-
» dire, il a un peu mieux conjecturé que les siècles
» qui nous ont précédés ; mais qu'est-ce qu'il nous a

» appris si nous le comparons à ce que nous ignoror
» encore ?

» Descendez sur la terre, et dites-nous, si vou
» le savez, qui tient les vents dans les lieux où il
» sont enfermés; qui règle le cours des foudres et de
» tempêtes; quel est le point fatal qui met des borne
» à l'impétuosité des flots de la mer, et comment s
» forme le prodige si régulier de ses mouvemens
» expliquez-nous les effets surprenans des plantes
» des métaux, des élémens : cherchez comment l'or s
» purifie dans les entrailles de la terre : démêlez, s
» vous le pouvez, l'artifice infini qui entre dans l
» formation des insectes qui rampent à vos yeux
» rendez-nous raison des différens instincts des an:
» maux : tournez-vous de tous les côtés, la nature d
» toutes parts ne vous offre que des énigmes. O homme
» vous ne connaissez pas les objets que vous avez sou
» l'œil, et vous voulez voir clair dans les profondeur
» éternelles de la foi ! La nature est pour vous u
» mystère, et vous voudriez une religion qui n'e
» eût point ! Vous ignorez les secrets de l'homme
» et vous voudriez connaître les secrets de Dieu ! Vou
» ne vous connaissez pas vous-même, et vous voudrie
» approfondir ce qui est si fort au-dessus de vous
» L'univers, que Dieu a livré à votre curiosité et a
» vos disputes, est un abîme où vous vous perdez; e
» vous voulez que les mystères de la foi qu'il n'a expo
» sés qu'à votre docilité et à votre respect, n'aient rier
» qui échappe à vos faibles lumières ! O égarement

» Si tout était clair hors la Religion, vous pourriez,
» avec quelque apparence de raison, vous défier de
» ses ténèbres ; mais puisque au dehors même tout est
» obscurité pour vous, le secret de Dieu, dit Saint
» Augustin, doit vous rendre plus respectueux et plus
» attentif, mais non pas plus incrédule. »

II. Page 263.

Le peuple qui du Nil cultivait le rivage,
Les observa long-temps sous un ciel sans nuage.

C'est bien avec autant de raison pour le moins, que
M. de Fontanes place le berceau de l'Astronomie dans
la Chaldée, sur les bords de l'Euphrate :

Cependant vers l'Euphrate on dit que des pasteurs,
Du grand art de Képler rustiques inventeurs,[1]
Étudiaient les lois de ces astres paisibles
Qui mesurent du temps les traces invisibles,
Marquaient et leur déclin et leur cours passager ;
Le gravaient sur la pierre, et du globe étranger
Que l'Univers tremblant revoit par intervalle[2]
Savaient même embrasser la carrière inégale.
Ainsi l'Astronomie eut les champs pour berceau :
Cette fille des cieux illustra le hameau.
On la vit habiter, dans l'enfance du monde,
Des Patriarches-Rois la tente vagabonde,
Et guider le troupeau, la famille, le char
Qui parcourait au loin le vaste Sennaar.[3]

1 *Le grand art de Képler*, pour dire l'Astronomie, dans laquelle s'est rendu
si célèbre le savant Képler, né en Souabe, en 1571, et mort en 1630.

2 Par *ce globe étranger*, on ne peut entendre que les Comètes en général,
le singulier pour le pluriel.

3 Plaine célèbre de la Chaldée où les descendans de Noé avaient entrepris de
bâtir la tour de Babel.

Bergère, elle aime encor ce qu'aima sa jeunesse :
Dans les champs étoilés la voyez-vous sans cesse
Promener le taureau, la chèvre, le bélier,
Et le chien pastoral, et le char du bouvier ?
Ses mœurs ne changent point, et le Ciel nous répète
Que la docte Uranie a porté la houlette.[1]

III. Page 265.

Celui qui fit ces yeux pour veiller sur nos pas,
Ne nous en donne point pour voir tous ses ouvrages....

Un homme auquel de petites poésies pleines d'esprit et d'agrément avaient acquis une sorte de célébrité, le chevalier de Boufflers, a tracé des imperceptibles merveilles de la nature, un tableau d'une touche tout-à-fait délicate et légère, et qui, s'il n'est pas en vers, n'est pas du moins en *prose vile :*

« Prenez une loupe, et voyez la Nature redoubler,
» pour ainsi dire, de soins à mesure que ses ouvrages
» diminuent de volume. Voyez l'or, la pourpre,
» l'azur, la nacre, et tous les émaux dont elle embellit
» quelquefois la cuirasse du plus vil insecte. Voyez le
» réseau chatoyant dont elle tapisse l'aile du ciron.
» Voyez cette multitude d'yeux, ce diadème clair-
» voyant dont elle s'est plu à ceindre la tête de la
» mouche. Il semble à qui contemple la création sous
» tous ses rapports, que la délicatesse essaie partout
» de l'emporter sur la magnificence. L'œil de la balei-
» ne ou de l'éléphant présente à l'examen des détails
» que leur petitesse dérobe à l'œil de l'observateur ; et

---

1 *Uranie,* la muse de l'Astronomie ; ainsi appelée du Grec *Ouranos,* Ciel.

» ces détails ne sont pas à-beaucoup-près les derniers
» où le travail s'arrête; et ces mêmes parties, et celles
» dont elles se composent, se retrouvent dans la rétine,
» dans la cornée du moucheron, que dis-je? de
» l'animalcule dont, avant les inventions de l'optique,
» on n'avait pas soupçonné l'existence!

» A mesure que le microscope s'est perfectionné,
» on a vu la vie poindre de toutes parts. Les moindres
» atomes sont devenus des mondes habités, et les
» moindres gouttes de liqueur, des mers poisson-
» neuses; et tous ces êtres imprévus ont des organes
» dont les moindres pièces sont à leurs masses totales
» dans les mêmes proportions que chez les animaux
» gigantesques : car enfin ils ont leurs besoins, leurs
» intérêts, leur instinct, leurs mœurs, leurs amours,
» leurs guerres; ils s'agitent, ils se nourrissent, ils se
» conservent, ils se reproduisent. C'est un monde aussi
» réel que le nôtre, aussi ancien que le nôtre; un
» monde qui a peut-être au-dessous de lui d'autres
» mondes qui lui sont ce qu'il est pour nous.

» Oserez-vous croire, après cela, que la Nature
» néglige quelque chose? Non, elle est la même
» en tout ; et un tourbillon d'atomes confusément
» agité au gré du moindre souffle, n'est pas plus
» indifférent pour la puissance qui les régit, que tout
» un tourbillon solaire; un grain de poussière est
» pesé aussi rigoureusement dans le devis de la
» création, que l'astre qui roule dans les cieux; il
» presse, il cède, il résiste, il influe sur ce qui l'en-

» toure ; il exerce , en raison de sa masse , tous les
» attributs qui appartiennent à la masse totale de la
» matière ; la Nature ne l'abandonnera pas plus au
» hasard que le globe de Jupiter ou de Saturne. En
» effet , supposez-le , ce grain , de plus ou de moins
» dans la somme totale des choses , tout s'en ressent,
» tout est changé , et l'univers cesse d'être ce qu'il
» est. »

A la belle prose de Boufflers , faisons succéder les
beaux vers de Delille sur le même sujet : *Les trois
règnes*, chant VII :

Et si je parcourais l'échelle des grandeurs
De l'insecte invisible à l'immense baleine ;
De ces monstres des mers dont la puissante haleine
Avec un bruit horrible élance en gerbes d'eaux
L'Océan revomi par ses larges naseaux,[1]
Jusqu'à l'humble tribu qui, sous l'onde orageuse,
Vit dans les derniers grains de la vase fangeuse;
Si j'allais descendant de l'aigle au moucheron,
De l'énorme éléphant jusqu'à l'humble ciron!
Là s'arrêtent les yeux ; mais, grâces à ce verre
Qui nous déploie en grand et les cieux et la terre,
Au-dessous du ciron je regarde, et je vois
Des milliers d'animaux plus petits mille fois.
Là du verre à son tour s'arrête la puissance.
J'admire avec effroi sa petitesse immense;
Mais pour d'autres tribus que je n'aperçois pas,
Cet insecte lui-même est peut-être un Atlas;[2]

[1] Tous ces énormes poissons marins qui approchent plus ou moins de la baleine pour la grosseur, et que l'on comprend avec elle sous le nom de *Cétacées*.

[2] Nom propre d'un mont fameux d'Afrique, employé ici par *antonomase* pour le nom commun de *montagne*.

La goutte qu'il habite est une mer profonde,
Chaque œil est un soleil, et chaque fibre un monde.
Que dis-je ? sans chercher un nouvel univers,
Dans l'atome animé combien d'êtres divers!
Là sont un cœur, des nerfs, des veines, des viscères;
Ces nerfs ont des esprits : et ces cœurs des artères,
Ces veines des humeurs : ainsi de tout côté,
Même auprès du néant trouvant l'immensité,
Dans tous ces univers croissant de petitesse,
L'imagination descend, descend sans cesse;
Et tel que ce mortel qu'en un sommeil profond
Un rêve suspendit sur un gouffre profond,
D'épouvante saisi tout-à-coup je m'éveille,
Et du monde en tremblant j'adore la merveille.
Mais comment admirer le monde et son auteur,
Sans nommer, sans chanter leur noble observateur?
Gloire te soit rendue après l'Être Suprême,
Profond Spallanzani[1], toi dont l'audace extrême
Nous ouvrit ces trésors : Herschel des animaux,[2]
C'est toi qui donnes l'être à ces êtres nouveaux,
A tous ces vers nageurs, à ces peuples d'anguilles,
D'une graine féconde innombrables familles.
Ton verre créateur nous montre leurs combats,
Leurs légers tourbillons, leurs amoureux ébats.
Là, même en décroissant, les merveilles grandissent :
Dans une bulle d'eau des baleines bondissent;
La feuille, où plus d'un peuple a ses lois et ses mœurs,
Et l'écorce des fruits, et la tige des fleurs,
Et la vie et la mort à ta voix sont fécondes,
Et d'un grain desséché tu fais sortir des mondes.

---

[1] Fameux naturaliste italien, le *Réaumur* de ces derniers temps.

[2] *Herschel*, célèbre astronome de nos jours, qui a fait dans le ciel plusieurs brillantes découvertes, et entre autres celle d'une planète qu'on appelle de son nom, ou autrement *Uranus*. Herschel, né en Allemagne, avait fait de l'Angleterre sa nouvelle patrie.

IV, Page 280.

Avouez-nous plutôt votre ignorance extrême.....

Voltaire, dans son *discours sur la Modération*, 1
fait pas moins sentir que le Poëte de la Religion
combien nous sommes encore ignorans, et combi
nous le serons toujours, au milieu de toutes ces d
couvertes et de toutes ces lumières qui nous rende
si vains, et dont nous faisons tant de bruit :

Nul ne peut avoir tout. L'amour de la science
A guidé ta jeunesse au sortir de l'enfance;
La Nature est ton livre, et tu prétends y voir
Moins ce qu'on a pensé que ce qu'il faut savoir.
La Raison te conduit : avance à sa lumière;
Marche encor quelque pas; mais borne ta carrière.
Au bord de l'infini ton cours doit s'arrêter :
Là commence un abime, il le faut respecter.

Réaumur dont la main si savante et si sûre
A percé tant de fois la nuit de la Nature,
M'apprendra-t-il jamais par quels subtils ressorts
L'éternel artisan fait végéter les corps?
Pourquoi l'aspic affreux, le tigre, la panthère,
N'ont jamais adouci leur cruel caractère;
Et que, reconnaissant la main qui le nourrit,
Le chien meurt en léchant le maître qu'il chérit?
D'où vient qu'avec cent pieds, qui semblent inutiles,
Cet insecte tremblant traîne ses pas débiles?
Pourquoi ce vers changeant se bâtit un tombeau,
S'enterre, et ressuscite avec un corps nouveau;
Et, le front couronné, tout brillant d'étincelles,
S'élance dans les airs, en déployant ses ailes?

Le sage Du Faï,[1] parmi ses plants divers,
Végétaux rassemblés des bouts de l'Univers,
Me dira-t-il pourquoi la tendre sensitive[2]
Se flétrit sous nos mains, honteuse et fugitive ?

Pour découvrir un peu ce qui se passe en moi,
Je m'en vais consulter le médecin du Roi :
Sans doute il en sait plus que ses doctes confrères.
Je veux savoir de lui par quels secrets mystères,
Ce pain, cet aliment dans mon corps digéré,
Se transforme en un lait doucement préparé :
Comment, toujours filtré dans ses routes certaines,
En longs ruisseaux de pourpre il court enfler mes veines,
A mon corps languissant rend un pouvoir nouveau,
Fait palpiter mon cœur, et penser mon cerveau.
Il lève au ciel les yeux, il s'incline, il s'écrie :
« Demandez-le à ce Dieu qui nous donna la vie. »

Courriers de la physique, Argonautes nouveaux,[3]
Qui franchissez les monts, qui traversez les eaux,
Vous avez arpenté quelque faible partie
Des flancs toujours glacés de la terre applatie :
Dévoilez ces ressorts qui font la pesanteur.
Vous connaissez les lois qu'établit son auteur ;
Parlez, enseignez-moi comment ses mains fécondes
Font tourner tant de cieux, graviter tant de mondes ;
Pourquoi vers le soleil notre globe entraîné.

1 Naturaliste distingué, qui eut l'intendance du Jardin du Roi, et qui le rendit, en très-peu de temps, un des plus beaux de l'Europe. Né a Paris en 1698, et mort en 1739.

2 Plante qu'on appelle ainsi, parce que, dès qu'on la touche, elle replie ses feuilles.

3 Le nom d'*Argonautes* désigne au propre les princes Grecs qui s'embarquèrent sur le vaisseau *Argo* pour aller conquérir en Colchide la toison d'or. Il est donné ici par *antonomase* aux physiciens français qui, dans le dernier siècle, allèrent vers le pole mesurer des degrés de latitude, et déterminer la figure de la terre.

Se meut autour de soi sur son axe incliné;
. Parcourant en douze ans les célestes demeures,[1]
D'où vient que Jupiter a son jour de dix heures?[2]
Vous ne le savez point; votre savant compas
Mesure l'Univers, et ne le connaît pas.
Je vous vois dessiner, par un art infaillible,
Les dehors d'un palais à l'homme inaccessible:
Les angles, les côtés sont marqués par vos traits:
Le dedans à vos yeux est fermé pour jamais.

V. Page 282.

Tu t'efforces en vain, toi qui prétends tout voir,
D'arracher le rideau qui fait ton désespoir.

Voltaire lui-même, dans son *Poëme sur le désast*
de Lisbonne, reconnaît que l'homme, au milieu ⸱
tant d'énigmes et de ténèbres, a besoin d'un *Di⸱*
qui lui parle, le console, et l'éclaire; il y avoue p
conséquent la nécessité d'une révélation:

La Nature est muette, on l'interroge en vain.
On a besoin d'un Dieu qui parle au genre humain.
Il n'appartient qu'à lui d'expliquer son ouvrage,
De consoler le faible, et d'éclairer le sage.
L'homme, au doute, à l'erreur, abandonné sans lui,
Cherche en vain des roseaux qui lui servent d'appui.
Leibnitz ne m'apprend point par quels nœuds invisibles
Dans le mieux ordonné des univers possibles,
Un désordre éternel, un chaos de malheurs,
Mêle à nos vains plaisirs de réelles douleurs,

[1] C'est-à-dire les douze signes du Zodiaque, qu'on appelle les *douze maiso*
du soleil.

[2] *Jupiter n'a son jour que de dix heures*, et il met environ douze an⸱
faire une *révolution* analogue à celle que la terre fait en un an.

Ni pourquoi l'innocent, ainsi que le coupable,
Subit également ce mal inévitable.
Je ne conçois pas plus comment tout serait bien.
Je suis comme un docteur : hélas ! je ne sais rien.

Platon dit qu'autrefois l'homme avait eu des ailes,
Un corps impénétrable aux atteintes mortelles ;
La douleur, le trépas n'approchaient point de lui :
De cet état brillant qu'il diffère aujourd'hui !
Il rampe, il souffre, il meurt ; tout ce qui naît expire ;
De la destruction la Nature est l'empire.
Un faible composé de nerfs et d'ossemens
Ne peut être insensible au choc des élémens ;
Ce mélange de sang, de liqueurs et de poudre,
Puisqu'il fut assemblé, fut fait pour se dissoudre ;
Et le sentiment prompt de ces nerfs délicats
Fut soumis aux douleurs ministres du trépas.
C'est là ce que m'apprend la voix de la Nature.
J'abandonne Platon, je rejète Épicure.
Bayle en sait plus qu'eux tous : je vais le consulter.
La balance à la main, Bayle enseigne à douter :
Assez sage, assez grand pour être sans système,
Il les a tous détruits, et se combat lui-même ; [1]
Semblable à cet aveugle en butte aux Philistins
Qui tomba sous les murs abattus par ses mains. [2]

Que peut donc de l'esprit la plus vaste étendue ?
Rien : le livre du sort se ferme à notre vue.
L'homme, étranger à soi, de l'homme est ignoré.
Que suis-je, où suis-je, où vais-je, et d'où suis-je tiré ?
Atomes tourmentés sur cet amas de boue,
Que la mort engloutit, et dont le sort se joue,

[1] Voir sur *Bayle*, sur *Épicure*, et sur *Platon*, les notes du second Chant.
[2] Samson, insulté dans le temple de Dagon par les Philistins qui lui avaient
elevé les yeux, ébranla les colonnes du temple ; qui, tombant sur lui comme sur
eux, les écrasa tous sous ses ruines.

Mais atomes pensans, atomes dont les yeux,
Guidés par la pensée, ont mesuré les cieux;
Au sein de l'infini nous élançons notre être,
Sans pouvoir un moment nous voir et nous connaître.

Ce monde, ce théâtre et d'orgueil et d'erreur,
Est plein d'infortunés qui parlent de bonheur :
Tout se plaint, tout gémit en cherchant le bien-être :
Nul ne voudrait mourir, nul ne voudrait renaître.
Quelquefois, dans nos jours consacrés aux douleurs,
Par la main du plaisir nous essuyons nos pleurs ;
Mais le plaisir s'envole et passe comme une ombre ;
Nos chagrins, nos regrets, nos pertes sont sans nombre
Le passé n'est pour nous qu'un triste souvenir ;
Le présent est affreux s'il n'est point d'avenir,
Si la nuit du tombeau détruit l'être qui pense.
Un jour tout sera bien, voilà notre espérance ;
Tout est bien aujourd'hui, voilà l'illusion.
Les sages me trompaient, et Dieu seul a raison.
Humble dans mes soupirs, soumis dans ma souffrance,
Je ne m'élève point contre la Providence.
Sur un ton moins lugubre on me vit autrefois
Chanter des doux plaisirs les séduisantes lois :
D'autres temps, d'autres mœurs : instruit par la vieillesse
Des humains égarés partageant la faiblesse,
Dans une épaisse nuit cherchant à m'éclairer,
Je ne sais que souffrir, et non pas murmurer.

Un calife[1] autrefois, à son heure dernière,
Au Dieu qu'il adorait dit pour toute prière :
« Je t'apporte, ô seul roi, seul être illimité,
» Tout ce que tu n'as pas dans ton immensité,

---

[1] *Calife* signifie, en Arabe, *successeur*, relativement à Mahomet. On dé-
gnait autrefois par ce nom les successeurs de Mahomet dans le gouvernement
spirituel et temporel. Il est ici, à ce qu'il paraît, pour *prêtre mahométan*

» Les défauts, les regrets, les maux, et l'ignorance. »
Mais il pouvait encore ajouter : l'*Espérance*.

VI. Page. 282.

L'Univers est son temple, et l'homme en est le prêtre :
Le temple inanimé, sans le prêtre est muet.

On dirait que ces deux vers ont inspiré l'une des
plus belles méditations poétiques de M. de la Martine,
celle qui a pour titre, *La Prière du Soir* : elle en est
comme la paraphrase :

Le roi brillant du jour se couchant dans sa gloire,
Descend avec lenteur de son char de victoire.
Le nuage éclatant qui le cache à nos yeux
Conserve en sillons d'or sa trace dans les cieux,
Et d'un reflet de pourpre inonde l'étendue.
Comme une lampe d'or dans l'azur suspendue,
La Lune se balance au bord de l'horizon :
Ses rayons affaiblis dorment sur le gazon,
Et le voile des nuits sur les monts se déplie.
C'est l'heure où la Nature, un moment recueillie,
Entre la nuit qui tombe et le jour qui s'enfuit,
S'élève au Créateur du jour et de la nuit,
Et semble offrir à Dieu, dans son brillant langage,
De la création le magnifique hommage.
Voilà le sacrifice immense, universel ;
L'Univers est le temple, et la terre est l'autel ;
Les cieux en sont le dôme, et ces astres sans nombre,
Ces feux demi-voilés, pâle ornement de l'ombre,
Dans la voûte d'azur avec ordre semés,
Sont les sacrés flambeaux pour ce temple allumés ;
Et ces nuages purs qu'un jour mourant colore,
Et qu'un souffle léger, du couchant à l'aurore,

20

Dans les plaines de l'air repliant mollement,[1]
Roule en flocons de pourpre aux bords du firmament,
Sont les flots de l'encens qui monte et s'évapore,
Jusqu'au trône du Dieu que la Nature adore.
Mais ce temple est sans voix. Où sont les saints concerts ?
D'où s'élèvera l'hymne au roi de l'Univers ?
Tout se tait : mon cœur seul parle dans ce silence.
La voix de l'Univers, c'est mon intelligence :
Sur les rayons du soir, sur les ailes du vent,
Elle s'élève à Dieu comme un parfum vivant ;
Et donnant un langage à toute créature,
Prête pour l'adorer mon âme à la Nature.
Seul, invoquant ici son regard paternel,
Je remplis le désert du nom de l'Éternel ;
Et celui qui, du sein de sa gloire infinie,
Des sphères qu'il ordonne écoute l'harmonie,
Écoute aussi la voix de mon humble raison,
Qui contemple sa gloire et murmure son nom.

VII. Page 283.

La Nature perdit toute son harmonie :
Avec le criminel la terre fut punie.

Delille retrace ainsi, d'après Milton, le bouleversement de la nature après la chute de l'homme ;
Paradis perdu, livre X :

Aussitôt, par leurs noms le Tout-Puissant rappelle
Ses ministres ailés ; il confie à leur zèle
Le bouleversement des saisons et des jours.
Le soleil le premier doit, en changeant son cours,

---

1 Il faudrait un régime à *repliant*, et il n'en a point, car il ne peut pas avoir le même que *roule* : on est fâché que cette petite incorrection dépare de si beaux vers.

Tantôt de feux brûlans dévorer la nature,
Tantôt laisser dans l'air régner l'âpre froidure;
Du pole boréal partent les noirs frimas ;
Du sud l'ardent solstice ¹ embrase les climats;
L'un de l'humide nuit va guider la courrière,²
De ses frères errans ³ diriger la carrière,
Leurs vitesses, leurs feux rapidement croisés,
Leur rencontre sinistre, et leurs fronts opposés.
Aux astres réguliers d'autres marquent leur course;
De leurs feux malfaisans ils préparent la source.
Les astres orageux, dans un sombre appareil,
Escortant le lever, le coucher du soleil,
Des torrens pluvieux précipitent la chute.
Déjà, près d'exercer leur effroyable lutte,
Dominateurs des eaux, fougueux tyrans des airs,
Les vents sont établis dans leurs climats divers,
Et prêtent à l'envi, pour ravager la terre,
Leur souffle à l'ouragan, leurs ailes au tonnerre.
Fécond comme l'Automne, et beau comme l'Été,
Le Printemps régnait seul : l'Éternel irrité
Du soleil qui meut tout par sa chaleur féconde,
Ordonne d'écarter les deux poles du monde.
Les Anges, à sa voix, avec de longs efforts,
De l'ardent Équateur éloignent ce grand corps.⁴
A la voix du Très-Haut, l'astre de la lumière
Peut-être aussi changea son oblique carrière,

1 C'est-à-dire le *Solstice* d'été, qui est le temps des plus longs jours.

2 Les poëtes appellent la Lune *la courrière des nuits.*

3 Quels astres le Poëte entend-il par ces *frères errans* de la Lune ? Apparemment toutes les autres planètes, et non pas seulement celles qui ne sont, comme la Lune, que des Satellites. Au reste, ce n'est pas, comme on le pense bien, pour l'exactitude physique ou mathématique que nous citons ce morceau ; nous ne dissimulerons même pas qu'il offre d'assez grandes invraisemblances.

4 La terre, qui est le *monde* dont il s'agit, selon le Poëte, d'écarter de l'Équateur les deux poles.

Et poursuivant sa marche en ses douze maisons,
Dans son cours inégal varia les saisons.[1]
Peut-être aussi quand l'homme à son Dieu fut parjure,
Un tremblement d'horreur ébranla la Nature,
Et, rompant l'équilibre et des nuits et des jours,
Cet astre épouvanté changea soudain son cours :
Dans les champs de la terre, au séjour des orages,
Le désordre partout étendit ses ravages ;
Bientôt de la révolte abominable enfant,
La Discorde naquit, et d'un vol triomphant
Aux êtres animés courut souffler la rage.
Tout s'arma, tout brûla de la soif du carnage :
Les oiseaux dans les airs fondaient sur les oiseaux ;
Le poisson poursuivait le poisson sous les eaux ;
Les troupeaux dédaignant leur pâture innocente,
L'un sur l'autre, en grondant portaient leur dent sanglante
Tous pour leur souverain perdirent le respect :
L'un, saisi de terreur, s'enfuit à son aspect ;
Un autre, en frémissant, lui jette à son passage
Des regards de fureur ou des accens de rage.
Le désordre est partout. Adam épouvanté
Voudrait des bois profonds chercher l'obscurité :
Partout l'orage éclate ; et son âme troublée
D'un plus terrible orage, hélas ! est ébranlée.....

VIII. Page. 283.

Est-ce à notre justice à mesurer les coups ?
Et ce qu'un Dieu se doit, Mortels, le savez-vous ?....

---

1 Le *peut-être* est assez bien placé au commencement de cette phrase : il
l'eût pas été moins bien dans celles qui précèdent. Sachons gré au Poëte de no
avoir donné un magnifique morceau de poésie ; mais soyons bien prévenus qu
parle bien moins d'après la Bible que d'après son imagination, et ne prenons p
pour article de foi tout ce qu'il nous dit.

La justice divine ne saurait être mieux justifiée que
par ce discours de l'Éternel à son fils, au sujet de la
chute prochaine de l'homme ; *Paradis perdu*, livre III :

> L'homme succombera, je le sais; dans son cœur,
> Du Dieu qui l'a créé Satan sera vainqueur,
> Je ne lui prescrivis qu'un léger sacrifice ;
> Son crime va bientôt provoquer ma justice,
> Et de son attentat l'effet contagieux
> En transmettra la peine à ses derniers neveux.
> Qu'il ne m'accuse point des maux qu'on lui prépare.
> Pour lui de mes faveurs je ne fus point avare ;
> Je le fis bon et libre : innocens ou pervers,
> Ainsi furent créés tous ces esprits divers,
> Enfans du même Dieu, qu'un même souffle anime :
> Libres pour la vertu, tous le sont pour le crime :
> D'eux seuls dépend leur sort. Eh ! sans la liberté,
> Quel prix attacherais-je à la fidélité ?
> Quels mérites aurait l'aveugle obéissance
> Que la crainte en tremblant pairait à la puissance,
> Qui par nécessité fléchirait sous ma loi,
> Et même, en me servant, ne ferait rien pour moi ?
> Je ne veux point d'un trône environné d'esclaves.
> Je leur donnai des lois, et non pas des entraves :
> Si leur cœur, leur raison, n'est libre de choisir,
> Où sont pour eux la gloire, et pour moi le plaisir ?
> Que diront ces ingrats pour éviter leur peine ?
> Que l'arrêt du destin d'avance les enchaîne ?
> Qu'on ne peut éviter les maux que je prévoi ?
> L'homme ne doit le vice et la vertu qu'à soi.
> De quoi se plaindraient-ils ? Leur révolte future,
> Si leur Dieu l'ignorait, serait-elle moins sûre ?
> Non, non ; ma prévoyance et ce regard perçant
> Devant qui l'avenir est déjà le présent

Ni des décrets du sort l'inflexible puissance,
N'auront entre leurs mains fait pencher la balance :
Leur libre volonté pèse tout à son poids,
Leur raison fait leurs vœux, leur crime est de leur choix.
Créés libres par moi, toujours ils doivent l'être.
Pour plaire à leur caprice, il me faudrait peut-être
Révoquer du destin l'irrévocable loi,[1]
Changer, et l'ange, et l'homme, et la Nature, et moi ?
Tous libres d'être bons, tous se sont faits coupables.
Les anges, fils du Ciel, furent moins excusables.
Par eux-mêmes tentés, par eux-mêmes séduits,
D'un crime volontaire ils recueillent les fruits :
Au premier attentat d'une indiscrète audace
D'autres ont poussé l'homme : à l'homme je fais grâce.
Ainsi la terre heureuse et le ciel enchanté
Auprès de la justice auront vu la bonté ;
Mais la bonté sur eux a brillé la première,
Et sur eux la bonté brillera la dernière.....

IX. Page 286.

Les saisons en désordre et les vents en courroux
Fournissent à la Mort des armes contre nous.

Le Poëte eût pu indiquer ici, au moins par un
trait, les infirmités, les douleurs et les maladies
sans nombre qui affligent l'espèce humaine. Milton
en a tracé un tableau assez étendu, que nous allons
reproduire d'après Delille; *Paradis perdu*, livre XI :
c'est l'archange Michel qui parle à Adam :

A son triste séjour tout homme doit se rendre;
Mais par divers chemins Dieu les y fait descendre.

[1] Le Christianisme ne saurait reconnaître le *Destin*, le *Sort* de la Théologie
païenne. *Sort* et *destin* ne sont donc ici que des termes poétiques, et ne désignent
que cette sorte de nécessité qui tient à l'essence, à la nature éternelle des choses

Ce qu'ont de plus affreux ces demeures de deuil,
C'est leur funèbre entrée et leur lugubre seuil.
Tous ont le même but, leur route est différente;
L'un meurt, avant le temps, d'une mort violente;
Dans les feux, dans les eaux plusieurs trouvent leur fin;
Plusieurs vont expirer victimes de la faim.
Combien plus expîront leur folle intempérance!
De là des maux humains sort la famille immense;
Eve en donna l'exemple, et ces maux triomphans
En foule vont punir ces malheureux enfans.
Viens, perce des douleurs l'asile lamentable:
Vois des infirmités l'essaim épouvantable,
Sous mille aspects hideux, en des murs dévorans,
De l'haleine des morts infecter les mourans:
C'est là, c'est dans ces lieux, leurs sinistres domaines,
Que vont s'accumuler les souffrances humaines,
La Rage aux yeux hagards, le Délire effréné,
Le Vertige troublant l'esprit désordonné,
La Colique tordant les entrailles souffrantes,
Les ulcères rongeurs, les pierres déchirantes,
Et la triste Insomnie, au teint pâle, à l'œil creux,
Et la Mélancolie au regard langoureux;
La Toux, l'Asthme essoufflé, dont la fréquente haleine
Par élans redoublés entre et sort avec peine;
Et l'Enflure hydropique, et l'étique Maigreur,
Et des accès fiévreux la bouillante fureur;
L'Évanouissement, la Langueur défaillante,
Et la Goutte épanchant son âcreté brûlante,
Et du Catharre affreux les funestes dépôts,
Et la Peste qui seule égale tous les maux.

   Vois tous ces malheureux, en proie à leur ravage,
Se tordre de douleur, et se rouler de rage.
Que de cris! que de pleurs! que de gémissemens!
Chaque sexe a ses maux, chaque âge a ses tourmens.

Les Angoisses, l'Effroi, le Désespoir farouche,
Errent de lit en lit, volent de bouche en bouche;
L'horrible Mort les suit; le fantôme inhumain
Suspend sur eux le dard qu'il balance en sa main,
Et cent fois invoqué comme un abri propice,
En différant ses coups prolonge leur supplice.
Hélas! en contemplant cet amas de douleurs,
Quel barbare mortel ne répandrait des pleurs!

X. Page 294.

Je me soumets sans peine à ce joug glorieux.....

Et combien ce joug n'est-il pas doux et léger pour
ceux qui le portent! C'est avec la Foi que va le
bonheur, et non avec le doute ni avec l'incrédulité.
Ecoutons là-dessus le cardinal de Bernis; *La Religion
vengée*, chant VII :

La Foi double nos biens en les rendant plus purs;
Elle éclaire, embellit nos jours les plus obscurs :
La Foi compense tout, et sa main libérale
De l'inégalité sait remplir l'intervalle.

Croire, c'est vivre heureux; c'est jouir en effet,
Et du bien qu'on espère, et du bien que l'on fait.
Quel bonheur de penser, de sentir et de croire
Que, né dans la poussière, on marche vers la gloire;
Que, si le corps périt, l'âme échappe à la mort,
Et que Dieu, non les rois, dispose de mon sort!

Douter, c'est endurer les tourmens de Tantale;
C'est perdre tous les biens que la nature étale;
C'est vivre sans jouir; c'est ramper tristement;
C'est déchirer son âme et mourir lentement.
Le doute au cœur de l'homme arrachant l'espérance,
Empoisonne la joie, irrite la souffrance,

Et n'offre à nos regards qu'un abîme effrayant,
Où la mort nous conduit et nous livre au néant.

Quel abus de l'esprit dans le siècle où nous sommes!
Est-ce donc pour douter que Dieu créa les hommes?
Sa féconde lumière assure tous nos pas;
Le doute a des périls, et la Foi n'en a pas.
Mais la crédulité n'a-t-elle point d'entraves?
Les hommes sont-ils faits pour penser en esclaves?
Non : avant que de croire on doit examiner;
Mais, l'examen fini, cessons de raisonner.
Si l'erreur est le fruit du doute fanatique,
Le vrai sort plus brillant du doute méthodique : [1]
Ainsi d'antiques bois, par le fer reproduits,
Poussent des rameaux verts qui se couvrent de fruits.

XI. Page 289.

Mais son flambeau s'unit au flambeau de la Foi,
Et toutes deux ne sont qu'une clarté pour moi....

Un des plus illustres prélats de l'Église de France
dans ces derniers temps, le cardinal de la Luzerne,
nous montre très-bien l'accord de la Raison et de
la Foi :

« Le premier caractère de notre Foi est d'être
» *raisonnable* , non pas sans doute parce qu'une
» Raison présomptueuse en découvre tous les objets,
» mais parce qu'une Raison éclairée nous en montre
» les principes. La Raison ne borne pas là les services
» qu'elle rend à la Religion. Souveraine absolue dans

1 Le *doute méthodique* est ce doute d'examen et de discussion par lequel on
cherche la vérité avec bonne foi par tous les moyens qui peuvent la faire découvrir : le *doute fanatique* est celui où l'on se tient obstiné, renfermé, en repous-
sant en quelque sorte toute lumière et toute évidence.

» l'étendue de son domaine , elle conserve sa dignit
» sous l'empire de la Révélation : elle l'aide à repousse
» les erreurs qui attaquent la Foi ; elle la seconde dan
» la réforme des abus qui la défigurent : elle contribu
» à éclairer la piété , à épurer le zèle, à éloigner d
» l'une la superstition , à écarter de l'autre le fana
» tisme ; et son utile influence se fait sentir jusque dan
» sa soumission. Admirable concert de ces deux auto
» rités que Dieu nous a données pour nous diriger
» Tantôt la Révélation soumet ses preuves à l'exame
» de la Raison ; tantôt la Raison assujettit ses idée
» aux décrets de la Révélation : souvent elles mar
» chent ensemble, se secourent, s'entr'aident, s
» prêtent une force mutuelle ; et toujours leur pré
» cieuse réunion a pour objet notre instruction e
» notre bonheur. Quel malheureux intérêt a donc pu
» dans ces derniers temps , les faire regarder comm
» deux puissances rivales qui se disputent l'empire de
» esprits ? »

Entendons maintenant Massillon dans son sermo
de l'*Incarnation* :

« La vérité ne nous est ici-bas montrée qu'en énigme
» et il faut croire pour comprendre. Ce n'est pas que la
» Religion ne nous propose que des mystères qui nou
» passent, et qu'elle nous interdise tout usage de la
» Raison : elle a ses lumières comme ses ténèbres, afin
» que d'une part l'obéissance du fidèle soit raisonnable,
» et que de l'autre elle ne soit pas sans mérite. Nous
» voyons assez pour éclairer ceux qui veulent con-

» naître ; nous ne voyons pas assez pour forcer ceux
» qui refusent de voir. La Religion a assez de preuves
» pour ne pas laisser une âme fidèle sans assurance
» et sans consolation ; elle n'en a pas assez pour
» laisser l'orgueil et l'incrédulité sans réplique. Ainsi
» la Religion par son côté lumineux console la
» Raison ; et son côté obscur laisse à la Foi tout son
» mérite.

» La véritable élévation de l'esprit est de pouvoir
» sentir toute la majesté et toute la sublimité de la
» Foi : *les grandes lumières nous conduisent elles-*
» *mêmes à la soumission, et l'incrédulité est le vice*
» *d'un esprit faible et borné.* C'est tout ignorer que de
» vouloir tout connaître. Les contradictions et les
» abîmes de l'impiété sont encore plus incompréhen-
» sibles que les mystères de la Foi ; et il y a encore
» moins de ressource pour la Raison à secouer tout
» joug, qu'à obéir et à se soumettre. »

FIN DE L'APPENDICE.

CHANT SIXIÈME.

La Morale de la Religion conforme à la Morale de la Raison.

ARGUMENT.

I. *On pourrait fléchir sous le joug de la Foi ; on pourrait, humiliant son esprit, croire et adorer en silence : mais tous ces cruels sacrifices du cœur, toutes ces pratiques si rigoureuses que commande la Religion, ne sont-ils pas hors de la Nature, au-dessus de l'humanité ?*

II. *L'intérêt pris pour juge entre la Loi divine donnée par la Religion, et la Loi de la Nature, telle même que l'ont connue les anciens poëtes profanes.*

III. *La Morale de la Nature d'après les anciens poëtes : 1° Devoirs envers Dieu ; 2° Devoirs envers nos semblables ; 3° Devoirs envers nous-mêmes.*

IV. *La Morale chrétienne et la Morale naturelle conformes entre elles quant aux principes : mais l'une rendant la Vertu utile et praticable, en la rapportant à Dieu ; et l'autre, la laissant vaine, stérile, et purement idéale ou spéculative, en ne la rapportant qu'à l'homme seul.*

V. *La Religion, seule capable de nous arracher à*

nous-mêmes pour nous attacher à Dieu par cet amour
qui, selon l'Écriture, est toute la Loi.

VI. L'amour de Dieu, rendant tous les préceptes
faciles, et faisant les vrais héros, les saints, les vrais
sages.

VII. Le caractère du véritable amour : d'être à Dieu
sans réserve et sans partage ; de ne vivre qu'en lui et
que pour lui ; de l'avoir en tout pour principe, pour
centre et pour fin.

VIII. Le feu sacré de l'amour, bien moins ardent
que dans les premiers siècles, et souvent changé depuis
en un zèle de haine et de fureur aussi contraire à l'esprit de la Religion que l'impiété et le sacrilège.

IX. Exhortation aux hérétiques de rentrer dans le
sein de l'Église, qui attend les Juifs eux-mêmes pour
ses enfans ; et avertissement aux fidèles de craindre
pour la Foi, qui, selon les prédictions, doit s'affaiblir
par degrés jusqu'au grand jour, jour de la fin du
monde, où Dieu viendra juger les vivans et les morts.

X. Le jugement dernier avec tout son terrible appareil, et avec l'effrayant spectacle de la séparation éternelle des bons et des méchans pour le bonheur et pour
les supplices.

XI. Vœu pour la gloire du Poëme, qui toutefois ne
doit être que dans la gloire même de la Religion, la
seule digne d'occuper une âme chrétienne.

Que l'on apprenne d'abord par cœur le morceau du numéro III,
qui est un petit traité complet de morale en vers : les morceaux IV,
VII, VIII et X pourront ensuite disputer la préférence.

CHANT SIXIÈME.

I. Non, des mystères saints l'auguste obscurité
Ne me fait point rougir de ma docilité.
Je ne dispute point contre un maître suprême.
Qui m'instruira de Dieu, si ce n'est Dieu lui-même ?
Dans un sombre nuage il veut s'envelopper ;
Mais il est un rayon qu'il en laisse échapper.[1]
Que me faut-il de plus ? Je marche avec courage,
Et, content du rayon, j'adore le nuage.
Il a dit, et je crois. Aux pieds de son auteur
Ma raison peut sans honte abaisser sa hauteur.

« Mais pourquoi, non content de ce grand sacrific
» Ce Dieu veut-il encor que l'homme se haïsse ?[2]

[1] Quel *rayon* ? Les vérités sublimes qu'il lui a plu de no
révéler, mais à moitié seulement, et comme à travers un voile.

[2] « Jésus-Christ, dit notre Poëte en citant Bossuet, nous pr
» pose l'amour de Dieu, jusqu'à nous haïr nous-mêmes. Il no
» propose la modération des désirs sensuels, jusqu'à retranch
» tout-à-fait nos propres membres... renoncer à tout plaisir, viv
» dans le corps comme si l'on était sans corps ; quitter tout, viv
» de peu, presque de rien, et attendre ce peu de la Providence.
C'est bien là en effet ce que nous prescrit Jésus-Christ, et c
qui peut s'appeler *nous haïr*. Mais sans doute que tous ces précept

Je m'aime : faut-il donc que, m'armant de rigueur,
Toujours le glaive en main, j'aille au fond de mon cœur,
(Sacrifice sanglant, guerre longue et cruelle !)
Couper de cet amour la racine éternelle ?
Il veut, jaloux d'un bien qu'il n'a fait que pour lui,
De nos cœurs isolés être le seul appui.
Suis-je un objet si grand pour tant de jalousie ?
De l'or, ni des honneurs l'indigne frénésie
Ne lui ravira point ce cœur qu'il doit avoir :
Faut-il à si bas prix sortir de son devoir ? [1]
Mais pour quelque douceur rapidement goûtée,
Qui console en sa soif une âme tourmentée,
Croirons-nous qu'en effet il s'irrite si fort ?
Et pour un peu de miel condamne-t-il à mort ? [2]

doivent pas se prendre à la lettre ; et d'ailleurs *nous haïr* en
sens, ce n'est que mieux nous aimer : c'est nous aimer d'un
nour éclairé, véritable, et qui seul peut assurer notre salut et
otre bonheur éternel.

1 Celui que le Poëte fait parler ici n'est pas à-beaucoup-près
rrompu, il n'est passionné ni pour les honneurs, ni pour les
aisirs des sens ; mais, comme la Nature nous entraîne à ces
aisirs, il est effrayé d'une loi qui s'oppose toujours à la Nature.
n un mot, il est peu éloigné d'être un Chrétien ; il le serait
ême à-peu-près, s'il en coûtait un peu moins de l'être, et s'il
e fallait pas faire en quelque sorte violence à son cœur.

2 *Jonathas*, fils de Saül, avait commencé, seul avec son
cuyer, à mettre en déroute toute l'armée des Philistins. Saül,
oulant poursuivre l'ennemi sans relâche, fit défense à tout le
euple de manger jusqu'au soir. Mais *Jonathas* ne connut pas
ette défense, et, en passant dans un endroit où coulait une grande
uantité de miel, il en prit un rayon au bout d'un bâton, le porta

» Je sais qu'il nous demande un amour sans parta

» Mais enfin la Nature est aussi son ouvrage :

» Et lorsqu'à tant de maux tu mêles quelques bier

» O Nature! tes dons ne sont-ils pas les siens ?

» Ce n'est pas qu'attendant de toi les biens solide

» Chez tes amis fameux je choisisse mes guides.

» L'arbitre renommé du plaisir élégant

» M'étalerait en vain tout son luxe savant :[1]

» L'art de se rendre heureux ne s'apprend point d'ui

» Habile seulement à ne se point connaître ,

» Qui, mettant de sang-froid la prudence à l'écar

» Veut vivre à l'aventure, et mourir au hasard.

» Ce rimeur enjoué m'inspire la tristesse.[2]

» Et que m'importe à moi sa goutte et sa vieillesse

à sa bouche, et se trouva fortifié. Le Seigneur ayant ensuit
sentir qu'il avait été offensé, Saül voulut connaître le coup
et jura que, si c'était Jonathas lui-même, il le ferait mourir
rémission. *Jonathas* eut à déclarer ce qu'il avait fait, et dit :
» pris un peu de miel au bout d'un bâton, j'en ai à peine g
» et pour cela je meurs! *Gustans gustavi paululùm mellis*
ecce morior! » C'est à quoi fait allusion ce vers du Poëte. Obser
toutefois que *Jonathas* ne subit point sa condamnation, ꝑ
que tout le peuple éleva la voix en sa faveur.

1 Cet *arbitre du plaisir* est le délicat et raffiné volupt
Saint-Evremond, qui fut appelé le *Pétrone* de son siècle, et
dans un *discours sur les plaisirs*, se vante de ne se point conna
Né en France près de Coutances, en 1613, et mort en 1703
Angleterre, où il s'était retiré. Il eut l'honneur d'être enter
Westminster au milieu des rois et des grands hommes de
Grande-Bretagne.

2 L'abbé de *Chaulieu*, né en 1639, et mort en 1720. Cha
du plaisir et de la volupté, même au milieu des douleurs de

» L'ennui de ses malheurs dicta ses vers badins :
» Il m'y dépeint sa joie, et j'y lis ses chagrins.
» Il me chante l'amour d'une voix affligée,
» Et suivant mollement sa muse négligée,
» Du mépris de la mort me parle à chaque pas :
» Il m'en parlerait moins s'il ne la craignait pas.
» Illustres paresseux dont Pétrone est le maître,[1]
» O vous, mortels contens, puisque vous croyez l'être,
» Vous me vantez en vain vos jours délicieux :
» Ne me comptez jamais parmi vos envieux.
» Hélas ! dans ce temps même à vos cœurs favorable,
» Règne affreux de Vénus, quand l'homme déplorable
» Consacra ses plaisirs sous des noms empruntés,
» Et de ses passions fit ses divinités,[2]

goutte, il fut appelé l'*Anacréon du Temple*, où il faisait son habitation, et où il réunissait une société choisie de gens de lettres et d'amis. Voltaire le fait avertir par le Dieu du Goût *de ne se croire que le premier des poètes négligés, et non pas le premier des bons poëtes.*

1 *Pétrone*, fameux poëte épicurien, né aux environs de Marseille, et qui, non-seulement fut contemporain de Néron, mais l'un de ses principaux confidens, et comme l'intendant de ses plaisirs. Condamné à perdre la vie sur l'accusation d'avoir conspiré contre l'empereur, sa mort fut singulière par l'indifférence avec laquelle il la reçut. Il la goûta en quelque sorte, comme il avait goûté les plaisirs : tantôt il tenait ses veines ouvertes, tantôt il les fermait, s'entretenant avec ses amis, non, comme Socrate, de l'immortalité de l'âme, mais des choses qui flattaient son esprit, telles que des vers tendres et galans, des airs gracieux ou passionnés.

2 C'était ce temps de perversité et de corruption de l'antique Paganisme, ce temps où Vénus, la déesse des voluptés, avait un

» Le sage dut toujours, honteux de sa faiblesse,

» Encenser à regret les dieux de la mollesse.[1]

» Leurs charmes quelquefois peuvent nous entraîner

» Malheureux sous leur joug qui se laisse enchaîner !

» Mais contre un ennemi qui souvent est aimable ,

» Faut-il faire à toute heure une guerre implacable?[2]

» Un seul moment de paix me rend-il criminel ?

» Et le Dieu des chrétiens n'est-il pas trop cruel ,

» Quand il veut que, pour lui, renonçant à moi-même

» Pour lui , mettant ma joie à fuir tout ce que j'aime

» J'étouffe la Nature, et , maître infortuné,

» Je gourmande en tyran ce corps qu'il m'a donné ?

» Dans sa morale enfin trouverai-je des charmes ,

» Quand il appelle heureux ceux qui versent des larmes

    Ainsi parle un mortel qui combat à regret

Une Religion qu'il admire en secret.

Frappé de sa grandeur, il la croit, il l'adore

Troublé par sa morale, il veut douter encore.

Il repousse le Dieu dont il craint la rigueur.

culte public, ses prêtres et ses autels, ainsi que ses fêtes, qui se célébraient par toutes sortes de débauches. On sait que ses temples les plus fameux étaient ceux d'Amathonte, de Lesbos, de Paphos de Gnide, de Cythère et de Chypre.

    1 Apparemment Vénus et Cupidon, avec les Ris, les Jeux, les Grâces, les Amours et les Plaisirs, leur cortége.

    2 Quel est cet *ennemi?* La chair et les sens, ou, si l'on veut, la concupiscence, c'est-à-dire, cette inclination de la nature corrompue qui nous porte au mal et aux plaisirs illicites.

    3 *Heureux ceux qui pleurent*, dit Jésus-Christ dans son Discours de la Montagne ! *Heureux ceux qui souffrent ! Malheur à vous qui riez à présent , parce que vous pleurerez un jour.*

Achevons le triomphe en parlant à son cœur ;
Et, cherchant un accès dans ce cœur indocile,
Chassons l'impiété de son dernier asile.[1]

II. A la Religion si j'ose résister,
C'est la Raison du moins que je dois écouter.
A la divine Loi quand je crains de souscrire,
Celle de la Nature a sur moi tout l'empire.[2]
Je veux choisir mon joug, et qu'entre ces deux lois
Mon intérêt soit juge, et décide mon choix.
Sans doute qu'indulgente à nos âmes fragiles,
La Raison ne prescrit que des vertus faciles.
N'allons point toutefois les chercher dans Platon,
Et laissons déclamer Sénèque et Cicéron.[3]
Ces fastueux censeurs de l'humaine faiblesse,
Inspirés par l'orgueil plus que par la sagesse,

1 L'esprit de ce *mortel* étant déjà convaincu, et même à-peu-
près soumis, son *impiété* n'est plus que dans son cœur, qui résiste
encore ; et, pour l'en chasser, il ne s'agit que d'y pénétrer, que
d'y avoir *accès*.

2 La *divine loi* est celle qui nous est enseignée par la révélation :
la *loi de la nature* est celle que Dieu a gravée dans nos cœurs, et
qui nous est connue par les lumières de la raison.

3 Si les anciens philosophes, comme l'observe le Poëte dans
une note, n'ont débité que des erreurs dans la science de la Nature,
du moins, dans la science de la Morale, ils ont proclamé, établi les
plus grandes vérités. Nous avons déjà vu que Platon avait été surnommé le *Divin*, à cause de la beauté et de la sublimité de sa doctrine. Quel code de sagesse et de vertu, que les *Offices de Cicéron*,
ce premier des philosophes comme des orateurs romains! Quelques
savans ont été tellement touchés de la belle morale de *Sénèque*,
qu'ils ont prétendu que ce philosophe était Chrétien dans le cœur.

Peut-être en leurs écrits remplis d'austérité,
Ont suivi la Raison moins que leur vanité.
Faisons parler ici des docteurs moins rigides :
Que les poëtes seuls soient nos aimables guides.
De leurs vers enchanteurs, où tout doit nous charmer,
La morale n'a rien qui nous doive alarmer.
Cherchons-y ces devoirs qui, tous tant que nous sommes,
Nous attachent au Ciel, à nous, à tous les hommes.[1]

III. 1° « De Jupiter par tout l'homme est environné.
» Rendons tout à celui qui nous a tout donné.
» Jetons-nous dans le sein de sa bonté suprême.
» Je suis cher à mon Dieu beaucoup plus qu'à moi-même.

Cicéron, contemporain de César, de Pompée, d'Octave, et d'Antoine, qui, étant triumvir, le fit assassiner, mourut 43 ans avant la naissance de Jésus-Christ.

Sénèque, né à Cordoue en Espagne, vers l'an 6 avant Jésus-Christ, fut le précepteur de Néron, qui, vers la douzième année de son règne, le condamna à mourir, en lui laissant le choix de l'exécution. Il reçut cet arrêt avec une joie apparente, et se fit ouvrir les veines.

1 C'est donc des poëtes, mais des poëtes anciens, et surtout de ceux de Rome, qu'a été tiré l'abrégé de morale qui suit ; abrégé qui renferme tous les grands principes sur nos devoirs envers Dieu, envers les hommes, et envers nous-mêmes. Nous ne citerons pas le texte original de tous ces divers poëtes ; mais nous dirons un mot sur chacun d'eux.

2 *Virgile* et *Horace* : tous deux du siècle d'Auguste, et tous deux au premier rang des grands hommes de ce siècle célèbre. *Horace*, dans une Ode adressée au vaisseau qui devait porter *Virgile* en Sicile, appelle l'immortel auteur de l'*Enéide Cette autre moitié de lui-même.*

» Notre encens pourrait-il par sa stérile odeur

» D'un être souverain contenter la grandeur ?

» Du méchant qui le prie, il rejette l'offrande :[1]

» Un cœur juste, un cœur saint, voilà ce qu'il demande.

» A l'un de ses côtés la Justice debout

» Jette sur nous sans cesse un coup-d'œil qui voit tout ;

» Et, le glaive à la main demandant ses victimes ,

» Présente devant lui la liste de nos crimes.[2]

» Mais de l'autre côté, la Clémence à genoux ,

» Lui présentant nos pleurs , désarme son courroux.[3]

2° » Quand pour moi si souvent j'implore la clémence ,

» N'en aurai-je jamais pour celui qui m'offense ?

[1] *Juvénal*, fameux poëte satirique, qui vécut sous Néron, sous Domitien, sous Nerva et sous Trajan : Boileau l'a ainsi caractérisé dans son *Art Poétique :*

> Juvénal élevé dans les cris de l'École,
> Poussa jusqu'à l'excès sa mordante hyperbole.

Perse, autre poëte satirique, qui vécut du temps de Juvénal, mais qui mourut long-temps avant lui, et âgé seulement de vingt-huit ans. Boileau a dit :

> Perse, en ses vers obscurs, mais serrés et pressans,
> Affecta d'enfermer moins de mots que de sens.

[2] C'est *Hésiode* qui offre cette image de la Justice divine : *Hésiode* est un poëte grec que l'opinion commune fait contemporain d'*Homère*, mais qui, selon *Velléius Paterculus*, ne vint qu'environ cent vingt ans après. Il a fait les *Travaux*, poëme sur l'Agriculture, la *Théogonie* ou la *Généalogie des Dieux*, et le *Bouclier d'Hercule*.

[3] Cette image de la Clémence divine est de *Stace*, auteur de la *Thébaïde*, poëme historique en douze livres. *Stace* fit aussi des tragédies, et des tragédies dont le genre sombre et horrible peut le faire appeler le *Crébillon de son siècle*. Il était contemporain de *Juvénal*.

» Je plains le malheureux qui prétend m'outrager,
» Et j'abandonne au Ciel le soin de me venger.[1]
» Si je n'ose haïr l'ennemi qui m'afflige,
» Que ne dois-je donc pas à l'ami qui m'oblige ?
» Je donne à ses défauts des noms officieux :
» Mon cœur pour l'excuser me rend ingénieux.[2]
» Il m'excuse à son tour, et de mon indulgence
» Celle qu'il a pour moi devient la récompense.
» Ma charité s'étend sur tous ceux que je voi.
» Je suis homme : tout homme est un ami pour moi.[3]

1 *Juvénal*, qui dit que la vengeance est le plaisir d'un petit esprit : faut-il que d'autres poëtes l'aient appelée le *plaisir des Dieux ?* Atrée me fait frémir quand il dit dans Crébillon :

> Rien ne peut arrêter mes transports furieux :
> Je voudrais me venger, fût-ce même des Dieux.
> Du plus puissant de tous j'ai reçu la naissance :
> Je le sens au plaisir que me fait la vengeance.

2 *Horace*, qui dit que nous devons jeter sur les défauts d'un ami, le même voile qu'un père sur les défauts d'un fils.

3 Ce vers ne saurait mieux répondre à celui de *Térence*, qui est devenu maxime, et que tout le monde sait par cœur :

> *Homo sum : humani nil à me alienum puto.*

Térence, affranchi du Sénateur *Terentius-Lucanus*, était né à Carthage vers l'an 186 avant Jésus-Christ. Nous avons de lui six comédies remarquables, non par ce qu'on appelle la *force comique*, mais par l'art avec lequel il a su peindre les mœurs et rendre la nature. De tous les auteurs latins, c'est celui qui a le plus approché de l'*Atticisme*, c'est-à-dire, de ce qu'il y a de plus délicat et de plus fin chez les Grecs, soit dans le tour des pensées, soit dans le choix de l'expression.

» Le pauvre et l'étranger, le Ciel me les envoie,[1]
» Et mes mains avec eux partagent avec joie
» Des biens qui pour moi seul n'étaient pas destinés.
» Les solides trésors sont ceux qu'on a donnés.[2]
» D'une âme généreuse ô volupté suprême !
» Un mortel bienfaisant approche de Dieu même.[3]
» L'amour de ses pareils sera toujours en lui
» Des humaines vertus l'inébranlable appui.
» Voudrait-il, alarmant ma tendresse jalouse,
» Me faire soupçonner la foi de mon épouse ?
» O crime, qui des lois crains partout la rigueur, [4]
» A tes premiers attraits il a fermé son cœur.
» Qui nourrit en secret un désir téméraire,
» Même dans un corps pur porte une âme adultère.[5]

1 « Les pauvres et les étrangers, dit *Homère* dans l'Odyssée,
» nous viennent de la part des Dieux. » Il a été déjà question
d'*Homère* dans le second Chant.

2 Vers bien digne d'être retenu, et de devenir maxime : le
Poëte ne le doit, à ce qu'il paraît, qu'à lui-même.

3 C'est à-peu-près ce que dit *Cicéron* en latin : *Virgile* place
dans les Champs-Élysées ceux qui par leurs bienfaits ont mérité
la reconnaissance de leurs semblables.

4 L'adultère est en effet un des crimes les plus funestes à la
société: *Horace* lui attribue tous les malheurs qui, de son temps,
affligeaient les Romains.

5 C'est *Ovide* lui-même qui parle ainsi, *Ovide* que rendirent
si malheureux et la passion de l'amour et la passion de la poésie.
Envoyé par Auguste en exil sur les bords du Pont-Euxin, il y
finit ses jours malgré tout ce qu'il fit pour obtenir sa grâce. Il
était né à Rome l'an 43 avant Jésus-Christ.

» La pudeur est le don le plus rare des cieux : [1]

» Fleur brillante, l'amour des hommes et des dieux,

» Le plus riche ornement de la plus riche plaine,

» Tendre fleur que flétrit une indiscrète haleine. [2]

» L'amour, le tendre amour, flatte en vain mes désirs :

» L'hymen, le seul hymen en permet les plaisirs. [3]

3° » Des passions sur moi je réprime l'empire.

» Le monde à mes regards n'offre rien que j'admire. [4]

» Libre d'ambition, de soins débarrassé,

» Je me plais dans le rang où le Ciel m'a placé ; [5]

[1] Sentence d'*Euripide*, tragique grec, né à Salamine l'an 480 avant Jésus-Christ, et qui fut disciple de *Prodicus* pour l'éloquence, de *Socrate* pour la morale, et d'*Anaxagore* pour la physique. *Euripide* fut, s'il faut le dire, *le Racine* des Grecs, comme *Sophocle* en fut *le Corneille*.

[2] Pensée et comparaison de *Catulle*, dont le style est plus pur que les idées, et qui a donné lieu de dire : « Qui écrit » comme Catulle vit rarement comme Caton. » Il ne nous reste de lui que des fragmens, ou que de petites pièces, telles que des épigrammes. Né à Véronne l'an 86 avant Jésus-Christ, il mourut l'an 57 ou 58, vers l'époque où Cicéron revint à Rome de son exil en Macédoine.

[3] *Catulle* dit à l'Hymen que, sans lui, les plaisirs de Vénus n'ont rien d'honnête et de légitime.

[4] Vers imité d'*Horace*.

[5] « Soyez content de votre sort, et ne désirez rien de plus, » dit *Martial* », poëte satirique, mort vers l'an 100 de Jésus-Christ, et dont nous avons un recueil d'épigrammes, tant bonnes que mauvaises ou médiocres. Né en Espagne à Biblis, aujourd'hui Bubiera, il y alla finir ses jours après avoir demeuré 35 ans à Rome sous le règne de Galba et des empereurs suivans.

» Et, pauvre sans regret, ou riche sans attache,
» L'avarice jamais au sommeil ne m'arrache.[1]
» Je ne vais point, des grands esclave fastueux,
» Les fatiguer de moi, ni me fatiguer d'eux.[2]
» Faux honneurs! vains travaux! Vrais enfans que vous êtes,
» Que de vide, ô mortels, dans tout ce que vous faites![3]
» Dégoûté justement de tout ce que je voi,
» Je me hâte de vivre, et de vivre avec moi.[4]
» Je demande et saisis avec un cœur avide
» Ces momens que m'éclaire un soleil si rapide:
» Dons à peine obtenus qu'ils nous sont emportés,
» Momens que nous perdons, et qui nous sont comptés![5]
» L'estime des mortels flatte peu mon envie.

Ces deux vers rappellent ceux d'Agamemnon, dans *Iphigénie:*

> Heureux qui satisfait de son humble fortune,
> Libre du joug superbe où je suis attaché,
> Vit dans l'état obscur où les Dieux l'ont caché.

1 C'est le sage dont parle *Virgile* dans son Tableau du Bonheur des Champs, *Géorgiques*, livre II. *Delille* a rendu ainsi qu'il suit le passage latin:

> Auprès de ses égaux passant sa douce vie,
> Son cœur n'est attristé de pitié ni d'envie.

2 Vers imités d'*Horace*, et qui valent mieux que l'original: ce sont de très-beaux vers.

3 C'est presque mot pour mot un vers de *Perse* digne d'être retenu:

> O curas hominum! ô quantùm est in rebus inane!

4 C'est-à-dire, de vivre retiré, recueilli, en mettant le temps à profit pour la sagesse et pour la vertu.

5 Et dont il faudra par conséquent que nous rendions compte. Toutes ces pensées sont de *Martial.*

» J'évite leurs regards et leur cache ma vie.[1]
» Que mes jours, pleins de calme et de sérénité,
» Coulent dans le silence et dans l'obscurité :
» Ce jour même des miens est le dernier peut-être :[2]
» Trop connu de la terre, on meurt sans se connaître.[3]
» Je l'attends cette mort sans crainte ni désir
» Je ne puis l'avancer, je ne puis la choisir;
» L'exemple des Catons est trop facile à suivre.[4]
» Lâche qui veut mourir, courageux qui peut vivre![5]
» Demeurons dans le poste où le Ciel nous a mis,
» Et, s'il nous en rappelle, à ses ordres soumis,
» Partons. Heureux alors qui, tournant en arrière
» Un regard sur les pas de toute sa carrière,
» Sur tant de jours passés, qu'il se rend tous présens,
» Quelque nombreux qu'ils soient, les voit tous innocen

1 « L'art de bien vivre, dit *Ovide*, est de bien cacher sa vie, » et en deux mots, « Celui-là a bien vécu, qui a vécu caché : *Benè qui latuit, benè vixit.* »

2 « Regardez chaque nouveau jour comme le dernier de votre » vie, » dit *Martial* :

    Omnem crede diem tibi diluxisse supremum.

3 Sentence de *Sénèque* le tragique.

4 *Caton d'Utique*, ainsi appelé d'une ville d'Afrique où il mourut, ne voulut pas survivre à la défaite de Pompée, et à l'asservissement de Rome par César. Il se donna la mort dans son lit après avoir passé une partie de la nuit à lire le dialogue de Platon sur l'immortalité de l'âme. C'était un vrai stoïcien et dans la théorie et dans la pratique.

5 C'est ce qu'a dit *Martial* dans deux assez beaux vers, mais qui ne valent pas celui-là pour la précision et pour l'énergie.

» Quel doux contentement goûte une âme ravie !
» Ah ! c'est jouir deux fois du plaisir de la vie.[1] »

IV. Voilà donc cette loi si pleine de douceurs,
Cette route où j'ai cru marcher parmi les fleurs
Quoi ! je trouve partout la morale cruelle !
Catulle m'y ramène , Horace m'y rappelle.[2]
Tibulle m'en réveille un triste souvenir ,
Lorsque de sa Délie il croit m'entretenir.[3]
La règle de mes mœurs , cette loi si rigide ,
Est écrite partout, et même dans Ovide.[4]
Oui, c'est dans ces écrits dont j'étais amoureux
Que la Raison m'impose un joug si rigoureux.

[1] Belle sentence de *Martial* dans une épigramme sur un vieil-
ard qui ne se repent d'aucun jour de sa vie : « L'homme de
» bien, dit-il, double sa carrière : c'est vivre deux fois que de
» pouvoir se rendre bon témoignage de toute sa vie : »

> *Ampliat ætatis spatium sibi vir bonus ; hoc est*
> *Vivere bis , vitâ posse priore frui.*

Les huit derniers vers ne se trouvent pas dans les premières
éditions.

[2] Oui , *Catulle* et *Horace* eux-mêmes, ces chantres du plaisir
et de la volupté.

[3] *Tibulle*, chevalier romain, né à Rome l'an 43 avant Jésus-
Christ, est dans la poésie tendre et galante ce qu'est *Virgile* dans
la poésie héroïque. Il est célèbre par ses élégies, dont plusieurs
sont consacrées à *Délie*.

[4] Boileau dit de *Tibulle* et d'*Ovide* dans son *Art poétique* :

> Ce n'était pas jadis sur ce ton ridicule,
> Qu'Amour dictait les vers que soupirait *Tibulle*,
> Ou que du tendre *Ovide* animant les doux sons,
> Il donnait de ses vers les charmantes leçons.

Que m'ordonne de plus, à quel joug plus pénible
Me condamne le Dieu qu'on m'a peint si terrible? [1]
Mon choix n'est plus douteux, je ne balance pas.
Eh quoi! de la Vertu respectant les appas,
L'amour de mon bonheur me pressait de la suivre:
Doux, chaste, bienfaisant, pour moi seul j'allais vivre.
O grand Dieu! sans changer j'obéis à ta loi:
Doux, chaste, bienfaisant, je vais vivre pour toi.
Loin d'y perdre, Seigneur, j'y gagne l'assurance
De tant de biens promis à mon obéissance. [2]
Que dis-je? La Vertu qui m'avait enchanté,
Sans toi que m'eût servi de chérir sa beauté?
De ses attraits, hélas! admirateur stérile,
J'aurais poussé vers elle un soupir inutile!

Qu'était l'homme en effet, qu'erreur, illusion, [3]
Avant le jour heureux de la Religion?
Les sages dans leurs mœurs démentaient leurs maximes.
Quand Lycurgue s'oppose au torrent de nos crimes,
Législateur impur, il en grossit le cours. [4]
Ovide est quelquefois un Sénèque en discours:

1 Le Dieu des Chrétiens.

2 Et en effet, dès que, pour nous conformer à la raison et à
la nature, nous aurions à vivre tels pour nous, pourquoi ne pas
vivre aussi tels pour Dieu, qui peut nous en tenir compte? Il
n'en coûte pas plus, et combien le prix n'est-il pas différent!

3 On peut dire du plus sage des Païens, sans en excepter
aucun, ce mot de saint Augustin: « Il faisait ce qu'il blâmait, et
» ce qu'il condamnait, il l'adorait: » *Agebat quod arguebat
et quod culpabat adorabat.* (Note du Poëte.)

4 Parmi les lois de *Lycurgue*, il y en avait qui méritent à trop

énèque dans ses mœurs est souvent un Ovide.[1]
l'Amour, qui ne prend que sa fureur pour guide,
es mains de Solon même un temple fut construit.[2]
De tes lois, ô Solon, quel sera donc le fruit ?
Et quel voluptueux rougira de ses vices,
Quand ses réformateurs deviennent ses complices?
Toute lumière alors n'était qu'obscurité,
Et souvent la vertu n'était que vanité.
Je déteste ces jeux d'où Caton se retire,
En méprisant Caton qui veut que je l'admire.[3]

V. De l'humaine vertu reconnaissons l'écueil.

uste titre le blâme de tous les siècles; entre autres, celles qui
oncernaient l'éducation des femmes : on n'y voit aucun égard
pour la pudeur et la modestie, que la nature même inspire à
l'un et à l'autre sexe.

1 C'est-à-dire, *Ovide* est quelquefois aussi sage en discours
que *Sénèque*, et *Sénèque*, souvent aussi déréglé dans ses mœurs
qu'*Ovide*. *Sénèque* porta l'adulation envers Néron, son élève,
usqu'à justifier ce monstre sur le meurtre de sa mère.

2 *Solon* lui-même, *Solon*, l'un des sept sages de la Grèce,
consacra un temple à l'Amour impudique, qui en avait partout
dans la Grèce, tandis que, comme l'observe notre Poëte d'après
Bossuet, l'Amour conjugal n'en avait pas un seul.

3 Ces *jeux* étaient les *jeux de Flore*, qu'on célébrait au mois
de mai, pour demander à cette Déesse que les arbres et les
plantes fleuries ne reçussent aucun mal, et tournassent en fruits.
L'indécence et le désordre y étaient tels qu'on y voyait courir
des hommes et des femmes nues. *Caton*, s'apercevant, une fois
qu'il y assistait, que le peuple n'osait par respect pour sa présence demander aux acteurs leurs licences ordinaires, se retira
pour lui laisser toute liberté.

Quand l'homme n'est qu'à lui, tout l'homme est à l'orgue
Il n'aime que lui seul : dans ce désordre extrême
Il faut pour le guérir l'arracher à lui-même. [2]
Mais qui pourra porter ce grand coup dans son cœur ?
De la Religion le charme est son vainqueur.
Elle seule a détruit le plus grand des obstacles ; [3]
Reconnaissons aussi le plus grand des miracles.

Le cœur n'est jamais vide : un amour efface,
Par un nouvel amour est toujours remplacé ;
Et tout objet qu'efface un objet plus aimable,
Sitôt qu'il est chassé, nous paraît haïssable.
L'homme s'aimait ; Dieu vient, il nous dit : « Aimez-moi,
» Aimez-vous : l'amour seul comprend toute ma loi. [4] »
Nouveau commandement. [5] Le maître qui le donne

1 L'*orgueil* est ici cet amour de soi aveugle et désordonné qui fait qu'on se préfère à tous les autres, et qu'on sacrifierait sans peine leur avantage au sien propre.

2 C'est-à-dire, à ces affections exclusives qui le tiennent tout concentré en lui, et font qu'il ne voit guère que lui seul dans l'univers.

3 Cette sorte d'égoïsme impie et inhumain dont nous venons de parler.

4 « *Vous aimerez le Seigneur votre Dieu de tout votre cœur* » *et de toute votre âme, et de toutes vos forces* : voilà, dit » Jésus-Christ, le premier et le plus grand de tous les comman- » demens. Et le second est celui-ci : *Vous aimerez votre pro-* » *chain comme vous-même* : toute la loi et les prophètes sont » renfermés dans ces deux préceptes. »

5 Le double *commandement* de l'amour de Dieu et du pro- chain est appelé *nouveau*, parce qu'il a été renouvelé par Jésus-Christ, et parce que, dit saint Augustin, il nous renou- velle nous-mêmes.

llume dans les cœurs cet amour qu'il ordonne.
J'homme se sent brûler d'une ardeur qui lui plaît.
Plein du Dieu qui l'enchante, aussitôt il se hait.[1]
Tout en lui jusqu'alors lui parut admirable :
Tout en lui maintenant lui paraît méprisable.
Il s'abaisse ; du sein de son humilité
Sort un homme nouveau qu'a fait la Charité ,[2]
Et ce n'est plus pour lui, mais pour son Dieu qu'il s'aime :
Il se réconcilie alors avec lui-même.

VI. Sitôt que par l'amour l'ordre fut rétabli ,
Des plus grandes vertus l'univers fut rempli.[3]
Et qu'est-ce que l'amour trouverait de pénible ?
Les supplices, la mort n'ont rien qui soit terrible :
D'innombrables martyrs se hâtent d'y courir.[4]

1 Il se *hait*, en ce sens qu'il ne s'aime plus de ce faux et vain
amour dont il était précédemment possédé.

2 Le saint amour de Dieu et du prochain s'appelle *Charité*.
Par le *renouvellement* que la *Charité* opère dans l'homme, elle
en fait un *homme tout nouveau*. C'est là le grand miracle annoncé par le Poëte.

3 C'est dans le tableau qu'a tracé l'abbé Fleury des mœurs
des premiers Chrétiens, qu'on pourrait voir combien ces mœurs
étaient admirables. Ils se croyaient tous frères, et ne formaient
ensemble qu'une même famille.

4 L'auteur de la *Henriade* rappelle ainsi qu'il suit, dans le
cinquième chant de ce poëme, l'empressement héroïque des premiers Chrétiens à mourir pour la Foi :

> C'est avec moins d'ardeur, avec moins de transport,
> Que les premiers Chrétiens, avides de la mort,
> Intrépides soutiens de la foi de leurs pères,
> Au martyre autrefois accompagnaient leurs frères,
> Enviaient les douceurs de leur heureux trépas,
> Et baisaient, en pleurant, les traces de leurs pas.

Dieu ne veut plus de sang : amoureux de souffrir
Les saints s'arment contre eux de rigueurs salutaires :
Les déserts sont peuplés d'exilés volontaires,
Qui, toujours innocens, se punissent toujours. [1]
A la virginité l'un consacre ses jours :
Le corps n'a plus d'empire, et l'âme toute pure
Impose pour jamais silence à la Nature. [2]
Deux cœurs tendres qu'unit la main qui les a faits,
Goûtent dans leurs plaisirs une innocente paix,
Et leur chaîne est pour eux aussi sainte que chère. [3]
Le pauvre et l'orphelin dans le riche ont un père. [4]

Et dans le Discours de Potier, Chant VI :

> Que vous ressemblez mal à ces premiers Chrétiens,
> Qui, bravant tous ces Dieux de métal ou de plâtre,
> Marchaient sans murmurer sous un maître idolâtre,
> Expiraient sans se plaindre, et sur les échafauds,
> Sanglans, percés de coups, bénissaient leurs bourreaux !

1 La Croix ne fut arborée par toute la terre qu'au milieu des persécutions et des supplices, et le sang des Martyrs ne cessa de l'arroser pendant les trois premiers siècles. Mais quand les tyrans, lassés ou fléchis, eurent accordé la paix à l'Église, alors aux victimes de leurs fureurs succédèrent les victimes de la pénitence, et, sous le nom d'*Anachorètes* ou de *Cénobites*, des milliers de saints se créèrent eux-mêmes par leurs austérités un nouveau genre de martyre d'autant plus cruel, qu'il était de tous les jours et de tous les instans de leur vie.

2 En ce qui concerne les plaisirs charnels.

3 Quelle religion a su, comme la Religion Chrétienne, épurer, ennoblir, sanctifier le mariage ? Des époux vraiment chrétiens ne sont-ils pas, s'il faut le dire, des époux célestes ?

4 Dans le Christianisme, les pauvres sont les enfans du riche : les biens et les trésors ne sont entre ses mains qu'un dépôt dont il leur doit compte devant Dieu.

Au plus juste courroux qui peut s'abandonner,
Quand le prince lui-même apprend à pardonner ?
Théodose est en pleurs, Ambroise en est la cause :
J'admire également Ambroise et Théodose. [1]

VII. A ces traits éclatans reconnaissons les fruits
Que, fertile en héros, l'Amour seul a produits.
Un culte sans amour n'est qu'un stérile hommage :
L'honneur qu'on doit à Dieu n'admet point de partage;
Ses temples sont nos cœurs. « Quel terme, direz-vous,
» Doit avoir cet amour qu'il exige de nous ? »
Si vous le demandez, vous n'aimez point encore.
Tout rempli de l'objet dont l'ardeur le dévore,
Quel autre objet un cœur pourrait-il recevoir?
Le terme de l'amour est de n'en point avoir. [2]
Ne forgeons point ici de chimère mystique. [3]

1 La ville de Thessalonique s'était révoltée contre son gouverneur, qui fut tué dans la sédition : l'empereur *Théodose*,
outré de fureur, se vengea par le massacre de sept mille habitans. *Ambroise*, évêque de Milan, osa lui reprocher cette horrible barbarie, et même lui refuser l'entrée de son église. L'empereur déplorant son crime, se soumit à la pénitence publique
pour recevoir l'absolution des mains du saint évêque. Il se
présenta devant la porte de l'église, dépouillé de tous ses ornemens impériaux; et là, prosterné contre terre, tout abîmé dans
la douleur, on le vit arrosant le pavé de ses larmes, et demandant miséricorde.

2 *De ne point avoir de terme*, cela s'entend assez. Le Poète
rapporte lui-même ce vers à ces paroles de saint Bernard, dont
il est comme la traduction : *Modus amandi Deum, est amare
sine modo*.

3 « Ces termes de *pur amour, amour désintéressé, déluge et*

Comment faut-il aimer ? La Nature l'explique.
De toute autre leçon méprisant la langueur,
Écoutons seulement le langage du cœur.

«La grandeur, ô mon Dieu! n'est pas ce qui m'enchante
» Et jamais des trésors la soif ne me tourmente.
» Ma seule ambition est d'être tout à toi :
» Mon plaisir, ma grandeur, ma richesse est ta loi.
» Je ne soupire point après la renommée.
» Qu'inconnue aux mortels, en toi seul renfermée,
» Ma gloire n'ait jamais que tes yeux pour témoins.
» C'est en toi que je trouve un repos dans mes soins
» Tu me tiens lieu du jour dans cette nuit profonde ;
» Au milieu d'un désert tu me rends tout le monde.
» Les hommes vainement m'offriraient tous leurs biens
» Les hommes ne pourraient me séparer des tiens.
» Ceux qui ne t'aiment pas, ta loi leur fait entendre
» Qu'aux malheurs les plus grands ils doivent tous s'atte
» O menace, mon Dieu, qui ne peut m'alarmer !

» *bouillonnement d'amour, union, liquéfaction, rien de l'âme*
» *abîmée dans le tout de Dieu, parfaite nudité,* et tant d'autres
» qu'ont inventés certains mystiques : » telle est l'explication
donnée par le Poëte lui-même. On voit assez que *Mystique* est
ici en mauvaise part : ce mot, en parlant des personnes, signifie,
Qui raffine sur les matières de dévotion et de spiritualité.

1 La *gloire* d'être digne de toi, d'être selon ton cœur, de te
plaire, *gloire* bien plus vraie et bien plus solide que cette *gloire*
de bruit et d'éclat après laquelle courent les hommes avec tant
d'ardeur, et dont ils ne peuvent jamais être assez rassasiés !

2 Dans *cette nuit* de notre ignorance, de nos erreurs et de
nos vices.

» Le plus grand des malheurs est de ne point t'aimer. [1]
» Que ta croix dans mes mains soit à ma dernière heure,
» Et que, les yeux sur toi, je t'embrasse et je meure. [2] »
C'est dans ces vifs transports que s'exprime l'amour.

VIII. Hélas ! ce feu divin s'éteint de jour en jour ;
A peine il jette encor de languissantes flammes.
L'Amour meurt dans les cœurs, et la Foi dans les âmes. [3]
Qu'êtes-vous devenus, beaux siècles, jours naissans,
Temps heureux de l'Eglise, ô jours si florissans?
Et vous, premiers Chrétiens, ô mortels admirables !
Sommes-nous aujourd'hui vos enfans véritables ?
Vous n'aviez qu'un trésor et qu'un cœur entre vous ; [4]
Et sous la même loi nous nous haïssons tous.

[1] Pour lier ce vers-là au précédent, il faut y sous-entendre au commencement, *Pour moi*, *D'après mon cœur*. C'est comme s'il y avait : *Je t'aime au point de croire que le plus grand des malheurs est de ne pas t'aimer*. Combien ne faut-il pas aimer pour cela, et combien ne faut-il pas se trouver heureux de cet amour !

Au reste, ni ces deux vers, ni les deux précédens, ne datent de la première édition du Poëme.

[2] Ces deux vers-là sont imités de deux de *Tibulle*, qui ne s'adressent pas à Dieu, il s'en faut, et qui même, dans le Poëte latin, sont par trop profanes : mais le Poëte français a cru pouvoir les sanctifier en les adaptant aux sentimens purs et sacrés dont son cœur était pénétré.

[3] L'*Amour*, c'est-à-dire la *Charité*, est pour un Chrétien la vie du cœur, et la *Foi*, la vie de l'âme : au reste, la Foi sans les œuvres, c'est-à-dire sans la pratique, n'est qu'une Foi morte.

[4] Les premiers Chrétiens vivaient en frères et avaient tout

Haine affreuse, ou plutôt impitoyable rage ,
Quand, par elle aveuglés, nous croyons rendre hommage
Au Dieu qui ne prescrit qu'amour et que pardon!
Dieu de paix, que de sang a coulé sous ton nom!
N'ont-ils jamais marché que sous ton oriflamme,[2]
Imprimaient-ils aussi ton image en leur âme,
Tous ces héros croisés, qui d'infidèles mains
Ne voulaient, disaient-ils, qu'arracher les lieux saints?[3]

en commun; mais il faut observer qu'ils, ne formaient point un
corps de nation ni même un corps de peuple, et qu'ils n'eussent
même guère pu subsister en corps de peuple ou de nation, avec
des mœurs si simples et si patriarchales. C'est à quoi ne font
pas assez d'attention ceux qui censurent avec tant d'amertume
les temps modernes.

1 « Depuis que les empereurs eurent donné la paix à l'Eglise,
» que voit-on dans l'Histoire Ecclésiastique? Avec quelques
» exemples de grandes vertus, un spectacle continuel des plus
» terribles passions. Quelles guerres plus furieuses que celles où
» l'on veut, comme dit Boileau, *dans un sein hérétique, en*
» *foncer un poignard catholique!* » Cette note est du Poëte
quel beau vers que celui auquel elle se rapporte!

Dieu de paix, que de sang a coulé sous ton nom!

On sent que ce qui en fait surtout la beauté, c'est le contraste
des idées.

2 C'est-à-dire, *Que sous ton étendard.* On appelait *Ori-*
flamme un étendard que les anciens rois de France faisaient
porter quand ils allaient à la guerre. Il était en dépôt à l'abbaye
de Saint-Denis, et c'est-là qu'on l'allait prendre au besoin.

3 Les *Croisades* avaient pour objet de délivrer les *lieux*
saints, c'est-à-dire le tombeau de Jésus-Christ et Jérusalem, de
la domination des Mahométans; et c'est pourquoi on les appela

Leurs crimes ont souvent fait gémir l'infidèle.[1]
En condamnant leurs mœurs, vantons du moins leur zèle;
Mais détestons toujours celui qui parmi nous
De tant d'affreux combats alluma le courroux.[2]
Quels barbares docteurs avaient pu nous apprendre
Qu'en soutenant un dogme, il faut pour le défendre,
Armés du fer, saisis d'un saint emportement,
Dans un cœur obstiné plonger son argument?[3]

IX. A la fin de mes chants je me hâte d'atteindre,
Et si je ne sentais ma voix prête à s'éteindre,
Vous me verriez peut-être attaquer vos erreurs,

des *guerres saintes*. La première eut lieu vers la fin du onzième
siècle : elle fut résolue dans un concile tenu à Clermont en
Auvergne, prêchée par l'ermite Pierre, et commandée par
Godefroi de Bouillon. C'est celle qui fait le sujet de la *Jéru-*
salem délivrée.

1 Les *Croisés* ne se conduisirent que trop souvent comme si
la sainteté de leur entreprise eût dû leur tenir lieu de vertus et
de mœurs, leur permettre toute licence, et leur assurer l'impu-
nité du crime. Du reste, les *Croisés* étaient ainsi appelés, non
pas précisément parce qu'ils allaient combattre pour la *Croix*,
mais parce qu'ils portaient une croix sur leur habit.

2 Le Poëte veut sans doute dire *Calvin*, qui, en ambitieux et
fougueux sectaire, rompit, le premier parmi nous, l'unité de
croyance et de culte. Poursuivi en France, il avait écrit contre
les intolérans ; maître à Genève, il soutint qu'il fallait condamner aux flammes ceux qui ne pensaient pas comme lui : il sanc-
tionna même par des exemples cette barbare doctrine.

Calvin, né à Noyon en 1509; mort à Genève en 1564.

3 L'auteur de la *Henriade* fait dire à-peu-près de même, mais
avec plus de force, par le héros de son poëme :

Vous qui, de l'hérésie épousant les fureurs,[1]
Enfans du même Dieu, nés de la même mère,
Suivez un étendard au nôtre si contraire.[2]
Unis tous autrefois, maintenant écartés,
Qui l'a voulu? C'est vous qui nous avez quittés.[3]
Vos pères ont été les frères de nos pères,
Vous le savez : pourquoi n'êtes-vous plus nos frères ?
Avez-vous pour toujours rompu des nœuds si chers?
Accourez, accourez : nos bras vous sont ouverts.
De coupables aïeux déplorables victimes,
Ils vous ont égarés : vos erreurs sont leurs crimes.

> Et périsse à jamais l'affreuse Politique
> Qui prétend sur les cœurs un pouvoir despotique;
> Qui veut, le fer en main, convertir les mortels;
> Qui du sang hérétique arrose les autels,
> Et prenant un faux zèle ou l'intérêt pour guides,
> Ne sert un Dieu de paix que par des homicides !

Les hérésies et les schismes sont sans doute de grands malheurs pour l'Eglise et pour un Etat, et il serait à désirer qu'on pût les prévenir. Mais quand une fois ils ont pris consistance, est-ce avec le fer ou avec la flamme qu'il faut vouloir les détruire? La parole et la persuasion sont les seules armes que la Religion avoue; c'est au disciple de Mahomet, et non au disciple du Christ, qu'il peut appartenir de dire : *Crois, ou je te tue.*

1 L'*Hérésie* est une doctrine contraire à la foi catholique, et condamnée par l'Eglise.

2 C'est aux Calvinistes et aux Luthériens particulièrement que s'adresse ici le Poëte : ils reconnaissent comme nous Jésus-Christ pour père; ils sont nés comme nous dans l'Eglise.

3 Nous rapporterons avec le Poëte, et d'après lui, ce passage de Bossuet : « Il y a toujours ce fait malheureux contre les héré-
» tiques : ils se sont séparés du grand corps de l'Eglise. Mais
» pour nous quelle consolation de pouvoir, depuis notre souve-

Revenez au drapeau qu'ils ont abandonné : [1]
Par le père commun tout sera pardonné. [2]
Songez, songez que même à nos aînés perfides ,
Aux restes odieux de ses fils parricides, [3]
Ce Dieu tant outragé doit pardonner un jour :
Contre toute espérance, espérons leur retour. [4]

Oui, le nom de Jacob réveillant sa tendresse,
Il se rappellera son antique promesse.
Il n'a point épuisé pour eux tout son trésor :
L'arbre long-temps séché doit refleurir encor. [5]
Ils sont prédits les jours où par des pleurs sincères
L'enfant effacera l'opprobre de ses pères.

Tremblons à notre tour : ils sont aussi prédits
Les jours où l'on verra tous nos cœurs refroidis :

» verain pontife , remonter sans interruption jusqu'à saint
» Pierre, établi par Jésus-Christ; d'où, en reprenant les pon-
» tifes de la loi, on va jusqu'à Adam et Moïse; delà jusqu'aux
» patriarches, et jusqu'à l'origine du monde! Quelle suite!
» quelle tradition! quel enchaînement merveilleux! »

1 *Au drapeau* du Catholicisme, *au drapeau* de l'Eglise Romaine.

2 Dieu, Jésus-Christ, dont nous sommes tous les enfans, et
que nous reconnaissons tous pour notre père.

3 Les Juifs, dont la Religion fut comme la mère de la nôtre,
et que Jésus-Christ avait appelés avant nous au bienfait de la
rédemption.

4 Leur retour est annoncé par saint Paul, dans son Epître
aux Romains. « Ils reviendront, dit Bossuet, ils reviendront
» pour ne s'égarer jamais. »

5 Quel *arbre* ? Sans doute le peuple Juif.

Ce temps fatal approche. O liens salutaires,[1]
Vous captivez encor quelques âmes vulgaires ;
Mais un sublime esprit vous brave hautement,
Et se vante aujourd'hui de penser librement.[2]
Il doute, il en fait gloire ; et, sans inquiétude,
Porte jusqu'au tombeau sa noble incertitude.
Tout était adoré dans le siècle païen ;
Par un excès contraire on n'adore plus rien.[3]
Il faut qu'en tous ses points l'oracle s'accomplisse :
Il faut que par degrés la Foi tombe et périsse,
Jusqu'au terrible jour tant de fois annoncé,
Ce jour dont l'univers fut toujours menacé :
Jour de miséricorde, ainsi que de vengeance.[4]

X. Déjà je crois le voir, j'en frémis par avance !
Déjà j'entends des mers mugir les flots troublés ;
Déjà je vois pâlir les astres ébranlés :
Le feu vengeur s'allume, et le son des trompettes
Va réveiller les morts dans leurs sombres retraites.

1 Les *liens* de la foi.

2 C'est-à-dire, de ne croire que ce qu'il veut, et peut-être de ne rien croire. *Sublime esprit et âmes vulgaires* sont ici dans une sorte de sens ironique ; et il en est de même de *noble incertitude* dans les deux vers qui suivent.

3 Parce qu'on traite de superstition ou de fanatisme toute croyance sacrée.

4 Le grand jour du jugement universel, et de la manifestation des consciences, ce jour de calamité et de désespoir pour les uns, comme le dit Massillon ; pour les autres, de paix, de consolation et d'allégresse : l'attente des justes, la terreur des méchans ; le jour décisif de la destinée de tous les hommes, et qui doit être le dernier jour du monde.

Ce jour est le dernier des jours de l'univers.
Dieu cite devant lui tous les peuples divers ;
Et pour en séparer les saints, son héritage,
De sa Religion vient consommer l'ouvrage.
La terre, le soleil, le temps, tout va périr,
Et de l'éternité les portes vont s'ouvrir.[1]

Elles s'ouvrent. Le Dieu si long-temps invisible
S'avance, précédé de sa gloire terrible :[2]
Entouré du tonnerre, au milieu des éclairs,
Son trône étincelant s'élève dans les airs.
Le grand rideau se tire, et ce Dieu vient en maître.
Malheureux qui pour lors commence à le connaître![3]

1 L'*éternité* est ici une durée sans succession d'instans et sans
fin : l'*éternité*, en ce qui concerne Dieu, est une durée non-
seulement sans fin, mais même sans commencement. L'idée de
succession et l'idée de fin, de terme, sont ce qui distingue le
temps de l'*éternité* : le *temps* est la durée successive des choses,
et cette succession se connaît, se mesure par celle du mouve-
vement qui change incessamment les situations respectives du
ciel et de la terre, et perpétue dans le monde le retour alterna-
tif du jour et de la nuit. La fin du monde sera aussi la fin du
temps, parce qu'il n'y aura plus de durée successive, ou dont la
succession puisse être mesurée.

2 C'est-à-dire, de tout l'éclat, de toute la splendeur de sa
puissance et de sa majesté; car c'est là ce qui fait sa *gloire*.
« Alors ils verront le fils de l'homme qui viendra sur une nuée
» avec une grande puissance et une grande majesté : *Tunc vide-*
» *bunt filium hominis venientem in nube cum potestate magnâ,*
» *et majestate :* » Evangile de saint Luc.

3 Sous-entendez *seulement*, après *pour lors*. Il n'est qu'un
temps favorable pour le *connaître* : c'est celui où il ne se fait voir
que sous le voile mystérieux de la Foi.

Ses anges ont partout fait entendre leur voix ;
Et, sortant de la poudre une seconde fois,[1]
Le genre humain tremblant, sans appui, sans refuge,
Ne voit plus de grandeur que celle de son juge.
Ébloui des rayons dont il se sent percer,
L'impie avec horreur voudrait les repousser.
Il n'est plus temps : il voit la gloire qui l'opprime,
Et tombe enseveli dans l'éternel abîme,
Lieu de larmes, de cris et de rugissemens.
Dans ce séjour affreux quels seront vos tourmens,
Infidèles Chrétiens, cœurs durs, âmes ingrates,
Quand, malgré leurs vertus, les Titus, les Socrates,
(Hélas, jamais du Ciel ils n'ont connu les dons !)
Y sont précipités ainsi que les Catons ![2]

1 Le *genre humain* était *sorti de la poudre* par la formation
d'Adam, son père, et il y sera rentré par la mort de ses indivi-
dus : la résurrection générale l'en fera donc *sortir une seconde fois.*

2 Il a été déjà parlé dans d'autres notes de *Titus*, de *Socrate*,
et de *Caton.* Les noms de *Socrate* et de *Caton* sont devenus
synonymes du nom de *Sage*, et le plus grand éloge qu'on puisse
faire d'un roi, c'est de le dire un *Titus.*

Titus mérita d'être appelé les *délices du genre humain* : à la
fin d'un jour qu'il n'avait pu signaler par aucun bienfait : *Mes
amis*, dit-il, *j'ai perdu une journée.*

Socrate s'était élevé à la connaissance du vrai Dieu, et ce fut
une doctrine si pure et si sublime qui lui valut la mort.

Il y a eu deux *Catons*, *Caton le Censeur*, et *Caton l'Ita-
lique*, celui-ci arrière-petit-fils du premier. Mais on ne saurait
trop dire lequel des deux le cédait à l'autre en sagesse.

Au surplus, les noms de *Catons*, de *Titus* et de *Socrates*,
paraissent employés ici comme noms communs, pour désigner
en général tous les hommes vertueux et justes qui n'ont pas été
éclairés des lumières de la révélation.

Lorsque le Bonze étale en vain sa pénitence ! [1]
Quand le pâle Bramine, après tant d'abstinence ,
Apprend que , contre soi bizarrement cruel ,
Il ne fit qu'avancer son supplice éternel ! [2]
De sa chute surpris, le Musulman regrette
Le Paradis charmant promis par son prophète ; [3]
Et loin des voluptés qu'attendait son erreur ,
Ne trouve devant lui que la rage et l'horreur. [4]
Le vrai Chrétien lui seul ne voit rien qui l'étonne ,
Et sur ce tribunal que la foudre environne ,
Il voit le même Dieu qu'il a cru sans le voir ,
L'objet de son amour , la fin de son espoir.

1 Les prêtres d'un certain culte de la Chine et du Japon s'appellent *Bonzes*.

2 *Bramine* , philosophe ou prêtre indien , qu'on appelle encore
Bramin , *Brachmane* , ou *Brame* : *Brama* fut le législateur de
l'Inde , et il y a même été regardé comme un Dieu.

Les *Bonzes* et les *Bramines* se livrent à des austérités qui font
frémir la nature.

3 Le *Paradis promis* par Mahomet est un lieu de délices où
l'âme est enivrée de tous les plaisirs spirituels , et où le corps
ressuscité avec tous ses sens , goûte par ses sens mêmes toutes les
voluptés qui lui sont propres.

4 On peut trouver quelque rapport entre ce morceau et celui
du septième chant de la *Henriade* où l'on voit les morts devant
le tribunal de leur juge suprême :

> Le Dervis étonné , d'une vue inquiète,
> A la droite de Dieu cherche en vain son prophète ;
> Le Bonze avec des yeux sombres et pénitens,
> Y vient vanter en vain ses vœux et ses tourmens.

Mais il n'a plus besoin de foi ni d'espérance :[1]
Un éternel amour en est la récompense.

XI. Sainte Religion, qu'à ta grandeur offerts
Jusqu'à ce dernier jour puissent durer mes vers
D'une Muse toujours compagne de ta gloire,
Autant que tu vivras fais vivre la mémoire.[2]
La sienne.... Qu'ai-je dit ? Où vais-je m'égarer ?
Dans un cœur tout à toi l'orgueil veut-il entrer ?
Sois de tous mes désirs la règle et l'interprète :
Et que ta seule gloire occupe ton poëte !

1 *Il n'a plus besoin de foi*, puisqu'il n'a plus à croire, et qu'il voit à découvert tous les objets de sa croyance. *Il n'a plus besoin d'espérance*, puisqu'il possède ce qu'il *espérait*, et que tous ses vœux sont désormais remplis. Mais, loin qu'il ait à cesser d'aimer, *l'amour* seul doit à jamais et éternellement occuper, enivrer son âme, et être, s'il faut le dire, sa vie et sa substance.

2 *Muse*, ici pour génie poétique. Ce nom était dans le principe le nom commun des déesses qui, selon la Mythologie, présidaient aux Arts-Libéraux : il a été donné ensuite par Métonymie à l'éloquence, à la poésie, enfin aux Belles-Lettres, et c'est par Métonymie encore qu'on le donne soit au génie d'un poëte, soit aux productions de son génie, soit même à sa poésie, à son style.

FIN DU POËME DE LA RELIGION.

APPENDICE

DU CHANT SIXIÈME.

I. Page 325.

Mais de l'autre côté la Clémence à genoux,
Lui présentant nos pleurs, désarme son courroux.

L'AUTEUR eût voulu faire entrer dans cet extrait de la Morale des Poëtes, la prière qu'on va lire, et qu'il a lui-même, à ce qu'il paraît, mise en vers français.[1] Elle est de Cléanthe, Philosophe stoïcien qui tint, après Zénon son maître, l'école du Portique à Athènes, et y eut Chrysippe pour successeur, environ 250 ans avant Jésus-Christ.

Immortel adoré sous tant de noms divers,
Père de la nature et roi de l'univers,
C'est toi que je salue, être par qui nous sommes,
Qui vois en nous ta race, et qui permets aux hommes,
A ces faibles mortels rampans dans ces bas lieux,
De t'adresser leur hymne, et d'élever leurs yeux

---

1 Voici ce qu'il dit lui-même : « Cette prière, morceau précieux de l'Antiquité, que Stobée nous a conservé, doit faire partie de l'extrait de la Morale des Poëtes païens qui se trouve dans le sixième Chant du Poëme de la Religion, je l'y aurais fait entrer, si elle eût été moins longue. Tout Chrétien, en ôtant le mot de *Jupiter*, pourrait dire cette prière, et la dira plutôt que la *Prière universelle* de Pope. »

Jusqu'à toi, dont le bras, sur les têtes coupables,
Fait voler, quand tu veux, tes foudres redoutables.
L'esprit qui tout anime, esprit dont tout dépend,
Qui, se mêlant partout, en tous lieux se répand,
Est dirigé par toi, grand Dieu ! C'est donc toi-même,
De la terre et du ciel modérateur suprême,
Donateur de tous biens, digne objet de nos chants,
Qui fais tout, excepté ce que font les méchans.
Mais tu sais bien remettre, ô puissance efficace,
L'ordre dans le désordre, et tout rentre à sa place;
Eux seuls sont écartés de celle où tu nous veux,
Malheureux cependant, ils veulent être heureux.
Comment le seront-ils, lorsque, loin de t'entendre,
Par tant de passions ils se laissent surprendre,
Ou par la volupté mollement enchaînés
Ou par l'ambition follement entraînés ?
Bienfaisant Jupiter, fais tomber leurs nuages,
Daigne éclairer leur âme, afin qu'en tes ouvrages
Ils puissent avec nous admirer ta grandeur ;
Et que, te consacrant et leur voix et leur cœur,
Ils puissent célébrer la divine sagesse,
Autant qu'il est possible à l'humaine faiblesse.

II. Page 326.

Je plains le malheureux qui prétend m'outrager,
Et j'abandonne au Ciel le soin de me venger.....

Il est des cas où l'on peut se devoir de poursuivre
devant les Tribunaux humains la réparation d'un
outrage. Mais c'est un crime que de se venger par
ses propres mains ; c'en est même un que de recourir
à cette voie du duel prétendue si légitime et si hono-

-able. On aimera à entendre là-dessus l'éloquent
citoyen de Genève : personne n'a combattu avec plus
de force que lui le plus féroce des préjugés.

« Me direz-vous qu'un duel témoigne qu'on a du
» cœur , et que cela suffit pour effacer la honte ou le
» reproche de tous les autres vices ? Je vous deman-
» derai quel honneur peut dicter une telle décision ,
» et quelle raison la justifier. A ce compte un fripon
» n'a qu'à se battre pour cesser d'être un fripon ; les
» discours d'un menteur deviennent des vérités sitôt
» qu'ils sont soutenus à la pointe de l'épée ; et si l'on
» vous accusait d'avoir tué un homme, vous en iriez
» tuer un second pour prouver que cela n'est pas vrai.
» Ainsi vertu , vice, honneur, infâmie, vérité , men-
» songe, tout peut tirer son être de l'événement d'un
» combat; une salle d'armes est le siège de toute justice ;
» il n'y a d'autre droit que la force , d'autre raison
» que le meurtre; toute la réparation due à ceux qu'on
» outrage est de les tuer ; et toute offense est égale-
» ment bien lavée dans le sang de l'offenseur ou de
» l'offensé. Dites , si les loups savaient raisonner ,
» auraient-ils d'autres maximes ?....

» Vous qui voulez qu'on profite pour soi de ses lec-
» tures, profitez donc des vôtres , et cherchez si l'on
» vit un seul appel sur la terre quand elle était cou-
» verte de héros. Les plus vaillans hommes de l'anti-
» quité songèrent-ils jamais à venger leurs injures
» personnelles par des combats particuliers ? César
» envoya-t-il un cartel à Caton , ou Pompée à César,

» pour tant d'affronts réciproques ? » Et le plu
» grand capitaine de la Grèce fut-il déshonoré pou
» s'être laissé menacer du bâton ? ² D'autres temps
» d'autres mœurs, je le sais ; mais n'y en a-t-il qu
» de bonnes ? et n'oserait-on s'enquérir si les mœur
» d'un temps sont celles qu'exige le solide honneur
» Non, cet honneur n'est point variable ; il ne dépen
» ni des temps, ni des lieux, ni des préjugés ; i
» ne peut ni passer, ni renaître ; il a sa source éter-
» nelle dans le cœur de l'homme juste et dans la règle
» inaltérable de ses devoirs. Si les peuples les plu
» éclairés, les plus braves, les plus vertueux de la
» terre n'ont point connu le duel, je dis qu'il n'es
» pas une institution de l'honneur, mais une mode
» affreuse et barbare, digne de sa féroce origine. Rest

1 *César* et *Pompée*, rivaux de gloire et de puissance se dispu-
putèrent l'empire de Rome à la tête de grandes armées, et *César*
l'obtint dans les champs de Pharsale, en Macédoine, par une
des victoires les plus célèbres dont l'histoire garde le souvenir.

Caton, qui ne voyait dans *César* que l'ennemi de la République, avait résolu de se donner la mort si cet ambitieux venait
à l'emporter sur Pompée, et il exécuta ce dessein funeste.

2 Le célèbre général athénien Thémistocle voulait, dans un
conseil des Grecs, déterminer le général Lacédémonien Euribiade à prendre une résolution vigoureuse. Euribiade, fatigué
de ses représentations, lui dit : *On châtie ceux qui se lèvent
sans ordre dans les combats publics. Il est vrai*, répondit
Thémistocle ; *mais aussi on ne couronne jamais ceux qui
attendent trop tard et qui demeurent derrière.* Sur cela le Lacédémonien levant sur lui son bâton comme pour le frapper :
frappe, lui dit modestement Thémistocle, *mais écoute*.

» à savoir si, quand il s'agit de sa vie ou de celle
» d'autrui, l'honnête homme se règle sur la mode, et
» s'il n'y a pas alors plus de vrai courage à la braver
» qu'à la suivre. Que ferait, à votre avis, celui qui
» s'y veut asservir, dans des lieux où règne un usage
» contraire ? A Messine ou à Naples, il irait attendre
» son homme au coin d'une rue, et le poignarder par
» derrière. Cela s'appelle être brave en ce pays-là ; et
» l'honneur n'y consiste pas à se faire tuer par son
» ennemi, mais à le tuer lui-même.

» Gardez-vous donc de confondre le nom sacré de
» l'honneur avec ce préjugé féroce qui met toutes les
» vertus à la pointe d'une épée, et n'est propre qu'à
» faire de braves scélérats.... Rentrez en vous-même,
» et considérez s'il vous est permis d'attaquer de propos
» délibéré la vie d'un homme, et d'exposer la vôtre
» pour satisfaire une barbare et dangereuse fantaisie
» qui n'a nul fondement raisonnable, et si le triste
» souvenir du sang versé dans une pareille occasion
» peut cesser de crier vengeance au fond du cœur de
» celui qui l'a fait couler. Connaissez-vous aucun
» crime égal à l'homicide volontaire ? et si la base de
» toutes les vertus est l'humanité, que penserons-nous
» de l'homme sanguinaire et dépravé qui l'ose attaquer
» dans la vie de son semblable ?... Avez-vous oublié
» que le citoyen doit sa vie à la patrie, et n'a pas le
» droit d'en disposer sans le congé des lois, à plus
» forte raison contre leur défense ? O mon ami ! si
» vous aimez sincèrement la vertu, apprenez à la servir
» à sa mode, et non à la mode des hommes. Je veux

23

» qu'il en puisse résulter quelque inconvénient. Ce
» mot de vertu n'est-il donc pour vous qu'un vain
» nom, et ne serez-vous vertueux que quand il n'en
» coûtera rien de l'être?

» Mais quels sont au fond ces inconvéniens? Les
» murmures des gens oisifs, des méchans, qui cher-
» chent à s'amuser des malheurs d'autrui, et voudraient
» avoir toujours quelque histoire nouvelle à raconter.
» Voilà vraiment un grand motif pour s'entr'égorger!
» Si le philosophe et le sage se règlent, dans les plus
» grandes affaires de la vie, sur les discours insensés
» de la multitude, que sert tout cet appareil d'études,
» pour n'être au fond qu'un homme vulgaire? Vous
» n'osez donc sacrifier le ressentiment au devoir, à
» l'estime, à l'amitié, de peur qu'on ne vous accuse
» de craindre la mort? Pesez les choses, mon bon
» ami, et vous trouverez bien plus de lâcheté dans
» la crainte de ce reproche que dans celle de la mort
» même. Le fanfaron, le poltron veut à toute force
» passer pour brave; mais la véritable valeur n'a pas
» besoin du témoignage d'autrui, et tire sa gloire
» d'elle-même....

» Quand il serait vrai qu'on se fait mépriser en
» refusant de se battre, quel mépris est le plus à
» craindre, celui des autres en faisant le bien, ou le
» sien propre en faisant le mal? Croyez-moi, celui
» qui s'estime véritablement lui-même est peu sensible
» à l'injuste mépris d'autrui, et ne craint que d'en
» être digne; car le bon et l'honnête ne dépendent
» point du jugement des hommes, mais de la nature

des choses ; et quand toute la terre approuverait
l'action que vous allez faire, elle n'en serait pas
moins honteuse. Mais il est faux qu'à s'en abstenir
par vertu l'on se fasse mépriser. L'homme droit,
dont toute la vie est sans tache, et qui ne donna
jamais aucun signe de lâcheté, refusera de souiller
sa main d'un homicide, et n'en sera que plus
honoré....

» J'ai une telle horreur des duels, que je les regarde
comme le dernier degré de brutalité où les hommes
puissent parvenir. Celui qui va se battre de gaîté de
cœur n'est à mes yeux qu'une bête féroce qui s'ef-
force d'en déchirer une autre ; et, s'il reste le
moindre sentiment naturel dans leur âme, je trouve
celui qui périt moins à plaindre que le vainqueur.
Voyez ces hommes accoutumés au sang, ils ne
bravent les remords qu'en étouffant la voix de la
nature ; ils deviennent par degrés cruels, insensibles ; ils se jouent de la vie des autres ; et la punition
d'avoir pu manquer d'humanité est de la perdre
enfin tout-à-fait. Que sont-ils dans cet état ? Réponds,
veux-tu leur devenir semblable ? Non, tu n'es
point fait pour cet odieux abrutissement ; redoute le
premier pas qui peut t'y conduire : ton âme est
encore innocente et saine, ne commence pas à la
dépraver, au péril de ta vie, par un effort sans
vertu, un crime sans plaisir, un point d'honneur
sans raison. »

Voici ce que dit encore du duel le même Philosophe au sujet des lois vainement portées par nos rois

23*

contre ce préjugé barbare qui force un brave homme
sous peine d'infamie , à tirer raison d'un affro
l'épée à la main : c'est dans sa fameuse lettre à d'A
lembert contre les spectacles.

« Cependant en quoi consistait ce préjugé qu'
» s'agissait de détruire ? Dans l'opinion la plus extra
» vagante et la plus barbare qui jamais entra da
» l'esprit humain ; savoir , que tous les devoirs de
» société sont suppléés par la bravoure; qu'un homm
» n'est plus fourbe , fripon, calomniateur , qu'il e
» civil , humain, poli , quand il sait se battre ; qu
» le mensonge se change en vérité , que le vol devie
» légitime , la perfidie honnête , l'infidélité louable
» sitôt qu'on soutient tout cela le fer à la main ; qu'u
» affront est toujours bien réparé par un coup d'épée
» et qu'on n'a jamais tort avec un homme , pourv
» qu'on le tue. Il y a, je l'avoue, une autre sor
» d'affaire où la gentillesse se mêle à la cruauté , e
» où l'on ne tue les gens que par hasard : c'est cell
» où l'on se bat au premier sang. Au premier sang
» Grand Dieu ! Et qu'en veux-tu faire de ce sang
» bête féroce? le veux-tu boire ? Le moyen de song
» à ces horreurs sans émotion! Tels sont les préjug
» que les rois de France , armés de toute la forc
» publique , ont vainement attaqués. L'opinion , rein
» du monde , n'est point soumise au pouvoir de
» rois : ils sont eux-mêmes ses premiers esclaves. »

III. Page 328.

La pudeur est le don le plus rare des cieux.....

Delille a fait de la Pudeur une peinture où semble
ivre et respirer cette vertu céleste : l'*Imagination*,
Chant III :

La Pudeur à son tour s'avance sur sa trace.
Ah! qui peut séparer la Pudeur de la Grâce ?
L'Imagination, de ses regards discrets,
A peine ose entrevoir ses mystères secrets:
Mais de son trouble heureux, de sa rougeur aimable,
Elle adore tout bas le charme inexprimable.
Le Vice audacieux s'arrête à son aspect,
Et le brûlant désir est glacé de respect.
Craignant ses propres yeux, elle-même s'ignore;
Même quand elle est nue, elle est modeste encore;
Sa décence la voile aux regards curieux,
Et la Vénus pudique est vêtue à nos yeux.
Mais, comme nous voyons délicate et craintive,
Se flétrir sous nos mains la tendre sensitive,
Un mot, un geste, un rien alarme ses appas;
Le cœur vole au-devant de son doux embarras;
Son silence nous plaît, sa froideur même enflamme:
Et la Pudeur enfin est la grâce de l'âme.
Mais, tandis que j'essaie à tracer ce tableau,
Elle vient en mes mains arrêter mon pinceau:
D'orgueil, de modestie, ineffable mélange,
Ainsi que le reproche, elle craint la louange.
Déjà je vois rougir ses timides attraits,
Et crains, en les peignant, de profaner ses traits.

IV. Page 330.

Lache qui veut mourir, courageux qui peut vivre.....

On a dû trouver J.-J. Rousseau assez éloquent contre
le *Duel* : on va voir s'il a moins d'éloquence contre le
Suicide. Ah ! que n'a-t-il toujours aussi bien servi et la
Morale et la Religion !

« Il t'est donc permis de cesser de vivre ? Je vou-
» drais bien savoir si tu as commencé. Quoi ! fus-tu
» placé sur la terre pour n'y rien faire ? Le Ciel ne
» t'imposa-t-il point avec la vie une tâche pour la
» remplir ? Si tu as fais ta journée avant le soir, repose-
» toi le reste du jour, tu le peux ; mais voyons ton
» ouvrage. Quelle réponse tiens-tu prête au juge
» suprême qui te demandera compte de ton temps ?
» Parle, que lui diras-tu ?... Malheureux ! trouve-moi
» ce juste qui se vante d'avoir assez vécu ; que j'ap-
» prenne de lui comment il faut avoir porté la vie
» pour être en droit de la quitter.....

» Tu t'ennuies de vivre, et tu dis : La vie est un
» mal. Tôt ou tard tu seras consolé, et tu diras : La
» vie est un bien. Tu diras plus vrai sans mieux rai-
» sonner ; car rien n'aura changé que toi. Change
» donc dès aujourd'hui ; et puisque c'est dans la mau-
» vaise disposition de ton âme qu'est tout le mal,
» corrige tes affections déréglées, et ne brûle pas ta
» maison pour n'avoir pas la peine de la ranger.....

» Penses-y bien, jeune homme : que sont dix,
» vingt, trente ans pour un être immortel ? La peine

» et le plaisir passent comme une ombre; la vie
» s'écoule en un instant; elle n'est rien par elle-même;
» son prix dépend de son emploi. Le bien seul qu'on
» a fait demeure, et c'est par lui qu'elle est quelque
» chose.

» Ne dis donc plus que c'est un mal pour toi de
» vivre, puisqu'il dépend de toi seul que ce soit un
» bien, et que si c'est un mal d'avoir vécu, c'est une
» raison de plus pour vivre encore. Ne dis pas non
» plus qu'il t'est permis de mourir, car autant vau-
» drait dire qu'il t'est permis de n'être pas homme,
» qu'il t'est permis de te révolter contre l'auteur de ton
» être, et de tromper ta destination. Mais, en ajoutant
» que ta mort ne fait de mal à personne, songes-tu
» que c'est à ton ami que tu l'oses dire?

» Ta mort ne fait de mal à personne! J'entends :
» mourir à nos dépens ne t'importe guère, tu comptes
» nos regrets pour rien..... Tu parles des devoirs du
» magistrat et du père de famille, et parce qu'ils ne
» te sont pas imposés, tu te crois affranchi de tout!
» Et la société à qui tu dois ta conservation, tes talens,
» tes lumières? La patrie à qui tu appartiens, les
» malheureux qui ont besoin de toi, ne leur dois-
» tu rien? O l'exact dénombrement que tu fais!
» Parmi les devoirs que tu comptes, tu n'oublies que
» ceux d'homme et de citoyen. Où est ce vertueux
» patriote qui refuse de vendre son sang à un prince
» étranger, parce qu'il ne doit le verser que pour son
» pays, et qui veut maintenant le répandre en déses-
» péré contre l'expresse défense des lois? Les lois,

» les lois, jeune homme! le sage les méprise-t-il?
» Socrate innocent, par respect pour elles, ne voulut
» pas sortir de prison :¹ tu ne balances point à les
» violer pour sortir injustement de la vie, et tu de-
» mandes, Quel mal fais-je?....

» Apprends qu'une mort telle que tu la médites est
» honteuse et furtive : c'est un vol fait au genre hu-
» main. Avant de le quitter, rends-lui ce qu'il a fait
» pour toi. Mais je ne tiens à rien.... Je suis inutile
» au monde..... Philosophe d'un jour, ignores-tu
» que tu ne saurais faire un pas sur la terre sans y
» trouver quelque devoir à remplir, et que tout homme
» est utile à l'humanité par cela seul qu'il existe?

» Ecoute-moi, jeune insensé: tu m'es cher, j'ai
» pitié de tes erreurs. S'il te reste au fond du cœur le
» moindre sentiment de vertu, viens, que je t'ap-
» prenne à aimer la vie. Chaque fois que tu seras tenté
» d'en sortir, dis en toi-même : « Que je fasse encore
» une bonne action avant que de mourir. » Puis, va
» chercher quelque indigent à secourir, quelque in-
» fortuné à consoler, quelque opprimé à défendre...
» Si cette considération te retient aujourd'hui, elle te
» retiendra encore demain, après demain, toute ta
» vie. Si elle ne te retient pas, meurs : tu n'es qu'un
» méchant. »

---

1 Les amis de Socrate voulaient faciliter à ce philosophe son
évasion de la prison où il était condamné à boire la fatale ciguë,
et ils avaient réussi à corrompre le geolier à force d'argent; mais
il refusa noblement de profiter de leurs bons offices.

V. Page 332.

Eh quoi ! de la vertu respectant les appas,
L'amour de mon bonheur me pressait de la suivre !...

Delille nous offre dans un beau développement cette
pensée : que le vrai bonheur ne va qu'avec la Vertu,
et qu'on ne saurait le trouver loin d'elle ; l'*Imagination*, Chant VI :

Qu'on habite la cour, la ville, ou la campagne,
Quelle est du vrai plaisir la fidèle compagne ?
Tout dit : c'est la Vertu ; c'est là qu'est le bonheur.
Qu'il est beau, qu'il est grand, ce mot d'un vieil auteur
Qui s'écriait : « Grand Dieu, veux-tu punir le Vice ?
» Montre-lui la Vertu ; qu'il la voie, et frémisse ! [1] »
Quoique amante du vrai, fille de la Raison,
Qui, mieux qu'elle, connaît la douce illusion ?
De l'espoir précédée, et du plaisir suivie,
Elle seule embellit tout le cours de la vie.
Vers l'avenir obscur jette-t-elle les yeux ?
Au-delà de la vie elle aperçoit les cieux.
Revient-elle au présent ? Déjà pour récompense
Elle a de ses bienfaits la douce conscience ;
Et, si le souvenir n'en est pas effacé,
Avec quel doux transport elle voit le passé !
Cicéron nous l'a dit : les jours de la vieillesse
Empruntent leur bonheur d'une sage jeunesse.

[1] Le Poëte de la *Religion* avait répété ce *grand*, ce *beau mot*, avant le
Poëte de l'*Imagination*. Qu'on se rappelle son éloquente apostrophe à la Vertu,
dans le premier Chant :

De celui qui te hait ta vue est le supplice :
Parais ; que le méchant te regarde et frémisse.

Malheureux le mortel qui, de ses premiers jours
Interrogeant la trace, et, remontant leur cours,
N'y voit qu'un vide affreux et qu'un désert immense !
Comme le voyageur conduit par l'espérance,
Qui foulait, en partant, des gazons et des fleurs,
S'ils ont du noir volcan éprouvé les fureurs,
Ne retrouve, au retour, que le deuil, le ravage,
Et d'un lieu désolé l'épouvantable image:
Ainsi, dans ses beaux jours, jadis si plein d'attraits,
Il ne retrouve plus que douleurs, que regrets;
Dans ses réduits charmans, dans ses bosquets de rose,
Où sur un lit de fleurs la Volupté repose,
Tel qu'un affreux serpent, le repentir vengeur
Lève sa tête horrible, et s'attache à son cœur.
Cependant le temps fuit, le temps irréparable
Ajoute, chaque jour, au fardeau qui l'accable.
Sans force pour le mal, sans attrait pour le bien,
N'osant voir dans les cœurs, ni lire dans le sien,
Par les maux à venir, par la honte passée,
Vers un présent affreux son âme est repoussée,
Et passe sans retour du plaisir au remord,
Du remord aux douleurs, des douleurs à la mort.
Mais heureux, trop heureux dans sa noble carrière,
Celui qui, rejetant ses regards en arrière,
Y retrouve partout les vices combattus,
La trace du travail et celle des vertus !
Je crois voir dans ses champs cet agricole utile
Dont j'ai peint le bonheur. Dans son terrain fertile,
Partout il reconnaît le fruit de ses travaux:
Il sécha ces marais, il creusa ces canaux;
Il défricha ces bois et ce côteau sauvage;
On lui doit cette source, il planta ce bocage;
A chaque pas qu'il fait un souvenir flatteur
Rafraîchit sa pensée, et rajeunit son cœur.

Ainsi jouit le Sage ; et si, dans sa carrière,
Il n'a pas fait toujours tout le bien qu'il put faire,
Sa touchante douleur est celle de Titus ,[1]
Et ses nobles regrets sont encor des vertus.

VI. Page 333.

De l'humaine vertu reconnaissons l'écueil.
Quand l'homme n'est qu'à lui, tout l'homme est à l'orgueil...

Le cardinal de Bernis nous montre combien faibles
ou vaines sont les vertus qui ne se fondent que sur la
Raison, et combien, dans tous les cas, elles le cèdent
à celles qui s'appuient sur la Foi ! La *Religion vengée*,
Chant X :

Peignons, sans employer artifice ni pompe,
La Raison qui séduit, et la Foi qui détrompe.

L'amour-propre est le roi qui gouverne nos cœurs ;
Par lui la volupté domine sur nos mœurs ;
Ensemble et tour-à-tour ils nous soufflent leurs flammes ;
L'un arme les esprits, l'autre égare les âmes.
Quelle digue élever contre ces fiers torrens ?
Par quel art, par quel frein enchaîner ces tyrans ?
La Raison cherche en vain à calmer leur furie ;
Elle excite l'honneur, l'amour de la patrie ,
Oppose la décence au transport violent ,
Et l'humble modestie à l'orgueil insolent :
Inutiles vertus, dont le faible artifice
Ne sert qu'à pallier, qu'à travestir le vice ,
Qu'à voiler sa laideur, à sauver ses éclats.
Si l'œil n'est point blessé , le monde ne l'est pas.

---

[1] Allusion au mot célèbre de Titus, qui, ayant passé un jour sans exercer sa
bienfaisance, dit en soupirant : *Mes amis, voilà un jour que j'ai perdu !*

Ainsi la douce feinte et la ruse hypocrite
Deviennent des humains la vertu favorite :
L'homme a suivi les lois s'il peut leur échapper ;
L'art de plaire aux mortels est l'art de les tromper.

Comme Armide autrefois, puissante enchanteresse,
Pour attacher l'objet de sa folle tendresse,
Semblait avoir changé les rochers en forêts,
Les cyprès en lauriers, les déserts en guérêts ;
Déguisés par son art, tous les monstres difformes
Se montraient à Renaud sous de riantes formes ;
L'adroite illusion, les prestiges flatteurs,
Répandaient sur ses yeux leurs charmes séducteurs ;
Les ours et les lions errans dans la prairie
N'offraient que la douceur de l'humble bergerie ;
Les hydres, les serpens, en nymphes transformés
Se jouaient devant lui sur les flots animés :
Il trouvait la beauté, la fraîcheur, l'abondance,
La pudeur enfantine, et jusqu'à l'innocence,
Dans un affreux désert où la stérilité,
Le silence, l'horreur, la mort, la cruauté,
Régnaient avec le crime en des cavernes sombres,
Effroyable séjour des démons et des ombres :
Renaud ne voyait rien en croyant de tout voir.
Enfin la vérité présente son miroir :
Son éclat dissipa les erreurs, les mensonges ;
L'enchantement finit où finirent les songes.

Ainsi notre Raison, ce guide embarrassé,
Trop savante dans l'art d'Alcine et de Circé,[1]
Ne pouvant nous régir, et voulant nous conduire,
Épuise sur nos cœurs le talent de séduire :

---

1 *Circé* et *Alcine*, deux célèbres magiciennes, l'une de l'ancienne Mythologie, et l'autre de la Féerie moderne.

Elle habille en vertus nos plaisirs les plus chers ;
Elle couvre de fleurs la honte de nos fers ;
Et, s'aidant des secours de la philosophie,
Dérobe à notre cœur la chaîne qui le lie.
Mais l'aspect fulminant de la Divinité,
L'approche de la mort ou de l'adversité,
Du remords dévorant les clameurs énergiques,
Chassent l'illusion de nos songes magiques,
Et découvrent enfin à nos yeux offusqués
L'effrayante laideur de nos vices masqués.

Vous seule, ô Foi sévère, en détruisant les fables,
Enfantez dans nos cœurs des vertus véritables ;
Vous n'offrez qu'au vrai seul l'encens et le tribut :
Votre modèle est Dieu, le ciel est votre but.

VII. Page 334.

L'homme s'aimait : Dieu vient, il nous dit : « Aimez-moi,
» Aimez-vous : l'amour seul comprend toute ma loi. »

C'est ce grand et sublime précepte de l'amour qui
élève la Morale chrétienne si au-dessus de la Morale
humaine, et de la morale des sages. Écoutons encore
le *Vengeur* de la Religion, dans le même Chant de son
Poëme :

Quand la Religion, triomphant des obstacles,
Ne s'annoncerait pas par la voix des miracles ;
Quand la croix, si honteuse et si dure aux pervers,
N'aurait pas subjugué le perfide univers,
A sa morale seule on la croirait divine :
Dans l'esprit qui l'anime on voit son origine.
Eh ! quel autre que Dieu nous aurait pu donner
Le précepte si doux d'aimer, de pardonner ?

Aimer!.. C'est aimer Dieu comme arbitre suprême ;
C'est aimer nos pareils, nous aimer pour Dieu même ;
Sa gloire est le ressort, le motif et l'attrait
D'un sentiment si pur, si noble, si parfait :
Amour universel, Dieu même est sa racine ;
Il coule de son sein, il s'exerce, il domine
Sur tous nos sentimens et sur nos facultés ;
Il réunit les rois, les peuples, les cités ;
Et, liant d'un seul nœud tous les êtres ensemble,
Il les ramène à Dieu, dont le sein nous rassemble.
Grande et sublime loi, reine de tous les cœurs,
Qui nous rend plus heureux, et plus grands, et meilleurs ;
Qui, mieux que les conseils d'un sénat politique,
Affermit les ressorts de la force publique !
Le prince ne craint plus le choc des passions
Quand Dieu même est l'objet de leurs impulsions :
Un chrétien né sujet sera toujours fidèle ;
Le Monarque à ses yeux est l'image immortelle
De l'Être souverain par qui règnent les lois :
Il croit mourir pour Dieu quand il meurt pour ses rois.

   Un chrétien sur le trône est le meilleur des maîtres :
Il fixe ses regards sur ces hommes champêtres
Que le Ciel a placés dans le rang le plus bas,
Et qui n'ont pour tout bien que l'honneur et leurs bras :
L'amour rapproche, unit, console, élève, épure ;
C'est lui qui fit la loi du pardon de l'injure,
Et qui, nous ordonnant d'aimer nos ennemis,
Surmonta la Nature à qui tout est soumis.

   Qu'on ne me vante plus la clémence d'Auguste.[1]
La charité chrétienne est plus noble et plus juste ;

---

[1] Auguste, maître de la république après la bataille d'*Actium*, pardonna
aux vaincus et à ses ennemis ; mais il s'était auparavant signalé par trop de
cruautés pour qu'on n'ait pas attribué avec raison sa clémence à la politique :
il devait sentir que, pour conserver le pouvoir, il avait besoin de se faire aimer,
et qu'il ne pouvait se faire aimer que par la douceur.

L'orgueil n'excite pas sa générosité :
C'est dans le cœur de Dieu qu'elle prend sa bonté :
La Nature est sensible, et non pas magnanime ;
Mais la foi du chrétien est active et sublime.

Se croire enfant de Dieu, l'adorer comme fin ;
Porter un front scellé de son anneau divin ;
N'être qu'un faible atome, et tendre vers un être
Dans qui le monde entier roule sans le connaître ;
Nourrir un esprit pur dans un temple charnel,
Obéir à la mort sans devenir mortel,
Être grand sans orgueil, et soumis sans bassesse,
Charitable sans faste, indulgent sans faiblesse ;
Vaincre, non des guerriers sous le fer expirans,
Mais l'injuste fureur qui fait les conquérans ;
Perdre sans murmurer des couronnes profanes ;
Descendre sans douleur des palais aux cabanes ;
Du berger sans orgueil monter jusques au Roi :
Prodiges réservés au pouvoir de la Foi !

VIII. Page 335.

Et qu'est-ce que l'amour trouverait de pénible ?...

Oui, tout est possible et même facile à l'*amour*,
mais à l'*amour* inspiré par la *foi*, et animé par l'*espé-*
rance : car sans ces trois vertus point de vrai Chrétien.
La *Religion vengée*, Chant X :

Jamais le vrai Chrétien ne cède au désespoir ;
La souffrance a pour lui tout l'attrait du devoir :
L'Homme-Dieu, son modèle, excite son courage,
Et lui montre pour prix le céleste héritage.
La douleur du Chrétien se change en volupté ;
Son âme échappe au temps, et joint l'éternité :

La mort dont le seul nom glace une âme sensible
N'est pour lui que la fin d'un voyage pénible.
Le ciel s'ouvre à ses yeux dans un fatal moment,
Où, l'amour-propre éteint, finit l'enchantement,
Où du monde trompeur la scène est éclipsée,
Où l'Univers s'enfuit ainsi que la pensée :
Ce moment si terrible est la fin du malheur;
Il est pour le Chrétien l'aurore du bonheur.

Vaines religions de la Grèce et de Rome,
Elevez-vous ainsi l'homme au-dessus de l'homme?
L'orgueil par vos conseils nous apprit à mourir;
Mais enseignez-vous l'art de vivre pour souffrir,
D'envisager les maux dont gémit la Nature
Comme un creuset ardent où notre âme s'épure ?
Quels secours offrez-vous aux peuples enchaînés,
Du caprice des grands jouets infortunés ?
L'appareil fastueux du courage stoïque
Rendra-t-il le repos à ce paralytique
Qui jouit de la vie et non du mouvement,
Et dont le lit affreux ressemble au monument?
Pourra-t-il consoler l'aveugle en sa carrière,
Dont les yeux sont fermés à la douce lumière,
Dont les pas incertains sont conduits par le sort,
Pour qui tout est couvert du crêpe de la mort ?

La Foi produit la force où régnait la faiblesse;
Elle rend la chaleur à la froide vieillesse,
Console l'innocence, efface de son front
L'empreinte de la honte et le sceau de l'affront;
La souffrance du juste est le signe et le gage
De la faveur du Ciel devenu son partage.
Dieu n'offre que la foudre aux coupables heureux;
Mais il ouvre son sein aux faibles vertueux.

Voilà donc cette Foi si terrible et si dure
Dont le pouvoir révolte et dompte la nature,
Dont le front trop austère écarte les plaisirs,
Epouvante la joie, et glace les désirs ;
Qui, mieux que les conseils de la philosophie,
Sait nous rendre léger le fardeau de la vie !
Elle seule est l'appui des mortels abattus,
Pourquoi ? c'est qu'elle seule épure les vertus.

IX. Page 336.

Les déserts sont peuplés d'exilés volontaires
Qui, toujours innocens, se punissent toujours.....

Le Poëte, à propos de ces vers, cite ce passage de
Bossuet : « Le miracle des miracles, c'est qu'avec la
» foi, les vertus les plus éminentes et les pratiques les
» plus pénibles se sont répandues par toute la terre.
» Les innocens mêmes ont puni en eux avec une
» rigueur incroyable cette pente prodigieuse que nous
» avons au péché. Les déserts ont été peuplés, et il y
» a eu tant de solitaires, que des solitaires plus parfaits
» ont été contraints de chercher des solitudes plus pro-
» fondes. »

Ajoutons-y ce morceau des *Martyrs* de M. de Chateaubriand, Livre XI : « Qui pourrait dire les noms de
» tant d'illustres solitaires, les Antonins, les Sérapions,
» les Macaires, les Pacômes ? La victoire se décide
» pour eux : le Seigneur se revêt de l'Égypte, comme
» un berger de son manteau. Partout où l'erreur avait
» parlé, la vérité s'est fait entendre ; partout où les
» faux Dieux avaient placé un mystère, Jésus-Christ a

24

» placé un saint. Les grottes de la *Thébaïde* [1] sont
» envahies, les catacombes [2] des morts sont occupées
» par des vivans morts aux passions de la terre. Les
» Dieux forcés dans leurs temples retournent au fleuve
» ou à la charrue. [3] Un cri de triomphe s'élève depuis
» la pyramide de Chéop jusqu'au tombeau d'Orsyman-
» dué. La postérité de Joseph rentre dans la terre de
» Gessen ; et cette conquête due aux larmes des vain-
» queurs, ne coûte pas une larme aux vaincus. »

X. Page 337.

Un culte sans amour n'est qu'un stérile hommage.

Le grand Racine a consacré à la Charité un cantique
aussi sublime et aussi touchant que simple, dont
l'Apôtre saint Paul a fourni le sujet et le fond dans
une de ses Épîtres :

Les méchans m'ont vanté leurs mensonges frivoles :
 Mais je n'aime que les paroles
 De l'éternelle Vérité.
 Plein du feu divin qui m'inspire,
 Je consacre aujourd'hui ma lyre
 A la céleste Charité.

---

[1] La *Thébaïde* est une grande contrée de la Haute-Égypte, depuis Fiam, auprès du Nil, jusqu'à la Mer-Rouge, entre de hautes montagnes de part et d'autre.

[2] *Catacombes*, grottes souterraines, ou carrières d'où l'on tirait la pierre et le
sable, et où l'on enterrait les corps morts : des mots grecs *Kata*, dessous, et
Kumbos, cavité, ou *Tumbos*, tombeau.

[3] Les *Dieux*, c'est-à-dire les crocodiles et les bœufs honorés comme des dieux.

En vain je parlerais le langage des anges ;
 En vain, mon Dieu, de tes louanges
 Je remplirais tout l'Univers ;
 Sans l'amour, ma gloire n'égale
 Que la gloire de la cymbale
 Qui d'un vain bruit frappe les airs.

Que sert à mon esprit de percer les abîmes
 Des mystères les plus sublimes,
 Et de lire dans l'avenir ?
 Sans amour ma science est vaine
 Comme le songe dont à peine
 Il reste un léger souvenir.

Que me sert que ma foi transporte les montagnes ?
 Que dans les arides campagnes
 Les torrens naissent sous mes pas ?
 Ou que, ranimant la poussière,
 Elle rende aux morts la lumière,
 Si l'amour ne l'anime pas ?

Oui, mon Dieu, quand mes mains de tout mon héritage
 Aux pauvres feraient le partage ;
 Quand même pour le nom chrétien,
 Bravant les croix les plus infâmes,
 Je livrerais mon corps aux flammes,
 Si je n'aime, je ne suis rien.

Que je vois de vertus qui brillent sur ta trace,
 Charité, fille de la Grâce !
 Avec toi marche la Douceur,
 Que suit, avec un air affable,
 La Patience, inséparable
 De la Paix, son aimable sœur.

Tel que l'astre du jour écarte les ténèbres,
  De la nuit compagnes funèbres,
  Telle tu chasses d'un coup-d'œil
  L'Envie aux humains si fatale,
  Et toute la troupe infernale
  Des Vices, enfans de l'Orgueil.

Libre d'ambition, simple et sans artifice,
  Autant que tu hais l'injustice,
  Autant la Vérité te plaît.
  Que peut la Colère farouche
  Sur un cœur que jamais ne touche
  Le soin de son propre intérêt?

Aux faiblesses d'autrui loin d'être inexorable,
  Toujours d'un voile favorable
  Tu t'efforces de les couvrir:
  Quel triomphe manque à ta gloire?
  L'Amour sait tout vaincre, tout croire,
  Tout espérer et tout souffrir.

Un jour Dieu cessera d'inspirer des oracles;
  Le don des langues, les miracles,
  La science aura son déclin:
  L'Amour, la Charité divine,
  Eternelle en son origine,
  Ne connaîtra jamais de fin.

Nos clartés ici-bas ne sont qu'énigmes sombres:
  Mais Dieu, sans voiles et sans ombres,
  Nous éclairera dans les cieux:
  Et ce soleil inaccessible,
  Comme à ses yeux je suis visible,
  Se rendra visible à mes yeux.

L'Amour sur tous les dons l'emporte avec justice.
De notre céleste édifice
La Foi vive est le fondement :
La sainte Espérance l'élève,
L'ardente Charité l'achève,
Et l'assure éternellement.

Quand pourrai-je t'offrir, ô Charité suprême,
Au sein de la lumière même,
Le cantique de mes soupirs ?
Et, toujours brûlant pour ta gloire,
Toujours puiser et toujours boire
Dans la source des vrais plaisirs !

XI. Page 338.

Comment faut-il aimer ? La Nature l'explique.....

Boileau a tâché de donner cette *explication* dans son
Épître XII : elle fait l'objet du morceau qui suit :

Expliquons-nous pourtant. Par cette ardeur si sainte,
Que je veux qu'en un cœur amène enfin la crainte,
Je n'entends pas ici ce doux saisissement,
Ces transports pleins de joie et de ravissement,
Qui font des bienheureux la juste récompense,
Et qu'un cœur rarement goûte ici par avance.
Dans nous l'amour de Dieu, fécond en saints désirs
N'y produit pas toujours de sensibles plaisirs.
Souvent le cœur qui l'a ne le sait pas lui-même :
Tel craint de n'aimer pas, qui sincèrement aime
Et tel croit au contraire être brûlant d'ardeur
Qui n'eut jamais pour Dieu que glace et que froideur,

C'est ainsi quelquefois qu'un indolent mystique,[1]
Au milieu des péchés tranquille fanatique,
Du plus parfait amour pense avoir l'heureux don,
Et croit posséder Dieu, dans les bras du démon.

Voulez-vous donc savoir si la Foi dans votre âme
Allume les ardeurs d'une sincère flamme ?
Consultez-vous vous-même. A ses règles soumis,
Pardonnez-vous sans peine à tous vos ennemis ?
Combattez-vous vos sens ? Domptez-vous vos faiblesses ?
Dieu dans le pauvre est-il l'objet de vos largesses ?[2]
Enfin dans tous ses points pratiquez-vous sa loi ?
Oui, dites-vous. Allez, vous l'aimez, croyez-moi.
« Qui fait exactement ce que ma loi commande,
» A pour moi, dit ce Dieu, l'amour que je demande. »
Faites-le donc ; et, sûr qu'il nous veut sauver tous,
Ne vous alarmez point pour quelques vains dégoûts
Qu'en sa ferveur souvent la plus sainte âme éprouve :
Marchez, courez à lui : qui le cherche le trouve :
Et plus de votre cœur il paraît s'écarter,
Plus par vos actions songez à l'arrêter.....

XII, Page 340.

Dieu de paix, que de sang a coulé sous ton nom !

Quel sujet de déclamation ne fournirait pas ce vers
contre ce fanatisme persécuteur qui, le fer ou la torche
à la main, a si souvent désolé la terre ! « C'est mal
» raisonner contre la Religion, dit Montesquieu, que
» de rassembler dans un grand ouvrage une longue

---

1 Voir dans les notes du Chant ce qu'il faut entendre par *mystique*.
2 C'est-à-dire, *donnez-vous aux pauvres par rapport à Dieu? Les regardez-vous, en leur donnant, comme les envoyés de Dieu vers vous?*

« énumération des *maux qu'elle a produits*, si l'on
» ne fait de même celle des biens qu'elle a faits. Si je
» voulais raconter tous les maux qu'ont produits
» dans le monde les lois civiles, la monarchie, le
» gouvernement républicain, je dirais des choses
» effroyables. » Oui, sans doute ; mais où sont *les
maux qu'a produits* la Religion même ? Faut-il la
confondre avec le monstre horrible qui ne prend ses
couleurs et son masque que pour la déshonorer, et lui
imputerons-nous des fureurs que non-seulement elle
désavoue et déteste, mais qui excitent son indignation
et font couler ses larmes ? Ah ! traçons, traçons plutôt
un tableau rapide et fidèle de ses bienfaits.

Quel était, il y a dix-huit cents ans, l'état moral
de la terre ? Partout à-peu-près, et jusque dans la
superbe Rome, jusque dans la docte Grèce, les plus
grossières erreurs, les plus abominables ou les plus
absurdes superstitions : Dieu en quelque sorte chassé
du ciel, chassé de toute la nature, et les êtres les
plus vils ou les plus insensibles, les plus vains ou les
plus ridicules fantômes de l'imagination, érigés en
divinités, et recevant l'encens des peuples même
prétendus les plus éclairés, les plus sages. La Religion chrétienne parut, et, la lumière dissipant partout les ténèbres, l'Univers sembla sortir une seconde
fois du chaos : Dieu, le vrai Dieu, le seul Dieu, re-
monta, s'il faut le dire, sur le trône des mondes, et
l'homme, rendu à la raison, à sa dignité, reprit au-
dessus de la brute le rang qu'il lui avait cédé dans ses
honteux et déplorables égaremens.

Quel était, il y a dix-huit cents ans, l'état de la société humaine? Partout à-peu-près les premiers droits de la nature, les plus saints principes de la justice et de l'équité, méconnus et foulés aux pieds; partout, et jusque sous l'empire de ce qu'on appelait *Liberté*, l'homme indignement asservi à l'homme, et des troupeaux d'esclaves attendant leur vie ou leur mort du caprice d'un maître. La Religion chrétienne parut, et elle apprit aux rois qu'ils étaient hommes, aux hommes qu'ils étaient frères; que, si les uns devaient obéir en enfans soumis et respectueux, les autres devaient commander en pères tendres et bienveillans : elle apprit qu'au-dessus des maîtres et des juges de la terre, est un seul maître et un seul juge, devant qui les plus humbles sont les plus grands, et les plus superbes, les plus petits.

La Religion chrétienne ne semble occupée, comme le dit Montesquieu, que du bonheur de l'homme dans le ciel, et cependant que n'a-t-elle pas fait, ou que ne fait-elle pas encore tous les jours, pour le bonheur de l'homme sur la terre ! C'est peu de nous avoir rétablis dans toute la noblesse de notre nature, d'avoir remplacé par le pain de vie les sacrifices sanglans, d'avoir partout fait tomber devant elle les fers de l'esclavage, d'avoir partout adouci la férocité des mœurs et des lois, d'avoir tempéré jusqu'aux fureurs de la guerre et jusqu'aux vengeances de la victoire,[1]

1 « Que d'un côté, dit Montesquieu, l'on se mette devant les » yeux les massacres continuels des rois et des chefs Grecs et » Romains, et de l'autre la destruction des peuples et des villes

elle a étendu sa sollicitude à tous les besoins de l'humanité, et son zèle ingénieux et actif, a partout multiplié, pour y pourvoir, les ressources et les prodiges. Que de terres sauvages, fécondées par ses mains, se sont couvertes de moissons, de villes, d'habitans! Que de monumens précieux des sciences et des arts, sauvés par ses soins du naufrage des temps, ou de l'aveugle rage des barbares! Que d'utiles et heureux établissemens, partout naissant à sa voix, ou florissant à l'ombre de son pacifique étendard! Eût-elle pu avoir plus à cœur l'éducation de l'enfance, le soulagement de l'infortune, la consolation du malheur, l'amendement du vice, l'expiation du crime?.... Ah! que n'est-elle partout écoutée! que tous ses vœux ne sont-ils remplis! La concorde, la paix, la félicité régneraient par toute la terre, et le genre humain ne serait plus qu'une grande famille sous les lois du Dieu juste et bon qui en est le père commun.

Et qu'attendre de moins d'une Religion aussi auguste et aussi sublime, d'une Religion qui lie par une chaîne aussi forte et aussi étroite la terre au ciel? O philosophes qui vous prétendez les vengeurs de la

» par ces mêmes chefs, Thimur et Gengiskan, qui ont dévasté
» l'Asie, et nous verrons que nous devons au Christianisme, et
» dans le gouvernement un certain droit politique, et dans la
» guerre un certain droit des gens, que la nature humaine ne
» saurait assez reconnaître.

 » C'est ce droit des gens, ajoute-t-il, qui fait que, parmi
» nous, la victoire laisse aux peuples vaincus ces grandes choses :
» la vie, la liberté, les lois, les biens, et la Religion. »

nature humaine, voyez de combien l'homme du Christianisme l'emporte sur le vôtre ! Ce n'est pas un vil
amas de boue et de poussière, un vain composé de
chair et de sang, qu'attendent la mort et la destruction; ce n'est pas même seulement l'être créé par
excellence, le maître des animaux, le roi de la terre,
le rival ou le vainqueur de la nature par son génie :
c'est l'enfant du ciel, appelé, au-delà du tombeau,
à l'héritage d'une gloire éternelle, et, dès cette vie
même, bien plus vraiment l'image de la Divinité, que
ce superbe soleil revêtu par elle de tant de splendeur
et d'éclat. Que dis-je? il touche, il tient à la Divinité
par le rapport le plus intime et le plus ineffable : un
Dieu est de sa nature, de sa substance! un Dieu,
pour l'élever à lui, pour lui communiquer cet esprit
de vie, cette lumière pure, cette force, cette vertu
surnaturelle dont il est lui-même la source et la plé-
nitude, s'est abaissé jusqu'à se faire son semblable,
son frère, jusqu'à se faire homme !

FIN DE L'APPENDICE.

JUGEMENS

SUR LE POËME DE LA RELIGION,

DE LOUIS RACINE.

I.

JUGEMENT

DE J.-B. ROUSSEAU,

D'après un Examen qu'on lui avait demandé de la versification du Poëme. [1]

QUELQUE recommandable que soit le Poëme de la *Religion* par l'importance et par la grandeur de son sujet, on peut dire qu'il n'est pas moins admirable par la manière dont il est traité ; soit qu'on y considère l'assemblage, le choix et la force des preuves ; soit qu'on y regarde l'économie, et la judicieuse distribution de ces mêmes preuves, qui, se donnant du jour l'une à l'autre par l'art avec lequel l'auteur les a placées ,

---

1 Ce n'est pas l'auteur lui-même, mais Hardion, son confrère à l'Académie des Belles-Lettres, et apparemment son ami, qui avait demandé directement cet examen à J.-B. Rousseau ; c'est Hardion qui avait envoyé le Poëme au célèbre Lyrique, alors et depuis long-temps réfugié à Bruxelles.

composent un corps de lumière, et un tout de convic-
tion auquel il est impossible que l'incrédulité la plus
aveugle et la plus opiniâtre puisse résister.[1] C'est ce
qui doit rendre cet ouvrage aussi immortel que la
Religion qu'il défend.

Mais, quelque solide qu'il soit, cette solidité même
aurait pu nuire dans l'esprit de la plupart des lecteurs,
à qui l'utile ne saurait plaire, s'il n'est pas accompagné d'agrémens, et qui aiment mieux sacrifier l'utilité à leur plaisir, que leur plaisir à l'utilité. C'est à
quoi l'auteur a bien pourvu par l'abondante et riche
variété des peintures qu'il a semées dans tout son ouvrage, et par la magnificence du style dont il s'est servi
pour les exprimer. En sorte que, si jamais la poésie
a mérité d'être appelée le *langage des dieux*, on peut
dire que celle-ci mérite particulièrement d'être appelée le *langage de Dieu*,[2] qui semble y parler lui-même
par l'organe de celui qu'il a chargé de sa cause. C'est
un témoignage que je dois à ma propre conscience,
et à l'impression que la lecture de ce poëme a faite
sur mon cœur et sur mon esprit. J'en ai suivi la
conduite avec une grande attention.

On ne saurait établir les preuves de la Religion,

---

1 On voit déjà, et l'on verra encore, combien peu est aisée et
coulante la prose d'un homme qui a si bien manié la Langue
poétique.

2 On y reconnaît partout en effet le langage de l'Ecriture.
Mais ce langage n'y est pas toujours si ravissant, si enchanteur,
qu'on ne sente assez souvent que ce qu'il a de divin pourrait être
plus divin encore.

qu'en commençant par établir celles de l'existence de Dieu.[1] C'est ce que l'auteur a fait dans le *premier Chant*, où tout ce que la physique peut fournir à la poésie, et la métaphysique à la raison, se trouve décrit et développé de la manière la plus noble et la plus distincte.[2]

Ces preuves (*Chant second*), amènent naturellement la distinction des deux substances, leur union pendant la vie, et leur séparation à la mort, d'où s'ensuit la preuve de l'immortalité de l'âme. Les diverses

---

[1] Les preuves de la Religion supposent sans doute les preuves de l'existence de Dieu, comme la Religion elle-même suppose Dieu existant. Mais Dieu et la Religion sont pourtant deux objets très-distincts, et l'on peut très-bien traiter de l'un sans traiter de l'autre : c'est même ce qu'on fait en Philosophie, où l'on rapporte le premier à la Métaphysique, et le second à la Morale. Le Poëte, en les réunissant dans son Poëme, a embrassé deux sujets à-la-fois, et, des deux, n'en a fait qu'un : d'où il suit que son sujet est double, et non simple.

[2] Les preuves *physiques* et les preuves *morales*, c'est-à-dire, celles que fournit le spectacle de la nature, et celles que fournit la conscience humaine, laissent peu à désirer ; mais en est-il de même des preuves *métaphysiques*? Le Poëte les réduit à l'idée de l'*infini* : et que n'y aurait-il pas à dire sur cette idée telle qu'il la présente?

D'ailleurs, supposons toutes ces différentes sortes de preuves complètes, fallait-il, l'existence de Dieu établie, s'en tenir là par rapport à Dieu? Ne convenait-il pas d'établir aussi ses attributs au moins les plus essentiels, son immatérialité, son éternité, sa toute-puissance, son indépendance absolue, etc.? Ne conve-

opinions et les contrariétés des philosophes sur ce sujet, conduisent à la nécessité d'une révélation.[1]

Le *troisième Chant* poursuit la proposition avancée à la fin du précédent, en faisant voir par l'histoire du monde, et des Juifs en particulier, que ce n'est que dans leurs livres que la révélation se trouve, d'où résulte, par des conséquences indisputables, l'authenticité et la vérité d'une Religion annoncée par les prophètes, confirmée par les miracles, et avouée par Mahomet lui-même, son plus grand ennemi.

Le *quatrième Chant* est parfaitement lié au troisième par l'exposition admirable de la naissance de la Religion chrétienne, des miracles de son auteur, de l'accomplissement des prophéties, de la propagation si rapide de l'Évangile, et de son établissement au milieu des persécutions et des supplices. On y voit les nations soumises, la raison humaine confondue, la *folie de la foi* triomphant de la sagesse du monde, et enfin Rome, le centre du paganisme, punie comme Jérusalem l'avait été, mais relevée pour devenir jus-

---

nait-il pas surtout d'établir son unité, c'est-à-dire, qu'il est le seul Dieu, et qu'autant il est nécessaire qu'il y ait un Dieu, autant il est impossible qu'il y en ait plusieurs.

[1] C'est à la nécessité d'une révélation, et par conséquent vers la fin du second Chant, que commence véritablement le Poëme. Tout ce qui précède n'est guère qu'une sorte de préambule. Si vous en doutiez, le Poëte lui-même vous en avertit assez par les derniers vers du second Chant : voyez comme ils se rapportent aux premiers du début !

qu'à la fin des siècles, le centre de la Religion chrétienne.

: Après ces preuves tirées des faits, l'auteur rassure l'esprit et le cœur de l'homme ; l'un contre
l'obscurité des mystères, l'autre contre la sévérité
de la morale.[1] Il fait voir, dans le *cinquième Chant*,
jusqu'où va l'ignorance de l'homme, et les difficultés
auxquelles le déiste ne peut répondre ;[2] au lieu que
le chrétien y trouve la réponse dans la révélation.

A l'égard de la morale (sujet du *sixième Chant*),
ce qui m'a le plus frappé, est le parallèle également
docte, solide et ingénieux de la morale des poëtes
mêmes, et des poëtes d'ailleurs les plus corrompus du
paganisme, avec celle des chrétiens.

Cette pensée, que la Religion n'exige de nous que

---

1. Mais les deux nouveaux Chants qui en résultent ne sont que
pour développer, éclaircir ou confirmer les vérités du quatrième.
On peut donc les considérer comme des espèces d'appendices ou
de corollaires de ce chant, auquel se termine le vrai sujet du Poëme,
si, comme semble l'indiquer le début, ce sujet est la *réalité de
la révélation.* Ce n'est pas que ces deux Chants soient inutiles ;
mais le Poëte eût pu arranger son plan de manière à les rendre
plus nécessaires, et même à en ajouter d'autres encore. Il n'avait
pour cela qu'à prendre pour sujet, non pas seulement la *vérité*,
mais la *divinité de la Religion chrétienne.*

2 Oui, mais on croit y reconnaître des choses déjà dites dans
le second ou dans le troisième Chant, et cela même fait perdre à
ces choses une partie de l'intérêt qu'elles pourraient avoir.
D'ailleurs, on s'y trouve comme jeté avec le Poëte dans un
cercle d'où l'on a peine à sortir, et où l'on va toujours sans trop
savoir si l'on avance ou si l'on recule.

ce que la droite raison nous ordonne, et que l'Évangile, s'il est permis de parler ainsi, ne rend pas le
chemin plus étroit que la simple philosophie , et les
devoirs prescrits à l'honnête homme , est admirablement exprimée , et il fallait qu'elle le fût ; mais il
fallait aussi montrer l'avantage que la morale du Christianisme a sur toute autre morale. Cet avantage consiste
dans le précepte de la charité, le plus doux de tous
les préceptes , tous les autres ne s'adressant qu'à la
raison , mais celui-ci s'adressant au cœur , qui est ce
que Dieu demande particulièrement ; et comme cette
vertu est le couronnement de toutes les vertus chrétiennes, l'auteur ne pouvait mieux couronner son
ouvrage , qu'en nous en faisant sentir le prix et la
nécessité : et c'est ce qu'il a exécuté d'une manière si
touchante et si élevée, qu'il semble que ce soit Dieu
lui-même qui ait choisi le langage de l'homme pour
parler au cœur de l'homme.[1]

A Bruxelles, le 3o *Août* 1737.

___

1 Ce langage s'adresse bien moins, en général, au cœur qu'à
l'esprit, et s'il a un défaut, c'est de s'adresser et trop peu et trop
rarement au cœur. Il ne manque pas, à la vérité, d'élévation ; il
va même quelquefois jusqu'au sublime ; mais émeut-il, atten-
drit-il assez souvent et assez profondément pour que Rousseau
ait pu le dire *touchant ?* Rousseau était donc plus sensible qu'il
ne le paraît d'après ses vers et d'après sa prose.

II.

JUGEMENT

DE LEBEAU,

DANS SON ÉLOGE DE LOUIS RACINE.

———

ENTRE ces différens écrits de Louis Racine, son Poëme de la *Religion* mérite sans doute le premier rang : ouvrage immortel, où la poésie se soutient par une force divine, sans emprunter les charmes du mensonge ; où la vérité, revêtue de sa propre parure, brille aux yeux sans les éblouir, enlève notre raison sans l'endormir par des songes enchanteurs.[1] Dieu, notre Ame, la Révélation, la Rédemption, les Mystères, la Morale chrétienne : de quel vol le poëte s'élève à la hauteur de tant d'objets sublimes ! Comme toujours le même, et toujours nouveau dans sa course

---

[1] Le mensonge poétique, c'est-à-dire la fiction, n'est pas si contraire à la vérité que semble le croire l'Académicien qui parle : loin de la cacher ou de l'offusquer en l'ornant, il peut la faire mieux ressortir, et lui prêter un éclat, un charme qu'elle n'aurait pas toujours en se montrant toute nue. Jésus-Christ lui-même a employé cette sorte de mensonge dans ses discours les plus simples : et que sont ses fameuses paraboles, sinon des fictions aussi charmantes qu'ingénieuses ?

25

continue et variée sans cesse,[1] il nous promène de merveille en merveille! Quelle vivacité, quelle vérité dans les peintures! quelle entente dans le choix et l'enchaînement des preuves, dont la lumière réfléchit de l'une sur l'autre! Quel art dans le coloris! C'est le pinceau de Virgile ou d'Homère;[2] ou, pour parler plus juste, c'est la flamme qui embrasa Moïse, David et les Prophètes.[3] Ce feu divin croissant toujours,[4] le poëte, saisi d'enthousiasme dans les derniers vers de son poëme, nous transporte à la fin des temps; il nous montre les débris de l'univers qui s'écroule, les portes de l'éternité qui découvrent à notre vue les supplices des méchans et les récompenses des justes.

Entre les beautés dont ce poëme est rempli, il a encore ce rare mérite, que le poëte, uniquement fixé sur son sujet, n'en détourne jamais les yeux pour se regarder lui-même, ni pour observer son lecteur: tous les ornemens naissent du fond de la matière. Il n'attendait de couronnes que des mains de la Reli-

1 On peut le trouver au contraire trop le *même* et trop peu *varié*. Mais soyons justes : il marchait dans une carrière à-peu-près nouvelle, et il n'avait pas devant lui les exemples qu'ont eus depuis d'autres poëtes didactiques, et Delille lui-même.

2 Oui, si l'on veut, mais un peu émoussé, ou manié par des mains un peu moins habiles.

3 Oui, encore, mais un peu amortie, et qui ne cause plus d'*embrasement*.

4 Il s'en-faut que ce feu *croisse* toujours : dans le cinquième Chant, et même dans le sixième, on le croirait plus d'une fois à-peu-près éteint. Mais il se ranime un peu par intervalles, et même assez vers la fin pour répandre quelque chaleur : voilà l'exacte vérité.

gion ; il était pénétré de cette maxime par laquelle il
termine le discours qui précède sa traduction du
Paradis perdu : *qu'un poëte qui chante la Religion
dans la vue d'être récompensé par les hommes , a mal
choisi son sujet.*[1]

III.

JUGEMENT

DE L'ABBÉ SABATIER,

DANS SES TROIS SIÈCLES DE LA LITTÉRATURE FRANÇAISE.

Louis Racine a eu l'avantage de s'exercer sur une
matière riche de son propre fonds , et il a su y répandre toutes les beautés dont elle était susceptible. Son
Poëme de la *Religion* est un monument où le talent
s'est prêté avec succès aux impressions du zèle. On
admire , à chaque page , un art séduisant de peindre
et d'animer tous les objets, de présenter à l'imagination les détails de la physique, avec toutes les richesses
de la poésie. Ce poëme est d'ailleurs frappant par la

---

1 Sans doute *qu'un poëte qui chante la Religion ne doit pas
attendre sa récompense des hommes.* Mais, s'il veut faire aimer
la Religion, ne doit-il pas faire en sorte que. ses Chants aient
le plus de charmes possibles, et les charmes les plus puissans sur
les esprits et sur les cœurs? On voit que le Jugement de Le Beau
n'est , comme celui de Rousseau, qu'un panégyrique : mais
Le Beau est plus excusable, puisqu'il écrivait l'éloge du Poëte,
et qu'il n'avait pas à remplir à son égard les fonctions de juge
et de censeur.

justesse du dessein, la disposition des parties, la
vérité des couleurs, et le ton de noblesse qui y
règne. La sécheresse des matières abstraites y disparaît
sous l'abondance des images; le théologien y est
toujours d'accord avec le poëte,[1] et le poëte toujours
égal, toujours fécond dans la diversité des sujets et
dans la manière de les traiter. Quand il se livre à son
enthousiasme, sa verve offre des traits que nos poëtes
les plus sublimes, l'auteur même d'*Athalie*, n'auraient
pas désavoués. Il a surtout des morceaux dont on ne
saurait trop apprécier le mérite,[2] en faisant attention
aux difficultés qu'il avait à vaincre. Peu d'auteurs ont
su aussi bien conduire la marche du récit, et ont
aussi bien connu le mécanisme de la versification.[3] Il

1 Je veux bien le croire : cependant je ne répondrais pas que
ceux qui trouvent tant à condamner dans le Poëme de la *Grâce*,
voulussent avouer celui-ci en tout point. Il me semble que certains passages pourraient bien, sinon précisément provoquer leur
censure, du moins ne pas obtenir leur approbation entière.

2 Plus loin l'abbé Sabatier cite particulièrement pour exemple
le morceau sur la formation des fleuves et des rivières : « Vous
» y voyez, dit-il, une description des plus pompeuses, des plus
» nettes, sans que les difficultés aient pu ralentir la marche du
» génie qui les a subjuguées. »

3 Oui, *peu d'auteurs ont aussi bien connu ce mécanisme.* Mais
l'abbé Sabatier a-t-il raison quand il dit plus loin, que *Louis
Racine est celui de tous nos poëtes qui, après son père, a le
mieux connu le mécanisme de notre langue ?* On ne croira pas
facilement qu'il l'ait mieux connu que Boileau et que Voltaire.
Mais on conviendra avec l'abbé Sabatier que, *comme son illustre
père, il a eu le mérite d'écrire en prose avec autant d'élégance
que de pureté.*

ne lui manque qu'un peu plus de nombre et de variété dans les tours; car ses vers tombent presque un à un, deux à deux, sans former cet enchaînement si flatteur dans les ouvrages de son père. Par là il a contracté une monotonie et une sécheresse qui fatiguent le lecteur, malgré son admiration pour les traits intéressans qu'on lui offre assez fréquemment.[1]

IV.

JUGEMENT

DE M. DE CHATEAUBRIAND,

DANS SON GÉNIE DU CHRISTIANISME.

Le génie audacieux de Pascal voulait abattre l'incrédule sous les luttes du raisonnement. Sûr de lui-même, il osait se mesurer avec l'orgueil de la raison humaine; et, quoiqu'il sût bien que cet orgueil est infini, l'athlète chrétien se sentait assez fort pour le terrasser. Mais le seul Pascal pouvait exécuter le plan qu'il avait conçu, et la mort l'a frappé malheureusement au pied de l'édifice qu'il commençait avec tant de grandeur.[2] Racine le fils s'est traîné faiblement

1 Ces dernières critiques ne démentent-elles pas un peu trop quelques-uns des éloges donnés précédemment au style ?

2 Il n'en est resté que ces fragmens sans liaison et sans ordre connus sous le titre de *Pensées de Pascal*; mais on y reconnaît cette force, cette sublimité de génie, et cette précision du célèbre solitaire de Port-Royal.

sur le dessein tracé par un si grand maître. Il a mêlé dans son poëme les méditations de Pascal et de Bossuet.[1] Mais sa muse, si j'ose le dire, a été comme abattue en présence de ces deux grands hommes, et n'a pu porter le poids de leurs pensées. Il ébauche ce qu'ils ont peint; il n'est qu'élégant lorsqu'ils sont sublimes · mais il n'en est pas moins un versificateur très-habile; et, plus d'une fois, on croit entendre dans le Poëme de la *Religion*, les sons affaiblis de cette Lyre qui nous charme dans *Esther* et dans *Athalie*.[2]

V.

JUGEMENT

DE M. DE FONTANES,

DANS LES NOTES DE SA TRADUCTION EN VERS DE L'ESSAI DE POPE SUR L'HOMME.

J'AURAIS dû peut-être ajouter Racine fils, dans le *Discours préliminaire*, aux poëtes que j'ai comparés à l'auteur de l'*Essai sur l'homme*.[3] Le plan du Poëme

1 Le Poëte dit lui-même dans sa *Préface*, que Pascal et Bossuet sont les deux grands maîtres qu'il a voulu suivre.

2 Ce Jugement du *Poëme de la Religion* ne s'éloigne pas peu des précédens, et surtout des deux premiers; mais on verra qu'il se rapproche assez des deux qui vont suivre.

3 Ces poëtes sont, parmi les Anciens, Lucrèce, pour son poëme *de la Nature*, et Horace, surtout pour ses *Epîtres;* parmi les Modernes, Boileau, pour ses *Epîtres* aussi, et Vol-

de la *Religion* est sage , mais triste : la diction en est souvent élégante , et , dans sa faiblesse même , elle conserve de la douceur et de la pureté. Si Racine fils mérite beaucoup d'éloges comme versificateur, il manque aussi des qualités qui font le grand poëte , la verve et l'imagination. Il n'a point aperçu toutes les ressources de son sujet, qui , malgré sa sévérité , pouvait lui fournir de riches tableaux. On n'en trouve pas moins dans son ouvrage des détails précieux par le style. Les beautés même sont nombreuses dans les deux premiers chants ,[1] qui contiennent les preuves de l'existence de Dieu , et de l'immortalité de l'âme : on croit entendre plus d'une fois les sons affaiblis de cette harmonie céleste qui nous charme dans les vers d'*Esther* et d'*Athalie.*[2]

taire, surtout pour ses *Discours moraux* et son poëme sur *le Désastre de Lisbonne.* Louis Racine méritait sans doute d'*être ajouté* à ces derniers, quoiqu'il leur soit inférieur à tous égards , et l'on a peine à concevoir que M. De Fontanes ait pu l'oublier. On ne lui pardonnerait point d'avoir oublié Delille, s'il ne faisait pas dater son *Discours préliminaire* d'une époque antérieure à la publication des poëmes de l'*Imagination* et des *Trois Règnes de la Nature,* où Delille ne se montre pas moins poëte philosophe que poëte descriptif.

1 Ne sont-elles *nombreuses* que dans les deux premiers *Chants ?* Il me semble qu'elles ne manquent pas dans les autres , et surtout dans le quatrième.

2 Voilà ce que dit aussi M. De Chateaubriand. On voit que les deux jugemens reviennent à-peu-près au même, et, si on les compare avec celui de La Harpe, on trouvera qu'ils en sont comme le sommaire, comme la substance.

VI.

JUGEMENT

DE LA HARPE,

DANS SON COURS DE LITTÉRATURE.

———

Le Poëme de la *Religion* n'est pas un ouvrage du premier ordre, mais c'est un des meilleurs du second. L'auteur possédait sa matière, et son objet contenu dans ce seul vers,

La Raison dans mes vers conduit l'homme à la Foi,

est parfaitement embrassé.[1] Ses preuves sont bien choisies, fortifiées par leur enchaînement, et déduites dans un ordre lumineux. Rien ne manque à la partie didactique; elle a le degré d'intérêt que peut lui donner la variété des mouvemens et l'art des transactions, et de temps en temps elle est relevée par des tableaux poétiques. Mais l'Auteur, qui a si bien saisi tout ce que la Religion donnait à son sujet, ne paraît pas avoir eu assez d'imagination pour en remplir l'étendue et la majesté. Les diverses parties du grand édifice de la Religion, les merveilles et les figures de l'ancienne Loi, cette merveille plus grande que toutes les autres,

1 L'Auteur a même embrassé au-delà de cet objet, qui tel du moins qu'il est annoncé par lui dans son début, se trouve à-peu-près tout entier dans le troisième Chant et dans le quatrième.

l'établissement de la Loi nouvelle, pouvaient lui offrir des épisodes du plus grand effet, ouvrir même des sources de pathétique.[1] Il y avait de quoi élever et émouvoir le lecteur, et il s'est trop borné à l'instruire et à le convaincre. Sans perdre de vue cet objet très-utile, la Religion pouvait fournir une véritable Épo-pée.[2] Racine le fils ne l'y a pas vue, et peut-être n'y avait-il que son père qui fût capable d'y atteindre.[3]

Nourri du moins à son école dans la pureté des principes, son style est sain, clair et correct,[4] géné-

[1] Ne peut-on pas surtout regretter que l'Auteur n'ait pas offert un tableau des bienfaits de la Religion, et des heureux changemens qu'elle a opérés dans les sociétés humaines? Et combien n'eût-il pas pu nous intéresser, en nous retraçant les consolations, les grâces, les secours que nous devons, et dans la vie privée, et dans la vie publique, à cette Religion admirable qui, comme le dit à-peu-près Montesquieu, ne semblant avoir d'objet que notre bonheur dans l'autre monde, le fait encore dans celui-ci!

[2] On peut le croire d'après les *Martyrs* de M. De Chateaubriand, auxquels il ne paraît manquer, pour être une *véritable Epopée*, que d'être en vers. Mais un Poëme didactique pouvait tout aussi bien, et peut-être même mieux, convenir pour la gloire de la Religion : il ne s'agissait que de le concevoir sur un plan plus vaste, et que d'en porter l'intérêt à un plus haut degré.

[3] Racine le père avait sans doute dans son génie plusieurs des qualités nécessaires pour une telle entreprise ; mais les avait-il toutes ? S'il eût eu la tête aussi épique que tragique, n'est-il pas probable qu'il se fût au moins essayé dans le genre de l'Epopée ? Et qu'avait-il de mieux à faire après avoir renoncé de si bonne heure au théâtre ?

[4] Il peut bien s'y trouver quelques incorrections, et même

ralement assez soigné, souvent élégant ; mais si le
plan n'a rien de cette imagination qui invente, la
versification n'a pas non plus assez de cette poésie
qui anime et vivifie tout. On compte les morceaux
où elle s'est montrée , et l'on sent trop souvent dans
le reste la sécheresse et l'uniformité du ton didactique,
surtout dans les deux derniers chants. Il n'y en a que
six ; et si un sujet si riche ne lui a pas paru en compor-
ter davantage, cela seul prouverait qu'il ne l'avait pas
vu tout entier , car il n'y avait à craindre que le trop
d'abondance.

Racine le fils, sans être en rien un homme de
génie, a donc été un écrivain d'un talent réel et
distingué , un versificateur de bon goût. Sa marche
n'est ni hardie , ni féconde, ni imposante ; mais
elle est sage et soutenue. Il y a un assez grand nombre
de vers bien faits , et des morceaux qui sont d'un
poëte. Les éditions multipliées de son poëme en ont
prouvé le succès , et ce que les amateurs de poésie en
ont retenu, suffit pour le tirer de la foule. J'en citerai
quelques endroits de différens genres ,[1] et d'autant
plus volontiers que l'indifférence[2] pour les matières

quelques obscurités ; mais elles y sont assez rares et assez légères
pour qu'on puisse le dire en effet *clair et correct*. Le Poëme nous
paraît ici très-bien jugé sous le rapport du style et de la versification.

[1] Tels . par exemple, que le genre noble, le genre gracieux, le
genre pittoresque.

[2] Le temps de cette *indifférence* est heureusement passé ; et
tous les bons esprits sentent aujourd'hui que, sans principes religieux, il ne peut y avoir ni bonne politique, ni vraie philosophie, ni même saine littérature.

religieuses a peut-être rendu cet ouvrage trop étranger, depuis quelques années , aux jeunes littérateurs , qui pourraient cependant, sous plus d'un rapport ,[1] le lire avec fruit.

Les premiers chants sont ceux où il a répandu le plus de couleurs poétiques :[2] elles se présentaient d'elles-mêmes dans les preuves de l'existence de Dieu, tirées du spectacle de ses œuvres.

> Oui, c'est un Dieu caché que le Dieu qu'il faut croire.

> (28 vers.)

Le poëte a fort bien rendu l'*aliusque et idem nasceris* d'Horace, en parlant du soleil.[3] Mais quoique les vers sur la mer soient fort beaux , et particulièrement le dernier ,[4] il n'a pas égalé, à beaucoup près, le sublime du Livre de Job : *Huc usque venies , et non procedes amplius :*

> Tu viendras jusqu'ici, tu n'iras pas plus loin.

C'est Dieu qui parle à la mer, et qui seul peut parler ainsi.

---

1 Oui, *sous plus d'un rapport*, et sous le rapport littéraire comme sous le rapport moral. C'est un ouvrage de la bonne école, et qui mérite à tous égards d'être compté parmi les classiques.

2 Peut-être y en a-t-il autant dans le quatrième que dans le second.

3   Astre toujours le même, astre toujours nouveau.

4 C'est-à-dire celui-ci :

     La rage de tes flots expire sur tes bords.

Il est vrai que l'Auteur termine ce morceau par trois vers qui ne sont qu'une declamation vide de sens, et qui forment une très-mauvaise transition :

> Fais sentir ta vengeance à ceux dont l'avarice
> Sur ton perfide sein va chercher son supplice ;
> Hélas ! *prêts à périr, t'adressent-ils leurs vœux ?*
> Ils regardent le ciel, secours des malheureux.

A quel propos appeler ici la *vengeance* de la mer contre les navigateurs commerçans ? Et pourquoi veut-il qu'ils lui *adressent leurs vœux ?* Ce défaut de sens est du moins le seul qu'on trouve dans l'ouvrage.[1] On peut aussi reprocher au goût de l'Auteur quelques détails trop petits, comme celui-ci sur les superstitions vulgaires :

> Verrons-nous sans pâlir tomber notre salière ?

et ceux-ci sur les scholastiques :

> Qui, le dilemme en main, prétendent de l'*abstrait*,
> *Catégoriquement diviser le concret.*

Ce jargon ne peut entrer tout au plus que dans une

---

[1] Ce *défaut de sens* n'existe point dans l'ouvrage, et il s'en faut que le Poëte *appelle la vengeance de la mer contre les navigateurs commerçans*; il s'en faut qu'il veuille que ces navigateurs *adressent leurs vœux à la mer.* Voici tout ce qu'il a voulu dire : *Quand tu fais sentir ta vengeance à ceux dont l'avarice va braver la mort sur ton sein perfide, est-ce à toi que, prêts à périr, ils adressent leurs vœux ? Non, mais ils regardent le ciel d'où ils attendent leur secours.* Voyez les notes du Chant. On a peine à concevoir cette méprise de La Harpe.

pièce badine, et jamais dans un sujet sérieux; mais ces taches sont très-rares.[1]

Nous venons de voir des peintures nobles et grandes : en voici qui ont de la douceur, de la grâce, et de l'intérêt. Il s'agit de l'éducation des oiseaux, qui n'a jamais été mieux traitée en poésie :[2]

O toi qui follement fais ton Dieu du hasard.....

(34 Vers.)

Ce dernier trait est charmant : c'est emprunter l'art de l'auteur des *Géorgiques* pour vous intéresser aux animaux, en leur donnant nos sentimens. Il y a quelques vers faibles : *vivres* n'est pas bon en vers ;[3]

1 Les vers que vient de censurer le critique se trouvent dans le cinquième Chant, et, à la place où ils sont, ils ne manquent ni de gravité ni de noblesse. Les deux derniers ne sont pas à la portée de toutes les intelligences : voilà leur défaut. Mais il n'est guère possible que dans des poëmes philosophiques, il n'y en ait pas de ce genre : on en trouverait dans Voltaire lui-même, le plus clair des poëtes.

2 Du moins elle ne l'*avait jamais été mieux* avant l'époque où écrivait La Harpe.

3 C'est dans ceux-ci qu'il se trouve :

Le père vole au loin, cherchant dans la campagne
Des *vivres* qu'il rapporte à sa tendre compagne :

mais, s'ils sont *faibles* et prosaïques, c'est moins par le mot *vivres* lui-même, que par la manière dont il est employé, et que par leur construction lâche et traînante.

Si le critique eût cité le morceau sur les insectes, il eût sans doute repris, et avec raison, les vers sur le limaçon, dont la construction est aussi pénible que la pensée peu nette; et, comme

mais la plupart de ceux-là sont pleins d'élégance.
Celui de Virgile sur les abeilles qui combattent :

Ingentes animos angusto in pectore versant,

est ici transporté fort à-propos, et ne pouvait pas être
mieux rendu.[1]

La manière dont Racine le fils explique et décrit
l'harmonie des élémens, fait voir que Voltaire n'est
pas le seul qui ait osé, dès ce temps, mettre la physique en vers.

La mer dont le soleil attire les vapeurs.....

(30 Vers.)

La précision, le nombre, la richesse élégante des
expressions et la variété des tours se font ici remarquer partout. Le mérite de l'harmonie imitative et
le choix des termes figurés ne se font pas moins
sentir dans ces vers sur l'invention des arts :

La branche en longs éclats cède au bras qui l'arrache...

(20 Vers.)

On voit que Voltaire, qui ne prodiguait pas les
éloges, surtout en poésie, n'avait pas tort de dire :
Le bon versificateur Racine, fils du grand poëte

le traducteur allemand du Poëme, il eût demandé ce qu'avait
fait le pauvre limaçon à Racine pour exciter tant son *courroux*,
au moment où il venait, non ravager son jardin, mais lui offrir
à admirer la merveille de ses deux télescopes.

1　　Et dans de faibles corps s'allume un grand courage.

Racine.[1] Je l'ai entendu plus d'une fois réciter des passages du Poëme de la *Religion*, entre autres, celui où l'Auteur fait parler Lucrèce, et le traduit en l'embellissant, avant de le réfuter :[2]

Cet esprit, ô mortels ! qui vous rend si jaloux.....

(18 Vers.)

Il était plus aisé de surpasser Lucrèce que de lutter contre Virgile : cependant Racine le fils ne s'en est pas tiré trop malheureusement dans le tableau des triomphes d'Auguste et de la paix qui en fut la suite , et peut-être les derniers vers ne sont-ils pas inférieurs à l'original :[3]

Dans ses nombreux vaisseaux une reine ose encore.....

(26 Vers : Chant iv.)

Notre langue n'offrait rien qui pût rendre la concision énergique , mais absolument latine , du *pontum indignatus ;* mais l'imitateur l'a du moins balancée par la richesse et le nombre.

---

1 Si l'on veut refuser à Louis Racine le titre de Poëte, ne faudra-t-il pas le refuser à bien d'autres ?

2 Mais sans doute que, pour être tout – à – fait juste envers Racine, il ne récitait pas le passage seul, et qu'il avait soin d'y joindre la réfutation : il le devait d'ailleurs pour l'honneur de ses propres principes.

3 Les *derniers vers* que veut dire La Harpe ne sont pas ceux de tout le morceau, mais les *derniers* de sa citation, qu'il réduit aux seize premiers vers :

L'Araxe mugissant sous un pont qui l'outrage,
De son antique orgueil reçoit le châtiment,
Et l'Euphrate soumis coule plus mollement.

On peut voir par les Notes du Chant que Delille a profité de ces vers pour sa traduction.

J'ai cité, il est vrai, ce qu'il y a de mieux ;[1] et une critique plus détaillée pourrait observer des vers négligés ou prosaïques ; mais en général la diction ne tombe point au-dessous du genre, ni au point de faire méconnaître l'auteur des morceaux qu'on vient de voir.[2]

[1] Ces morceaux sont bien des meilleurs assurément; mais ce ne sont pas tous les meilleurs, il s'en faut, ni même à beaucoup-près tous ceux qui auraient pu mériter l'honneur d'être cités.

[2] Un éloge particulier que mérite Louis Racine, c'est de se montrer toujours fidèle aux principes de cette grande École, aujourd'hui beaucoup trop méconnue, dont Boileau est le Législateur. S'il manque quelquefois de fécondité, du moins on ne le trouve jamais avec ceux dont on aurait à dire:

> Fuyez de ces auteurs l'abondance stérile,
> Et ne vous chargez point d'un détail inutile.

On reconnaît encore assez dans son style, celui que M. De Fontanes loue Boileau d'avoir fait retrouver à la poésie, et « qu'elle avait perdu, dit-il, depuis les beaux jours de Rome : » ce style, toujours clair, toujours exact, qui n'exagère ni n'af- » faiblit, n'omet rien de nécessaire, n'ajoute rien de superflu, » va droit à l'effet qu'il veut produire, ne s'embellit que d'or- » nemens accessoires puisés dans le sujet, sacrifie l'éclat à la » véritable richesse, joint l'art au naturel, et le travail à la » facilité; qui, pour plaire toujours davantage, s'allie toujours » de plus près au bon sens, et s'occupe moins de surprendre les » applaudissemens que de les justifier; qui fait sentir enfin et » prouve à chaque instant cet axiome éternel : *Rien n'est beau* » *que le vrai.* »

VII.

JUGEMENT

DE M. DUSSAULT,

DANS SES ANNALES LITTÉRAIRES.

(3 *Juin* 1811.)

———

Un des littérateurs et des critiques les plus distingués de nos jours, feu M. Dussault, qu'une mort prématurée vient d'enlever aux Lettres, a une fois en 1808, et une autre fois en 1811, jugé le Poëme de *la Religion*, au sujet d'une édition des *OEuvres complètes* de Louis Racine, par M. Le Normand ; et c'est dans le *Journal des Débats*, à la célébrité duquel il a tant contribué par les savans articles dont ses *Annales littéraires*, d'abord en quatre volumes in-8°, et maintenant en cinq, nous offrent le précieux recueil. Voici le plus étendu de ces deux jugemens, dont l'un revient à l'autre : c'est celui de 1811.

« Il ne faudrait pas mettre souvent en parallèle les
» vers du père (Jean Racine) et ceux du fils (Louis):
» ces derniers y perdraient trop. Il y en a pourtant
» de très-beaux dans le Poëme de *la Religion ;* et, en
» général, ce poëme renferme un grand nombre de
» morceaux brillans, de tirades magnifiques, qui
» peuvent être rangés parmi les monumens les plus
» distingués et les plus honorables de la poésie fran-
» çaise. Cette composition est le vrai titre de Racine
» le fils à l'estime de la postérité. Le génie n'a pas

26

» seul droit à nos suffrages et à nos éloges : il faut
» savoir encore payer un juste tribut d'applaudisse-
» mens à ces écrivains qui, sans atteindre aux degrés
» les plus élevés de l'art, n'ont pas manqué d'un
» certain essor, et se soutiennent avec égalité à cette
» hauteur que l'œil mesure aisément, mais où l'on
» ne monte jamais sans le véhicule d'un talent pro-
» noncé, sans effort et sans mérite. Songeons que les
» premiers rangs de la médiocrité sont toujours placés
» au-dessus des derniers rangs du génie, et que l'é-
» clat égal et pur d'une lumière, faible, à la vérité,
» mais constante, est préférable à ces traits de feu
» éblouissans et rapides qui brillent au sein des ténè-
» bres. Le Poëme de *la Religion* est, dans sa totalité,
» un ouvrage médiocre,[1] et les plus beaux morceaux
» même de cet ouvrage ont un certain caractère qui
» exclut l'idée du génie;[2] mais les amateurs de la
» Poésie française ne le négligeront jamais : ils aime-
» ront à y retrouver les plus belles formes de notre

[1] M. Dussault, dans son Jugement de 1808, le met bien
au-dessous des *Martyrs* de M. De Chateaubriand, où il trouve,
et qui ont en effet, plus de poésie, plus d'intérêt, et plus de
charme; mais les deux ouvrages ne sont pas précisément,
comme il le dit, sur le même sujet, quoiqu'ils aient tous les
deux pour objet la Religion; et l'un, celui de L. Racine, est
purement didactique, tandis que l'autre se rapporte à l'Epopée,
genre bien plus susceptible d'intérêt, et où l'imagination peut se
déployer avec infiniment plus d'avantage.

[2] Le *génie* est nécessairement *inventif*, *créateur*, et les plus
beaux morceaux du Poëme de *la Religion* n'offrent ni *invention*
ni *création* : ils ne sont qu'une peinture plus ou moins fidèle des
merveilles de la nature.

» versification calquées savamment par une main
» exercée, habile et ferme, que l'art n'abandonne
» jamais, et que le goût conduit toujours, soit qu'elle
» plie la langue poétique aux habitudes sévères de la
» discussion, soit qu'elle se joue artistement dans ces
» cadres heureux où se déploient toutes les richesses
» et toutes les couleurs du genre descriptif. Je ne
» répéterai point ici les justes critiques auxquelles le
» fond et la conception de ce poëme ont donné lieu :
» il est certain que le talent du poëte ne s'est pas
» élevé au niveau du sujet, et que l'ensemble de cet
» ouvrage établi sur des fondemens rétrécis, et cons-
» truit sur des dimensions trop mesquines, n'a ni la
» grandeur ni la majesté que la seule idée de la ma-
» tière présente d'abord à l'imagination ; ¹ mais com-
» bien d'heureux, ou plutôt combien de savans dé-
» tails, combien de morceaux d'étude il offre au
» goût et à la méditation des jeunes versificateurs !
» Nous voyons que M. Delille le lisait assidûment, et
» prenait en quelque sorte le Chantre de *la Religion*
» pour guide, lorsqu'il essayait ses premiers pas dans
» cette carrière de la Poésie où tant de gloire l'atten-
» dait : ² peut-être même dut-il au chef-d'œuvre de
» Louis Racine les premières inspirations et les pre-
» mières révélations de son talent ; car il arrive pres-
» que toujours que les hommes de talent sont plus

¹ Oui, même pour un simple poëme didactique, tel que celui
qu'a voulu faire le Poëte préférablement à une Épopée.

² On peut se rappeler l'anecdote rapportée dans la Notice sur
Louis Racine.

26 *

» puissamment et plus efficacement modifiés par l'in-
» fluence immédiate de leurs contemporains, que par
» les exemples de ceux qui ont marché long-temps
» avant eux dans les mêmes routes. On peut dire que
» Louis Racine n'était pas indigne d'avoir un tel dis-
» ciple : il a sans doute été surpassé par son élève,
» lequel a poussé les jeux de la versification et les
» artifices du style jusqu'à un degré de perfection
» qui, semblable au sommet de certaines hauteurs,
» est environné de périls et de précipices ;[1] mais il
» lui a tracé le chemin en le jonchant de fleurs bril-
» lantes. Le Poëme de *la Religion* en est semé : les
» descriptions agréables y sont mêlées avec goût à la
» sévérité des discussions[2] et à l'austérité des raison-
» nemens; quelques-unes sont restées gravées dans
» la mémoire des amis des vers : tout le monde a
» retenu ce que l'Auteur a dit si poétiquement des
» petits oiseaux :

> » Quand des nouveaux zéphirs l'haleine fortunée, etc.
> Chant Ier.

[1] Delille est certainement de beaucoup supérieur à Louis
Racine, et l'on peut même, pour le talent de la versification, le
placer à côté des plus grands poëtes. Quel dommage qu'il brill-
lante quelquefois un peu trop ses pensées; qu'il semble souvent
se moins adresser à l'esprit qu'à l'oreille; et que l'habitude de
traduire le sage et judicieux Virgile ne l'ait pas plus garanti des
défauts si justement reprochés à Ovide!

[2] Mais cette *sévérité des discussions* et cette *austérité des
raisonnemens* font, malheureusement, qu'à ces *fleurs brillantes*
dont le *Poëme est semé*, ne se mêlent que trop de ronces et
d'épines. M. Dussault lui-même en fait l'observation dans son
Jugement de 1808.

DES AUTRES POÈMES

QUI ONT PLUS OU MOINS PARTICULIÈREMENT
LA RELIGION POUR OBJET.

———

Il a paru en différentes langues d'autres Poèmes de
la Religion ou sur la Religion, que celui de Louis
Racine : d'abord, en Latin, les deux dont il est
parlé dans la *Préface*, celui de Sannazar, et celui
de Grotius; ensuite, en Allemand, la *Messiade*
de Klopstock, consacrée, ainsi que l'indique assez
le titre, à l'établissement de la Loi nouvelle; [1] et puis
en français, la *Religion vengée*, du cardinal de
Bernis, dont nous avons cité quelques fragmens dans
les *Appendices*; et le *Triomphe de la Religion* ou *le
Roi Martyr*, poème entrepris par La Harpe dans les
dernières années de sa vie, et dont il n'a fait que six
chants, au lieu de douze qu'il en avait en vue. On
peut y joindre les *Martyrs* de M. de Chateaubriand,
qui, dans leur prose enchanteresse, ont plus de
poésie des choses que bien des poèmes en vers.

Mais de tous ces divers poèmes, deux seulement,
celui de Grotius et celui du cardinal de Bernis, sont,
comme celui de Louis Racine, dans le genre didac-

[1] La *Messiade*, donnée d'abord en dix chants, et portée ensuite jusqu'à vingt, n'est, avec un assez grand nombre de beautés
sublimes, qu'un assez mauvais poème. Klopstock, né en 1724;
mort en 1803; l'un des plus grands poètes de l'Allemagne.

tique, tandis que tous les autres tiennent plus ou
moins de l'Épopée. C'est donc avec ces deux-là
seulement qu'on pourrait le comparer.

Nous n'ajouterons rien à ce qui a été déjà dit dans
la *Préface* touchant le Poëme de Grotius, poëme
très-peu régulier, à ce qu'il paraît, qui a même
commencé par être un traité en prose, et qui enfin
est aujourd'hui assez peu connu. Voyons un moment
la *Religion Vengée*, et tâchons d'en donner une idée.

La *Religion Vengée*, poëme en dix chants, n'a
été publiée pour la première fois en France qu'en
1797, deux ou trois ans après la mort du cardinal
de Bernis.[1] Mais elle n'est pourtant pas, comme on le
croit communément, un ouvrage de la vieillesse de
l'Auteur. Il paraîtrait, au contraire, que c'est un des
ouvrages de sa jeunesse; et ce qui le prouve, ce
n'est pas seulement qu'elle est dédiée à Louis XV,
mais que l'Auteur, en plus d'un endroit, s'y donne
pour un *jeune homme*. Par exemple, vers la fin du
dixième Chant, dans un entretien qu'il a avec un sage
vieillard retiré loin de la Cour, sur les bords de la
Loire, il se fait dire par ce vieillard :

> *Jeune homme*, la vertu, la paix de l'innocence
> Te rendront plus heureux qu'une vaine science.

Quoiqu'il en soit, voici comme l'argument général

[1] Le cardinal de Bernis, né en 1715 à Saint-Marcel de
l'Ardèche, mourut en 1794 à Rome, où il résidait depuis 1769,
en qualité d'ambassadeur de France auprès du Saint-Siége. Ce
fut le chevalier espagnol d'Azara, son ami, qui publia son
poëme.

du Poëme. Le Poëte suppose l'Orgueil et la Volupté auteurs de l'irréligion. L'Orgueil, après avoir séduit et perdu les Anges, est précipité avec eux dans l'Enfer. Il en sort après la création de l'homme, pour l'égarer et le corrompre par tous les moyens possibles : premier Chant. De là toutes les erreurs imaginables successivement introduites sur la terre par le monstre infernal : l'*Idolâtrie*, l'*Athéisme*, le *Matérialisme*, le *Spinosisme*, le *Déisme*, le *Pyrrhonisme*, l'*Hérésie*. Le Poëte combat toutes ces différentes erreurs dans autant de Chants. Il montre ensuite l'Orgueil et la Volupté corrompant les mœurs et aveuglant les esprits par l'incrédulité et la fausse philosophie : c'est le sujet du neuvième Chant. Et enfin, dans le dernier Chant, qui a pour objet le *Triomphe de la Religion*, on voit le Christianisme vainqueur de l'impiété et de l'orgueil. Citons le début, qui ne manque ni de noblesse ni de poésie :

> De l'esprit de Dieu même immortelle clarté,
> Je t'invoque aujourd'hui, puissante Vérité :
> Toi qui, du haut des cieux ici-bas descendue,
> Toujours victorieuse et toujours combattue,
> Loin du peuple et des grands aimes à te cacher,
> Pour te montrer sans voile à qui veut te chercher.
> Viens remplir mon esprit de ta splendeur divine,
> Viens des erreurs du monde éclairer l'origine :
> Dis-moi comment l'Orgueil pénétra dans les cieux,
> Arma l'ange rebelle et l'homme audacieux ;
> Comment la Volupté, sa sœur et sa complice,
> De la Religion ébranla l'édifice ;
> De ces monstres ligués peins toutes les fureurs ;
> Fais voir dans leur accord la source des erreurs,

Et du monde ébloui par leurs fausses maximes,
Viens chasser à-la-fois les doutes et les crimes.
Que mes premiers travaux s'élèvent jusqu'à toi.
Écoute. Mes projets sont dignes d'un grand roi,
Dignes du Dieu puissant dont les lois souveraines
De la France en ses mains firent tomber les rênes.
J'entreprends de venger les droits de l'Immortel:
Louis, c'est te servir : ton trône est sur l'autel.....

Mais enfin quel est le mérite de ce Poëme ? Voici
le jugement qu'en porte dans la *Biographie Univer-*
selle , un homme d'infiniment d'esprit et de goût, qui
n'a pas peu contribué à la réputation littéraire d'un
Journal célèbre.[1] « On y rencontre, dit M. de Feletz,
» de beaux vers et de nobles pensées ; mais en général
» il est dépourvu de chaleur, de mouvement et de
» poésie, et trop philosophique dans sa forme, trop
» didactique dans sa marche : il est bien inférieur,
» pour l'exécution, à celui de Louis Racine. »

Ce jugement n'est guère au fond que celui qu'en
avait déjà porté auparavant le plus grand de nos critiques modernes. « Le sujet, dit La Harpe, est encore
» bien moins rempli dans ce poëme que dans celui
» de Racine le fils, et l'exécution est bien inférieure.
» C'est toujours une réfutation des athées et des
» déistes, et ce n'est-là qu'une partie du sujet. Le
» style n'est pas sans noblesse, ni sans quelques
» beaux vers, surtout de pensées ; mais il est pauvre
» de poésie, monotone, négligé : nulle connaissance
» de la phrase poétique ; des vers faits un à un, deux

----

[1] Le Journal des Débats.

» à deux, et le raisonnement porté jusqu'à l'argu-
» mentation métaphysique. Ce poëme eût fait peu
» d'impression, il y a trente ans : qu'on juge de celle
» qu'il a pu faire de nos jours. Il ne peut qu'édifier
» les amis de la Religion, et c'est toujours un bien ;
» mais il n'alarmera jamais ses ennemis. »

On souscrira sans peine à ces deux jugemens : en ce
qui concerne le style, il ne justifie que trop souvent
ce vers épigrammatique du Grand Frédéric contre
l'Auteur :[1]

Evitez de Bernis la stérile abondance.

On reconnaîtra aussi que le Poëme du Cardinal est,
quant à l'exécution, inférieur à celui du fils de
l'auteur d'*Athalie*. Mais est-il vrai que le sujet ne soit
en effet rempli qu'en partie, comme le prétend
La Harpe ? Le poëte ne se proposait point de prouver
directement la vérité de la Religion : il voulait seulement la venger des attaques sans cesse renouvelées
contre elle par ses ennemis ; il voulait surtout faire
voir que ce sont l'Orgueil et la Volupté qui provo-
quent ces attaques et les dirigent. Voilà à quoi il a
réduit son sujet, et l'on ne voit pas trop ce qu'il en
a laissé à remplir. Il faut même convenir que, si
dans l'exécution et surtout dans le style, il le cède
à Racine, il l'emporte sur lui du côté de l'invention.
Son Poëme offre quelques fictions et quelques épisodes qui ne sont pas sans intérêt, et qui annoncent même

[1] Le Grand Frédéric, roi de Prusse, faisait des vers et prétendait au titre de poëte.

une imagination assez brillante. En général Racine est meilleur versificateur que lui ; mais il est plus poëte que Racine.

C'est vers le temps où il jugeait et Louis Racine et le cardinal de Bernis que La Harpe, à ce qu'il paraît, écrivait ou du moins méditait son Poëme de la Religion, et il n'est pas impossible que cette circonstance ait un peu influé sur son jugement. Il aura pu rapprocher de son plan celui de ses deux devanciers, et il se sera naturellement prévenu contre des conceptions peu conformes aux siennes. Mais a-t-il lui-même mieux fait dans son genre que Racine et Bernis dans le leur ? Son Épopée vaut-elle mieux que les deux Poëmes didactiques en question ? Hélas ! elle ne sert qu'à prouver qu'entre le grand critique et le grand poëte il peut y avoir une distance infinie. Quoique publiée depuis assez long-temps, elle est moins connue encore peut-être que le poëme du Cardinal, et cependant elle a paru dans des circonstances bien plus favorables. [1] Ce qu'en dit dans la *Biographie universelle* un assez bon juge, M. Saint-Surin, n'est pas très-propre à la recommander :

« *Le Triomphe de la Religion*, Épopée en six Chânts,
» était annoncé comme un poëme où le talent de
» La Harpe, fortifié par des idées sublimes et conso-
» lantes, se montrait avec une originalité qu'il n'avait
» jamais eue. L'impression a détruit les espérances que
» l'on avait conçues. Le poëte ne franchit point les

[1] En 1814, environ onze ans après la mort de l'auteur, arrivée en 1803, la 64ᵉ année de son âge.

» limites accoutumées de sa sphère. Malgré l'intérêt
» du sujet, point d'élans, point d'abandon, presque
» point de coloris ; il épuise les détails ; sa marche
» est traînante et monotone : les six Chants qui res-
» tent à faire , excitent en conséquence peu de
» regrets. »

—◦◦◦◦◦⦿◦◦◦◦◦—

LE POËME DE LOUIS RACINE

AGRÉABLE AU SAINT-PÈRE.

——

On verra par les lettres ci-après quel accueil favorable obtint du Saint-Père le Poëme de *la Religion*
envoyé par l'Auteur à Sa Sainteté. L'original de toutes
ces lettres est en Latin, et c'est probablement le Poëte
lui-même qui les a traduites en français.

I.

Lettre de Louis Racine *au Pape* Benoît XIV,[1]
*pour lui faire hommage de son Poëme de la Religion
et de celui de la Grâce.*

Très-Saint-Père ,

Un Poëte chrétien, prosterné aux pieds de Votre
Sainteté , ose lui offrir un présent que le haut degré
de dignité dans lequel Elle est élevée fait paraître très-
médiocre , mais qui par le sujet deviendra grand à
ses yeux. C'est la gloire de la Religion que chantent
mes vers. La majesté des choses dont je parle m'inspire le dessein de les présenter au premier pasteur de
l'Eglise : la grande réputation qu'il s'est acquise par
ses lumières m'y encourage , et j'y suis invité par
cette bonté que les Souverains Pontifes ont déjà témoi-
gnée aux poëtes qui ont consacré leur plume à des
sujets saints. Personne n'ignore que Léon X et Clément
VII voulurent bien , par des lettres apostoliques ,
récompenser le fameux poëme de Sannazar. Je n'approche pas de Sannazar par la noblesse des vers ;
mais je suis certain de l'égaler par mon zèle pour la
Religion. Je me suis livré tout entier à l'ardeur de

1 Pontife renommé pour sa modération et pour son équité, et
l'un de ceux qui ont le plus fait pour les Lettres et les Sciences.
Né en 1675, de l'illustre famille des *Lambertini;* élevé au trône
pontifical en 1740; mort en 1758.

la défendre contre ces hommes enflés d'orgueil, et aveuglés par une vaine philosophie, qui rejettent avec mépris tout ce qui est marqué au sceau divin de la Foi.

Cet ouvrage est suivi d'un autre que j'aurais la même ambition de présenter à Votre Sainteté, s'il n'avait pas paru au jour depuis plusieurs années. Dans cet ouvrage, j'osai, quoique jeune encore, entreprendre d'ajouter la force et la dignité des vers à la doctrine de Saint Augustin et de Saint Thomas, sur la Grâce, doctrine confirmée par tant de décrets du Saint Siége, et par les suffrages de tant de Souverains Pontifes.[1]

Si dans ces deux Poëmes il m'était échappé imprudemment quelques termes qu'un si grand juge ne trouvât pas conformes à l'exactitude théologique, je m'engage sans peine à effacer d'une main prompte les vers mêmes qui flatteraient le plus mon amour-propre, s'ils avaient le malheur de déplaire à Votre Sainteté.[2] Ce n'est point une gloire profane que doit rechercher

---

[1] Le Saint-Père, dans la réponse faite en son nom au poëte par le cardinal Valenti, s'étend beaucoup sur le Poëme de *la Religion*, et ne dit pas un seul mot de celui de *la Grâce*. On ne peut pas en conclure qu'il le condamne; mais on en peut bien moins conclure qu'il l'approuve.

[2] Ces dispositions et ces sentimens du Poëte prouvent assez combien il était orthodoxe dans le fond de son cœur, et combien il tenait à ne s'écarter en rien des doctrines consacrées par l'Eglise. S'il s'est trompé quelquefois, c'est sans doute bien involontairement.

un Chrétien : ma plus grande gloire est celle de plaire
au Vicaire de Jésus-Christ, et de jeter mes couronnes,
si j'en ai mérité quelques-unes , aux pieds de son
trône. Je n'ai rien en effet à souhaiter de plus avan-
tageux pour moi sur la terre , que l'approbation de
celui qui sur la terre tient la place de ce divin époux
de l'Église que j'ai célébré dans mes vers , et qui remplit si dignement la chaire dans laquelle, avec l'applau-
dissement de tout le monde Chrétien , il a été placé
pour la gloire de la Religion. Tels sont les sentimens
que porte profondément gravés dans son cœur , de
Votre Sainteté,

TRÈS-SAINT-PÈRE ,

Le très-humble, très-soumis serviteur,
et fils en Jésus-Christ ,

RACINE.

A Paris , le 11 janvier 1743.

II.

Lettre de S. E. M. le Cardinal VALENTI DE GONZAGUE,
écrite à L. RACINE *de la part de Sa Sainteté.*

Le Saint-Père a reçu très-favorablement, Monsieur,
l'agréable présent que vous lui avez envoyé. Il a goûté
avec une grande avidité un Poëme d'une si grande
beauté , et d'un travail si pénible, dans lequel vous
avez admirablement développé la Religion , et vous

avez su , avec l'élégante douceur de la Langue française , et l'heureuse harmonie de vos vers , orner des
matières divines qui semblent presque interdire tout
ornement , parce qu'elles sont si élevées au-dessus de
la portée de notre esprit, et qu'il est toujours si
difficile de les bien exposer. Le Souverain Pontife ,
après avoir reconnu d'abord avec un grand plaisir
votre piété , qui vous a fait choisir un pareil sujet,
a remarqué votre sage et exact discernement dans
la manière de le traiter : il a admiré l'excellence et
l'étendue de votre érudition , l'art avec lequel vous
savez déployer les richesses de votre langue , et surtout la beauté de votre génie. Il a été transporté de
joie, en voyant qu'au milieu de la corruption des
temps et des mœurs , lorsque , infectés d'une conta-
gion funeste, et entraînés par un certain libertinage
d'esprit , tant d'auteurs abusent des vers pour faire
triompher les vices et l'impiété , il s'était élevé dans
le sein du florissant royaume de la France un homme
qui, prenant en main la cause de la vérité de la Religion, avait, par un effort aussi louable qu'heureux ,
entrepris de rappeler la Religion à son ancienne institution, et de rendre les muses à l'auguste emploi de
célébrer la Divinité.

Le Saint-Père vous remercie donc du présent que
vous lui avez fait, et vous assure des sentimens de
reconnaissance dont il est rempli. Charmé de ce
que , devenu le rival d'un illustre père dans le même
genre d'écrire, vous le surpassez par le choix de la
matière, il veut que vous soyez certain de sa bienveil-

lance. Soyez donc bien persuadé que toutes les fois
que l'occasion s'en présentera, le Souverain Pontife
lui-même se fera un plaisir de vous prouver la manière
avantageuse dont il pense de vous.

Il vous accorde sa bénédiction apostolique avec
toute sa tendresse paternelle : et moi je prie Dieu de
vous protéger en tout.

A Rome, le 8 février 1743.

Disposé à vous rendre service.

Le Cardinal VALENTI.

*N. B. La lettre était scellée du sceau du Secrétaire-
d'État, avec cette inscription :* A Monsieur RACINE,
à Paris.

III.

Copie de la lettre de S. E. M. le Cardinal VALENTI
DE GONZAGUE, *Secrétaire-d'État, à* L. RACINE.

RIEN de plus flatteur pour moi que le présent que
vous venez de me faire, Monsieur. Il m'a été aisé de
m'apercevoir que le nom de Racine, si glorieux et si
agréable aux Muses, n'était pas mort. Je me suis fait
un plaisir singulier de présenter à notre Saint-Père
l'exemplaire que vous lui avez destiné. Sa Sainteté y
a été fort sensible : elle m'a ordonné de vous le
marquer, comme vous le verrez par la lettre ci-
jointe. Agréez en même-temps mes remercîmens aussi

sincères que les sentimens de considération par lesquels je voudrais vous persuader que personne n'est à vous, Monsieur, avec un plus parfait attachement que

Le Cardinal VALENTI.

A Rome, le 8 février 1743.

IV.

Lettre de L. RACINE *à* S. Em. M. *le Cardinal* VALENTI.

MONSEIGNEUR,

JAMAIS les Muses n'ont pu procurer à ceux qu'elles ont le plus favorisé, une gloire comparable à celle que me procure Votre Éminence. La lettre dont j'ai été honoré flatte plus mon amour-propre que tous les lauriers du Parnasse, et je me livrerais à tout l'orgueil poétique qu'elle est capable d'inspirer, si je ne me rappelais que je suis un poëte chrétien, et que c'est uniquement cette qualité que Votre Éminence a voulu récompenser.

Les poëtes, si naturellement jaloux, auront bien sujet de l'être de mon bonheur ; mais cette jalousie leur sera avantageuse, quand ils apprendront qu'en faveur de la matière que j'ai choisie, Votre Éminence a bien voulu présenter mes ouvrages à Sa Sainteté, qui les a reçus favorablement, et qu'un si grand Pape a daigné jeter les yeux sur le moindre de ses enfans : ils ambitionneront une gloire pareille, qui ne s'accorde pas aux talens seuls, mais au sage emploi des talens.

La grande récompense que j'ai reçue leur doit inspirer cette heureuse ardeur, comme elle m'inspire la vive reconnaissance, et le profond respect avec lequel je serai toute ma vie ,

MONSEIGNEUR ,

DE VOTRE ÉMINENCE,

Le très-humble et très-obéissant serviteur,

RACINE.

A Paris, le 15 *mars* 1743.

FIN.

TABLE

DES MATIÈRES.

JUGEMENS SUR LE POEME DE *LA RELIGION*,

DE LOUIS RACINE.

———

FIN DE LA TABLE DES MATIÈRES.

AUTRES OUVRAGES DE M. FONTANIER,

QU'ON PEUT SE PROCURER CHEZ LES MÊMES LIBRAIRES.

1° LES TROPES DE DUMARSAIS, avec un *Commentaire raisonné et critique* : 2 vol. in-12 ; prix, 5 fr.

Le *Commentaire* tout seul : 3 fr.

Il paraît généralement reconnu que ces deux ouvrages, dont l'un sert à rectifier ou à compléter l'autre, ne doivent plus désormais en faire qu'un seul. Ils sont tous les deux également nécessaires pour une étude approfondie de la science qui en fait l'objet.

2° MANUEL CLASSIQUE POUR L'ÉTUDE DES TROPES, ou *Élémens de la science du sens des mots* : 1 vol. in-12 ; prix, 2 fr. 5o cent.

Cet ouvrage, en effet très-*élémentaire*, a été spécialement adopté pour l'enseignement des Colléges ; mais il peut convenir aux gens du monde, et même aux personnes du sexe, qui font quelque étude des Belles-Lettres. On y trouve, outre les notions les plus importantes sur les Tropes, la manière d'enseigner ou d'étudier soi-même cette science. .

3° ÉTUDES DE LA LANGUE FRANÇAISE sur RACINE, ou *Commentaire général et comparatif sur ce grand Classique* : 2 vol. in-8° qui peuvent être reliés en un seul, prix, 10 fr.

La réputation de cet ouvrage est déjà telle qu'il suffit, pour le recommander, d'en énoncer le titre. On en citerait peu de plus propres à former le jugement et le goût. « Il n'est pas seulement » utile, dit le *Journal des Débats*, mais il est nécessaire aux » gens de Lettres et à toutes les personnes en général qui veulent » connaître toutes les finesses, toutes les nuances, toutes les dé- » licatesses de la Langue française. »

4° LA HENRIADE, avec un *Commentaire classique,*
dédiée à S. A. R. Monseigneur le duc de Bor-
deaux : 1 vol. in-8°; prix :

Avec une belle Gravure représentant l'entrée de Henri IV à Paris, d'après le tableau de *Gérard.*	Papier ordinaire..........	6 f.
	Papier fin des Vosges....	8
	Papier d'Annonay, satiné.	11
	Papier vélin, *idem*......	12

C'est un des plus beaux et un des plus utiles ouvrages en un
seul volume qui puissent être donnés en prix, en cadeau, ou en
étrennes. Le *Commentaire*, où se trouve analysé et discuté tout
ce qu'on a écrit de plus marquant pour ou contre la *Henriade*,
est, comme l'a dit un Journal, un vrai cours pratique de Littérature.

5° LA CLEF DES ÉTYMOLOGIES, pour toutes les
Langues en général, et pour la Langue française
en particulier : 1 vol. in-12; prix, 3 fr.

Cet ouvrage va paraître dans le même temps que le *Poëme de
la Religion.* Le titre seul en fait assez connaître l'importance.
On peut assurer qu'il n'est guère moins nécessaire que le
Manuel des Tropes, pour une étude approfondie de la science
du langage.

Imp. d'Emile Periaux.